# PAM JENOFF
## DAS MÄDCHEN MIT DEM BLAUEN STERN

atb aufbau taschenbuch

PAM JENOFF hat jahrelang in Krakau als Vizekonsulin der amerikanischen Botschaft gelebt. Als Expertin für den Holocaust in Polen war sie im Pentagon tätig und wurde für ihre Arbeit von verschiedenen Menschenrechtsorganisationen ausgezeichnet. Ihre Romane sind internationale Bestseller. Heute arbeitet sie als Anwältin und lebt mit ihrem Mann und ihren drei Kindern in Philadelphia. Im Aufbau Taschenbuch liegen ihre Romane »Töchter der Lüfte« und »Die Frauen von Paris« vor.

GABRIELE WEBER-JARIĆ lebt als Autorin und Übersetzerin in Berlin. Sie übertrug u. a. Mary Morris, Mary Basson, Kristin Hannah, Imogen Kealey und Allison Pataki ins Deutsche.

Krakau, 1942: Sadie und ihre Eltern können sich nahezu glücklich schätzen. Im Krakauer Ghetto haben sie ein Zimmer für sich, während andere jüdische Familien noch enger zusammengepfercht leben müssen. Als die Razzien der Nazis jedoch zunehmen, fasst Sadies Vater einen Entschluss: Sie müssen raus aus dem Ghetto – und der einzige Weg hinaus führt durch die Kanalisation. Dass die dunklen Tunnel unter der Stadt jedoch ihre langfristige Bleibe werden, damit haben weder die 18-jährige Sadie noch ihre schwangere Mutter gerechnet. Als Sadies Vater bei der Flucht verunglückt, sind die beiden plötzlich auf sich allein gestellt – bis Sadie durch ein Gitter hinauf auf den Marktplatz schaut und Bekanntschaft mit einem Mädchen macht. Ella möchte ihrer neuen Freundin unbedingt helfen, doch dass sie sich dabei selbst in Lebensgefahr begibt, wird ihr allzu schnell bewusst …

# PAM JENOFF

# Das MÄDCHEN mit dem blauen STERN

Roman

Aus dem Amerikanischen
von Gabriele Weber-Jarić

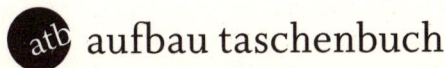 aufbau taschenbuch

Die Originalausgabe unter dem Titel
*The Woman With The Blue Star*
erschien 2021 bei Park Row Books, Toronto.

MIX
Papier | Fördert
gute Waldnutzung
FSC® C083411

ISBN 978-3-7466-3968-0

Aufbau Taschenbuch ist eine Marke der
Aufbau Verlage GmbH & Co. KG

1. Auflage 2024
© Aufbau Verlage GmbH & Co. KG, Berlin 2024
www.aufbau-verlage.de
10969 Berlin, Prinzenstraße 85
Copyright © 2021 by Pam Jenoff
Der Verlag behält sich das Text- und Data-Mining nach § 44b UrhG vor,
was hiermit Dritten ohne Zustimmung des Verlages untersagt ist.
Umschlaggestaltung www.buerosued.de, München
unter Verwendung von Motiven von © Elena Liseykina / Getty Images
und © UnitedArchives / TopFoto
Gesetzt in der Sabon durch Greiner & Reichel, Köln
Druck und Binden CPI books GmbH, Leck, Germany

Printed in Germany

Für mein Schtetl.

Bald sehen wir uns wieder.

# PROLOG

*Krakau, Juni 2016*

*Die Frau vor mir ist gar nicht die, die ich erwartet habe.*

Vor zehn Minuten stand ich in meinem Hotelzimmer vor dem Spiegel, zupfte einen Fussel von der Manschette meiner hellblauen Bluse, rückte einen Perlenohrring zurecht – und betrachtete mich angewidert. Aus mir war eine dieser typischen Frauen Anfang siebzig geworden: kurz geschnittenes graues Haar, kräftige Statur, praktischer Hosenanzug, der enger saß als noch vor einem Jahr.

Ich warf einen Blick auf die Pfingstrosen auf dem Nachttisch. Sie waren in Packpapier eingeschlagen, nur die tiefroten Blüten schauten hervor. Ich trat ans Fenster. Das Hotel Wentzl, in dem ich logierte, war ein umgebautes Herrenhaus aus dem 16. Jahrhundert. Es lag in der südwestlichen Ecke des *Rynek*, dem weitläufigen Hauptmarkt der Stadt. Die Lage hatte ich bewusst gewählt, mein Zimmer sollte exakt diese Aussicht haben.

Auf dem großen Platz, dessen südliche Ecke eine kleine Kuhle bildete und mich an ein Sieb erinnerte, herrschte reges Treiben. Zwischen den beiden Kirchen und den Souvenirständen der *Sukiennice*, den imposanten, lang gestreckten Tuchhallen, die den Platz teilten, drängten sich Touristen. Es war ein warmer Juniabend, in den Straßencafés saßen Leute zusammen, die nach der

Arbeit noch einen Schluck tranken. Andere eilten mit Einkäufen über den Platz und warfen besorgte Blicke zu den dunkler werdenden Wolken über der Wawel-Burg.

Ich war bereits zweimal in Krakau gewesen. Einmal gleich nach dem Fall des Kommunismus und dann zehn Jahre später, als ich ernsthaft mit meiner Suche begann. Dieses verborgene Juwel einer Stadt nahm mich sofort für sich ein. Zwar wurde es von den touristischen Hochburgen Prag und Berlin überschattet, doch die Altstadt von Krakau, mit ihren unversehrten Kirchen und den originalgetreu restaurierten Gebäuden aus Stein, war eine der elegantesten in ganz Europa.

Jedes Mal, wenn ich kam, hatte die Stadt sich verändert. Alles war neuer und glänzender geworden – »besser« in den Augen der Bewohner, die Jahre des Elends hinter sich hatten. Mittlerweile erstrahlten die ehedem grauen Gebäude in leuchtendem Gelb oder Blau, und die alten Gassen kamen mir vor wie ihre eigene Filmkulisse. Die Widersprüche innerhalb der Gesellschaft ließen sich an den Einheimischen ausmachen. Modisch gekleidete junge Leute telefonierten im Gehen mit ihren Handys, ohne auf die Händler aus den Bergdörfern zu achten, die von Planen auf dem Boden handgestrickte Wollpullover und selbst gemachten Schafskäse verkauften, oder auf die *babcia* mit dem Kopftuch, die auf dem Gehsteig saß und bettelte. Unter einem Schaufenster, auf dem mit großer Schrift WLAN und PC-Nutzung versprochen wurde, pickten Tauben auf dem harten Kopfsteinpflaster, so wie es seit Jahrhunderten gewesen war. Unter all dem Modernen und Aufpolierten schimmerte die Barockarchitektur der Altstadt trotzig hindurch und stand für die Geschichte, die sich nicht übertünchen ließ.

Es war jedoch nicht die Geschichte, die mich hierhergeführt hatte – oder zumindest nicht jene Geschichte.

Der Trompeter auf dem Turm der Marienkirche blies den Hejnał, der die volle Stunde markierte.

Ich richtete meinen Blick auf die Ecke im Nordwesten des Platzes und wartete auf die Frau, die jeden Tag um 17 Uhr erschien. Noch konnte ich sie nirgends entdecken. Vielleicht würde sie an diesem Tag nicht kommen. In dem Fall wäre meine Reise um die halbe Welt umsonst gewesen. Am ersten Tag hatte ich mich vergewissern wollen, dass es sich bei ihr um die richtige Person handelte. Am zweiten wollte ich sie ansprechen, aber dann fehlte mir dazu der Mut. Morgen würde ich zurück nach Hause in die Vereinigten Staaten fliegen. Demnach war heute die letzte Gelegenheit.

Endlich tauchte sie hinter der Apotheke auf, unter dem Arm einen Regenschirm. Für eine Frau um die neunzig überquerte sie den Marktplatz erstaunlich flotten Schrittes. Auch ging sie nicht gebeugt, sondern hielt sich kerzengerade. Das weiße Haar hatte sie auf dem Kopf zu einem lockeren Dutt zusammengesteckt, einzelne Strähnen hatten sich gelöst und rahmten ungezähmt ihr Gesicht. Im Gegensatz zu meinem langweiligen Outfit trug sie einen knöchellangen, leuchtend bunten Rock aus einem glänzenden Stoff und mit lebhaftem Muster. Es sah aus, als tanzte der Rock bei ihren Schritten um ihre Beine, und beinahe glaubte ich, ihn rascheln zu hören.

Sie verhielt sich ebenso wie an den beiden vorangegangenen Tagen, als ich beobachtet hatte, wie sie zum Café Noworolski ging und von den Tischen draußen denjenigen verlangte, der am weitesten von dem großen Platz entfernt unter den Arkaden lag. Offenbar wollte sie dem Lärm und dem Trubel nicht zu sehr ausgesetzt sein.

Bei meinem letzten Besuch in Krakau war ich noch auf der Suche nach ihr gewesen. Nun wusste ich, wer sie war, und wo ich sie finden konnte. Ich musste nur noch meinen Mut zusammenraffen und zu ihr gehen.

Die Frau setzte sich an ihren Tisch und schlug eine Zeitung auf. Ohne zu ahnen, dass wir uns gleich begegnen würden – oder dass es mich überhaupt noch gab.

In der Ferne war Donnergrollen zu hören. Dann fielen die ersten Regentropfen, tüpfelten das Kopfsteinpflaster wie dunkle Tränen. Ich musste mich beeilen. Sollte die Außenterrasse des Cafés geschlossen werden und die Frau verschwinden, würde sich alles, wofür ich gekommen war, in Luft auflösen.

Im Geist hörte ich die Stimmen meiner Kinder, die erklärten, in meinem Alter sei es viel zu gefährlich, allein so weit zu reisen, zumal es dafür keinen Grund gebe und ich hier nichts mehr in Erfahrung bringen würde. Vielleicht sollte ich wirklich umkehren und abreisen. Es wäre für niemanden von Bedeutung.

Außer für mich selbst – und für *sie*. In Gedanken hörte ich ihre Stimme, so wie ich sie mir vorstellte. Sie erinnerte mich an den Grund meines Kommens.

Ich straffte meine Schultern, griff nach dem Blumenstrauß und verließ das Zimmer.

Ich überquerte den Marktplatz – und hielt inne. Mit einem Mal begannen mich Zweifel zu plagen. Wonach suchte ich und was wollte ich überhaupt erreichen? Ich lief weiter, spürte kaum die dicken Tropfen auf meinen Haaren.

Beim Café schlängelte ich mich an den Tischen vorbei. Der Regen war stärker geworden, die Gäste draußen beglichen ihre Rechnungen und machten sich zum Aufbruch bereit. Ich näherte mich dem Tisch der Frau mit dem weißen Haar. Sie blickte von ihrer Zeitung auf. Ihre Augen weiteten sich.

Nun sehe ich ihr Gesicht aus der Nähe und stehe wie erstarrt. *Die Frau vor mir ist gar nicht die, die ich erwartet habe.*

# KAPITEL 1

## SADIE

Nach dem Tag, an dem sie die Kinder holen wollten, wurde vieles anders.

Wir wohnten im Ghetto, in einem dreistöckigen Haus, das wir uns mit einem Dutzend Familien teilen mussten. Dort verbarg ich mich tagsüber im Kriechraum des Dachbodens. Bevor meine Mutter sich morgens auf den Weg in die Schuhfabrik machte, begleitete sie mich nach oben, überreichte mir einen sauberen Eimer als Toilette und ermahnte mich mit strengen Worten, mich bis zum Abend nicht von der Stelle zu rühren.

Doch in der noch immer winterlichen Kälte meines Verstecks, in dem ich weder herumlaufen noch mich überhaupt großartig bewegen oder gar stehen konnte, fror ich nicht nur, ich wurde auch rastlos. Jede Minute schien sich endlos zu dehnen, und die Stille wurde nur hin und wieder von kleinen Geräuschen unterbrochen. Sie kamen von den Kindern, die jünger als ich waren und sich auf den Kriechböden der Nachbarhäuser verbargen. Auch sie konnten weder herumlaufen noch sich beschäftigen. Zum Ausgleich verständigten sie sich bisweilen durch Klopfen und Kratzen, hatten ihre eigenen Morsezeichen entwickelt. Wenn mir allzu langweilig wurde, machte ich mit.

»Die Freiheit ist da, wo man sie findet«, sagte mein Vater

11

gern, wenn ich mich über mein eingeschränktes Leben beklagte. Er neigte dazu, die Welt so zu sehen, wie er sie sich wünschte. »Das größte Gefängnis steckt in unseren Köpfen.« Er hatte gut reden. Zwar verrichtete er im Ghetto körperliche Arbeit, die weit von der des Steuerberaters entfernt war, der er vor dem Krieg gewesen war, aber er kam wenigstens vor die Tür und begegnete anderen Menschen. Niemand pferchte ihn auf einem Kriechboden ein. Ich hingegen hatte das Haus kaum einmal verlassen dürfen, seit wir vor einem halben Jahr hierherziehen mussten.

Zuvor hatten wir nahe dem Stadtzentrum im jüdischen Viertel Kazimierz gewohnt, nun waren wir südlich des Weichselufers im Ghetto von Podgórze gelandet. Ich wollte ein normales Leben führen, ein eigenes Leben, wollte aus dem Ghetto hinaus zu den Orten laufen, die ich kannte. Manchmal malte ich mir eine Straßenbahnfahrt zum Rynek aus, bummelte im Geist an den Geschäften entlang, ging ins Kino, streifte über die grünen Hänge am Stadtrand.

Wenn wenigstens Stefania, meine beste Freundin, bei mir oder den Kindern oben im Nachbarhaus gewesen wäre. Vielleicht hätte ich mich dann nicht so allein gefühlt. Doch Stefania wohnte auf der anderen Seite des Ghettos in dem Bereich, der für Familien der jüdischen Polizei vorgesehen war.

Diesmal war es jedoch weder die Langeweile noch die Einsamkeit oder die Kälte, die mich aus meinem Versteck trieb. Ich war einfach hungrig. Ich hatte zum Frühstück an diesem Morgen nur eine halbe Scheibe Brot bekommen, noch weniger als bisher. Meine Mutter hatte mir ihre halbe Scheibe angeboten, die ich aber nicht angenommen hatte. Sie brauchte Kraft für den langen Tag in der Fabrik.

Irgendwann im Laufe des Vormittags begann mein leerer Magen zu schmerzen. Ich musste an die Gerichte denken, die es vor dem Krieg bei uns gegeben hatte, schmeckte eine sämige Pilzsuppe, einen herzhaften Borschtsch, die wunderbaren Piroggen, die meine Großmutter gemacht hatte. Zu guter Letzt fühlte ich mich vor Hunger so geschwächt, dass ich mein Versteck verließ und hinunter ins Erdgeschoss stieg, zu der Gemeinschaftsküche, die aus nicht mehr als einer Kochplatte bestand, und einem Spülbecken aus dessen Hahn lauwarmes, bräunliches Wasser tropfte.

Ich suchte nicht nach Brot – selbst wenn welches da gewesen wäre, ich hätte es niemals gestohlen. Ich wollte nur nachsehen, ob irgendwo Krümel lagen, und gegen den Hunger ein Glas Wasser trinken.

An einem Brotmesser hafteten ein paar Krümel, die ich ableckte. Danach trank ich mein Glas Wasser.

Und dann fing ich an, das abgegriffene Exemplar von *Der Graf von Monte Christo* zu lesen, und blieb länger unten, als ich vorgehabt hatte. Das Schlimmste an meinem Versteck auf dem Kriechboden war nämlich, dass es dort zu dunkel zum Lesen war. Ich war eine Leseratte, und mein Vater hatte so viele Bücher wie möglich aus unserer alten Wohnung mitgeschleppt, obwohl meine Mutter dagegen gewesen war und gesagt hatte, wir bräuchten den Platz in unseren Koffern für Kleidung und Nahrungsmittel.

Mein Vater war auch derjenige gewesen, der mir gezeigt hatte, dass Lernen etwas Schönes ist, und der mich ermutigt hatte, von einem Medizinstudium an der Jagiellonen-Universität in Krakau zu träumen. Inzwischen hatten die Deutschen mit ihren Rassengesetzen ein solches Studium für Juden unmöglich gemacht. Und dann hatten sie die Universität ganz geschlossen.

Stattdessen konzentrierte mein Vater sich nun auf meine Allgemeinbildung oder ging, trotz seines langen, harten Arbeitstags, abends mit mir naturwissenschaftliche Problemstellungen durch.

Vor ein paar Tagen hatte er irgendwo *Der Graf von Monte Christo* für mich aufgetrieben, und ich hatte mich darauf gestürzt. Dummerweise konnte ich auch abends, wenn ich nicht mehr in meinem Versteck war, nicht lange lesen, denn mit Beginn der Sperrstunde mussten wir das Licht löschen.

*Nur noch ein bisschen*, sagte ich mir nun und blätterte die Seite um. Welche Rolle spielten schon ein paar Minuten?

Mit einem Mal hörte ich draußen Reifen quietschen. Wagentüren schlugen zu, Befehle wurden gebrüllt. Ich erstarrte. Als ich einen Blick aus dem Fenster wagte, sah ich, wer gekommen war – SS, Gestapo und Angehörige der jüdischen Polizei, die stets das taten, was die Deutschen von ihnen verlangten. Offenbar planten sie eine Razzia, um den nächsten Schub Juden festzunehmen und in eines der Lager zu deportieren.

Ich rannte aus der Küche über den Flur und die Treppe hinauf. Unten wurde die Eingangstür aufgebrochen und die Deutschen stürmten ins Haus. Dass ich es noch rechtzeitig zum Kriechboden schaffte, war ausgeschlossen.

Stattdessen hetzte ich in unsere Wohnung im dritten Stock. Panisch und mit hämmerndem Herzen blickte ich mich um und wünschte, wir hätten einen Schrank oder eine Anrichte, in denen ich mich verbergen konnte. Doch in dem winzigen Raum standen nur eine Kommode und zwei Betten.

Allerdings gab es noch andere Verstecke, etwa hinter der Gipswand, die eine Familie vor einer Woche im Nachbarhaus eingesetzt hatte. Nur würde es mir nicht mehr gelingen, dort noch unbemerkt hinzugelangen.

Mein Blick fiel auf den Überseekoffer am Fußende meines Betts. Kurz nachdem wir hier eingezogen waren, hatte meine Mutter mich auf ihn als Versteck hingewiesen, und wir hatten ausprobiert, ob ich hineinpasste. Was ich mit Ach und Krach tat.

Dennoch war der Koffer viel zu auffallend, um ein gutes Versteck abzugeben. Doch etwas Besseres hatte ich nicht. Und so krabbelte ich hinein und zog den Deckel zu. Dabei dankte ich dem Himmel, dass ich ebenso klein und zierlich wie meine Mutter geraten war. Normalerweise hasste ich meine Körpergröße, die mich zwei Jahre jünger aussehen ließ, aber in diesem Augenblick war sie ein Segen. Darüber hinaus war ich aufgrund der Mangelernährung im Ghetto noch dünner geworden.

Allerdings hatten wir uns, als wir den Koffer als Versteck getestet hatten, vorgestellt, dass meine Mutter, sobald ich darin wäre, eine Decke oder Kleidungsstücke darüberlegen würde. Damit konnte ich nun nicht dienen. Ich konnte mich lediglich einrollen und die Arme um mich schlingen, woraufhin mein Blick genau auf die weiße Armbinde mit dem blauen Stern fiel, die alle Juden tragen mussten.

Aus dem Nachbargebäude war ein lautes Krachen zu hören. Es klang, als wäre die Gipswand mit einem Hammer oder einer Axt eingeschlagen worden. Demnach hatten die Polizisten das Versteck gefunden, vielleicht hatte die frische Farbe es ihnen verraten. Geschrei ertönte, also hatten sie auch ein Kind entdeckt. Hätte ich mich dorthin geflüchtet, wäre es mir nicht anders ergangen.

Schritte näherten sich unserer Wohnung. Die Tür flog auf, und mein Herz verkrampfte sich. Ich hörte jemanden atmen, spürte den Blick, der durch das Zimmer wanderte. *Tut mir leid, Mama.* Ich wartete darauf, dass der Koffer geöffnet wurde, und wappnete mich. Dann überlegte ich, ob man nachsichtiger wäre, wenn ich freiwillig hervorkäme und mich ergeben würde.

Die Schritte entfernten sich und wurden den Flur hinunter leiser, ehe nacheinander die Türen geöffnet wurden. Die Tür zu unserem Zimmer ließ er offen.

Vor zweieinhalb Jahren war der Krieg nach Krakau gekommen, an einem warmen Herbsttag. Da hatten wir zum ersten Mal Luftschutzsirenen gehört, und die Kinder, die draußen gespielt hatten, waren Hals über Kopf nach Hause gerannt. Dann marschierten die Deutschen ein, besetzten Polen und erklärten unser Land zu ihrem Generalgouvernement.

Zuerst wurde unser Leben hart, dann grauenvoll. Es gab kaum noch etwas zu essen, und für Grundnahrungsmittel mussten wir uns in langen Warteschlangen anstellen. Einmal war eine ganze Woche über kein Brot aufzutreiben.

Und dann, vor ungefähr einem Jahr, strömten Tausende Juden von außerhalb nach Krakau. Sie folgten einem Befehl des deutschen Generalgouverneurs, hatten Dörfer und kleine Städte verlassen und trugen ihre Habseligkeiten auf dem Buckel. Als sie bei uns eintrafen, wirkten sie benommen. Damals fragte ich mich, wie sie alle bei uns in Kazimierz unterkommen wollten; wir lebten ja schon in reichlich beengten Verhältnissen. Dann stellte sich heraus, dass diese Neuankömmlinge per Dekret in einen Teil von Podgórze ziehen mussten, um den herum eine hohe Mauer errichtet worden war.

Meine Mutter arbeitete mit der *Gmina*, der jüdischen Gemeinde, zusammen und half den Leuten, sich zurechtzufinden. Anfangs luden wir einige von ihnen noch zu uns zum Essen ein – Freunde von Freunden –, doch dann durften sie den ummauerten Bereich, oder das Ghetto, nicht mehr verlassen. Sie hatten uns Geschichten aus ihren Dörfern oder Städtchen er-

16

zählt, die man kaum fassen konnte, weil sie so schrecklich waren. Mitunter schickte meine Mutter mich aus dem Esszimmer, damit ich sie nicht hörte.

Einige Monate nach der Errichtung des Ghettos wurde auch uns befohlen, dorthin zu ziehen. Als mein Vater es mir verkündete, wollte ich es nicht glauben. Wir waren keine Flüchtlinge, sondern Einwohner von Krakau, und wir hatten stets in unserer Wohnung in der Ulica Meiselsa gelebt. Eine bessere Adresse war kaum vorstellbar, die Straße lag am Rand des jüdischen Viertels, man konnte zu Fuß ins Zentrum der Stadt laufen, und das Büro meines Vaters in der Ulica Stradomska war so nahe, dass er zum Mittagessen nach Hause kommen konnte. Zudem befand sich unten im Haus ein Café, in dem es abends Klaviermusik gab. Die Klänge drangen bis zu uns hinauf, und manchmal tanzten meine Eltern dazu. Doch auf Anordnung des Generalgouverneurs waren wir ebenso wie die Flüchtlinge Juden, und das war ausschlaggebend. Man gestand uns einen einzigen Tag zu, um zu packen und umzuziehen. Und jeder durfte nicht mehr als einen Koffer mitnehmen. Die Welt, die ich mein Leben lang gekannt hatte, verschwand.

Nun hob ich den Deckel des Überseekoffers ein wenig an, linste durch den Spalt und versuchte, etwas auf dem Flur zu erkennen. Wir hatten das Glück gehabt, für unsere Familie ein ganzes Zimmer zugewiesen zu bekommen. Das Privileg verdankten wir meinem Vater, der in der Fabrik zum Vorarbeiter aufgestiegen war. In anderen Zimmern hausten teilweise zwei oder drei Familien zusammen. Dennoch hockten auch wir aufeinander, und jedes Geräusch, jede kleine Szene unseres Alltags wurde verschärft.

Die Polizisten schienen mittlerweile im ganzen Haus über die Flure zu laufen. »Alle Kinder rauskommen!«, riefen sie. Es war nicht das erste Mal, dass sie tagsüber erschienen, um die Kinder zu holen. Sie wussten, dass die Eltern dann in der Arbeit waren.

Aber ich war kein Kind mehr. Ich war achtzehn Jahre alt und hätte arbeiten können, ebenso wie andere, die so alt wie ich oder sogar jünger waren. Jeden Morgen bekam ich mit, wie sie unten auf dem Plac Zgody zum Appell antraten und anschließend zu einer der Fabriken in- oder außerhalb des Ghettos trotteten. Ich *wollte* sogar arbeiten, auch wenn ich wusste, wie schwer und furchtbar es sein würde. Ich konnte es am Schritt meines Vaters erkennen, schleppend und schlurfend wie der eines alten Manns, ebenso an den rissigen Händen meiner Mutter, die manchmal sogar bluteten.

Doch als Arbeiterin wäre ich wenigstens nach draußen gekommen, hätte mit anderen Leuten reden können. Meine Eltern hatten lange darüber debattiert, ob ich arbeiten oder mich verbergen sollte. Mein Vater hatte für Ersteres gestimmt. Arbeitsausweise waren im Ghetto begehrt, denn Arbeiter wurden von den Deutschen geschätzt, und die Wahrscheinlichkeit, dass sie in eines der Lager deportiert wurden, war geringer.

Meine Mutter widersetzte sich meinem Vater nur selten, doch diesmal tat sie es. »Sadie sieht jünger aus, als sie ist. Sie ist zart, und die Arbeit, die man ihr geben würde, wäre zu schwer für sie. Die Deutschen sollen sie gar nicht erst sehen, dann ist sie am sichersten.«

Und wenn man mich nun entdeckte? Würde sie dann immer noch glauben, dass sie recht gehabt hatte?

Die Schritte auf den Fluren wurden leiser, und dann verhallten sie. Im Haus wurde es wieder ruhig.

Ich rührte mich nicht. Die Stille konnte eine Falle sein, bisweilen taten die Polizisten nur, als gingen sie wieder. In Wahrheit lagen sie dann auf der Lauer und warteten darauf, dass man sich sicher fühlte und aus dem Versteck hervorkam. Ich blieb im Überseekoffer.

Nach einer Weile begannen meine Glieder zu schmerzen, dann wurden sie taub. Ich hatte keine Ahnung, wie spät es war. Wieder hob ich den Kofferdeckel leicht an und spähte ins Zimmer. Das Licht war blasser geworden. Demnach war die Sonne schon dabei, unterzugehen.

Irgendwann waren auf dem Flur erneut Schritte zu hören, schwere, schlurfende Schritte. Diesmal waren es Arbeiter, die schweigend und erschöpft von ihrem Tagewerk zurückkehrten. Ich versuchte, mich zu entrollen. Doch meine Muskeln waren verkrampft, meine Bewegungen unbeholfen.

Noch bevor ich den Deckel öffnen konnte, stürzte meine Mutter ins Zimmer. »Sadie!«, rief sie und klang hysterisch.

»*Jestem tutaj*«, erwiderte ich. *Ich bin hier.* Vielleicht hörte meine Mutter mich nicht, denn ich schaffte es nicht mehr, den Kofferdeckel zu öffnen. Ich drückte noch einmal, aber einer der beiden Riegel schien sich verhakt zu haben.

Meine Mutter rannte hinaus auf den Flur. Ich bekam mit, dass sie die Treppe hinauflief und die Tür zum Dachboden aufriss. »Sadie!«, rief sie und dann ein ums andere Mal: »Wo bist du?« Sie begann, im ganzen Haus nach mir zu suchen, und je länger sie mich nicht fand, desto schriller wurde ihre Stimme.

»Mama!«, schrie ich. Noch einmal versuchte ich, den Deckel aufzustemmen; er bewegte sich nicht.

Meine Mutter kehrte zurück. Sie öffnete das Fenster, vielleicht wollte sie von dort aus nach mir rufen, doch in dem Augenblick gelang es mir, den Kofferdeckel aufzustoßen.

Mühsam richtete ich mich auf und traute meinen Augen nicht. Meine Mutter stand auf dem Fensterbrett, ihre zarte Gestalt hob sich dunkel vor der grauen Abenddämmerung ab.

»Was tust du da?«, fragte ich und überlegte, ob sie auf der Straße nach mir Ausschau hielt. Aber warum dazu auf die Fensterbank klettern? »Mama?«

Sie drehte sich um, ihre Miene war schmerzverzerrt. Und ich begriff, warum sie auf der Fensterbank stand. Sie dachte, die Deutschen hätten mich mitgenommen, zusammen mit den Kindern aus dem Nachbarhaus. Sie wäre gesprungen, hätte ich mich nicht aus dem Koffer befreit. Ich war ihr einziges Kind, ihr Ein und Alles, und ohne mich wollte sie nicht mehr leben.

Ein Schauer kroch mir über den Rücken. »Ich bin doch da«, sagte ich und lief zu ihr. Als sie schwankte, hielt ich sie fest und fühlte mich schuldig. Warum hatte ich nicht auf sie gehört und war auf dem Kriechboden geblieben? Normalerweise tat ich alles, um ihren Wünschen zu entsprechen und ein seltenes Lächeln aus ihr hervorzulocken. Und nun hatte ich ihr so großes Leid zugefügt, dass ich sie um ein Haar verloren hätte.

Ich half meiner Mutter vom Fensterbrett herunter und schloss das Fenster.

»Ich war vor Angst außer mir«, sagte sie, als wäre das eine ausreichende Erklärung für das, was sie vorgehabt hatte. »Du warst nicht auf dem Kriechboden.«

»Ich habe mich hier versteckt.« Ich deutete auf den Überseekoffer. »Das hatten wir doch so abgemacht. Wir haben ihn ›das zweite Versteck‹ genannt. Ich hatte bloß Schwierigkeiten, wieder herauszukommen. Warum hast du nicht hineingeschaut?«

Meine Mutter runzelte die Stirn. »Ich dachte nicht, dass du noch hineinpasst.« Nach kurzem Schweigen fingen wir an zu lachen. Und für ein paar Sekunden war es, als wären wir wieder in unserer Wohnung in der Meiselsa, und unser Leben wäre noch wie früher. Ich redete mir ein, wenn wir noch lachen konnten, würde vielleicht alles wieder gut. An diese Vorstellung, so ver-

rückt sie auch war, klammerte ich mich wie an einen Rettungs-
ring auf dem Meer.

Ein Schrei hallte durch das Haus, gefolgt von einem zweiten.
Uns blieb das Lachen im Halse stecken. Es waren die Mütter
der Kinder, die die Polizei mitgenommen hatte. Dann hörte man
draußen etwas aufschlagen. Ich lief zum Fenster. Meine Mutter
fasste meinen Arm. »Sieh nicht hin«, sagte sie. Es war zu spät.
Frau Kolberg vom Ende des Flurs lag reglos auf der verrußten
Schneedecke des Bürgersteigs, der Rock wie ein Fächer ausgebreitet, die Glieder seltsam verrenkt. Als sie erkannt hatte,
dass ihre Kinder fort waren, hatte wohl auch sie nicht mehr
leben wollen. Ich fragte mich, ob diese Reaktion bei manchen
Müttern instinktiv erfolgte, oder ob die Mütter des Ghettos
darüber gesprochen und für den Fall, dass ihr schlimmster Alptraum wahr werden sollte, einen Selbstmordpakt geschlossen
hatten.

Dann kam mein Vater heim. Seiner erschütterten Miene ent-
nahm ich, dass er von der Razzia erfahren hatte und wusste,
dass anderen Familien die Kinder geraubt worden waren. Er
schloss meine Mutter und mich in die Arme und drückte uns
fest an sich.

Meine Eltern setzten sich auf ihr Bett und ich mich auf meins.
Ich betrachtete die beiden Menschen, die ich innig liebte.

Meine Mutter war eine Schönheit, grazil und anmutig, ihr
Haar so weißblond, dass sie mir als Kind manchmal wie eine
Prinzessin aus dem hohen Norden erschienen war. Jedenfalls
ähnelte sie nicht im Mindesten anderen Jüdinnen, und hinter
ihrem Rücken tuschelten die Nachbarn, wahrscheinlich käme
sie auch gar nicht aus Polen. Wären mein Vater und ich nicht gewesen, hätte sie niemals ins Ghetto gemusst, sondern irgendwo
als Nichtjüdin leben können.

Ich hatte zwar ihre Statur geerbt, sonst jedoch das dunkle, krause Haar meines Vaters und seinen olivfarbenen Teint. Es war unverkennbar, dass er und ich Juden waren. Auch mein Vater war einmal schmal gewesen, mittlerweile hatte die schwere körperliche Arbeit ihn jedoch kräftiger gemacht.

Mein Vater war mein Verbündeter. Ihm konnte ich erzählen, was mich beschäftigte, konnte ihm Geheimnisse anvertrauen und über meine Wunschträume sprechen. Früher, als es noch möglich war, war er abends und an den Wochenenden mit mir durch Krakau gewandert, hatte mir die Geschichte der Stadt nahegebracht und mich auf die Relikte ihrer vergangenen Größe hingewiesen.

Doch auch mein Vater war nicht in der Lage, uns vor der zunehmenden Bedrohung seitens der Deutschen zu schützen. Sicher, die Zustände im Ghetto waren von Anfang an schrecklich gewesen, aber bisher hatten wir uns hier wenigstens einigermaßen sicher fühlen können. Wir lebten in einer jüdischen Gemeinschaft, hatten sogar einen Judenrat, den die Deutschen ernannt hatten, und der unser Leben regelte. Mehr als einmal hatte mein Vater erklärt, solange wir uns unauffällig verhielten und den Besatzern gehorchten, würden sie uns in Ruhe lassen. Und irgendwann wäre der Krieg und mit ihm womöglich auch die deutsche Schreckensherrschaft in unserem Land zu Ende. Zumindest hofften wir das. Nach dem heutigen Tag war ich nicht mehr ganz so zuversichtlich.

Ich ließ meinen Blick durch das Zimmer schweifen und empfand sowohl Ekel als auch Furcht. Anfangs hatte ich hier nicht sein wollen, nun hatte ich Angst, man würde uns zwingen, das Ghetto zu verlassen.

»Wir müssen etwas unternehmen«, flüsterte meine Mutter, als hätte sie meine Gedanken erraten.

»Morgen gehe ich mit Sadie zum Judenrat und beantrage für sie eine Arbeitserlaubnis«, sagte mein Vater. Diesmal widersprach meine Mutter ihm nicht.

Vor dem Krieg war es schön gewesen, in Krakau ein Kind oder Jugendlicher zu sein. Nun mussten wir uns nützlich machen, zeigen, dass wir einen Gebrauchswert besaßen, um uns ein wenig Sicherheit zu erkaufen.

Doch meiner Mutter ging es nicht nur um die Arbeitserlaubnis. »Sie werden wiederkommen«, sagte sie. »Und dann haben wir vielleicht nicht mehr so viel Glück wie heute.«

Ich nickte. Wir sollten hier nicht länger tatenlos ausharren.

»Alles wird gut, *kochana*«, sagte mein Vater. Ich fragte mich, wie er das so einfach behaupten konnte, zumal es überhaupt nicht danach aussah.

Meine Mutter legte ihren Kopf an seine Schulter. Sie vertraute ihm.

»Ich werde mir etwas einfallen lassen«, fuhr mein Vater fort. »Wenigstens sind wir noch zusammen.«

Die Worte schwebten durch das Zimmer, waren halb Gebet, halb Versprechen.

# KAPITEL 2

## ELLA

*Krakau, Juni 1942*

Der Sommer hatte begonnen, und in den frühen Abendstunden war es noch warm. Ich überquerte den Marktplatz und wanderte durch die Arkaden der Tuchhallen, vorbei an Ständen voller Blumen, die sich nur noch wenige leisten konnten oder wollten. Trotz des schönen Abends waren die Straßencafés nicht mehr ganz so voll wie früher, aber sie hatten noch geöffnet und auch gut zu tun. Bei ihren Gästen handelte es sich nun um Bier trinkende Wehrmachtssoldaten und um Polen, die es gewagt hatten, sich an den Nachbartischen niederzulassen. Wenn man nicht allzu genau hinschaute, hätte man meinen können, nichts habe sich geändert.

In Wahrheit hatte sich so gut wie alles geändert, schließlich hielten die Deutschen die Stadt mittlerweile seit drei Jahren besetzt. An den Tuchhallen und dem Backsteinturm des Rathauses hingen Hakenkreuzfahnen. Der Rynek war inzwischen der Adolf-Hitler-Platz, und aus traditionellen polnischen Straßennamen waren Reichstraßen, Wehrmachtstraßen und so weiter geworden. Der Sitz des deutschen Generalgouverneurs war auf dem Wawel, und die Stadt voller Wehrmachtsoldaten, Sipo und SS, wobei Letztere mit schweren, schwarzen Stiefeln zu dritt oder viert in einer Reihe die Bürgersteige patrouillierten, andere

Fußgänger aus dem Weg drängten und die Bewohner der Stadt generell nach Lust und Laune schikanierten.

An einer Ecke verkaufte ein Junge in kurzer Hose das deutsche Propagandablatt *Krakauer Zeitung*, das unsere frühere Tageszeitung ersetzt hatte. »Fürs Klosett«, flüsterten wir untereinander und meinten damit, dass die Zeitung nur als Klopapier taugte.

Dennoch tat es mir gut, durch den milden Abend zu spazieren und die warme Sonne auf meinem Gesicht zu spüren. Ich war neunzehn Jahre alt, und seit ich denken konnte, durch die Straßen der Altstadt gelaufen, zuerst an der Hand meines Vaters, später allein. Ihre Wahrzeichen gehörten zur Topographie meines Lebens, vom Barbakan am Florianstor bis zur Burg Wawel oben auf dem Hügel, von dem aus man einen weiten Blick über die Weichsel hatte. Inzwischen schienen meine Spaziergänge das Einzige zu sein, das weder die Zeit, in der wir lebten, noch der Krieg mir nehmen konnte.

Ich kehrte in keines der Straßencafés ein. Früher hätte ich mich dort mit Freunden getroffen, wir hätten uns unterhalten, gescherzt und gelacht. Währenddessen wäre die Sonne untergegangen und wenig später die Außenbeleuchtung eingeschaltet worden. Auf den Bürgersteigen wären goldene Lichtpfützen entstanden. Nun gab es abends kein Licht mehr, wir mussten die Stadt verdunkeln, um sie vor Luftangriffen zu schützen. Niemand, den ich kannte, traf sich noch mit Freunden und Bekannten. Überhaupt waren Einladungen selten geworden. Wer hatte schon genügend Lebensmittelmarken, um Gäste bewirten zu können? Wir waren alle nur noch mit unserem Überleben beschäftigt. Geselligkeit war ein Luxus, den wir uns nicht mehr leisten konnten.

Kein Wunder also, dass ich mich häufig einsam fühlte. Mein

Leben war in Krys' Abwesenheit viel zu ruhig geworden. Ich hätte so gern mit Freunden zusammengesessen und geplaudert. Aber so war es nun einmal.

Ich verdrängte die düsteren Gedanken, warf einen Blick in das Schaufenster eines Modegeschäfts; die ausgestellten Kleidungsstücke konnte sich kaum noch jemand leisten.

Ich drehte eine zweite Runde über den Marktplatz, wollte den Rückweg zu dem Haus hinauszögern, in dem ich mit meiner Stiefmutter lebte.

Allerdings wäre es unklug, noch länger draußen zu bleiben. Wenn es dunkel wurde und die Sperrstunde nahte, hielten die Deutschen uns nun immer öfter an, kontrollierten unsere Papiere, verhörten uns und durchsuchten unsere Taschen.

Ich verließ den Markt, lief die große Ulica Grodzka hinunter und bog in die Ulica Kanonicza, eine alte, gewundene Gasse, deren einst buckligen Kopfsteine mit der Zeit von zahllosen Schuhsohlen geebnet und poliert worden waren. Hier, nur wenige Schritte vom Stadtzentrum entfernt, lag das schöne Stadthaus, in dem ich von jeher gelebt hatte. Und wie jedes Mal stimmte mich sein Anblick froh, sosehr es mir auch widerstrebte, es mit meiner Stiefmutter teilen zu müssen. Der Putz der Fassade war leuchtend gelb, die Geranien in den Blumenkästen auf den Fensterbänken feuerrot. Aus Sicht der Deutschen war das Haus vermutlich sogar zu gut für Polen, dennoch war es bisher nicht beschlagnahmt worden.

Als ich vor dem Eingang stand, kamen Erinnerungsbilder an meine Familie in mir auf. Diejenigen, auf denen meine Mutter zu sehen war, wirkten verschwommen. Ich war noch ein kleines Kind, als sie starb. Als die Jüngste unter meinen Geschwistern beneidete ich die anderen um die vielen Jahre, die sie mit meiner Mutter verbracht hatten, wohingegen ich mich kaum an sie erinnern konnte. Mittlerweile waren meine Schwestern verheiratet, die eine mit einem Rechtsanwalt, mit dem sie nach Warschau gezogen war, die andere mit einem Schiffskapitän. Gemeinsam lebten sie in Danzig.

Am meisten jedoch fehlte mir Maciej, mein Bruder, der acht Jahre älter als ich war. Er hatte sich stets Zeit für mich genommen und sich mit mir beschäftigt, war überhaupt ganz anders als der Rest der Familie. Maciej wollte weder heiraten noch interessierten ihn die Berufe, zu denen mein Vater ihm riet. Als er siebzehn war, riss er nach Paris aus. Wenig später lebte er dort mit einem Franzosen namens Philippe zusammen. Aber auch Maciej kannte die Knute der Deutschen, seit sie Frankreich besetzt und die einstige Stadt des Lichts verdunkelt hatten. In seinen Briefen klang er allerdings recht gut gelaunt, woraus ich schloss, dass das Leben in Paris wohl doch noch etwas besser als das unsere war.

Als meine Geschwister aus dem Haus waren, war ich mit meinem Vater – meinem *Tata* – allein. Mein Vater besaß in Krakau eine Druckerei, doch nach einer Weile schien er geschäftlich immerzu in Wien zu tun zu haben. Eines Tages kehrte er von dort mit Ana Lucia zurück. Damals war ich zehn Jahre alt. Er hatte sie geheiratet, ohne mir vorher etwas davon zu sagen.

Bereits als ich sie zum ersten Mal sah, wusste ich, dass ich diese Frau hassen würde. Vielleicht lag es an ihrem schweren Pelzmantel, an dessen Kragen die Köpfchen toter Tiere baumelten, die mich unglücklich und vorwurfsvoll zugleich anzusehen schienen. Als Ana Lucia die Luft an meiner Wange küsste und ihr Atem wie ein Zischen klang, roch ich den süßlichen Jasminduft ihres Parfüms. Dann trat sie zurück und musterte mich so kalt, als wäre ich ein unerwünschtes Möbelstück, mit dem sie sich abfinden musste, weil es zum Haus gehörte.

Als der Krieg begann, meldete mein Vater sich als Freiwilliger, obwohl er das in seinem Alter nicht mehr hätte tun müssen. Er gehorchte seinem Pflichtgefühl gegenüber dem Land und den jungen polnischen Soldaten, von denen einige während des letzten Großen Kriegs noch gar nicht geboren waren.

Es dauerte nicht lange, bis wir das Telegramm erhielten, dass er bei den Kämpfen in Ostpolen verschollen war, und man davon ausgehen könne, dass er tot war. Bei der Erinnerung begannen meine Augen zu brennen. Der Schmerz war noch so frisch wie an dem Tag, an dem die Nachricht kam. Manchmal träumte ich, er wäre nur in Kriegsgefangenschaft und würde irgendwann zu uns zurückkehren. Ein anderes Mal wurde ich wütend und fragte mich, wie er mich mit Ana Lucia hatte allein lassen können. Sie war wie die böse Stiefmutter im Märchen – nein, schlimmer, denn sie gab es wirklich.

Als ich die Hand auf den Griff der Eingangstür legte – eine schöne Bogentür aus Eichenholz –, registrierte ich den Stimmenlärm von drinnen. Ana Lucia hatte wieder Gäste. Ich ließ die Hand sinken.

Die Partys meiner Stiefmutter waren immer laut, auch wenn sie diese »Soireen« nannte, um sie vornehm klingen zu lassen. Zur Verköstigung gab es alles, was man zurzeit an anständigem Essen auftreiben konnte, dazu Wein aus dem schwindenden Vorrat meines Vaters, und hinterher Wodka, den Ana Lucia mit Wasser streckte.

Vor dem Krieg hatte ich an den Geselligkeiten in unserem Haus mitunter teilnehmen dürfen, damals handelte es sich noch um die Gäste meines Vaters, um Schriftsteller und Intellektuelle. Ich liebte die hitzigen Debatten, die sie bis in die Nacht führen konnten. Doch jene Männer und Frauen waren nicht mehr da; sie waren nicht bereit gewesen, sich der deutschen Besatzungsmacht zu beugen. Diejenigen, die dazu in der Lage gewesen waren, hatten in der Schweiz oder in England Zuflucht gesucht, die weniger Glücklichen waren verhaftet und in die Konzentrationslager der Deutschen deportiert worden.

Ana Lucia hatte sie durch die schlimmste Sorte Menschen ersetzt, die ich mir vorstellen konnte, sprich Deutsche, und je höher ihr Dienstgrad, desto besser. Falls man meine Stiefmutter mit einem Wort beschreiben wollte, wäre »Opportunistin« zweifellos passend gewesen. Dementsprechend hatte sie frühzeitig beschlossen, unsere Besatzer zu ihren Freunden zu erklären. Jedes Wochenende saßen an unserem Tisch stiernackige Rohlinge, die das Haus mit ihrem Zigarrenqualm verpesteten und unsere Teppiche verdreckten, weil sie sich nicht die Mühe machten, ihre Stiefel auf der Fußmatte vor der Tür abzutreten.

Anfangs behauptete Ana Lucia, dass sie mit den Deutschen fraternisiere, um an Informationen über das Schicksal meines Vaters zu gelangen. Das war zu der Zeit, als wir noch hofften, er wäre nur gefangen genommen worden. Doch selbst als klar wurde, dass er mit größter Wahrscheinlichkeit umgekommen war, lud meine Stiefmutter weiterhin Deutsche ein, sogar mehr als zuvor. Sie musste auf nichts und niemanden mehr Rücksicht nehmen, machte nur noch das, was sie wollte.

Ich wagte es nicht, Ana Lucia auf ihr schändliches Verhalten anzusprechen. Mein Vater galt als tot, und ein Testament hatte er uns nicht hinterlassen, so dass meine Stiefmutter nun über unser Haus und Vermögen verfügte. Sollte ich ihr Ärger bereiten, würde sie mich vor die Tür setzen und wäre endlich das Möbelstück los, das sie nie gewollt hatte. Und ich stünde vor dem Nichts. Deshalb ließ ich Vorsicht walten, zumal Ana Lucia mich oft genug daran erinnerte, dass wir es allein ihren guten Beziehungen zur Besatzungsmacht verdankten, dass wir in unserem schönen Haus bleiben konnten, genug zu essen hatten und es uns gestattet war, uns frei in der Stadt zu bewegen.

Ich warf einen Blick durch das Fenster des Vorderzimmers, sah das feine Porzellan und die Kristallgläser auf dem Tisch. Die Gäste, die diese Dinge benutzten, blendete ich aus. Stattdessen stellte ich mir dort meine Familie vor, so wie es früher gewesen war. Ich hörte, wie ich meine Schwestern anbettelte, mit mir zu spielen; sah Maciej, der mich um den gedeckten Tisch herum jagte, bis meine Mutter rief, dass wir aufpassen sollten, bevor wir gegen den Tisch stießen und die Gläser herunterfielen.

Als Kind glaubt man, die Familie wäre für immer da. Doch die Zeit und ein Krieg hatten mir bewiesen, dass dem nicht so war.

Da es mir vor Ana Lucia und ihren Gästen mehr graute als vor dem Verstoß gegen die Sperrstunde, wandte ich mich ab. Trotz der zunehmenden Dunkelheit lief ich wieder los, ohne recht zu wissen, wohin ich gehen sollte. Das Betreten von Parks war uns Polen um diese Uhrzeit verboten, das Gleiche galt für Kinos, die besseren Cafés und Restaurants. Es war, als würde meine Ziellosigkeit mein Leben widerspiegeln, in dem ich in einer Art Niemandsland gefangen war. Ich hatte niemanden, zu dem ich gehen konnte, und niemanden, der mich begleitete. Im besetzten Krakau glich mein Dasein dem eines Kanarienvogels, der in seinem Käfig kaum Platz zum Umherflattern hatte.

Wahrscheinlich wäre alles anders, wenn Krys noch da wäre, dachte ich, während ich erneut Richtung Rynek wanderte. Ich stellte mir vor, wie es wäre, wenn der Krieg meinen Freund nicht gezwungen hätte, Krakau zu verlassen. Dann würden wir jetzt vielleicht unsere Hochzeitsfeier planen oder wären bereits verheiratet.

Ein halbes Jahr vor Kriegsbeginn hatten wir uns kennengelernt. Da saß ich mit Freunden in einem Café, das in einem Innenhof lag. Krys kam mit einer großen Kiste voller Gemüse durch die Passage, die uns von der Straße trennte. Er war attraktiv, hochgewachsen und breitschultrig, die Gesichtszüge scharf gemeißelt. Sein Blick schien den ganzen Innenhof zu erfassen. Als er an uns vorbeikam, fiel eine Zwiebel aus seiner Kiste und rollte bis zu mir. Er kniete sich nieder, um sie aufzuheben, sah mich von unten herauf an und lächelte. »Ich liege vor Ihnen auf den Knien«, sagte er. Manchmal überlegte ich, ob er die Zwiebel absichtlich hatte fallen lassen oder das Schicksal sie zu mir gerollt hatte.

Er fragte, ob ich am Abend mit ihm spazieren gehen würde. Ich hätte Nein sagen sollen. Es schickte sich nicht, mit jemandem auszugehen, den ich vor einer Minute zum ersten Mal gesehen hatte. Aber er gefiel mir, und ich sagte Ja. Und während des Spaziergangs verliebte ich mich in ihn. Es lag nicht nur an seinem guten Aussehen. Er war einfach anders als die jungen Männer, die ich zuvor kennengelernt hatte, und seine Ausstrahlung war so stark, dass sie jeden anderen verblassen ließ.

Krys kam aus einer Arbeiterfamilie, hatte keinen Schulabschluss und sich alles, was er wusste, selbst angeeignet. Seine Zukunftsvisionen waren kühn und aufregend, seine Vorstellungen, wie eine gerechte Welt aussehen sollte, faszinierend. Überhaupt war er der klügste Mensch, dem ich jemals begegnet war. Und er interessierte sich für meine Meinung, auch das war neu für mich.

Es dauerte nicht lange, bis wir uns ständig sahen. Aber wir waren ein ungleiches Paar. Ich war gesellig, liebte Partys und das Zusammensein mit meinen Freunden. Krys hingegen war ein Einzelgänger, der lange Spaziergänge und gute Gespräche vorzog. Menschenmengen waren ihm zuwider. Auf unseren Wanderungen zeigte er mir Orte, die er für sich entdeckt hatte, verwunschen wirkende Wälder und Ruinen früherer Schlösser, von denen ich nicht einmal gewusst hatte, dass es sie jemals gegeben hatte.

Einige Wochen nach unserer ersten Begegnung spazierten wir abends über die Sankt-Bronisława-Anhöhe vor den Toren der Stadt und sprachen über die Ursachen des Nationalismus, der sich seit Jahren in großen Teilen Europas ausgebreitet hatte. Mit einem Mal fiel mir auf, dass Krys mich beobachtete.

»Ist was?«, fragte ich.

»Als ich dich zum ersten Mal sah, dachte ich, du wärst vielleicht wie die anderen jungen Frauen aus deiner Clique und würdest dich vor allem mit oberflächlichen Dingen beschäftigen«, erwiderte er.

Ich hätte beleidigt sein und ihn fragen können, warum er dann Interesse an mir hatte, aber ich wusste, was er meinte. Meine Freundinnen interessierten sich hauptsächlich für leichte Romane, amüsante Theaterstücke und die neueste Mode.

Krys küsste mich. »Ich bin froh, dass du anders bist.«

Wir hatten heiraten und reisen wollen, hatten vorgehabt, die ganze Welt kennenzulernen.

Dann kam der Krieg. Ebenso wie mein Vater meldete Krys sich gleich in den ersten Tagen als Freiwilliger. Er setzte sich stets für das ein, woran er glaubte, und nun gehörte auch der Kampf gegen die Deutschen dazu.

Ich hatte ihn gebeten, noch zu warten, und gesagt, vielleicht sei der Krieg schon bald beendet, doch Krys ließ sich nicht beirren.

Das Schlimmste war jedoch, dass er sich von mir trennte, bevor er aufbrach. »Niemand weiß, wie lange ich fort sein werde«, sagte er. *Oder ob du zurückkommst*, fügte ich im Geist hinzu. Es war ein so furchtbarer Gedanke, dass ihn keiner von uns aussprach. »Vielleicht lernst du einen anderen kennen«, fuhr er fort. »Und dann sollst du dich frei fühlen.«

Was für eine absurde Idee, dachte ich. Selbst wenn es in Krakau noch junge polnische Männer gegeben hätte, hätte mich keiner von ihnen interessiert. Ich beschwor Krys, sich nicht von mir zu trennen, sogar inständiger, als mein Stolz es eigentlich zuließ. Mein Wunsch war, dass wir uns verlobten oder sogar heirateten, ebenso wie andere Paare, bei denen der Mann in den Krieg zog. Ich wollte etwas haben, das von unserer Liebe zeugte. Doch Krys beharrte auf seinem Entschluss, und wenn er sich etwas in den Kopf gesetzt hatte, war es unmöglich, ihn umzustimmen.

Die letzte Nacht verbrachte ich bei ihm. Wir wurden intimer, als wir vielleicht hätten werden sollen, doch das war mir einerlei. Wer wusste schon, wann wir dazu wieder Gelegenheit hätten – womöglich nie. Ich weinte, als ich mich in den frühen Morgenstunden nach Hause schlich und so leise in mein Zimmer schlüpfte, dass meine Stiefmutter es nicht mitbekam. Am Tag darauf verabschiedete ich Krys am Hauptbahnhof.

Es dauerte nicht lange, bis die polnische Armee der Übermacht der deutschen Truppen erlag. Viele unserer Soldaten kamen verwundet zurück, andere demoralisiert. Krys war nicht unter ihnen. Und seine Briefe, die mit der Zeit ohnehin seltener und distanzierter geworden waren, blieben mit einem Mal ganz aus. Seitdem quälte mich die Frage, wo er sein mochte; für Polen waren die Kampfhandlungen doch beendet. Wäre er in Kriegsgefangenschaft geraten oder umgekommen, hätten seine Eltern es erfahren und die Nachricht an mich weitergegeben. Ein ums andere Mal sagte ich mir, dass Krys noch lebte, und es an den allgemeinen Kriegswirren lag, dass ich von ihm keine Post mehr erhielt.

In der Ferne schlugen die Glocken der Marienkirche zur vollen Stunde. Sieben Uhr. Aus alter Gewohnheit wartete ich auf den Trompeter, der den Hejnał blies. Es war ein Signal, das noch aus dem Mittelalter stammte, eine Warnung vor dem Einfall feindlicher Horden. Seitdem die Deutschen bei uns eingefallen waren, durfte das Signal nur noch zweimal am Tag ertönen.

Ich überquerte den Marktplatz, überlegte, ob ich einen Kaffee trinken sollte. Doch als ich mich einem Straßencafé näherte, blickte mich einer der Wehrmachtsoldaten, die dort saßen, so einladend an, dass ich eilig weiterlief.

An den Tuchhallen begegnete ich Magda und Klara, zwei Frauen, die ich kannte. Arm in Arm machten sie einen Schaufensterbummel. Ich begrüßte sie.

»Oh, hallo«, sagte Magda und richtete den aus der Mode gekommenen Hut auf ihrem brünetten Haar. Vor dem Krieg war sie eine meiner besten Freundinnen gewesen, doch nun hatte ich sie seit Monaten weder gesehen noch von ihr gehört. Sie schien meinem Blick auszuweichen.

Klara war eine flatterhafte Person, aus der ich mir nie viel gemacht hatte. Sie hatte sich das blonde Haar zu einem modischen Bob schneiden lassen und die Augenbrauen zu zwei so hohen Bögen gezupft, dass es aussah, als würde sie unentwegt staunen. »Wir haben ein paar Einkäufe gemacht«, erklärte sie mit einem selbstgefälligen Lächeln.

Und warum hatten sich mich nicht dazu eingeladen? »Ich wäre gern mitgekommen«, sagte ich an Magda gewandt. Auch wenn wir uns seit einer Weile nicht gesehen hatten, hoffte ich, sie würde mich auffordern, sie zu begleiten.

Magda schwieg. Klara aber, der die Freundschaft von Magda

und mir von jeher ein Dorn im Auge gewesen war, wurde deutlich. »Warum hätten wir dich einladen sollen? Wir haben angenommen, dass du den Abend mit den Freunden deiner Stiefmutter verbringst.«

Meine Wangen begannen zu brennen, als hätte sie mir eine Ohrfeige verpasst. Seit Monaten ging ich davon aus, dass meine Freunde und Freundinnen sich wegen der allgemeinen Notlage nicht mehr trafen. Dabei hatten sie sich nur nicht mehr *mit mir* getroffen. Offenbar glaubten sie, dass ich, ebenso wie meine Stiefmutter, mit den Deutschen fraternisierte.

»Mit den Freunden meiner Stiefmutter habe ich nichts zu tun«, erwiderte ich so ruhig wie möglich. Doch weder Magda noch Klara ging darauf ein. Für einen Moment herrschte unangenehmes Schweigen.

»Wie auch immer.« Um zu zeigen, dass mir ihre Zurückweisung nichts anhaben konnte, reckte ich mein Kinn. »Ich habe alle Hände voll zu tun. Dinge, die erledigt werden müssen, bevor Krys zurückkommt.« Von der Trennung hatte ich niemandem in meinem Freundeskreis erzählt. Es lag nicht nur daran, dass ich meine Freunde kaum noch sah, oder mir das Bekenntnis peinlich gewesen wäre. Ich wollte es mich einfach nicht sagen hören. Es hätte die Trennung real gemacht. »Er wird bald wieder bei mir sein, und dann können wir endlich unsere Hochzeit planen.«

»Das hoffe ich für dich«, entgegnete Magda, woraufhin ich mich schuldbewusst fühlte. Ihr Verlobter hatte zu den Professoren gehört, die die Deutschen bei einer Razzia der Universität festgenommen hatten. Seitdem hatte man nichts mehr von ihm gehört.

»Wir müssen weiter«, sagte Klara. Wieder wünschte ich, sie oder Magda würden mich bitten, mit ihnen zu kommen.

Erbärmlich, wie ich war, hätte ich meinen Stolz hinunter-
geschluckt und mich ihnen angeschlossen, nur um noch einmal
Gesellschaft zu haben.

»Bis die Tage«, sagte Klara und zog Magda mit sich fort.
Ich blickte ihnen nach. Sie hatten die Köpfe zusammengesteckt.
Wahrscheinlich redeten sie über mich. Wenig später trug der
Wind ihr Gelächter zu mir.

*Mir doch egal*, dachte ich trotzig und zog meine Jacke enger
um mich; in die laue Abendluft hatte sich ein frisches Lüftchen
gemischt. Im Weitergehen malte ich mir aus, wie es sein würde,
wenn Krys wieder bei mir wäre. Dann würden wir da weiter-
machen, wo wir aufgehört hatten, und diese schreckliche Zwi-
schenzeit würden wir versuchen zu vergessen.

# KAPITEL 3

## SADIE

*März 1943*

Ein seltsames Schaben, das von unten heraufdrang, hatte mich geweckt. Es war nicht das erste Mal, das mich nachts ein Geräusch aus dem Schlaf riss. In dem Haus, in dem wir wohnten, waren auf die Schnelle papierdünne Wände eingesetzt worden, um die einst großen Räume in kleine zu unterteilen, die entsprechend hellhörig waren.

Aber auch in unserem Zimmer war es nachts nicht still. Mein Vater schnarchte oder atmete beim Schlafen schwer; meine Mutter stöhnte, wenn sie versuchte, für ihren angeschwollenen Bauch eine bequeme Position zu finden. Oder meine Eltern flüsterten miteinander, wenn sie dachten, ich schliefe.

Allerdings verbargen sie vor mir nicht mehr so viel wie früher. Warum hätten sie es auch tun sollen? Ich bekam doch selbst mit, wie sehr sich unser Leben Tag für Tag nur noch verschlechterte.

Der Winter war eiskalt und entbehrungsreich gewesen. Sowohl junge als auch alte Ghettobewohner waren verhungert, Krankheiten erlegen oder von SS-Wachen erschossen worden. Letzteres konnte aus kleinstem Anlass geschehen, vielleicht, weil man nicht schnell genug einem Befehl gefolgt war oder beim morgendlichen Appell nicht stramm genug gestanden hatte.

Die Razzia vor einem Jahr erwähnten meine Eltern und ich nicht mehr.

Allerdings hatte ich inzwischen eine Arbeitserlaubnis und ging, ebenso wie meine Mutter, morgens im Ghetto in die Schuhfabrik. Dafür hatte mein Vater gesorgt. Auch dafür, dass meine Mutter und ich zusammenarbeiten konnten und keine Schwerarbeit verrichten mussten. Dennoch waren meine Hände voller Schwielen, schließlich hatte ich es zwölf Stunden täglich mit hartem, rauem Leder zu tun. Und von der gebückten Haltung und den immer gleichen Handgriffen schmerzte mein ganzer Körper.

Auch im Leben meiner Mutter hatte es eine Veränderung gegeben. Sie war mit fast vierzig Jahren noch einmal schwanger geworden. Ich hatte stets gewusst, dass meine Eltern sich ein zweites Kind wünschten. Und nun, in der denkbar schlimmsten Zeit, hatte sich ihr Wunsch erfüllt. Das Baby würde im Sommer kommen, hatte mein Vater gesagt. An der zarten Gestalt meiner Mutter sah man bereits den gerundeten Bauch.

Meine Eltern freuten sich auf den Nachwuchs. Auch ich hätte es gern getan, früher hatte ich von einem kleinen Bruder oder einer kleinen Schwester geträumt. Doch inzwischen war ich neunzehn Jahre alt, hätte selbst schon ein Kind bekommen können, und dachte eigentlich nicht mehr an Geschwister. Zudem fragte ich mich, wie wir im Ghetto ein Kind ernähren und beschützen könnten. Doch das Baby war unterwegs, ganz gleich, ob ich es richtig fand oder nicht.

Wieder hörte ich dieses merkwürdige Schaben. Diesmal war es noch lauter, als würde jemand versuchen, etwas auszukratzen.

Vielleicht arbeitete einer am Abflussrohr der Toilette. Wir hatten nur ein Klosett im Haus, und das war immerzu verstopft.

Aber wie kam derjenige dazu, sich ausgerechnet in der Nacht daran zu schaffen zu machen?

Verärgert setzte ich mich auf. Ich hatte unruhig geschlafen, was jedoch kein Wunder war. Da es uns nicht gestattet war, nachts die Fenster zu öffnen, war die Luft im Zimmer so abgestanden und stickig, dass sie meinen Schlaf beeinträchtigte.

Ich blickte zum Bett meiner Eltern und verspürte eine leichte Panik, als ich feststellte, dass sie nicht da waren. Sicher, an manchem Abend entfloh mein Vater der Enge unseres Zimmers, ignorierte die Vorschrift, im Haus zu bleiben, und setzte sich unten auf die Eingangsstufen, wo er mit anderen Männern aus dem Haus plauderte und rauchte. Doch inzwischen hätte er längst zurück sein müssen. Und wo war meine Mutter? Sie verließ das Zimmer nachts nicht. Demnach musste etwas vorgefallen sein.

Nun waren auf der Straße laute Stimmen zu hören. Es waren Deutsche, die Befehle brüllten. Ich erstarrte vor Angst. Immer wieder gab es im Ghetto groß angelegte Razzien. Mein Vater sprach bereits davon, dass das ganze Ghetto »liquidiert« werden solle. Doch in unserem Haus war seit der Razzia vor einem Jahr weder SS noch Sipo gewesen. Mir saß der Schreck seit jenem Tag noch in den Knochen, und ich hätte schwören können, dass sie erneut auf dem Weg zu uns waren.

Ich stand auf, streifte meinen Morgenmantel über und schlüpfte in meine Hausschuhe. Dann verließ ich das Zimmer, um nach meinen Eltern zu suchen.

Leise stieg ich die Treppe hinunter. Überall war es dunkel, nur aus der Toilette unten drang schwaches Licht. Ich tappte dorthin und zog die Tür auf.

Im ersten Moment blendete mich das Licht, ich blinzelte aber nicht nur ob der Helligkeit, sondern auch vor Staunen. Das Klo war von seinem Platz entfernt worden. An seiner Stelle klaffte ein Loch im Boden. Und mein Vater lag auf den Knien und brach mit bloßen Händen Stücke aus dem Rand des Lochs, um es größer zu machen.

»Papa!«, sagte ich.

Er blickte nicht auf. »Los, zieh dich an!«, befahl er in einem so scharfen Ton, wie ich ihn bisher noch nie von ihm gehört hatte.

Zahllose Fragen schossen mir durch den Kopf, doch ich spürte, dass es unklug wäre, auch nur eine von ihnen zu stellen. Ich nahm die Treppe wieder nach oben.

In unserem Zimmer zog ich die Kommodenschublade auf, die meine Kleidungsstücke enthielt, wusste aber nicht, was ich überhaupt anziehen sollte. Meine Mutter konnte ich nicht fragen, sie war Gott weiß wo, und mein Vater hatte im Moment offenbar anderes im Kopf. Aber eine große Auswahl hatte ich ohnehin nicht, und so entschied ich mich für einen Rock und eine Bluse.

Meine Mutter kehrte zurück und deutete auf die beiden Kleidungsstücke. »Die sind nicht warm genug.«

»Aber es ist doch gar nicht mehr so kalt«, sagte ich.

Statt einer Antwort holte sie den dicken blauen Pullover aus der Kommode, den meine Großmutter im vergangenen Winter für mich gestrickt hatte, dazu die einzige warme Hose, die ich besaß. Ich kam aus dem Staunen nicht mehr heraus. Zwar trug ich lieber Hosen als Röcke, doch meine Mutter empfand Hosen als »nicht damenhaft« und sah sie nicht gern an mir. Vor dem Krieg durfte ich sie nur am Wochenende zu Hause tragen.

»Zieh auch deine Stiefel an«, sagte meine Mutter.

Meine Stiefel waren zwei Jahre alt. »Die sind mir zu klein.«

Im vergangenen Herbst hätten wir neue Stiefel kaufen müssen, aber im Ghetto gab es kein Schuhgeschäft, und hinaus durften wir nicht.

Meine Mutter schien etwas sagen zu wollen, wahrscheinlich, dass ich die Stiefel trotzdem anziehen solle. Dann überlegte sie es sich anders, bückte sich und holte ihre Stiefel unter ihrem Bett hervor. »Nimm die.«

»Und was machst du?«

»Tu, was ich dir sage.« Auch sie hatte ungewöhnlich scharf geklungen.

Ich schlüpfte in die Stiefel. Meine Mutter hatte kleine, schmale Füße, ihre Stiefel waren nur eine Nummer größer als meine und drückten ebenfalls.

Ich sah meine Mutter an und verstand nicht, warum nicht auch sie sich warm anzog. Allerdings besaß sie keine lange Hose und selbst wenn, hätte diese nicht mehr über ihren Bauch gepasst.

Stattdessen begann sie, hastig eine Reisetasche zu packen. Offenbar war sie noch immer nicht gewillt, mir zu sagen, was los war.

Ich trat ans Fenster, schob den Vorhang zur Seite und schaute auf die Straße. Im fahlen Licht der Morgendämmerung waren dort Uniformierte zu sehen, sowohl Sipo als auch SS. Sie stellten Klapptische auf und hatten die Straße an beiden Enden mit Fahrzeugen blockiert. Auf dem Plac Zgody hatten sich zahllose Ghettobewohner eingefunden. Allerdings waren sie nicht zum Appell angetreten, sondern wurden mit Schlagstöcken und Peitschen zu den vielen Lastwagen getrieben, die an der Ecke warteten. Offenbar wurden an diesem Morgen alle Bewohner des Ghettos aus den Häusern geholt. Erschrocken ließ ich den Vorhang fallen.

Plötzlich war ganz in der Nähe knatterndes Gewehrfeuer zu hören. Meine Mutter riss mich vom Fenster weg und drückte mich auf den Boden. Entweder wollte sie nicht, dass man mich sah, oder sie hatte Angst, ich könnte getroffen werden.

Als das Knattern aufhörte, zog meine Mutter mich hoch und hielt mir meinen Mantel hin. »Streif den über und dann komm.« Sie griff nach der Tasche und hastete aus dem Zimmer.

Ich folgte ihr, doch an der Tür blickte ich mich noch einmal um. Ich hatte diese enge, armselige Behausung gehasst, aber wenigstes war sie für mich so etwas wie ein geschützter Ort gewesen, der einzige, den ich noch kannte. Ich hätte alles gegeben, um bleiben zu können.

Kurz überlegte ich, ob ich mich weigern sollte, mit meiner Mutter zu gehen. Angesichts des Aufgebots an Sipo und SS draußen kam es mir irrsinnig vor, das Zimmer zu verlassen.

Meine Mutter drehte sich zu mir um. Sie wirkte ungeduldig und furchtsam zugleich. Es schien um mehr zu gehen, um sehr viel mehr.

Ich folgte ihr die Treppe hinunter. Eine Erklärung für unseren Aufbruch hatte ich noch immer nicht bekommen. Ich vermutete, dass wir uns zu den anderen Ghettobewohnern draußen begeben und versuchen würden, unauffällig zu bleiben, um nicht geschlagen und gepeitscht zu werden. Unten angekommen steuerte ich die Haustür an. »Nicht!« Meine Mutter packte meinen Arm und führte mich in Richtung Toilette.

»Wohin gehen wir?«, fragte ich.

Wieder bekam ich keine Antwort. Vielleicht wollte sie, dass ich die Toilette noch einmal benutzte, bevor wir das Haus verließen. Ich hätte ihr sagen können, dass das leider nicht mehr möglich war.

Als wir uns der Toilette näherten, hörte ich meinen Vater mit jemandem streiten. »Wir sind noch nicht so weit«, sagte mein Vater.

Und ein Mann, dessen Stimme mir unbekannt war, erwiderte: »Wir gehen jetzt oder nie.«

Ich fragte mich, wohin wir gehen sollten, wenn es vor dem Haus vor Sipo und SS wimmelte, und die Straße abgesperrt war.

In der Toilette stand das Klo noch immer neben dem Loch im Boden. Aus dem Loch schaute ein Mann hervor. Er sah furchtbar aus, als hätte man ihm den Kopf abgeschlagen oder als wäre es die Kuriosität einer Freak Show auf dem Jahrmarkt. Er hatte ein rundes Gesicht mit dicken Backen und dem geröteten Teint eines Menschen, der viel in der Kälte arbeitete. »*Dzień dobry*«, begrüßte er meine Mutter und mich so höflich, als hätten wir uns bei einem Spaziergang auf der Straße getroffen. Dann blickte er meinen Vater an, und seine Miene verdüsterte sich. »Wir müssen los.«

»Wohin?«, platzte es aus mir heraus. Wusste er nicht, was sich draußen abspielte? Ich schaute auf das Loch, in dem der Mann steckte. »Wir sollen doch wohl nicht …«

Ich wandte mich zu meiner Mutter um, wartete darauf, dass sie mich beruhigte. Eine Frau, die so großen Wert auf damenhaftes Benehmen legte, würde doch niemals in dieses Loch steigen. Ihre Miene war eisern und drückte Entschlossenheit aus. Sie würde es tun.

Aber ich trat einen Schritt zurück. »Was ist mit *babcia*?« Meine Großmutter lebte in einem Pflegeheim am Stadtrand und war der Deportation bisher entgangen.

Für einen Moment schien meine Mutter unsicher, dann schüttelte sie den Kopf. »Wir haben keine Zeit, sie zu holen. Und das Pflegeheim ist kein jüdisches. Ihr wird nichts geschehen.«

Durch das kleine Fenster über dem Waschbecken warf ich

einen Blick nach draußen. Noch immer wurden Leute aus den Häusern zu den Lastwagen getrieben. Unter ihnen entdeckte ich meine Freundin Stefania und wunderte mich. Sie wohnte auf der anderen Seite des Ghettos und ihr Vater gehörte der jüdischen Polizei an. Was also tat sie hier und seit wann wurden auch Familienmitglieder der jüdischen Polizei in Lastwagen weggeschafft? Einen Moment lang wünschte ich, ich wäre bei ihr und könnte mit ihr wohin auch immer fahren. Doch dann sah ich ihr bleiches, verängstigtes Gesicht. *Komm mit uns*, wollte ich rufen, tat es aber nicht. Ich sah nur hilflos zu, wie sie gestoßen wurde und in der Menge unterging.

Meine Mutter trat vor. »Ich mache den Anfang.«

Der Mann in dem Loch sah sie konsterniert an. »Ich weiß nicht«, murmelte er und warf einen Blick auf ihren vorstehenden Bauch. Ich hielt den Atem an und wartete darauf, dass er erklärte, meine Mutter müsse zurückbleiben.

Doch er verschwand in dem Loch, um meiner Mutter Platz zu machen. Sie reichte meinem Vater die Reisetasche, ließ sich schwerfällig auf dem Boden nieder und steckte ihre Beine in das Loch. Mein Vater nannte sie gern »mein Vögelchen«, und normalerweise hätte der Name auch zu ihr gepasst, doch nun war ihr Bauch rund wie eine Kugel. Als sie tiefer glitt, rutschten ihr Pulli und ihre Windjacke hoch und man sah ihre weiße Haut. Mein Vater drückte sie nach unten, meine Mutter stieß einen kleinen Schrei aus. Dann war sie fort.

Mein Vater wandte sich zu mir um. »Jetzt du.«

Ich zauderte, denn ich wusste, durch das Loch ging es in die Kanalisation, und dorthin wollte ich auf gar keinen Fall. Dann hörte ich, wie jemand mit Fäusten an die Haustür hämmerte. Als Nächstes würde man die Tür aufbrechen, und dann wäre es zu spät.

»Sadie, beeil ich«, sagte mein Vater. Er klang flehend, und ich begriff, dass es, wenn wir den Deutschen entkommen wollten, nur noch den Weg nach unten gab.

Ich setzte mich an den Rand des Lochs, schob meine Beine hinein und starrte in einen dunklen Schacht. Als mir der Gestank in die Nase stieg, würgte ich. Normalerweise gehorchte ich meinen Eltern, doch nun sträubte sich alles in mir dagegen. »Ich kann das nicht.« Ich konnte ja nicht einmal erkennen, was mich da unten erwartete.

Ich erinnerte mich an den Tag, als ich vergeblich versucht hatte, mich vom Ast eines Baums in einen See fallen zu lassen, nur dass dies hier tausendmal schlimmer war. Ich schaffte es nicht, mich auch nur das kleinste Stück weiter vor zu bewegen.

»Du musst.« Ohne auf meine Antwort zu warten, versetzte mein Vater mir einen Stoß. Ich rutschte in den Schacht. Wegen der dicken Kleidung blieb ich auf halber Strecke stecken. Mein Vater drückte mich nach unten. Ich spürte die rauen Kanten einer Mauer an den Händen, und dann fiel ich in die Dunkelheit.

Ich landete hart auf den Knien. Kaltes, faulig riechendes Wasser spritzte auf und drang in meine Hosenbeine. Haltsuchend tastete ich umher und berührte eine glitschige Wand. Ich rappelte mich hoch, wollte nicht wissen, was ich berührt hatte.

Dann ließ mein Vater sich mitsamt Tasche hinab und traf hinter mir auf. Über uns wurde das Loch abgedeckt. Ich hatte keine Ahnung, wer es getan hatte. Vielleicht war es ein Nachbar, den mein Vater bezahlt hatte, oder der es umsonst tat, uns jedoch aus immer welchen Gründen nicht folgen mochte. Doch nun war auch das schwache Licht von oben verschwunden und wir standen in einem pechschwarzen Abwasserkanal.

Wir waren nicht allein, was mich verwunderte. Ich hörte,

wie sich Menschen bewegten, konnte aber nicht feststellen, wie viele es waren. Waren auch sie durch das Loch in der Toilette gekommen? Ich blinzelte, in der vergeblichen Hoffnung, meine Augen würden sich an die Dunkelheit gewöhnen. »Was passiert jetzt?«, fragte eine Frau auf Jiddisch. Niemand antwortete.

Ich holte Luft und musste wieder würgen. Das Wasser, in dem wir bis zu den Fußknöcheln standen, stank bestialisch nach Kot, Urin, Müll und Fäulnis.

»Atme durch den Mund«, sagte meine Mutter leise. Aber das war noch schlimmer, das fühlte sich an, als hätte ich den Unrat im Mund. »Und atme flach.« Auch dieser Rat nützte nicht viel. Zudem sickerte das Wasser durch die Sohlen meiner Stiefel, und es war so kalt, dass ich zu zittern begann.

Dann ging eine Karbidlampe an. Sie gehörte dem Mann mit den Pausbacken. Ich sah die anderen Menschen, von denen ich keinen kannte. Alle machten einen ängstlichen Eindruck.

Mir am nächsten standen zwei Männer. Der eine dürfte so alt wie mein Vater sein, der andere, wahrscheinlich sein Sohn, war vielleicht zwanzig Jahre alt. Beide trug eine Kippa und den langen schwarzen Mantel orthodoxer Juden.

»Jidden« hätte mein Vater sie genannt, bevor wir mit Juden jeglicher Couleur in Podgórze zusammengewohnt hatten. Er hatte es nicht böse gemeint, es war einfach sein Sammelbegriff für strenggläubige Juden, die hauptsächlich Jiddisch sprachen. Aber auch mir waren sie aufgrund ihrer Kleidung, ihrer Bräuche und der strikten Einhaltung der jüdischen Religionsgesetze oftmals fremder als nicht jüdische Polen.

Hinter den beiden drängte sich ein junges Paar aneinander. In den Armen des Mannes schlief ein kleiner Junge. Die Eltern trugen lange Wintermäntel und darunter Schlafanzüge. Auch eine alte Frau war da, doch sie hielt sich abseits, und es war nicht klar, zu wem sie gehörte. Alle hatten prall gefüllte Reisetaschen dabei. Aber außer dem jungen Mann mit der Kippa gab es niemanden in meinem Alter.

Ich ließ meinen Blick weiterwandern. Falls ich mir jemals einen Abwasserkanal vorgestellt haben sollte, hätte ich wahrscheinlich an ein weitläufiges unterirdisches Rohrsystem gedacht. Stattdessen befanden wir uns in einem hoch gewölbten, höhlenartigen Tunnel, in den ein ganzer Güterwaggon gepasst hätte. Ein reißender Fluss aus dunklem Abwasser führte durch die Mitte. Nicht einmal im Traum wäre ich auf die Idee gekommen, dass dieses Gewässer unter dem Ghetto unaufhörlich dahingerauscht war.

Wir standen auf einem breiten Betonstreifen, der zu beiden Seiten des Flusses an den Tunnelwänden entlanglief. Ich stellte meine Füße fest auf den Boden und befahl mir, nicht nach unten zu blicken; wenn ich es tat, hatte ich das Gefühl, die Strömung zöge mich mit sich.

Ich erinnerte mich an die Geschichte des Hades, dem Herrscher der Unterwelt in der griechischen Mythologie, und mir war, als wäre ich in sein Reich geraten.

Als ich doch noch einmal einen Blick auf den Fluss wagte, wurde mir schwindlig. Ich konnte nicht schwimmen, ganz gleich, wie oft mein Vater versucht hatte, es mir beizubringen. Selbst in einem ruhigen See an einem schönen Sommertag war es mir unerträglich, wenn mein Gesicht unter Wasser geriet. Würde ich hier in die Fluten stürzen, wäre das mein Ende.

»Kommt«, sagte der Mann, dessen Kopf aus dem Loch in unserer Toilette geragt hatte. Nun sah ich, dass er gedrungen war, einen Overall und Gummistiefel trug. »Hier können wir nicht bleiben.« Er musste laut sprechen, um das Rauschen des Wassers zu übertönen.

Dann hielt er die Lampe hoch und folgte dem Betonstreifen. Dabei bewegte er sich trotz seiner Leibesfülle so sicher und leichtfüßig, als kennte er sich hier aus.

»Wer ist der Mann?«, fragte ich meinen Vater.

»Ein Kanalarbeiter«, antwortete er.

Im Gänsemarsch liefen wir ihm hinterher und hielten uns an der glitschigen Wand fest, um unser Gleichgewicht zu bewahren. Vor uns dehnte sich der Tunnel endlos in die Dunkelheit.

Ich hätte gern gewusst, warum uns der Kanalarbeiter half, wohin wir überhaupt unterwegs waren, und wo und wann er uns wieder aus diesem grauenhaften Ort hinausführen würde. Ein Trost war höchstens, dass das Rauschen des Wassers andere Geräusche übertönte, und wir die Deutschen über uns nicht mehr hörten.

Wir erreichten eine Stelle, an der die Seitenwand vom Wasser zurückwich und eine Nische bildete. Der Kanalarbeiter winkte uns dorthin und sagte: »Ruht euch aus, bevor es weitergeht.«

Verdutzt betrachtete ich die verdreckten Steine auf dem Boden und fragte mich, wo um alles in der Welt wir uns ausruhen sollten. Auch war mir, als würden die Steine sich bewegen. Als ich genauer hinschaute, entdeckte ich darauf unzählige gelbe Maden, und musste einen Schrei unterdrücken.

Meinen Vater schienen die Maden nicht zu stören. Er ließ sich auf den Boden sinken und machte einen mitgenommenen Eindruck. Das hatte ich bei ihm noch nie erlebt. Doch als sein Blick auf mich fiel, lächelte er und breitete die Arme aus. »Komm zu mir.« Ich setzte mich auf seinen Schoß, um den ekelerregenden, von Maden verseuchten Boden zu vermeiden.

»Sobald es sicher ist, komme ich zurück«, sagte der Kanalarbeiter. *Was heißt hier »sicher«?*, wollte ich fragen, doch dann überlegte ich es mir anders. Der Mann war bereit, uns zu helfen; wahrscheinlich war es besser, nicht patzig zu werden. Als er davonging, nahm er die Karbidlampe mit und ließ uns in der Dunkelheit zurück.

Einer nach dem anderen setzte sich auf die Steine. Niemand sagte etwas. Durch das Rauschen des Flusses glaubte ich nun doch, die knallenden Stiefelschritte der Deutschen über uns zu hören. Demnach waren wir noch immer unter dem Ghetto.

Inzwischen dürften die Häuser menschenleer sein, doch die Deutschen liefen wahrscheinlich durch die Räume, um sich zu vergewissern, dass sich niemand irgendwo versteckt hielt. Vielleicht durchsuchten sie auch die zurückgebliebenen Habseligkeiten und nahmen sich, was ihnen gefiel.

Ich stellte sie mir in unserem Zimmer vor. Dort würden sie nichts Wertvolles finden. Als wir erfuhren, dass wir ins Ghetto umsiedeln mussten, hatte mein Vater versucht, von unseren Sachen so viel wie möglich zu verkaufen. Den Rest hatten wir zurücklassen müssen.

Doch bei dem Gedanken, dass Fremde unsere Kommode durchwühlten, wir außer unserer Reisetasche nun gar nichts mehr besaßen, nicht einmal mehr Rechte, fühlte ich mich beschmutzt und unmenschlich.

»Ich weiß nicht, ob ich durchhalten werde«, vertraute ich meinem Vater leise an.

Er legte die Arme um mich. Die Geste tat mir gut und beruhigte mich; für einen flüchtigen Moment war mir sogar, als wären wir nicht hier, sondern wieder in unserem Zimmer.

Ich barg meinen Kopf an der Brust meines Vaters, atmete seinen Geruch ein, eine Mischung aus Tabak und Rasierseife, und versuchte, den Gestank der Kanalisation auszublenden. Meine Mutter ließ sich an unserer Seite nieder und schmiegte sich an uns. Meine Lider wurden schwer.

Ich wurde wieder wach, als mein Vater sich umsetzte. Angestrengt spähte ich in die Dunkelheit. Irgendwo über uns musste durch einen Ablauf für Regenwasser ein wenig Licht fallen. Es durchdrang ganz schwach die Dunkelheit, so dass ich nach und nach die anderen Schlafenden ausmachen konnte.

Der Jüngere der frommen Juden war wach, ich sah das Weiße seiner Augen. In seinem Gesicht lag etwas Sanftmütiges, wie mir schien, sein Bart war kurz und ordentlich gestutzt.

Ich löste mich von meinem Vater und krabbelte über die grässlichen Steine zu ihm. »Es ist seltsam, inmitten von Fremden zu schlafen, oder?«, fragte ich. »Aber wer hätte gedacht, dass wir uns hier verkriechen müssen?« Er gab mir keine Antwort, beäugte mich nur mit wachsamem Blick. »Ich bin übrigens Sadie.«

»Saul«, erwiderte er steif. Ich wartete, ob er noch mehr von sich geben würde. Als er es nicht tat, kroch ich zurück zu meinen Eltern. Saul mochte hier zwar der Einzige in meinem Alter sein, hatte aber offenbar kein Interesse, sich mit mir anzufreunden.

Dann kehrte der Kanalarbeiter mit seiner Lampe zurück und weckte diejenigen, die schliefen. Wir mussten uns wieder in Bewegung setzen.

Schwerfällig rafften wir uns auf, bildeten erneut eine Reihe und liefen über den Betonpfad weiter an dem Abwasserfluss entlang.

Wenig später stießen wir auf eine Kreuzung. Der Kanalarbeiter bog in einen schmaleren Tunnel, der uns von dem reißenden Abwasser wegführte. Der Weg endete an einer Betonmauer. Wir waren in einer Sackgasse gelandet. War das eine Falle, in die der Mann uns gelockt hatte? Ich hatte Geschichten von Nichtjuden gehört, die ihre jüdischen Nachbarn den Deutschen ausgeliefert hatten, aber sie zu einer Betonmauer zu führen, schien mir eine eigenartige Methode.

Der Mann kniete sich nieder, und im Schein seiner Lampe erkannte ich unten an der Mauer eine runde Metallkappe. Er zog sie ab, enthüllte die Öffnung eines Rohrs und stand auf. Sollten wir da etwa hineinkriechen? Der Durchmesser der Öffnung dürfte nicht viel mehr als einen halben Meter betragen. Der Mann blickte uns auffordernd an.

»Einen anderen Weg gibt es nicht«, sagte er mit einem Anflug von Bedauern, das wohl in erster Linie meiner Mutter galt. »Ihr müsst bäuchlings hindurch, mit dem Kopf voran. Der Rest folgt dann von allein.«

Er reichte meiner Mutter eine flache Dose, bevor er in das Rohr kroch. Ich konnte mir nicht vorstellen, dass er hindurchpassen würde, doch er musste es bereits des Öfteren getan haben; kaum war er in das Rohr geschlüpft, war er auch schon verschwunden.

Ihm folgten die frommen Juden und die alte Frau mit ihrem Gepäck. Ich hörte sie stöhnen und ächzen. Nach ihnen wagte sich das Paar mit dem kleinen Jungen durch das Rohr. Nun waren nur noch meine Eltern und ich übrig.

Ich machte den Anfang und kniete mich vor die Öffnung. Was ich dahinter erkennen konnte, erinnerte mich an den verdreckten Kriechboden, auf dem ich so viele Tage verbracht hatte. Dennoch würde ich problemlos hindurchpassen. Aber was war mit meiner Mutter?

»Los, Sadie«, sagte sie. »Ich werde direkt hinter dir sein.«

Ich beschloss, ihr zu glauben, ich hatte ohnehin keine andere Wahl.

Mein Vater schubste mich. Ich legte mich auf den Bauch und robbte in das Rohr. Es enthielt noch ein wenig Wasser, das auf unangenehme Weise in meinen Mantel sickerte. Das Schlimmste war jedoch die Enge, und dass ich mich wie in einem Sarg fühlte. Mit einem Mal war ich vor Angst wie gelähmt, bekam kaum noch Luft und vermochte mich nicht mehr zu rühren. »Weiter, weiter!«, hörte ich jemandem vor mir leise rufen. Ich musste mich wieder in Gang setzen, wollte ich hier nicht meine Tage beschließen.

Nach vielleicht zehn Metern war das Rohr zu Ende, und wir waren wieder in einem schmalen Tunnel. Erneut standen wir auf einem Betonstreifen, und ich lauschte, ob ich meine Eltern nahen hörte. Als alles still blieb, wurde ich panisch.

Die Minuten verstrichen, und noch immer war nichts zu vernehmen. Plötzlich hatte der Kanalarbeiter ein Seil in der Hand, mit dem er in das Rohr kroch. Dann schob er sich zurück, richtete sich auf und begann, vorsichtig an dem Seil zu ziehen. Manchmal hielt er inne, dann zog er wieder. Aus dem Rohr drang das leise Stöhnen meiner Mutter. Als sie endlich erschien, hatte sie das Seilende in den Händen und war mit etwas Fettigem bedeckt. Wahrscheinlich war das in der Dose gewesen, und sie hatte sich damit eingerieben, um besser durch das Rohr gleiten zu können. Nun sah sie schlimm aus, nicht nur ihre Windjacke und ihr Rock waren verschmiert, sondern auch das Haar stand ihr wirr vom Kopf ab. Vielleicht war es ihr peinlich; sie senkte den Blick, als der Kanalarbeiter ihr auf die Beine half.

Dann kam mein Vater aus dem Rohr gekrabbelt, und in meinem ganzen Leben war ich noch nie so froh gewesen, ihn zu sehen.

Meine Erleichterung hielt nicht lange an. Über uns befand sich ein vergitterter Kanaldeckel, durch den ich hörte, wie deutsche Befehle gebrüllt wurden. Demzufolge waren wir noch immer unter dem Ghetto. Der Schein einer Taschenlampe strich um das Gitter, fiel über den Rand.

»Weiter, weiter«, flüsterte unser Anführer.

Der kleine Nebentunnel führte uns erneut zu dem breiten Haupttunnel. Der Betonstreifen verschwand, wir mussten auf einem schmalen Pfad voller Steine weiterlaufen.

Auch da stand das Wasser knöchelhoch, und die Steine waren glitschig. Bei jedem Schritt hatte ich Angst, auszurutschen und in den Fluss zu fallen. Dann schnitt etwas Scharfes in meine Stiefelsohle und drang in meinen Fuß. Ich schluckte meinen Schrei hinunter, wollte mir meinen Fuß aber wenigstens ansehen. Doch das war nicht möglich, der Kanalarbeiter lief immer schneller, und wer nicht mitkam, würde auf der Strecke bleiben.

Als Nächstes stießen wir auf eine Stelle, an der der Abwasserfluss einen anderen, ebenso reißenden kreuzte. Das Rauschen schwoll zu einem Tosen an.

»Wir müssen über den Steg!«, rief der Kanalarbeiter. »Seid vorsichtig.« Er deutete auf Bretter, die über dem strudelnden Wasser lose miteinander verbunden waren.

Mit stockte der Atem. Mein Vater, der hinter mir war, legte eine Hand auf meine Schulter. »Ganz ruhig, Sadie. Weißt du noch, wie wir über die Trittsteine in den Kryspinów-See gewatet sind? Das hier ist nicht viel anders.«

Ich hätte ihn daran erinnern können, dass der Kryspinów ein stehendes Gewässer war, in dem es niedliche kleine Fische und Kaulquappen gab, und an dem man ein Picknick machen konnte. Ihn ihm schäumte nicht der Unrat einer ganzen Stadt.

Meine Mutter lief als Erste über den Steg. Trotz ihres Bauchs tat sie es so graziös und leichtfüßig, als tänzelte sie über festen Boden.

Wieder stupste mein Vater mich an. Ich überwand mich, betrat das erste Brett und rutschte aus. Mein Vater hielt mich fest.

Ich wandte mich zu ihm um. »Das ist doch Wahnsinn. Bestimmt gibt es einen anderen Weg.«

»Es gibt nur diesen, mein Schatz«, erwiderte er ruhig und nickte mir aufmunternd zu. »Du schaffst das.«

Ich sagte mir, dass er mich nie leichtfertig einer Gefahr aussetzen würde, und holte tief Luft.

Zittrig tappte ich von einem Brett zum nächsten. Dann war ich mitten über dem aufgewühlten Wasser, und jedes der beiden Ufer war gleich weit entfernt. Ich machte noch einen Schritt. Das Brett unter mir wackelte und wollte seitlich wegkippen. »Hilfe!«, schrie ich.

Mein Vater sprang vor, um mich festzuhalten. Dabei fiel ihm die Reisetasche aus der Hand. Wie in Zeitlupe sah ich sie durch die Luft segeln. Mein Vater bückte sich, schnappte die Tasche im letzten Moment und warf sie mir zu. Ich fing sie auf und presste sie an mich.

Doch mein Vater hatte sich zu tief hinuntergebeugt; als er sich aufrichten wollte, verlor er das Gleichgewicht.

»Papa!«, schrie ich, als er auf dem Wasser aufschlug.

Unser Anführer sprang auf den Steg, packte mich und zog mich ans sichere Ufer. Dann versuchte er, nach meinem Vater zu greifen. Aber bevor er ihn erreichte, riss die Strömung meinen Vater mit sich, und er ging unter. Ich hörte meine Mutter schreien.

Plötzlich tauchte mein Vater wie Phönix aus der Asche wieder auf, wurde bis zu den Knien hochgespült, und ein Gefühl heißer Hoffnung schoss durch meine Brust. Er würde den Fluten entrinnen. Dann war es, als würde eine gigantische Wasserhand zupacken und ihn mit einem Ruck in die schwarze Tiefe ziehen.

Mit angehaltenem Atem starrte ich auf das schäumende Wasser, wartete darauf, dass mein Vater wieder hervorkam und sich an Land kämpfte. Doch die Wasserdecke hatte sich über ihm geschlossen. Er war fort.

# KAPITEL 4

## SADIE

In fassungslosem Entsetzen starrten wir auf das Abwasser, in dem von meinem Vater nichts mehr zu sehen war. »Papa!«, schrie ich noch einmal. Meine Mutter stieß einen kehligen Laut aus. Als sie sich in die Fluten stürzen wollte, riss der Kanalarbeiter sie zurück.

»Warten Sie hier«, sagte er und hastete, der Strömung folgend, über den schmalen Uferstreifen. Ich packte den Arm meiner Mutter, damit sie nicht wieder versuchte, ins Wasser zu springen.

»Ihr Mann ist stark«, sagte Saul zu meiner Mutter. Ich fragte mich, woher er das wissen wollte, und ärgerte mich über ihn, auch wenn mir klar war, dass er es gut gemeint hatte.

»Und ein erfahrener Schwimmer«, murmelte meine Mutter, die wie erstarrt dastand. »Vielleicht überlebt er.«

Sie klammerte sich an Strohhalme. Auch ich hätte das gern getan, doch ich hatte gesehen, wie die Strömung meinen Vater wie eine Lumpenpuppe herumgewirbelt hatte. Selbst mit seinen sicheren, kräftigen Schwimmzügen wäre er diesem Fluss nicht gewachsen.

Ich schlang die Arme um meine Mutter. Zitternd drängten wir uns aneinander und wollten das, was geschehen war, nicht wahrhaben.

Unser Anführer kehrte zurück. Seine Miene war resigniert. »Er ist auf dem Grund an Schutt hängen geblieben. Ich habe versucht, ihn loszumachen, doch es war schon zu spät. Es tut mir leid, aber ich fürchte, wir können nichts mehr für ihn tun.«

»Nein!«, schrie ich so laut, dass meine Stimme von den Wänden widerhallte. Es war unbedacht, vielleicht hatte man mich auch über der Erde hören können. Meine Mutter hielt mir den Mund zu, und ich schmeckte eine Mischung aus fauligem Abwasser und meinen salzigen Tränen. Ich begann zu schluchzen. Eben war mein Vater noch da gewesen, hatte mich auf dem Steg vor dem Abrutschen bewahrt. Wenn er nicht nach mir hätte greifen müssen, würde er noch leben.

»Leise, Sadie.« Meine Mutter nahm ihre Hand von meinem Mund.

»Er ist tot«, sagte ich und fühlte mich wie ein kleines Kind. Mein Vater war mein Beschützer gewesen, mein engster Vertrauter und Freund. Er hatte mir alles bedeutet. Und nun hatte ihn der Abwasserfluss wie Müll weggeschwemmt.

»Ich weiß.« Meine Mutter löste sich von mir. »Aber wir müssen uns ruhig verhalten, sonst ist es auch um uns geschehen.« Wahrscheinlich dachte sie an die Deutschen in den Straßen über uns, an die Gefahr für uns und die anderen, sollte ich wieder schreien. Doch dann schien alle Kraft aus ihr zu weichen, und sie ließ sich verletzlich und hilflos gegen die Tunnelwand sinken.

Ich war mir sicher, dass mein Vater derjenige gewesen war, der unsere Flucht geplant hatte. Und nun war er nicht mehr da. Wie sollten wir ohne ihn an unser Ziel gelangen?

Saul trat zu mir. »Es tut mir leid, dass dein Vater verunglückt ist«, sagte er teilnahmsvoll. Als ich nichts erwiderte, wirkte er bekümmert und kehrte zu seinem Vater zurück.

»Wir müssen weiter«, erklärte der Kanalarbeiter.

Ich schüttelte den Kopf. »Wir können meinen Vater doch nicht einfach zurücklassen.« Ich wusste, dass die Strömung ihn fortgerissen hatte, und doch glaubte ein kleiner Teil von mir, dass er wieder auftauchen würde, wenn ich nur lange genug an der Stelle verharrte, an der er untergegangen war. Und dann wäre es, als hätte er nur einen Unfall gehabt, und alles wäre wieder gut. Wie sehr ich mir wünschte, ich könnte die Zeit zu dem Moment zurückdrehen, an dem er noch gelebt hatte. Wie konnte er einfach fort sein? Dann holte mich die Wirklichkeit ein. »Papa ist tot«, sagte ich schmerzerfüllt.

Meine Mutter stieß sich von der Wand ab. »Ja, aber ich lebe noch.« Sie umfing mein Gesicht mit den Händen und zwang mich, ihr in die Augen zu sehen. »Ich bin da und ich werde dich nie verlassen.«

Der Kanalarbeiter blickte mich mitfühlend an. »Ich bin Paweł«, sagte er. »Und ich weiß, dass dein Vater ein guter Mann war. Sein Wunsch war, dass ich für eure Sicherheit sorge. Und deshalb hätte er gewollt, dass wir nun weitergehen.« Er wandte sich ab und setzte seinen Weg über den Randstreifen fort. Die anderen folgten ihm.

Seine Worte schienen meine Mutter ein wenig gefestigt zu haben. Sie straffte die Schultern und legte eine Hand auf ihren Bauch. »Wir werden es schaffen. Irgendwie.«

Ich betrachtete sie ungläubig. Wir hatten den liebsten und wichtigsten Menschen in unserem Leben verloren. Wie konnte sie glauben, wir würden es irgendwie schaffen? War sie nicht mehr bei Verstand?

»Ich will, dass wir überleben«, fügte sie hinzu und klang so entschlossen, dass so etwas wie Hoffnung in meiner Brust auf-flackerte – auch wenn sie sofort wieder erlosch.

»Komm.« Meine Mutter nahm meine Hand und zog mich

mit sich. »Wir müssen uns beeilen.« Sie deutete auf die Gruppe, die sich von uns entfernte.

Ich zauderte und blickte auf das dunkle, strudelnde Wasser. Ich hatte mich stets vor Wassermassen gefürchtet, und damit hatte ich recht gehabt. Falls ich auf unserem Weg durch diese Unterwelt wieder ausrutschen sollte, wäre niemand mehr da, der mich festhielt. Ich würde ebenso wie mein Vater untergehen.

Ich sah der Gruppe nach, die langsam in der Dunkelheit verschwand.

»Komm«, wiederholte meine Mutter. »Stell dir vor, wir wären Kriegerinnen. Wir haben unsere Burg auf dem Wawel verlassen und sind ins Verlies hinabgestiegen, um den Drachen zu töten.«

Sie bezog sich auf ein Spiel, das ich früher geliebt hatte. Aber inzwischen war ich für solche Kindereien nicht mehr zu haben. Dann musste ich daran denken, wie schön mein Vater mit mir gespielt hatte, und mein Leid brandete wieder auf. Dennoch begriff ich, dass meine Mutter mir nur hatte helfen wollen. *Wir stehen das gemeinsam durch*, hatte sie mir sagen wollen, und dafür sollte ich ihr dankbar sein.

Von schierem Überlebenswillen getrieben, eilten wir den anderen nach und folgten dem Pfad, der kein Ende nehmen wollte.

Paweł ging allen voran. Nach ihm kamen das junge Paar mit dem Kind, dann die beiden Männer und die alte Frau, die trotz ihres hohen Alters erstaunlich zügig ausschritt.

Ich hoffte, dass wir uns allmählich der Stadtgrenze näherten. Dann könnten wir uns, ebenso wie andere Juden vor uns, irgendwo im Umland oder in einem Waldgebiet verbergen. Ich würde wieder frische Luft atmen können.

Wir bogen in einen noch schmaleren Tunnel. Der Pfad schien nun anzusteigen. Ich stellte mir vor, wie wir bald ans Tageslicht klettern und ich die Morgensonne auf dem Gesicht spüren würde.

Paweł bog erneut ab und winkte uns in eine Kammer aus Beton, in der es weder Fenster noch andere Lichtquellen gab. Es war ein großer Raum, weitaus größer als das Zimmer, das ich mir im Ghetto mit meinen Eltern geteilt hatte. Der Boden war feucht, an der Schwelle des Eingangs leckte das übertretende Flusswasser wie Wellen an einem Ufer. Aus Betonblöcken und Brettern hatte jemand Bänke gebaut und in einer Ecke aus Backsteinen und einem Rost eine Feuerstelle errichtet. Es war, als hätte man uns erwartet.

»Hier werdet ihr euch verbergen«, sagte Paweł und umfasste den Raum mit einer Armbewegung. Das bedeutete wohl, dass er uns an diesem Tag weder ins Umland noch in ein Waldgebiet führen würde. Zumindest für den Moment schien diese unterirdische Kammer Endstation zu sein.

»Hier sollen wir bleiben?«, fragte ich. Alle sahen mich an. Paweł nickte. »Und wie lange?« Jede Stunde hier unten wäre für mich eine zu viel.

»Die Frage verstehe ich nicht«, sagte Paweł.

Meine Mutter räusperte sich. »Ich glaube, meine Tochter möchte wissen, wohin wir von hier aus gehen.«

»Dann ist sie ein Dummkopf«, sagte die alte Frau mit rauer Stimme. Es war das erste Mal, dass sie den Mund aufmachte. »Wir sind nämlich schon angekommen.«

Ich starrte meine Mutter an. »Hier sollen wir leben?« Mich überlief ein Schauder. Einige Stunden oder meinetwegen auch einen Tag konnte ich es hier vielleicht aushalten, länger nicht. Zwar hatte es niemand ausgesprochen, doch ich hatte angenommen, dass wir die Kanalisation bloß durchqueren würden, auf dem Weg zu einem sicheren Ort. Während ich durch dreckiges Wasser gewatet und den ekelhaften Gestank ertragen hatte, hatte ich mich damit getröstet, dass dieses Übel nur von kurzer Dauer sein würde. Und nun sollte diese unterirdische Kammer unser Ziel sein? Das hätte ich mir nicht einmal in meinen schlimmsten Alpträumen ausmalen können.

»Sollen wir hier etwa für immer bleiben?«, fragte ich.

»Nein, nicht für immer, aber …« Paweł sah meine Mutter hilfesuchend an. Im Krieg war alles ungewiss, und Aussagen über die Zukunft hatten etwas Anmaßendes.

Meine Mutter zog es vor, zu schweigen. Paweł richtete seinen Blick auf mich. »Als wir angefangen haben, zu planen, sind wir davon ausgegangen, dass ihr den Abwasserkanal an der Stelle verlasst, an der er auf die Weichsel stößt.« Er schluckte. Wahrscheinlich erinnerte er sich daran, dass er den Plan mit meinem Vater geschmiedet hatte. »Doch seit Kurzem bewachen die Deutschen diesen Ausgang. Sobald jemand herauskommt, wird er erschossen.«

*Und wenn wir ins Ghetto zurückkehren, blüht uns das Gleiche*, fügte ich im Geist hinzu.

»Hier unten ist es am sichersten«, fuhr er fort. »Es ist eure einzige Möglichkeit, zu überleben. Einen anderen Weg aus der Kanalisation gibt es nicht. Selbst wenn, wäre es auf den Straßen jetzt zu gefährlich. Ich denke, in dem Punkt sind wir uns einig.«

Vielleicht erwartete er, dass wir nickten. Aber wozu hätte das gut sein sollen? Offenbar hatten wir ja gar keine andere Wahl, als uns hier unten zu verkriechen. Denn hätte mein Vater uns in die Kanalisation geführt, wenn es eine Alternative gegeben hätte? Nein, niemals. Deshalb nickte ich schließlich doch widerwillig.

»Hier können wir nicht bleiben«, hörte ich die junge Frau

sagen. Ich wandte mich zu ihr um. Sie sprach mit ihrem Mann. »Wir haben einen Weg nach draußen erwartet.«

»Ich sage es noch mal«, erwiderte Paweł. »Die Deutschen bewachen den Ausgang der Kanalisation.«

»Also müssen wir hierbleiben«, sagte der Mann der jungen Frau.

»Nein.« Seine Frau nahm ihm den kleinen Jungen ab. »Ich weiß, dass wir es hinausschaffen können.« Sie drängte sich an Paweł vorbei, verließ die Kammer und lief einfach weiter durch den Tunnel.

»Bitte nicht«, rief Paweł ihr leise nach. »Am anderen Ende wartet der Tod. Denken Sie an Ihren Sohn.« Doch die Frau kehrte nicht um, und schließlich folgte ihr Mann ihr.

»Kommen Sie zurück!«, versuchte Paweł es noch einmal etwas lauter. Er erhielt keine Antwort.

Eine Zeit lang hörte ich den Mann und die Frau streiten, dann verhallten ihre Stimmen. Ich malte mir aus, wie sie die Weichsel erreichten, und ein Teil von mir wünschte, ich wäre mit ihnen gegangen.

Wenig später ertönten mehrere harte, kurze Laute nacheinander, die wie die Explosion von Feuerwerkskörpern klangen. Ich fuhr zusammen, hatte mich noch immer nicht an das Knattern von Gewehrfeuer gewöhnt, ganz gleich, wie oft ich es schon gehört hatte. Ich drehte mich zu Paweł um. »Was glauben Sie, wo das war?« Er zuckte mit den Schultern. Womöglich waren die Schüsse auf der Straße gefallen. Das hoffte ich zumindest.

Ich tastete nach der Hand meiner Mutter. »Alles wird gut«, sagte sie.

»Wie kannst du das einfach behaupten?«, fragte ich. Das Wort »gut« war meilenweit von der Hölle entfernt, in der wir gelandet waren.

»Wir bleiben nur für ein paar Tage. Höchstens für eine Woche.«

Das hätte ich ihr gern geglaubt.

Im Eingang unserer Kammer tauchte eine Ratte auf. Sie beäugte uns keineswegs ängstlich, sondern verächtlich, und ich schrie auf. Die alte Frau und die frommen Juden blickten mich finster an. Wieder war ich zu laut gewesen.

»Du musst flüstern«, schalt meine Mutter mich leise.

Ich verstand nicht, wie sie so gefasst sein konnte. Mein Vater war ums Leben gekommen, und nun saßen wir hier fest, waren von einem Elend ins nächste geraten.

»Wenn hier Ratten sind, will ich weg.« Der Gedanke, dass diese ekligen Tiere um uns herumhuschen würden, gab mir den Rest. »Warum können wir nicht umkehren?«

»Zurückgehen ist ausgeschlossen«, sagte Paweł. »Es gibt auch keinen Weg mehr nach draußen. Das hier ist jetzt deine Welt. Die musst du für dich akzeptieren, auch deiner Mutter und dem Kind in ihrem Leib zuliebe.« Er sah mich eindringlich an. »Verstehst du das?« Seine Stimme war sanft und bestimmt zugleich. Nach kurzem Zögern nickte ich schweren Herzens.

Die Ratte war noch immer da. Nun wirkte sie triumphierend, als wüsste sie, dass sie gewonnen hatte. Ich war keine Katzenfreundin, doch in diesem Augenblick wünschte ich, die alte getigerte Katze, die durch die Gassen des Ghettos gestreunt war, wäre hier und würde mit der Ratte kurzen Prozess machen.

Meine Mutter wandte sich an Paweł. »Wir brauchen jede Menge Karbid. Und Streichholz.« Sie sprach so ruhig, als hätte sie unser Schicksal bereits akzeptiert und versuchte nun, das Beste daraus zu machen. Sie sagte nicht einmal »bitte«, sondern sprach in dem festen Ton, mit dem sie andere dazu brachte, das zu tun, was sie wünschte.

»Bekommen Sie alles. Und etwas weiter den Tunnel hinunter können Sie frisches Wasser zapfen.« Paweł lächelte, vielleicht dachte er, frisches Wasser wäre ein Trost. Dann schien ihm etwas einzufallen. »Sie haben doch Geld, oder?«, fragte er und wirkte peinlich berührt.

Meine Mutter schaute zur Seite. Wahrscheinlich wusste sie nicht, wie viel mein Vater Paweł für seine Hilfe und unsere Versorgung versprochen hatte. Davon abgesehen war ich sicher, dass mein Vater das meiste Geld bei sich getragen hatte, als er im Abwasser versank.

Mit verlegener Miene griff meine Mutter in die Tasche ihrer Windjacke und zog einen verkrumpelten Geldschein heraus, den sie Paweł hinhielt.

An seinem Gesichtsausdruck erkannte ich, dass es sehr viel weniger war als das, was er erwartet hatte.

»Es ist nicht viel«, sagte meine Mutter. »Aber vielleicht genügt es fürs Erste.«

*Wieso fürs Erste? Woher wollte sie denn mehr nehmen?*

Mit einem Seufzer griff Paweł nach dem Schein. Auch Sauls Vater drückte ihm Geld in die Hand.

»Ich werde Ihnen so oft ich kann etwas zu essen bringen«, sagte Paweł.

»Danke.« Meine Mutter wandte sich an die anderen Geflüchteten. »Wir haben uns noch gar nicht miteinander bekannt gemacht.«

Sie trat zu dem Vater und streckte ihre Hand aus. »Ich bin Danuta Gault.«

Er beachtete ihre Hand nicht, nickte nur, als wären die beiden flüchtige Bekannte, die auf der Straße aneinander vorbeigelaufen waren. »Meyer Rosenberg.« Er hatte einen grau melierten Bart mit gelben Nikotinflecken um die Mundpartie. Doch sein

Blick war freundlich, seine Stimme angenehm. »Und das ist meine Mutter Esther und mein Sohn Saul.«

Saul lächelte mich an.

»Man nennt mich *Bubbe*«, erklärte die alte Frau.

Ich fand es sonderbar, dass sie Fremden erlauben wollte, sie mit dem jiddischen Wort für »Oma« anzusprechen.

»Freut mich, Sie kennenzulernen«, sagte meine Mutter. »Der Name meines Mannes – « Sie brach ab und sah uns mit schmerzverzerrter Miene an. Für einen Moment schien sie vergessen zu haben, dass mein Vater nicht mehr bei uns war. Aber sie fing sich wieder. »Und das ist meine Tochter Sadie.«

»Was ist mit der anderen Familie?«, fragte ich. »Ich meine die mit dem kleinen Jungen. Was wird nun aus ihnen?« Dann wünschte ich, ich hätte nicht gefragt. Ich wollte glauben, dass es ihnen gut ging und sie inzwischen irgendwo jenseits der Weichsel ein Versteck gefunden hatten.

Paweł sah mich bedrückt an. »Die Deutschen werden sie abfangen und erschießen. Deshalb rate ich euch dringend, in dieser Kammer zu bleiben und leise zu sein.«

»Aber dann ist es doch besser, nicht hierzubleiben«, sagte Bubbe ungehalten. »Wenn die Deutschen die drei irgendwo aus der Kanalisation kriechen sehen, werden sie doch annehmen, dass hier noch mehr von uns sind. Sie werden kommen, um nachzusehen.«

»Das kann sein«, erwiderte Paweł, der offenbar nicht bereit war, uns zuliebe zu lügen. »Als ich vorhin oben war, habe ich SS-Leute gesehen, die einen Kanaldeckel im Visier hatten. Ich habe ihnen erklärt, die Kanalisation sei rattenverseucht, und dass in den Gasen, die unterirdisch entstehen, kein Mensch überleben könne.«

Ich fragte mich, ob er damit nicht recht haben könnte.

Saul runzelte die Stirn. »Und was ist, wenn sie Ihnen nicht geglaubt haben? Dann werden sie den Abwasserkanal kontrollieren.«

Paweł seufzte. »In dem Fall werden sie verlangen, dass ich sie führe, denn hier unten bin ich als Einziger zuständig.«

Wir sahen uns beklommen an. Würde er uns verraten?

»Ich werde sie durch andere Tunnel lotsen. Sollten sie aus irgendeinem Grund darauf bestehen, auch hier durchzulaufen, werde ich Lärm machen und meine Lampe schwenken, damit ihr Zeit habt, euch zu verstecken.«

Ich blickte mich in der Kammer um. *Wo sollte hier ein Versteck sein?*

»Ich muss jetzt gehen«, fuhr Paweł fort. »Wenn ich zu spät zur Arbeit komme, wird mein Chef mir Fragen stellen.«

Er griff in seine Jackentasche und holte etwas heraus, das in fettiges Papier eingeschlagen war. Als er das Papier abstreifte, erkannte ich, dass es sich um eine Portion gekochtes Fleisch handelte. Er teilte sie mit einem Taschenmesser in zwei Hälften, reichte eine Hälfte meiner Mutter und die andere Rosenberg.

»Das ist *golonka*«, flüsterte meine Mutter. Dann zuckte sie mit den Schultern. »Macht nichts, wir essen es trotzdem.«

Ich hatte in meinem ganzen Leben noch kein Eisbein gegessen, doch ich hörte meinen Magen knurren.

Rosenberg betrachtete das Schweinefleisch angewidert. »Das ist *treif*. Das rühren wir nicht an.«

»Tut mir leid«, sagte Paweł. »Etwas anderes konnte ich in der Kürze der Zeit nicht auftreiben.« Wieder hielt er Rosenberg das Fleisch hin. Rosenberg winkte es fort. »Vielleicht möchten Ihr Sohn und Ihre Mutter etwas davon haben. Mehr wird es für ein, zwei Tage nicht geben.«

Rosenberg schüttelte den Kopf. »Kommt nicht infrage.«

Paweł reichte die zweite Hälfte meiner Mutter. Sie zögerte, wollte es wahrscheinlich gern annehmen, den anderen aber nichts wegessen. »Ich weiß nicht.«

»Soll ich es wieder einstecken?«, fragte Paweł, und meine Mutter nahm die zweite Portion an. Den größten Teil des Fleischs gab sie mir, und ich verschlang es, bevor Rosenberg seine Meinung ändern konnte. Sauls hungrigen Blick versuchte ich zu ignorieren. Seine Großmutter hatte zu dem Ganzen geschwiegen, dennoch fragte ich mich schuldbewusst, ob sie vielleicht nicht doch ganz gern etwas abbekommen hätte.

Wie seltsam diese Familie Rosenberg war. Und was hatte sie tun müssen, um von Paweł gerettet zu werden? Sie war ganz anders als wir. Wie dem auch sei, nun würden wir hier zusammenleben.

Paweł verabschiedete sich. Dann war er fort.

»Setz dich.« Meine Mutter deutete auf eine der Bänke, die so dreckig und feucht war, dass sie mir noch vor einem Tag verboten hätte, mich darauf niederzulassen.

Als ich saß, spürte ich das Pochen meines Fußes. »Ich habe mich am Fuß geschnitten«, sagte ich wehleidig und kam mir albern vor. Was war eine kleine Wunde schon im Vergleich zu dem, was wir hinter uns hatten und was uns bevorstand?

Meine Mutter hockte sich vor mich. Sie zog mir Stiefel und Socken aus und tupfte den lädierten Fuß mit dem Saum ihrer Bluse ab. »Wir müssen unsere Füße trocken halten.«

*Und warum sollte das angesichts unserer Lage wichtig sein?*

Sie öffnete die Tasche, die mein Vater mir zugeworfen hatte, bevor er in den Kanal stürzte. Ich sah einen Verbandskasten, eine blau-weiß karierte Babydecke, Babysachen, Kleidungsstücke und ein Paar Socken, die meine Mutter mir reichte. »Für so wenig ist Papa gestorben?«, sagte ich und begann zu weinen.

»Nein«, entgegnete meine Mutter. »Er ist gestorben, um dich zu retten.« Sie setzte sich zu mir und zog mich an sich. »Ich weiß, wie furchtbar es hier unten ist«, flüsterte sie. »Doch wenn wir überleben wollen, müssen wir diese Umgebung ertragen. Siehst du das nicht ein?« Sie lehnte ihren Kopf an meinen. »Dein Vater hat sich so sehr gewünscht, dass wir überleben.«

Ich spürte ihr gelocktes Haar an meiner Wange. Es duftete nach dem Zimtwasser, mit dem sie es am frühen Morgen besprüht haben musste. Sehr lange würde sich der Geruch hier unten nicht halten.

»Ja, das sehe ich ein«, erwiderte ich verdrießlich.

Meine Mutter ließ mich los, hob meinen Fuß auf ihren Schoß und bestrich den Schnitt mit einer Salbe aus dem Verbandskasten. Ich streifte die frischen Socken über. Dabei fiel mein Blick auf meinen Mantelärmel und die Armbinde mit dem blauen Stern, die wir auf Befehl der Deutschen tragen mussten, damit jedermann sehen konnte, dass wir Juden waren. »Die brauchen wir jetzt wenigstens nicht mehr.« Ich zerrte an der Armbinde, bis sie mit einem satten Geräusch zerriss.

»So kenne ich dich«, sagte meine Mutter. »Am Ende findest du immer etwas Positives.« Mit triumphierender Miene riss auch sie ihre Armbinde ab.

Sie steckte den Verbandskasten in die Tasche zurück. Dabei fiel etwas heraus, das sich irgendwo verfangen haben musste. Es blitzte auf und landete auf dem feuchten Boden. Ich bückte mich und hob es auf. Es war die Goldkette, die mein Vater unter seinem Hemd getragen hatte, mit dem hebräischen Wort *Chai* als Anhänger. *Chai* bedeutete »Leben«. Diese Kette hatten seine Eltern ihm zu seiner Bar-Mizwa geschenkt. Offenbar hatte er sie bei unserem Aufbruch abgenommen und in die Tasche gesteckt.

Ich hielt die Kette meiner Mutter hin. Sie schüttelte den Kopf. »Er hätte gewollt, dass du sie trägst.« Sie legte mir die Kette um. Das *Chai* ruhte auf meiner Brust über meinem Herz.

# KAPITEL 5

## ELLA

*April 1943*

Der Frühling ließ sich stets Zeit, bevor er nach Krakau kam, als wäre er ein verschlafenes Kind, das an einem Schulmorgen nicht aus dem Bett fand. In diesem Jahr hatte er offenbar beschlossen, ganz wegzubleiben.

Ich war auf dem Weg nach Dębniki, dem Arbeiterviertel am Südufer der Weichsel. Auf dem Gehsteig lag schmutziger Schnee, und mir wehte ein scharfer, kalter Wind entgegen. Vielleicht war dieses Wetter der Protest der Natur gegen die Besatzungsmacht, deren Herrschaft nun schon ins vierte Jahr ging.

Ich hatte nicht vorgehabt, an diesem Samstagmorgen so weit zu laufen. Noch vor einer Stunde hatte ich in meinem Zimmer gesessen und Maciej einen Brief geschrieben. Er war seit zehn Jahren in Paris, und ich hatte ihn noch nie besucht. Doch mein Bruder beschrieb die Stadt so schön, dass ich sie ganz deutlich vor mir sah, und seine humorvollen Randnotizen brachten mich zum Lachen.

Ich hingegen teilte ihm nur Belangloses mit, ich hatte Angst, meine Briefe könnten von deutschen Zensurbeamten gelesen werden. Aber zumindest über Ana Lucia konnten wir uns austauschen, für sie hatten wir einen Code. Wegen der Tiere, deren Felle sie so gern als Mantel trug, nannten wir sie »die Falkin«.

Und wenn ich »die Falkin hat zugestoßen« schrieb, wusste Maciej, dass meine Stiefmutter sich wieder einmal von ihrer schlimmsten Seite gezeigt hatte. In seinem letzten Brief hatte er mich gefragt, warum ich nicht nach Paris käme, er und Philippe würden sich freuen. Er musste vergessen haben, dass wir Polen unser Land kaum noch verlassen konnten. Selbst wenn, hätte es nicht einmal mehr Züge von hier nach Paris gegeben. Vielleicht konnte ich ihn nach dem Krieg besuchen. Meine Stiefmutter hätte mit Sicherheit nichts dagegen, mich für eine Weile loszuwerden; vorausgesetzt, mein Bruder schickte mir das Geld für die Reise, die sie mir selbst niemals bezahlen würde.

Ich steckte den Brief in einen Umschlag und versiegelte ihn mit einem erhitzten Bröckchen Wachs. Währenddessen hörte ich Ana Lucia, die unten in der Küche unser Dienstmädchen anschrie.

Früher hatten wir vier Dienstboten gehabt, doch der Krieg verlangte von jedermann Opfer, und so musste auch meine Stiefmutter sich inzwischen mit nur einer Bediensteten begnügen. Doch nun hatte Hanna, ein zartes Waisenmädchen vom Land, all die Arbeiten zu erledigen, die zuvor von ihr selbst, einer Putzfrau, einem Knecht und einer Köchin übernommen worden waren. Wahrscheinlich hätte sie uns liebend gern verlassen, nur gab es niemanden, zu dem sie sich flüchten konnte.

Ich stieg die Treppe hinunter und betrat die Küche. Dort stand Ana Lucia mit hochrotem Kopf. Ich erfuhr, dass es bei ihrem Aufstand um Kirschen ging. »Ich habe Hauptsturmführer Kraus zum Nachtisch die beste Kirschtorte von ganz Krakau versprochen!«, schrie sie Hanna an. »Und nun stelle ich fest, dass wir keine Kirschen haben?«

»Es tut mir leid«, flüsterte Hanna und schlug die Augen nieder. »Aber zurzeit gibt es keine Sauerkirschen.«

»Na und?«, fragte Ana Lucia. Naturgesetze interessierten sie nicht, für sie zählte nur das, was sie wünschte.

»Vielleicht findet man irgendwo getrocknete Kirschen«, schlug ich vor. »Oder Dosenkirschen.«

Meine Stiefmutter wandte sich zu mir um und runzelte die Stirn. Ich wartete darauf, dass sie mir erklärte, wie dumm mein Vorschlag sei. Stattdessen schien sie ihn für brauchbar zu halten. »Das wäre eine Möglichkeit.«

Hanna schüttelte den Kopf. »Das habe ich versucht, aber auf dem Markt im Zentrum gibt es weder das eine noch das andere.«

Sofort geriet Ana Lucia wieder in Rage. »Dann lauf zu anderen Märkten!«

»Ich muss doch den Braten zubereiten«, sagte Hanna und ließ den Kopf hängen.

»Ich könnte die anderen Märkte abklappern.« Nicht, dass ich den Gästen meiner Stiefmutter den versprochenen Kirschkuchen gegönnt hätte. Wenn es nach mir gegangen wäre, hätte jeder von ihnen an Kirschkernen ersticken können. Aber mir war langweilig, und ich wollte den Brief an meinen Bruder zur Post bringen.

Ana Lucia war einverstanden. Sie überreichte mir zehn Reichsmark. Ich hasste diese deutsche Währung, die den polnischen Złoty ersetzt hatte.

Hanna sah mich dankbar an. »Vielleicht gibt es auf dem Markt in Dębniki Kirschen.«

»Bis dahin ist es aber ziemlich weit«, sagte ich.

Hanna nickte unglücklich.

»Also gut.« Sogar mit der Straßenbahn würde ich bis Dębniki eine knappe Dreiviertelstunde brauchen. Doch ich wollte keinen Rückzieher machen und Hanna erneut dem Zorn meiner Stiefmutter aussetzen.

Natürlich bedankte Ana Lucia sich nicht bei mir. »Um drei muss der Teig mit den Kirschen im Ofen sein«, sagte sie.

Ich streifte meinen Mantel über, nahm einen Einkaufskorb und verließ das Haus.

Auf der Straße beschloss ich, die ganze Strecke zu Fuß zurückzulegen. Die Luft war frisch und ich mochte den leichten Geruch nach Kohleöfen, der sie durchzog. Außerdem brauchte ich Bewegung.

Ich folgte der Grodzka zum Planty Park, der das Zentrum Krakaus säumte. Die Bäume dort waren noch winterlich kahl.

Dem Park schloss sich das ehemalige jüdische Viertel Kazimierz an. Dort war ich nur selten gewesen, erinnerte mich jedoch, wie exotisch es stets auf mich gewirkt hatte – die hebräischen Buchstaben auf den Schaufenstern, die jiddischen Satzfetzen, die an meine Ohren drangen, die Männer in ihren langen schwarzen Mänteln, mit Kippa oder großen, pelzbesetzten Hüten.

Ich kam an einer Bäckerei vorbei. Beinahe konnte ich den Hefezopf riechen, den es dort früher gegeben hatte. Ein halbes Jahr nach ihrem Einmarsch hatten die Deutschen die Juden Krakaus in das Ghetto von Podgórze verbannt, das vor Kurzem aufgelöst worden war. Die Geschäfte in Kazimierz waren seither verwaist, die Schaufenster eingeschlagen oder verbarrikadiert. Die Synagoge, vor der ich an Samstagen früher Menschenmengen gesehen hatte, stand leer.

Ich ging schneller, der Anblick dieses Geisterviertels setzte mir zu.

Schließlich erreichte ich die Dębniki-Brücke. Auf der anderen Seite lagen die Viertel Dębniki und Podgórze. Ich warf einen Blick zurück, sah die Burg Wawel auf ihrem Hügel. Seit tausend Jahren stand sie dort, war einmal polnische Königsresidenz gewesen. Und nun logierte dort der deutsche Generalgouverneur mit seiner Familie.

Ich dachte an einen Abend kurz nach der deutschen Invasion. Ich war am Fuß des Wawel spazieren gegangen und wunderte mich über die vielen Schiffe, die am Ufer der Weichsel angelegt hatten. Dann sah ich die riesengroßen Kisten, die aus der Burg geschafft und über eine Rampe auf die Schiffe geladen wurden. Ich dachte an Raub und überlegte, ob ich die Polizei verständigen sollte. Vielleicht hätte man mich daraufhin als Heldin gefeiert. Allerdings sahen mir die Männer, die die Kisten schleppten, nicht wie Kriminelle aus. Von einem erfuhr ich, dass es sich bei ihnen um Museumsangestellte handelte, die dabei waren, polnisches Kulturgut vor den Plünderungen und Luftangriffen der Deutschen zu retten. Mir wurde das Herz schwer. So weit war es also gekommen, wir mussten unsere Kunstschätze in Sicherheit bringen. Wenn es doch auch für uns Polen eine Rettung gegeben hätte.

Ich überquerte die Brücke, dann war ich in Dębniki. Es war ein armes Viertel, das aus Arbeitersiedlungen, Fabriken und Lagerhallen bestand. Hier erinnerte nichts mehr an die eleganten Stadthäuser, ehrwürdigen Kirchen, mondänen Cafés und Restaurants der Innenstadt.

In der Ulica Zamkowa, einer Straße nahe dem Flussufer, hielt ich inne und versuchte, mich zu orientieren. Ich kannte mich hier nicht aus und wollte mich nicht verlaufen.

An der Ecke stand ein großes, flaches Gebäude, offenbar eine Lagerhalle, von dort wurden Kisten auf einen Lastkahn geschleppt. Ich scheute mich, einen der Arbeiter um Auskunft zu bitten, doch außer ihnen war niemand da. Also fasste ich mir ein Herz und näherte mich den beiden, die an der Laderampe lehnten und rauchten.

»Entschuldigung«, sagte ich und erkannte an ihren Blicken, dass sie sich fragten, was ich in Dębniki verloren hatte.

»Ella?«, ertönte eine Stimme. Ich wandte mich um. Vor mir stand Krys' Vater und war so sehr die ältere Version seines Sohns, dass ich ein sehnsüchtiges Ziehen in der Brust verspürte. Mir fiel wieder ein, dass Krys in Dębniki aufgewachsen und sein Vater Hafenarbeiter war. Wie konnte ich das vergessen haben, da Ana Lucia mir doch hundertmal erklärt hatte, dass Leute aus Dębniki nicht zu uns passten?

Ich war nur wenige Male bei Krys' Familie gewesen. Krys hätte es niemals eingestanden, doch ich hatte stets den Verdacht gehabt, dass ihm das armselige Elternhaus ebenso peinlich war wie die heruntergekommene Gasse, in der es lag. Dabei hatte ich die einfache, jedoch herzliche Art seiner Eltern geliebt. »Mein Kleiner«, hatte seine Mutter Krys zärtlich genannt, obwohl er zwanzig Jahre alt war und sie um einen Kopf überragte. Nach der Kälte, die bei uns zu Hause herrschte, war es für mich eine Wohltat gewesen, bei ihnen zu sein.

Inzwischen dürfte es in dem Haus still geworden sein. Krys und seine beiden älteren Brüder waren in den Krieg gezogen. Die Brüder waren umgekommen, und wo Krys war, wusste man nicht.

Krys' Vater war gealtert. Die Falten seines Gesichts waren tiefer geworden, die breiten Schultern gebeugt, das Haar war ergraut. Mit einem Mal schämte ich mich. Zwar hatte ich Krys' Eltern nicht nahegestanden, dennoch hätte ich ab und zu nach ihnen sehen können.

Krys' Vater blickte mich freundlich an. »Was machen Sie hier?«, fragte er. Ich wollte ihm erklären, dass ich auf dem Weg zum Markt sei, doch er sprach bereits weiter. »Falls Sie meinen Sohn suchen, er wird bald zurück sein.«

»Zurück?« Ich war mir nicht sicher, ob ich ihn richtig verstanden hatte. Hatte er von Krys eine Nachricht erhalten? Mein Herz begann, aufgeregt zu schlagen. »Sie meinen, er kehrt aus dem Krieg zurück?«

»Nein, ich meinte die Mittagspause. In einer Stunde müsste er wieder hier sein.«

»Entschuldigen Sie«, sagte ich verwirrt, »ich glaube, ich kann Ihnen nicht ganz folgen. Krys ist doch an irgendeiner Front, oder nicht?« Vielleicht hatten der Krieg, die Besetzung Polens und der Verlust zweier Söhne den Geist des Vaters getrübt.

Doch sein Blick war klar. »Er ist seit zwei Wochen zurück und arbeitet hier.« Seine Stimme war fest.

Mir fehlten die Worte.

»Ich dachte, das wüssten Sie.«

*Nein, das hatte ich nicht gewusst.* »Können Sie mir sagen, wo ich ihn finden kann?«

»Er hat von einem Treffen gesprochen. Vielleicht in dem Café in der Ulica Barska. Dort war er früher häufig.« Er deutete die Straße hinunter. »Da entlang und dann die zweite rechts.«

»Vielen Dank.« Ich verabschiedete mich und lief die Straße hinunter. Währenddessen rasten meine Gedanken. Krys war wieder da, jauchzte es in mir. Vielleicht würde ich ihn schon in wenigen Minuten sehen. Dann schlug meine Stimmung um. Warum hatte der Mann, den ich heiraten wollte, es nicht für nötig gehalten, sich bei mir zu melden? War die Trennung für ihn womöglich doch endgültig gewesen? War ich nur noch die Frau, mit der er vor dem Krieg zusammen gewesen war? Aber selbst dann hätte er mir doch wenigstens mitteilen können, dass er gesund zurückgekehrt war. Er musste doch wissen, dass ich mich um ihn sorgte. Eine kleine Nachricht wäre eigentlich nicht zu viel verlangt gewesen.

Was sollte ich tun? Ihm nachlaufen und in das Café gehen? Wäre das nicht erniedrigend? Ja, wäre es, aber ich wollte von ihm hören, warum er mir seine Rückkehr verschwiegen hatte.

Ich lief die graue Straße hinunter, vorbei an eng zusammenstehenden Häusern mit schmutzigen, bröckelnden Fassaden, und bog in die zweite Gasse rechts.

Dann stand ich vor dem Café, das denkbar einfach war. Hier trank man rasch eine Tasse Ersatzkaffee, schlang vielleicht noch ein Mohn- oder Quarkbrötchen hinunter, bevor man zur Arbeit ging.

Ich warf einen Blick durch das Fenster, erkannte durch dichten Zigarettenqualm Stehtische und ganz hinten niedrige Tische mit Stühlen.

Ich erinnerte mich an die vielen Male, an denen ich mir, in der Zeit als Krys fort war, eingebildet hatte, ihn in der Stadt zu sehen – in einer vorbeifahrenden Straßenbahn, in einer Menschengruppe, in einem Park. Natürlich war er es nie gewesen. Auch in dem Café schien er nicht zu sein. Vielleicht hatte sein Vater sich geirrt, oder Krys war schon wieder fort.

Ich betrat das Café. Es roch nach Ersatzkaffee und billigem Tabak. Ich schlängelte mich an Tischen und Gästen vorbei. Und dann sah ich ihn. Er saß ganz hinten, mit dem Rücken zu mir. Dann entdeckte ich die Frau ihm gegenüber, und mir war, als gebe der Boden unter meinen Füßen nach.

Die Frau war sehr schön, dunkelhaarig und vielleicht einige Jahre älter als ich. Krys erzählte ihr irgendetwas, und sie hing an seinen Lippen.

Ich starrte auf Krys' Rücken, dachte, vielleicht bildete ich ihn mir wieder nur ein. Ich hatte von ihm geträumt, immerfort an ihn gedacht, um ihn gebangt. Als seine Briefe ausgeblieben waren, hatte ich gelitten, mir vorgestellt, er wäre verwundet oder gar tot. Und nun saß er hier mit einer anderen Frau. Als wäre er nie fort gewesen. Als hätte es uns nie gegeben.

Ich wollte mir gut zureden, mir sagen, dass ihm wenigstens nichts zugestoßen war, doch dann nahm meine Wut überhand. Ich steuerte seinen Tisch an. Kurz bevor ich ihn erreichte, blieb ich stehen. Was wollte ich ihm überhaupt sagen? Ich wusste es nicht, ging aber einfach weiter.

Die Frau sah mich kommen. Irgendetwas an meiner Miene schien sie zu alarmieren, denn sie sagte etwas zu Krys. Er drehte sich um, unsere Blicke begegneten sich. Mir war, als würde die Welt stillstehen.

Krys flüsterte seiner Begleiterin etwas zu und stand auf. Ich stürzte aus dem Café, als wären hundert Teufel hinter mir her. Dann war ich draußen, lief blindlings die Straße hinunter.

Krys folgte mir. »Ella, warte!«

Ich lief schneller. Er holte mich ein und fasste meinen Arm mit sanftem Griff. Ich blieb stehen und spürte die Wärme seiner Hand, während mein Herz in tausend Stücke zersprang. Ich sah ihn an, zornig und sehnsüchtig zugleich, wollte meinen Kopf an seine Brust legen und alles Schreckliche in meinem Leben vergessen, so wie ich es früher gekonnt hatte, wenn ich bei ihm war. Dann fiel mein Blick auf die Frau. Sie stand am Fenster des Cafés und beobachtete uns.

»Ella.« Krys beugte sich vor.

Wahrscheinlich wollte er meine Wange küssen. Die leidenschaftlichen Küsse unserer früheren Begegnungen schienen der Vergangenheit anzugehören. Ich wich zurück. Doch ich hatte den ihm eigenen Geruch wahrgenommen, und die schmerzlichsten Erinnerungen stiegen in mir auf. Noch vor einer Stunde war er der Mann gewesen, den ich liebte – nun stand jemand vor mir, der mir wie ein Fremder erschien.

»Seit wann bist du wieder in Krakau?«

»Seit ein paar Tagen.«

Sein Vater hatte von zwei Wochen gesprochen. Ich hatte Krys nie für einen Lügner gehalten, aber ich hätte auch nie gedacht, dass er mir seine Rückkehr verheimlichen würde.

»Ich wollte zu dir kommen.«

»Wann?«, fragte ich. »Nach deiner Verabredung im Café?«

Krys seufzte. »Diese Verabredung ist nicht das, was du denkst. Ich würde es dir gern erklären, aber nicht hier. Können wir uns später treffen?«

»Wozu? Zwischen uns ist es doch aus, oder nicht?«

Krys sah mir in die Augen, und da er kein Lügner war, nickte er. »Ja. Aber nicht wegen einer anderen Frau. Es gibt bestimmte Gründe, warum wir nicht mehr zusammen sein können. Das hatte ich dir schon gesagt, bevor ich in den Krieg gezogen bin.«

Ja, hatte er, doch das hatte sich damals auf seine Kampfeinsätze bezogen, und nun war er unversehrt zurückgekehrt. Ich erinnerte mich noch sehr gut an unser Gespräch. Allerdings hatte ich da bereits gespürt, dass er sich von mir zurückzog, und es nicht allein um die Dauer des Kriegs und seine möglichen Folgen ging, ich hatte es nur nicht wahrhaben wollen.

»Ich würde nie etwas tun, das dich verletzt«, fuhr er fort. »Aber so ist es am besten.«

Hörte er sich nicht zu? War ihm nicht klar, dass er mich mit seinen Worten verletzte? Ich wollte ihm widersprechen, ihn an das erinnern, was wir einander bedeutet hatten, ihm klarmachen, dass wir das wiederhaben konnten. Doch dann meldete sich mein Stolz. Wie kam ich dazu, jemanden, der nicht mehr mit mir zusammen sein wollte, anzubetteln, er möge bei mir bleiben. »Dann auf Wiedersehen«, sagte ich und schaffte es sogar, dass meine Stimme nicht zitterte.

Ich wandte mich von Krys ab, lief einfach weiter und wäre beinahe mit einem Mann zusammengeprallt, der Kisten aus einem Pferdefuhrwerk lud.

»Ella, warte!«, rief Krys mir nach. Ich schüttelte den Kopf und hastete weiter, als könnte ich auf die Weise dem Schmerz entrinnen.

Einmal drehte ich mich um und hoffte halb, er wäre mir gefolgt. War er nicht.

Ich setzte meinen Weg langsamer fort und ließ meinen Tränen freien Lauf. Eine gemeinsame Zukunft mit Krys gab es nicht mehr. Ich vermochte es nur noch nicht richtig zu glauben. Ich liebte Krys, daran hatte sich nichts geändert. Warum hatte er mich angesehen, als wüsste er kaum noch, wer ich war? Erinnerte er sich nicht mehr an das, was wir gehabt hatten?

Wieder wallte Zorn in mir auf. Doch dann kamen Erinnerungsbilder angeschwebt, so schön, dass sie meinen Zorn überlagerten. Als der Krieg ausbrach, war unsere Beziehung umso leidenschaftlicher geworden, als dächten wir, jede Begegnung könnte die letzte sein. Ich war wie im Rausch gewesen, hatte mich unglaublich lebendig gefühlt. Vielleicht war ich deshalb unbesonnen gewesen und hatte mit Krys geschlafen, statt bis zu unserer Hochzeit oder wenigstens zur Verlobung zu warten. Es war der verzweifelte Wunsch gewesen, das, was wir hatten, zu untermauern. Ich war davon ausgegangen, dass es ihm ebenso viel wie mir bedeutet hatte. Und nun hatte er sich endgültig von mir losgesagt.

Ich kam an einer Fleischerei vorbei und sah mein Spiegelbild im Schaufenster, die verweinten Augen mit den geschwollenen Lidern. Erbärmlich. Ich wischte mir die Tränen aus dem Gesicht, wollte nicht mehr an Krys denken – und tat es doch. Wahrscheinlich saß er wieder bei dieser Frau im Café und unterhielt sich mit ihr, als wäre nichts gewesen. Wer war diese Frau überhaupt? Hatte er sie während des Kriegs kennengelernt? Vorher auf gar keinen Fall. Krys war trotz allem ein Ehrenmann und wäre niemals sowohl mit ihr als auch mir zusammen gewesen. Oder trog mich meine Erinnerung? Mit einem Mal war mir, als sähe ich Krys nur noch durch eine beschlagene Fensterscheibe.

In Krakau wollte ich nun nicht mehr bleiben. Wie oft hatten wir in meinem Freundeskreis gesagt, dass Krakau nichts weiter als ein großes Dorf sei, in dem man ständig übereinander stolperte. Ich würde Krys begegnen, vielleicht sogar Hand in Hand mit dieser Frau.

Ich dachte an Paris, die wiederholten Einladungen meines Bruders. Ich würde den Brief an ihn neu schreiben und ihn bitten, mich so bald wie möglich zu sich zu holen. Vielleicht wusste er, wie das selbst in diesen Zeiten zu bewerkstelligen war. Ich holte den Brief, den ich hatte aufgeben wollen, aus dem Einkaufskorb, zerriss ihn und warf ihn in die nächste Mülltonne.

Inzwischen hatte sich eine blasse, kraftlose Sonne hervorgewagt. Wahrscheinlich war es bald Mittag. Und ich hatte noch immer keine Kirschen. Wenigstens konnte ich nicht weit entfernt die ersten Stände des Markts erkennen.

Ich lief an den einfachen Holzbuden vorbei und betrachtete die bescheidenen Auslagen. Fleisch gab es gar nicht und nur wenig Brot. Was an Obst und Gemüse vorhanden war, hatte angefangen zu faulen.

Ich hatte von jeher in privilegierten Verhältnissen gelebt, tat es dank meiner Stiefmutter noch immer; die Not der Armen, die im Krieg umso größer geworden war, hatte ich nie kennengelernt. Doch nun erlebte ich, wie sorgfältig die Menschen die Waren prüften. Ich hörte, wie sie nach Preisen fragten und resigniert weitergingen, wenn ihnen etwas zu teuer war. Sie waren hohlwangig und mager, die Einkaufskörbe so gut wie leer.

Ich trat an einen Stand, an dem es Kartoffeln, welke Kohlköpfe und einige zerrupfte Blumen gab. Obwohl ich mir die Antwort denken konnte, fragte ich den Händler nach eingelegten oder getrockneten Kirschen.

Wäre es nach der guten Kirschernte im vergangenen Sommer gegangen, hätte es genug von beidem geben müssen. Nur wurden unsere Ernten ausnahmslos von den Deutschen beschlagnahmt, je nach Bedarf auch unser Vieh.

Der Händler schüttelte den Kopf. »Kirschen haben wir seit ewigen Zeiten nicht mehr.«

Wie schön, dachte ich grimmig, dann kann Ana Lucia ihren deutschen Freunden wenigstens keine Kirschtorte vorsetzen. Aber wie war Hanna auf die Idee gekommen, ich könnte hier fündig werden? Um dem Mann überhaupt etwas abzukaufen, erwarb ich fünf gelbe Glockenblumen, die noch einigermaßen gut aussahen. Der Mann umwickelte die Stiele mit Zeitungspapier und überreichte sie mir. Ich gab ihm eine Reichsmark, mehr als er verlangt hatte.

»Versuchen Sie es auf dem Markt in der Pułaskiego«, sagte er. »Liegt gleich um die Ecke.«

In Dębniki gab es zwei Märkte? Das wunderte mich.

Wie sich herausstellte, fand der zweite Markt in einer der Gassen, die von der Kirche des heiligen Stanisław Kostka abgingen, statt. Allerdings handelte es sich nicht um einen Markt mit Buden, sondern bloß um eine Reihe Männer, die ihre Waren auf alten Wolldecken oder Planen feilbot. Es war ein *czarny rynek*, ein Schwarzmarkt.

Ich hatte von den illegalen Märkten in der Stadt gehört, doch dieser war der erste, den ich sah. Nun ergaben auch die Planen und Wolldecken einen Sinn. Sollte es zu einer Razzia kommen, konnten die Händler sie mitsamt der Ware ruckzuck zusammenraffen und fliehen.

Das Angebot bestand aus einer erstaunlichen Menge rar gewordener Köstlichkeiten: Käse, Schinken, Würste, Kaffee, Zucker, Tee, Schokolade und Hygieneartikel. Auch verbotene Gegenstände wie Radiogeräte und Handfeuerwaffen sah ich; Letztere so alt, dass ich mich fragte, ob sie überhaupt noch funktionstüchtig waren.

Ich wollte schon kehrtmachen, da bei einer Razzia nicht nur die Händler, sondern auch die Käufer festgenommen wurden, und allein der Gedanke versetzte mich in Angst und Schrecken.

In diesem Augenblick entdeckte ich einen Obstverkäufer, dessen Angebot um einiges umfangreicher als das auf dem offiziellen Markt war. Unter anderem lagen auf seiner verdreckten Plane getrocknete Kirschen. Ich kaufte den gesamten Vorrat, er kostete mich das restliche Geld. Eine Kirsche aß ich, während ich zu der Kirche zurückwanderte und dann eine kleine, dahinterliegende Gasse überquerte.

Die Kirsche schmeckte wundervoll, das Süßsaure ihres Fruchtfleischs prickelte angenehm in meinem Mund. Nachdem ich das letzte Fruchtfleisch abgelutscht hatte, spuckte ich den Kern durch die Gitterstäbe eines Kanaldeckels.

Ich machte einen Schritt über das Gitter hinweg, wollte nicht mit dem Absatz hängen bleiben – und vernahm ein scharrendes Geräusch.

Es kam aus der Kanalisation unten. Wahrscheinlich trieben dort Ratten ihr Unwesen. Glücklicherweise wagten sie sich nur nachts zur Nahrungssuche heraus.

Wieder hörte ich dieses Scharren. Das war keine Ratte, dafür war es zu laut. Ich verharrte, blickte auf den Kanaldeckel und sah zwei Augen, die mich von unten anstarrten. Nicht die Knopfaugen einer Ratte, sondern die eines Menschen.

Unter dem Kanaldeckel stand ein Mensch – nein, ein Mädchen. Oder täuschte ich mich? Ich schloss die Augen und öffnete sie wieder. Das Mädchen war noch da. Dünn, verdreckt und mit feuchter Kleidung stand sie da und blickte nach oben.

Dann zog sie sich ein wenig ins Dunkle zurück, als hätte sie Angst, gesehen zu werden. Doch die Augen waren weiterhin zu erkennen. Sie beobachteten mich.

Ich wollte etwas sagen, aber eine innere Stimme riet mir, zunächst einmal nachzudenken.

Es musste einen Grund geben, dass dieses Mädchen da unten war. Und sich verborgen hielt.

Ich blickte mich um, um festzustellen, ob jemand auf mich aufmerksam geworden war, doch es war keine belebte Ecke, und die wenigen Passanten gingen ihrer Wege.

Aber wer war das Mädchen und wie war sie in die Kanalisation geraten?

Als ich noch einmal durch die Gitterstäbe spähte, war sie fort.

# KAPITEL 6

## SADIE

Wir waren in unserer Wohnung in der Meiselsa. Von unten
drang Klaviermusik – ein Walzer. Mein Vater wirbelte meine
Mutter durch die Küche, als befänden sie sich in einem Wie-
ner Ballsaal. Der Walzer ging zu Ende, und meine Mutter war
außer Atem. Auf dem Tisch kühlte eine goldglänzende, frisch
gebackene *Babka* ab. Ich nahm ein Messer und schnitt in den
saftigen Hefekuchen. Mit einem Mal rumpelte es unter mir, im
Fußboden bildeten sich Risse. Mein Vater wollte nach mir greifen, aber seine Hand ging durch meine hindurch. Ich schrie, als
der Fußboden nachgab, und wir in den Abwasserkanal fielen.

»Sadele.« Eine Stimme weckte mich. »Du musst ruhig sein.«
Es war meine Mutter, die mich sanft daran erinnerte, dass wir
still sein mussten, nicht schreien durften, nicht einmal dann,
wenn wir schlecht träumten.

Ich ließ meinen Blick durch die feuchte, übelriechende Kammer wandern. Der Sturz in den Abwasserkanal war kein Alptraum gewesen, sondern Realität. Nur meinen Vater, den gab
es nicht mehr.

*Papa.* Ich sah sein Gesicht vor mir. Im Traum war er mir so
nahe gewesen, im Wachen unerreichbar. Vor einem Monat war
er umgekommen, doch den Schmerz spürte ich noch wie an
jenem Tag. Ich träumte oft von ihm. Wenn ich danach wach
wurde und mir wieder einfiel, dass er tot war, war es, als steche
ein Messer in mein Herz.

Ich schloss die Augen, wollte wieder einschlafen und weiter von unserem früheren Zuhause und meinem Vater träumen.

Es gelang mir nicht. Stattdessen stellte ich mir vor, mein Vater schliefe hier auf einer Bank. Wie gern ich sein Schnarchen wieder gehört hätte, über das ich mich früher beschwert hatte.

Meine Mutter drückte mich an sich. Dann stand sie auf und gesellte sich zu Bubbe Rosenberg in unserer sogenannten Küche, um ihr beim Pulen dicker Bohnen zu helfen.

Das trübe Licht in der Kammer war immer gleich, doch die Geräusche oben auf der Straße verrieten mir, dass der Morgen angebrochen war.

*Nur für ein paar Tage,* hatte meine Mutter gesagt. *Höchstens für eine Woche.* Das war vor einem Monat gewesen. Früher hätte ich mir nicht vorstellen können, dass jemand so lange in der Kanalisation hausen konnte, aber wohin hätten wir gehen sollen? Das Ghetto war liquidiert worden. Die Juden, die dort gelebt hatten, waren von den Deutschen umgebracht oder in ein Lager deportiert worden. Würden wir uns aus der Kanalisation hinauswagen, würde es uns ebenso ergehen.

Pawełs Worten am ersten Tag hier unten hatte ich entnommen, dass mein Vater vielleicht gar nicht vorgehabt hatte, so lange mit uns im Abwasserkanal zu bleiben. Wahrscheinlich hatte er geglaubt, irgendwann würden wir doch noch durch den Ausgang zur Weichsel entkommen können. Wie dem auch sei, den Plan zum weiteren Verlauf unserer Flucht kannte auch Paweł nicht, den hatte mein Vater mit in sein nasses Grab genommen. Und nun saßen wir hier fest.

Meine Mutter und ich schliefen auf einer Seite der Kammer jeweils auf einer Bank, die Rosenbergs auf der anderen Seite. In einer Ecke war die Küche.

Auch Meyer Rosenberg war wach und versuchte, in dem

schwachen Licht der Karbidlampe zu lesen. Saul war nirgends zu entdecken.

Ich setzte mich auf und streckte meinen steif gewordenen Rücken. Die Klagen meiner Großmutter über schmerzende Knochen konnte ich mittlerweile bestens nachvollziehen. Wehmütig erinnerte ich mich an die Daunendecke, unter die ich mich noch im Ghetto abends hatte kuscheln können. Nun hatte ich eine Sackleinwand, die meine Mutter hier unten irgendwo aufgestöbert hatte.

Ich griff nach Socken und Stiefeln. Meiner Mutter zufolge war es ja wichtig, trockene Füße zu haben, deshalb wechselte ich jeden Tag zwischen den beiden Paar Socken, die ich besaß, und hängte die vom Vortag über die Kante meiner Bank zum Trocknen. Ich verstand bald, dass Mama recht hatte: Das dreckige Abwasser, das immer wieder in die Kammer sickerte, drang in Stiefel, Schuhe und Strümpfe. Die Rosenbergs, die weniger umsichtig als wir waren, hatten bereits entzündete Füße.

Ich stand auf und befeuchtete meine Zahnbürste in dem Eimer mit sauberem Wasser. Es wäre schön gewesen, wenn ich wenigstens Natron zum Zähneputzen gehabt hätte. Dann hätte ich vielleicht ein kurzes Frischegefühl im Mund verspüren können. Aber dem war nicht so.

Nach dem Zähneputzen setzte ich mich zu meiner Mutter.

An dem Tag, an dem Paweł uns hier unten zurückließ, hatten die Rosenbergs nebeneinander auf einer Bank Platz genommen und die Hände in den Schoß gelegt. Es sah aus, als wollten sie wider besseres Wissen warten, bis Paweł zurückkäme und uns vielleicht doch noch woandershin führte.

Nicht so meine Mutter. Sie hatte die freien Bänke herumgerückt und unsere Reisetasche auf einer von ihnen deponiert, damit sie im Trockenen blieb. Um die Nahrungsmittel unterzubringen, mit denen Paweł uns versorgen würde, hatte sie einen breiten Sims über der Feuerstelle bestimmt. Wahrscheinlich war ihr da bereits klar gewesen, dass wir hier nicht Tage oder höchstens eine Woche, sondern um einiges länger bleiben würden.

Meine Mutter drückte mir einen Kuss auf die Wange. Die Wochen, die wir hier unten verbracht hatten, hatten uns zusammengeschweißt. Einst war ich ein Papakind gewesen, und meine Mutter hatte mich in Anlehnung an seinen Vornamen oft als »kleinen Michał« bezeichnet. Dieser Spitzname war mit meinem Vater untergegangen. Es gab nur noch meine Mutter und mich.

Meine Mutter strich mein Haar glatt. Jeden Abend bürstete sie ihr und mein Haar. »Wir dürfen uns nicht gehen lassen«, sagte sie, und dann blitzte in ihren Augen etwas wie Hoffnung auf. Wahrscheinlich war es die Hoffnung auf ein Leben nach der Zeit in der Kanalisation.

Als Kind war ich ein Wildfang gewesen, wollte weder ordentlich noch hübsch aussehen. Auch als Mädchen legte ich wenig Wert auf mein Äußeres. Doch hier unten achtete ich so gut wie irgend möglich auf mich; es gab es mir Halt. Allerdings war es ein Kampf, sich in dieser Umgebung auch nur ansatzweise sauber zu halten. Meine Kleidung war hoffnungslos verdreckt und meine Haare waren fettig, dagegen nützte auch das lange Bürsten nichts. Ich war froh, dass wir keinen Spiegel hatten.

Mein Blick fiel auf den schwerer gewordenen Bauch meiner Mutter. Ich stellte mir das Baby vor, obwohl es für mich noch geschlechtslos war. Es würde als Halbwaise zur Welt kommen, nie erfahren, was für ein wundervoller Mensch sein Vater gewesen war.

»Nach dem Frühstück wird wieder gelernt«, erklärte meine

Mutter, als hätte ich so viel vor, dass ich das vergessen könnte. Dabei machten wir jeden Tag das Gleiche: Wir frühstückten, räumten auf, und dann fand eine Unterrichtsstunde statt, in der meine Mutter ihre und meine Schulkenntnisse auffrischte. Nachmittags schliefen wir eine Weile, um die Zeit totzuschlagen.

An diesem Morgen gab es zum Frühstück nur Haferflocken. Für mehr Essbares mussten wir auf Paweł warten, der zwei Mal in der Woche erschien und uns notdürftig versorgte. Auch einen Eimer, einen Kochtopf, Teller, Besteck, Brennholz, Taschenlampen und Batterien hatte er uns in den vergangenen Wochen gebracht.

Meine Mutter teilte die Haferflocken in fünf Portionen, drei für die Rosenbergs, zwei für uns.

Bubbe verzog sich mit ihren Tellern zu ihrer Familie, die auf ihrer Seite der Kammer aß. Die Rosenbergs hatten ebenfalls einen festen Tagesablauf, ausgerichtet nach ihren Gebeten.

Freitagabends luden sie uns zu ihrer Sabbatfeier ein. Dann zündete Bubbe zwei Kerzenstummel an und reichte einen Kidduschbecher mit einer kleinen Portion koscherem Wein herum. Die Kerzen stammten von Paweł, den Wein und den Kidduschbecher hatten die Rosenbergs in ihrem Gepäck gehabt.

Zuerst fand ich ihr Beten und Festhalten an Ritualen starrsinnig, irgendwie auch albern. Inzwischen hatte ich aber erkannt, dass es ihrem Leben Sinn und Struktur verlieh.

Ich wünschte, auch ich könnte Ritualen folgen, um die Tage zu gliedern. Meyer Rosenberg hatte sogar eine Mesusa gebastelt und über dem Eingang befestigt, um unsere Kammer als jüdisches Zuhause zu kennzeichnen. Paweł war dagegen gewesen und hatte gesagt: »Wenn das jemand sieht, weiß er, dass hier Juden sind.« Ich hatte gedacht, wenn dieser Jemand bis hierherkommt, geht es uns mit und ohne Mesusa an den Kragen.

Ich fragte mich, wie die Rosenbergs in einigen Tagen Pessach feiern würden, immerhin hatten wir nun April. Wie wollten sie eine Woche lang an Nahrungsmittel gelangen, die keine Hefe enthalten durften? Es gab Tage, an denen Paweł nichts anderes als Brot für uns hatte.

Ich tastete nach dem Stück Brot in unserer Tasche, das ich von meiner gestrigen Ration aufgehoben hatte. Einmal hatte ich einen Brotkanten dummerweise unter meiner Bank aufbewahrt; als ich danach greifen wollte, schnappte etwas nach meiner Hand. Ich riss meine Hand zurück. Unter der Bank kam eine Ratte hervor, die mich satt und trotzig anstarrte.

Ich hielt das Stückchen Brot meiner Mutter hin. Obwohl mein Magen laut und vernehmlich knurrte, behauptete ich, ich sei nicht hungrig.

Mit Ausnahme ihres Bauchs war meine Mutter viel zu dünn geworden, dabei hätte sie eigentlich für zwei essen und zunehmen sollen. Ich war mir beinahe sicher, dass sie das Brot wie üblich ablehnen würde. Doch sie akzeptierte einen kleinen Bissen, bevor sie es mir zurückreichte. Sie machte mir Sorgen. Bereits seit einer Weile schien sie keinen Appetit mehr zu haben.

»Für das Baby.« Ich hielt ihr den Rest an die Lippen. Sie nahm ihn in den Mund.

Da mein Vater nicht mehr bei uns war, hatte ich begonnen, mich um das Wohlergehen meiner Mutter zu kümmern, so wie es auch umgekehrt der Fall war. Jede von uns hatte Angst, die andere zu verlieren.

Meine Mutter würgte, spuckte den Bissen in ihre Hand und schüttelte den Kopf. Vielleicht löste die Schwangerschaft bei ihr noch immer Übelkeit aus oder es lag an unserer Umgebung, dass sie kaum etwas herunterbrachte.

»Bereust du es?«, fragte ich. »Ich meine, dass du wieder ein

Baby bekommst?« Es war eine taktlose Frage. Es hätte mich nicht gewundert, wenn meine Mutter sie mir übel genommen hätte.

Sie lächelte. »Ich bereue es nicht im Geringsten. Auch wenn ich wünschte, das Kind würde unter anderen Bedingungen zur Welt kommen. Aber ebenso wie du wird es ein Teil deines Vaters sein, der in euch weiterleben wird.«

»Die Schwangerschaft wird ja auch nicht mehr ewig dauern«, sagte ich tröstend.

Die Miene meiner Mutter trübte sich.

»Was ist?«

»In meinem Bauch kann ich das Kind schützen.«

*Und nach der Geburt würde es nicht mehr geschützt sein.* Bei dem Gedanken breitete sich etwas Kaltes in meinem Inneren aus, und ich wünschte, ich könnte mich ebenfalls in ihrem Bauch verkriechen.

»Wenn du selbst einmal Kinder hast, wirst du das verstehen. Eine Mutter will ihre Kinder stets vor Unheil bewahren.«

Ihre Worte machten mich schwermütig. »Ohne den Krieg hätte ich jetzt vielleicht schon eine eigene Familie.« Warum sagte ich das? Ich war doch gar nicht auf die Gründung einer eigenen Familie aus gewesen, sondern hatte von einem Medizinstudium und einer Zukunft als Ärztin geträumt. Mit einem Ehemann und Kindern wäre das nahezu unmöglich gewesen.

»Sadele«, sagte meine Mutter. »Deine Zeit wird noch kommen. Du darfst nicht ungeduldig werden, nicht einmal hier unten.«

Wir hörten etwas poltern, gefolgt von platschenden Geräuschen, als watete jemand mit schweren Stiefeln durch Wasser. Wie versteinert blicken wir zum Eingang.

Es war aber nur Paweł, der die Kammer mit einer gefüllten

Tasche betrat. Wir atmeten auf und lächelten ihm entgegen. Dienstags und samstags brachte er uns etwas vom Markt.

»Hallo«, begrüßte er uns gut gelaunt.

»Hallo.«

Paweł war ein wunderbarer Mensch. Er verköstigte uns, obwohl wir kein Geld mehr hatten.

Anfangs hatte meine Mutter noch welches besessen. Mein Vater war nicht, wie ich befürchtet hatte, mit unserem ganzen Bargeld umgekommen. Einen kleinen Betrag hatte er vor seinem Tod in unsere Tasche gesteckt.

Das Geld hatte aber nicht lange ausgereicht. Schon nach zwei Wochen wühlte meine Mutter eines Morgens immer hektischer in der Tasche, und als ich sie fragte, wonach sie suche, sagte sie: »Ich dachte, da wäre noch ein Rest Geld, um Paweł zu bezahlen. Aber wir haben keins mehr.« Sie sah mich unglücklich an. »Wir müssen ihm deine Kette geben.«

»Nein!« Meine Hand fuhr zu der Kette. Sie war etwas, das mir von meinem Vater geblieben war und mich mit ihm verband. Ich würde lieber hungern, als mich von der Kette trennen.

Dann wurde mir das Kindische meiner Reaktion bewusst. Mein Vater hätte die Kette sofort gegen etwas Essbares für uns getauscht. Ich öffnete den Verschluss und reichte die Kette meiner Mutter.

Als Paweł an jenem Tag erschien und meine Mutter ihm die Kette geben wollte, wehrte er sie ab. »Die hat doch Ihrem Mann gehört.«

»Etwas anderes habe ich nicht mehr«, sagte meine Mutter.

Paweł wirkte bestürzt, doch die Kette nahm er nicht. Kurz darauf verabschiedete er sich.

»Warum haben Sie ihm erzählt, dass Sie kein Geld mehr haben?«, fragte Bubbe säuerlich.

Bubbe hatte an allem etwas zu nörgeln, dabei würde auch den Rosenbergs bald das Geld ausgehen, Rosenberg hatte es uns selbst gestanden.

»Wie hätte ich das denn geheim halten können?«, erwiderte meine Mutter gereizt und reichte mir die Kette zurück. Ich legte sie wieder um. Doch als ich in der Nacht mit knurrendem Magen wach wurde, fragte ich mich, ob Paweł nun nicht mehr kommen würde.

Am Samstag darauf erschien er nicht zur gewohnten Zeit. Eine Stunde verstrich, dann eine zweite. Die Rosenbergs beendeten ihre Sabbatgebete.

»Paweł sehen wir nicht wieder«, erklärte Bubbe mit düsterer Miene. »Wir werden verhungern.«

Ich seufzte innerlich. Bubbe war zwar nicht direkt boshaft, aber eine griesgrämige alte Frau, die einem alles nur noch schwerer machte.

Aber Paweł kam, wenn auch mit Verspätung. Und er hatte etwas zu essen dabei. Seitdem hatte keiner von uns mehr über Geld gesprochen, auch Paweł nicht. Er schien sich für uns verantwortlich zu fühlen und tat sein Bestes, um uns zu versorgen.

An diesem Tag hatte er sich erneut verspätet. Er überreichte die Tasche meiner Mutter. »Tut mir leid, dass ich es nicht früher geschafft habe«, sagte er, als wäre er ein Lieferant und nicht unser Wohltäter. »Ich musste zwei Märkte abklappern, um alles zusammenzukriegen.«

Aufgrund der Nahrungsknappheit und der wenigen Lebensmittelmarken, die ihm zugeteilt wurden, war es für Paweł schwierig, sowohl für seine Familie als auch für uns einzukaufen. Er deutete auf die Tasche. »Mehr ist es leider nicht geworden.«

»Es ist alles bestens«, sagte meine Mutter. »Wie immer sind wir Ihnen sehr dankbar.«

Als sie aber nur ein Brot und ein halbes Dutzend Kartoffeln aus der Tasche holte, schien sie sich zu fragen, wie wir damit bis Dienstag auskommen sollten.

Manchmal leistete Paweł uns noch ein wenig Gesellschaft, informierte uns über das Kriegsgeschehen und berichtete uns, was es in Krakau Neues gab. An diesem Tag brach er jedoch gleich wieder auf und erklärte, er müsse nach Hause, er sei ohnehin schon viel zu lange fortgeblieben. Ich wünschte, er hätte noch ein wenig mehr Zeit für uns gehabt. Seine Besuche waren wie ein kleines Licht in unseren dunklen und öden Tagen.

»Wir brauchen Wasser«, sagte meine Mutter.

»Ich hole es«, entgegnete ich und obwohl ich nicht an der Reihe war, griff ich rasch nach dem Eimer. Ich brannte darauf, der engen Kammer zu entrinnen, und wenn es nur für kurze Zeit war.

Vor dem Krieg war ich ständig in Bewegung gewesen. »*Schpilkes*« hatte meine Großmutter dazu auf Jiddisch gesagt und gemeint, dass ich Hummeln im Hintern hatte. Doch sie sagte es stets so liebevoll, dass es wie ein Kompliment klang. Schon als Kind spielte ich mit meinen Freunden am liebsten draußen und war unglücklich, wenn es regnete oder zu kalt war. Später lenkte ich meine Energie in andere Bahnen, stromerte durch die Stadt, erkundete die einzelnen Viertel. Doch hier unten konnte ich rein gar nichts tun, nur auf meiner Bank sitzen und spüren, wie mein Rücken krumm und meine Beine steif wurden.

Ich wartete darauf, dass meine Mutter mir verbieten würde, Wasser zu holen. Ich durfte die Kammer nur verlassen, wenn es absolut notwendig war. Wahrscheinlich hatte sie Angst, ich könnte auf den Betonstreifen entlang des Abwasserflusses ausrutschen und das gleiche Schicksal wie mein Vater erleiden.

»Ich bin gleich wieder da«, ergänzte ich, um ihrem Verbot zuvorzukommen. Ich wollte eine Zeit lang für mich sein, nicht mehr von anderen beobachtet werden.

»Nimm den Müll mit«, erwiderte meine Mutter zerstreut und hielt mir einen der Stoffbeutel hin, in denen Paweł uns mitunter seine Einkäufe brachte. Wenn sie voll waren, mussten wir sie mit Steinen beschwert im Abwasserlauf versenken. Es mochte seltsam klingen, dass wir den wenigen Abfall, den wir produzierten, nicht einfach in den verdreckten Fluss werfen konnten. Aber Paweł hatte uns erklärt, dass unser Müll nicht mit dem Abwasser ins Freie geschwemmt werden dürfe, sonst könnten wir uns verraten.

Ich steckte den Müllbeutel in den Eimer und verließ die Kammer.

Draußen blickte ich sehnsüchtig dem zur Weichsel strömenden Wasser nach. Ich wollte von hier fort, malte mir täglich aus, wie es wäre, davonzulaufen. Aber wie hätte ich meine Mutter verlassen können? Zudem war mir bewusst, dass mein Leben über der Erde tausendmal schlimmer als hier unten sein würde. Mitunter hörten wir Schreie, die von der Straße kamen, gefolgt von Schüssen. Wenn die Schreie verstummten, konnte ich davon ausgehen, dass jemand umgekommen war. Dann wurde mir wieder klar, dass mich draußen der Tod erwartete und ich nur in unserer Kammer überleben würde, ganz gleich wie furchtbar dieses Dasein war.

Auf dem Weg zu der Stelle, an der ich den Abfall versenkte, hörte ich ein Geräusch und zuckte zusammen. Bisher waren hier unten weder SS-Männer noch Polizisten erschienen, doch die Furcht, sie könnten kommen und uns entdecken, war immer da.

Ich verharrte und strengte mein Gehör an, aber es waren

keine Schritte zu vernehmen. Ich ging weiter. Als die Tunnelwand eine Nische bildete, entdeckte ich Saul, der dort auf dem Boden hockte.

Anfangs hatte Saul mich neugierig gemacht, und ich hatte gehofft, wir könnten Freunde werden. Die Hoffnung hatte sich nicht erfüllt. Er war zwar höflich und hilfsbereit, blieb jedoch reserviert. Meist las er in den Büchern, die er und sein Vater mitgebracht hatten. Ich machte ihm keine Vorwürfe, wahrscheinlich hasste er es hier unten ebenso wie ich.

»Es hat mit seinem Glauben zu tun«, erklärte meine Mutter mir leise, als ich wieder einmal vergeblich versucht hatte, mich mit Saul zu unterhalten. »Bei den orthodoxen Juden bleiben Jungen und Mädchen streng voneinander getrennt.«

Mit der Zeit war Saul jedoch ein wenig umgänglicher geworden und antwortete zumindest im ganzen Satz, wenn ich ihn etwas fragte. Manchmal traf ich auch auf seinen Blick. Dann huschte ein unfrohes Lächeln über seine Lippen, als wolle er mir bedeuten, er bedaure unsere Lage ebenso wie ich.

Irgendwann war mir aufgefallen, dass Saul des Öfteren verschwand. Selbst wenn ich nachts wach wurde, konnte es sein, dass die Bank, auf der er schlief, verlassen war.

Als ich ihn eines nachts aus der Kammer schlüpfen sah, folgte ich ihm. »Wohin gehst du immer?«, fragte ich, als ich ihn eingeholt hatte.

Ich rechnete damit, dass er mich abwimmeln würde. Doch er sagte: »Ich erkunde das Tunnelsystem. Wenn du möchtest, kannst du mitkommen.« Dann lief er einfach weiter, so schnell, dass ich Mühe hatte, mitzuhalten. Er bog mal in diesen, mal in jenen Tunnel. Schon bald wurde mir klar, dass ich den Rückweg niemals allein finden würde, aber Saul kannte sich offenbar aus.

Schließlich erreichten wir einen Teil der Kanalisation, in dem der Abwasserfluss nur noch ein Rinnsal bildete, und wir uns in gespenstischer Stille weiterbewegten.

Dann stießen wir an einer Tunnelwand auf eine höhergelegene Nische, bei der es sich offenbar um Sauls Ziel handelte. Mit sichtlichem Unbehagen stützte er mich, um mir hinaufzuhelfen, bevor er sich selbst hochstemmte und neben mir Platz nahm.

Über uns befanden sich die Gitterstäbe eines Kanaldeckels, durch die der Mond schien. Wir saßen also direkt unter einer Gasse und hätten uns bei Tag niemals hierherwagen können. Saul griff in eine Vertiefung an der Wand, tastete herum und holte ein Buch heraus.

»Hierher ziehst du dich also zurück«, sagte ich leise.

Er nickte und wirkte so verlegen, als hätte ich etwas Peinliches entdeckt. »Manchmal kann ich nicht schlafen«, sagte er. »Dann gehe ich hierher. Und wenn der Mond hell genug scheint, lese ich.«

Er fischte ein zweites Buch aus der Vertiefung und reichte es mir. Es war *Mit Feuer und Schwer*t von Henryk Sienkiewicz, ein historischer Roman, in dem es um die Rebellion der Kosaken in der Ukraine ging. Das war, als die Ukraine noch unter polnischer Herrschaft stand. Normalerweise hätte ich mir diese Lektüre nicht ausgesucht, doch nun war das Buch für mich wertvoller als Gold.

Wir begannen, im Mondlicht zu lesen, saßen so dicht beieinander, dass sich unsere Schultern beinahe berührten.

Seit jener Nacht begleitete ich Saul häufig in die Nische. Ich wusste nicht, ob es ihm recht war, doch falls er etwas dagegen hatte, behielt er es für sich.

Am liebsten war es uns, wenn wir lesen konnten, doch wenn der Mond sich hinter Wolken verbarg oder zu tief am Himmel stand, unterhielten wir uns im Flüsterton.

Ich erfuhr, dass Sauls Familie aus Będzin kam, einem Dorf nahe Katowice in Schlesien. Seine Mutter war bereits vor Jahren gestorben. Nach der deutschen Invasion waren er, sein Vater und seine Großmutter nach Krakau geflohen und hatten sich sonderbarerweise vorgestellt, hier könnten sie in ihrer großen Glaubensgemeinde untertauchen und wären sicher. Sauls älterer Bruder Micah war Rabbiner. Er war in Będzin geblieben, um sich um seine Gemeinde zu kümmern, die von den Deutschen in das Ghetto dort verbannt worden war.

Saul war einer Frau namens Shifra versprochen. »Nach dem Krieg wollten wir heiraten«, hatte er mir erzählt. »Ich habe sie angefleht, mit uns zu kommen. Aber ihre Mutter war zu krank, um uns zu begleiten, und Shifra mochte sie nicht allein lassen. Auch sie wurde mit ihrer Familie ins Ghetto gezwungen. Danach habe ich nichts mehr von ihr gehört. Ich kann nur hoffen ...« Seine Stimme brach.

Und ich stellte überrascht fest, dass es mich eifersüchtig machte, ihn so wehmütig von einer anderen Frau sprechen zu hören. Wahrscheinlich handelte es sich um eine hübsche junge Frau mit langem, schwarzem Haar, die zu Sauls Glaubensgemeinde gehörte. Ich hingegen war bestenfalls eine Leidensgenossin. Mehr durfte ich nicht erwarten. Ich spürte, dass ich Saul gernhatte, aber auch, dass dieses Gefühl ganz und gar einseitig war.

In Będzin hatte Saul eine Schneiderlehre begonnen, obwohl er lieber Schriftsteller geworden wäre. Manchmal erzählte er mir den Inhalt einer der Kurzgeschichten, die er geschrieben hatte, und dann trat ein beseelter Ausdruck in seine Augen. Oder er sprach von den Büchern, die er nach dem Krieg und der Vertreibung der Deutschen schreiben wollte.

Für mich war es erstaunlich, dass er noch immer so große

Träume hegte. Ich hatte den Gedanken, eines Tages Medizin zu studieren, längst aufgegeben.

Doch nun hockte Saul auf dem Boden und schien Schmerzen zu haben. Es wunderte mich, dass er am Sabbat gewagt hatte, unsere Kammer zu verlassen. Normalerweise blieben die Rosenbergs an diesem Tag zusammen und widmeten sich ihren Gebeten. »Was hast du?«, fragte ich.

Er stand auf. Er hatte das Hosenbein hochgerollt und deutete auf seine Wade. Ich sah eine blutende Wunde. »Ich bin gegen etwas Scharfes gekommen. Es muss irgendwo aus der Tunnelwand geragt haben.«

»Ich weiß, wie das ist«, sagte ich, obwohl der Schnitt in meinem Fuß ziemlich harmlos gewesen war. »Warte, ich hole unseren Verbandkasten.«

Ich lief zurück in die Kammer und schnappte mir den Verbandkasten. Bevor meine Mutter fragen konnte, was ich damit vorhabe, eilte ich zurück.

Als ich mich vor Saul hockte und Heilsalbe auf die Wunde streichen wollte, riss er das Bein zurück.

»Was ist?«, fragte ich. »Willst du, dass sich die Wunde entzündet?«

»Ich kann das selbst«, erwiderte er, obwohl er den Schnitt nicht einmal richtig sehen, geschweige denn verarzten konnte. Doch wie ich inzwischen wusste, durften sich orthodoxe Juden von Frauen außerhalb ihrer Familie nicht berühren lassen.

»Dann lass dir wenigstens sagen, wie du es machen musst.«

Er nickte und versuchte, die Salbe aufzutragen.

»Mehr nach rechts«, sagte ich. »Reib sie richtig ein.«

Ich schnitt ein Pflaster zurecht und reichte es ihm. Als er damit nicht klarkam, schob ich seine Hand fort und klebte es auf die richtige Stelle.

Er trat zurück. »Vielen Dank«, murmelte er errötend und strich sein Hosenbein glatt. »Du bist sehr geschickt.«

»Jeder kann ein Pflaster anbringen, aber ich wollte einmal Medizin studieren«, sagte ich und kam mir albern vor. Inzwischen klang diese Idee nur noch größenwahnsinnig.

Saul lächelte. »Ich bin sicher, dass du das schaffen wirst.«

Seine Worte lösten in mir ein warmes Gefühl der Hoffnung aus. So etwas hätte auch mein Vater sagen können, der von mir erwartet hatte, dass ich meinen Traum eines Tages verwirklichte.

Saul deutete auf meine Halskette. »Das *Chai* verrät dich, die Kette solltest du ablegen.«

»Das musst ausgerechnet du sagen.« Ich wies auf Sauls Kippa und die Schaufäden, die aus seiner Hose hingen. Ich dachte an seinen Vater, der in unserer Kammer eine Mesusa angebracht hatte. Und mir sollte eine Kette mit einem *Chai* zum Verhängnis werden? Sollten wir hier unten jemals gefasst werden, wäre meine Halskette noch das kleinste unserer Probleme.

»Was ich trage, erfordert mein Glaube«, erwiderte Saul. »Deine Kette ist nur ein Schmuckstück.«

»Wie kannst du das sagen?«, fragte ich gekränkt. »Sie hat meinem Vater gehört.«

»Entschuldige, ich wollte dich nicht verletzen. Ich habe es nur aus Sorge gesagt.« Saul schaute zur Seite.

»Ich bin kein Kind mehr, ich kann selbst auf mich aufpassen.«

»Das weiß ich.« Saul sah mich an, und sein Blick ging mir durch und durch. Ich mochte ihn wirklich sehr.

Früher in der Schule hatte ich mir nicht viel aus Jungen gemacht. Dann waren die Deutschen gekommen, und wir hatten ins Ghetto umziehen müssen. Dort hatte man andere Wünsche und Sehnsüchte, als sich zu verlieben. Doch nun hatte ich mich ausgerechnet hier unten in Saul verguckt – der Shifra heiraten wollte und meine Gefühle nicht erwiderte.

Ich nahm den Eimer und setzte meinen Weg durch den Tunnel fort.

Müll entsorgen und Wasser holen waren Aufgaben, die Saul und ich uns meist teilten. Manchmal erledigte es auch meine Mutter oder Sauls Vater, doch auf dem Weg zu unserem Müllabladeplatz musste man durch ein Rohr kriechen, dazu waren Saul und ich besser geeignet.

An dem Rohr angekommen, krabbelte ich hinein und robbte mich hindurch. Dabei schob ich den Eimer mit dem Abfallbeutel vor mir her.

Auf der anderen Seite ging der Tunnel weiter. Auch dort fiel durch einen Kanaldeckel Licht. Ich versenkte den Beutel mit Steinen beschwert im Abwasser, hütete mich, eine falsche Bewegung zu machen und vermied den Gedanken, ich könnte das Gleichgewicht verlieren und ebenso wie mein Vater von der Strömung mitgerissen werden.

Immer wieder durchlebte ich den Moment, in dem er in der Tiefe verschwunden war. Wir hatten ihn nie bestatten können, wussten nicht einmal, was aus seinem Leichnam geworden war.

Mit wehem Herzen machte ich kehrt, kroch durch das Rohr zurück und lief an unserer Kammer vorbei zu der Stelle, an der aus einem undichten Rohr Frischwasser sickerte.

Unter dem nächsten Kanaldeckel blieb ich stehen. Inzwischen wusste ich, dass über unserem Versteck der Ortsteil Dębniki lag und wir nicht weit von dem Marktplatz dort entfernt waren.

Dębniki war eine Arbeitergegend südlich der Weichsel, nur wenige Kilometer von Podgórze und unserem alten Ghetto entfernt. Heute war Samstag und somit Markt, ich konnte die Stimmen der Händler hören, die ihre Ware anpriesen. Ich lauschte den Kunden, die etwas einkauften, roch gesalzenen Fisch.

Sehnsuchtsvoll erinnerte ich mich an die Zeit, als ich auf dem Markt in Kazimierz gewesen war, allein oder mit meiner Mutter. Vor dem Krieg gab es dort alles, was das Herz begehrte. Allein bei dem Gedanken an diese Köstlichkeiten lief mir das Wasser im Mund zusammen.

Ich ging weiter. An dem undichten Rohr, das in Höhe meines Kopfes an der Tunnelwand entlanglief, füllte ich den Eimer. Noch immer konnte ich die Stimmen vom Markt hören. Auch an anderen Tagen nahm ich anhand der Geräuschkulisse am Leben des Viertels teil. In den ersten Morgenstunden ratterten und klapperten Pferdefuhrwerke durch die Gassen, später erklangen die Stimmen und Schritte der Passanten, nach der Sperrstunde verstummten sie. Und sonntags hörte ich in der Ferne den Gesang eines Chors, denn irgendwo über der Kanalisation lag die Kirche des heiligen Stanisław Kostka. Inzwischen gelang es mir sogar, aus Lärm, Geräuschen und Stimmen bunte, lebendige Bilder zu formen.

Ich kehrte um. Unter dem Kanaldeckel blieb ich noch einmal stehen und stellte meinen Eimer ab. Sonnenlicht fiel durch die Gitterstäbe und malte helle Streifen auf den feuchten Tunnelboden. Sie erinnerten mich an schöne, warme Tage, an denen ich mit meinem Vater frühabends auf den Krak-Hügel gestiegen war. Als ich ein Krabbelkind war, hatte er mich auf den Schultern hinaufgetragen, später ging ich an seiner Hand, noch später an seiner Seite. Wir blickten auf die roten Dächer der Stadt, die Kuppeln und Türme, die im Licht der untergehenden Sonne glänzten. Im Herbst bedeckten rote, gelbe und kupferfarbene Blätter den Boden, die wir aufhäuften, um hineinzuspringen.

Seit wir hier unten waren, hatte ich mehrmals versucht, mit meiner Mutter über unser früheres Leben zu sprechen, doch sie mochte das nicht. »Wir haben nur noch uns«, hatte sie gesagt und mich an ihren runden Bauch gezogen. »Wir müssen uns auf unser Überleben konzentrieren, nicht auf die Vergangenheit.« Erinnerungen schienen ihr zu qualvoll.

Auch mir wurden die Erinnerungen nun so schwer, dass ich lieber durch das Gitter schaute und mir das Leben auf dem Markt vorstellte.

In unserem unterirdischen Versteck hatte man das Gefühl, das Leben wäre stehengeblieben, doch über der Erde setzte es sich fort, als hätte es uns nie gegeben. Menschen kauften ein, kochten, aßen. Kinder gingen morgens zur Schule, nachmittags spielten sie auf den Straßen. Niemanden schien es zu kümmern, dass wir Juden verschwunden waren.

Die Leute, die über mir hin und her liefen, konnten sich wahrscheinlich gar nicht vorstellen, dass hier unten Menschen lebten, atmeten, karge Essensrationen verzehrten und schliefen. Ich konnte es ihnen nicht einmal übel nehmen, auch ich hatte mir früher kaum Gedanken über andere Leute und deren Lebensumstände gemacht.

Mir war klar, dass ich mich verborgen halten musste, und doch stellte ich mich unter den Gitterstäben auf die Zehenspitzen und spähte nach oben. Ich wollte mehr von der Welt über mir sehen. Ich erkannte eine Gasse und eine hohe Mauer; vielleicht gehörte sie zur Kirche des heiligen Stanisław Kostka.

Durch das Gitter sickerte Wasser. Es war wärmer als unser Frischwasser und roch nach Seife. Ganz in der Nähe musste eine Wäscherei sein, deren abfließende Seifenlauge bis hierher rann.

Seit Wochen malte ich mir aus, noch einmal ein Bad zu nehmen. Ich hatte sogar davon geträumt, nur, dass das Wasser sich in meinem Traum dunkel verfärbt hatte und zu einem Strom geworden war, in dem ich unterzugehen drohte.

Ich hielt einen Finger in das verlockend warme Wasser. Dann streifte ich kurz entschlossen meinen Pullover und mein Unterhemd ab, stellte mich unter das Rinnsal und schloss die Augen. Ich spürte, wie sich ein Teil des Schmutzes auf meiner Haut und in meinem Haar löste. Ein wundervolles Gefühl.

Plötzlich hörte ich über mir Schritte und zog meine Sachen hastig wieder an. Die Schritte näherten sich. Ich trat zurück. Doch dann nahm meine Neugier überhand. Ich beugte mich vor, um noch einmal einen Blick durch die Gitterstäbe zu werfen.

Dort oben stand eine Frau, etwas älter als ich. Mein Herz begann, aufgeregt zu schlagen. Die Frau war so schön und gepflegt, dass sie mir beinahe irreal vorkam. Ihr Hut hatte ein grün-blaues Schottenmuster, und ihr Haar war so leuchtend rot, wie ich es noch nie gesehen hatte. Es glänzte und wurde im Nacken von einer Spange zusammenhalten, aus der sich ein gelockter Pferdeschwanz ergoss. Beschämt dachte ich an mein strähniges Haar, das auch unter der Seifenlauge nicht richtig sauber geworden war. Dann betrachtete ich den makellosen, hellblauen Mantel dieser Frau, der Gürtel so schneeweiß, dass ich ihn berühren wollte. Eine derartige Reinheit war mir kaum mehr begreiflich.

Sie hielt Blumen in der Hand. Goldgelbe Osterglocken. Die musste sie auf dem Markt gekauft haben.

Mit einem Mal wurde ich zornig. Wir hatten nicht genug zu essen, schafften es kaum, uns am Leben zu erhalten. Und direkt über uns konnten Menschen Blumen kaufen? Was hatte ich verbrochen, dass mir so etwas nicht mehr zustand?

Doch mein Zorn verflog wieder, er nützte mir ja nichts. Lieber konzentrierte ich mich auf die Frau, die mir bekannt vorkam. Im nächsten Moment wurde mir schmerzhaft bewusst, dass sie mich an meine Freundin Stefania erinnerte, nur dass Stefania dunkles Haar gehabt hatte. Der Frau da oben war ich nie begegnet. Und doch wünschte ich, ich könnte sie kennenlernen.

Eine Hand berührte meine Schulter. Ich zuckte zusammen, dachte, Saul sei mir nachgegangen. Doch es war meine Mutter, die mit der anderen Hand ihren Rücken stützte.

»Was tust du hier?«, flüsterte ich. Normalerweise verließ sie unsere Kammer nicht, sondern ruhte meist auf ihrer Bank.

»Du warst so lange fort, dass ich mir Sorgen gemacht habe.«

Ich wartete darauf, dass sie mich schalt, weil ich unter dem Kanaldeckel stand und gesehen werden konnte. Doch sie hielt sich im Dunkeln und blickte zu der jungen Frau hinauf.

»Eines Tages«, flüsterte sie, »wird es auch für uns wieder Blumen geben.«

Ich wollte sie fragen, wie sie darauf kam. Ein normales Leben, in dem wir uns wieder an schönen Dingen erfreuen konnten, war für mich wie ein halb versunkener Traum. Doch meine Mutter hatte sich bereits abgewandt und mit schwerfälligen Schritten den Rückweg eingeschlagen. Ich machte Anstalten, ihr zu folgen. Sie drehte sich noch einmal um. »Bleib noch, genieß die Sonne auf deinem Gesicht.« Sie wusste, was ich brauchte, vielleicht sogar besser als ich selbst. »Pass nur auf, dass dich niemand sieht.«

Ich trat von dem Gitter zurück. Meine Mutter hatte recht. Man durfte mich nicht entdecken. Es war unbedacht, sich direkt unter das Gitter zu stellen. Die junge Frau da oben war keine Jüdin. Zwar hatten wir Juden seit Jahrhunderten zusammen mit Polen gelebt, dennoch waren viele von ihnen bereit gewesen, uns den Deutschen auszuliefern. Sogar kleine Kinder hatten der SS oder der Gestapo verraten, wo sich Juden versteckten, die aus dem Ghetto geflohen waren. Dafür hatten sie einen Bonbon bekommen, vielleicht auch nur ein lobendes Wort. Deshalb durfte ich dieser rothaarigen Frau nicht trauen, so nett sie auch aussehen mochte.

Ihr Blick fiel durch das Gitter. Zuerst schien sie mich nicht zu sehen, dann blinzelte sie und blickte konzentriert nach unten.

Ich wollte weiter zurückweichen, aber es war schon zu spät. Unsere Blicke trafen sich, und ich erkannte das Erstaunen auf ihrem Gesicht. Sie öffnete den Mund, um etwas zu sagen – und schloss ihn wieder. Rasch zog ich mich zurück. Dann verharrte ich. Ich wollte nicht weglaufen. Seit Wochen huschte ich wie eine Ratte durch die Kanalisation, nun war ich es leid.

Ich wagte mich wieder ein wenig vor und verdrängte meine Angst, die Frau könnte mich an die Deutschen verraten. Sie wandte ihren Blick ab.

Wie gebannt starrte ich zu ihr hinauf. Nun blickte sie mich wieder an – und lächelte. Es war das erste aufrichtige Lächeln, das mir hier unten zuteilwurde.

Noch immer sagte sie nichts. Ich schwieg ebenfalls.

Sie runzelte die Stirn, als dächte sie über etwas nach.

Ich betrachtete sie sehnsüchtig. Sie erinnerte mich an früher, an meine Freundinnen, an warme Tage in der Sonne, an alles, was ich einmal besessen hatte. Ich wollte die Hand nach ihr ausstrecken, zu ihr hinaufsteigen und bei ihr sein.

Ich hörte Stiefelschritte und trat wieder in die Dunkelheit. Diese Frau würde mich vielleicht nicht verraten, andere aber sehr wohl. Hastig nahm ich meinen Eimer und kehrte in die Sicherheit unserer Kammer zurück.

# KAPITEL 7

## ELLA

Auch gut, dachte ich, als das Mädchen unter dem Kanaldeckel verschwunden war. Jemand, der sich in der Kanalisation versteckte, hatte vermutlich etwas auf dem Kerbholz. Und selbst wenn nicht: Ich hatte wirklich genügend eigene Sorgen, da konnte ich die Probleme anderer Leute nicht gebrauchen.

Doch als ich über die Dębniki-Brücke zum Stadtzentrum zurückkehrte, tauchte das Bild von Miriam vor mir auf, dem dunkelhaarigen Mädchen, das vor dem Krieg mit mir in einer Klasse gewesen war. Miriam war ruhig und fleißig gewesen, ihre Faltenröcke und Blusen waren stets tadellos gebügelt, die Kniestrümpfe schneeweiß. Sie wohnte in einem anderen Viertel als ich, und ich hatte sie erst auf dem Lyzeum kennengelernt, wo Schülerinnen aus ganz Krakau zusammenkamen. Manchmal hatte sie mir einen Stift oder einen Radiergummi geliehen, mir in der Pause in Mathematik geholfen, bis wir uns schließlich anfreundeten. Wenn ich mittags mit ihr zusammen in der Kantine gegessen hatte, war ihre stille, nachdenkliche Art und ihr feinsinniger Humor eine wohltuende Abwechslung von dem Gackern und Tratschen der anderen Mädchen gewesen.

Kurz nach der Besetzung Polens rief unser Klassenlehrer Miriam auf und sagte, der Direktor wolle sie in seinem Büro sprechen. Miriam wurde blass und warf mir einen bangen Blick zu. In der Klasse wurde getuschelt. Der Befehl, zum Schuldirektor zu gehen, bedeutete in der Regel, dass man in Schwierigkeiten

109

steckte. Aber was konnte ein braves, unauffälliges Mädchen wie Miriam ausgefressen haben?

Kaum, dass sie verschwunden war, bat ich darum, die Toilette aufsuchen zu dürfen. In Wahrheit wollte ich Miriam folgen und erfahren, weshalb sie zum Direktor zitiert worden war.

Auf dem Flur sah ich mehrere Schülerinnen, die ihre Klassenräume verlassen hatten und ebenfalls auf dem Weg zum Direktor waren. Alle waren Jüdinnen. Miriam ging mit gesenktem Kopf. Ich wollte zu ihr laufen und ihr Mut zusprechen, sie hatte ja nichts verbrochen; doch, feige wie ich war, wandte ich mich in die Richtung der Toiletten.

Keins der Mädchen kehrte nach dem Gespräch mit dem Schuldirektor in den Unterricht zurück. Sie durften nur noch ihre Schultaschen, Jacken und Mäntel einsammeln und nach Hause gehen.

Als ich Krys davon schrieb, antwortete er: *Die Nationalsozialisten sondern die Juden aus und rauben ihnen ihre Rechte. Wir müssen uns für sie einsetzen, wer weiß, was die Deutschen ihnen sonst noch antun.*

Ich hatte keine Ahnung, wie ich mich für sie einsetzen sollte, ich war nur traurig, eine Freundin verloren zu haben, die in meinem Leben eine große Lücke hinterließ. Auch Krys hatte es nicht gekonnt, er war im Krieg und kämpfte auf verlorenem Posten.

Seitdem hatte ich oft an Miriam gedacht und mich gefragt, was wohl aus ihr geworden war. Auch an jenem Tag in der Schule ließ ich das, was passiert war, immer wieder Revue passieren. Ich überlegte, was gewesen wäre, wenn ich mit ihr zum Schuldirektor gegangen wäre und ihr beigestanden hätte. Ich hätte protestieren können, als klar war, dass die jüdischen Schülerinnen die Schule verlassen mussten. Es hätte zwar nichts geändert, aber Miriam hätte wenigstens gewusst, dass es jemanden gab, der zu ihr hielt. Doch ich hatte gar nichts getan.

Wahrscheinlich war das Mädchen in der Kanalisation eine Jüdin, die sich vor den Deutschen versteckte. Vielleicht hätte ich ihr irgendwie helfen können. Aber hätte ich das gewagt?

Ich war kein mutiger Mensch. Zwar würde ich niemals mit den Deutschen fraternisieren, geschweige denn mit ihnen kollaborieren, aber bereits damals in der Schule hatte mir die Courage gefehlt, mich für Miriam starkzumachen. Und das Mädchen unter dem Kanaldeckel hatte ich nicht einmal gefragt, ob sie womöglich Hilfe brauche. Man darf nicht auffallen, diese Lektion hatte ich gelernt, seit die Deutschen in unserem Land die Herrschaft übernommen hatten. Mein Vater hatte für Polen gekämpft und dafür mit seinem Leben bezahlt. Frühere Freunde meiner Eltern, die sich gegen die Besatzer aufgelehnt hatten, hatten fliehen müssen, waren gefangen genommen, deportiert oder umgebracht worden. Deshalb lautete meine Devise, mich aus allem herauszuhalten, dann konnte mir nichts passieren.

Doch das Mädchen ging mir nicht aus dem Kopf. Selbst als ich unser Haus betrat, war ich in Gedanken noch bei ihr.

Ana Lucia war nicht da. Ich überreichte Hanna die Tüte Kirschen.

»Eigentlich brauche ich mehr«, sagte sie, nicht weil sie undankbar war, sondern weil sie sich vor dem Unmut meiner Stiefmutter fürchtete.

Ich sah Hanna entschuldigend an. »Mehr gab es leider nicht.«

Danach überlegte ich, was ich mit dem restlichen Tag anfangen sollte. Ich hätte wieder einen Schaufensterbummel machen können. Oder ich könnte in eines der Kinos gehen, in dem wir Polen noch zugelassen waren. Doch ich wollte niemandem aus meinem Freundeskreis begegnen – und Krys noch viel weniger. Also beschloss ich, zu Hause zu bleiben.

Ich nahm die Treppe hinauf zu der Dachkammer, die einmal Maciejs Zimmer gewesen war. Inzwischen hatte ich sie in Beschlag genommen. Es war ein kleiner Raum mit schrägen Wänden, doch hier war es am ruhigsten, und ich war so weit wie nur möglich von Ana Lucia entfernt. Zudem konnte man von den Dachluken über die Dächer der Stadt bis zu den Türmen der Marienkirche blicken.

Meistens malte ich, wenn ich hier oben war, am liebsten mit Ölfarben. Mein Zeichenlehrer in der Schule war der Auffassung gewesen, dass ich das Zeug hätte, an der Kunstakademie zu studieren, doch seit dem Tod meines Vaters war das nur noch ein schöner Traum.

An diesem Tag war ich jedoch zu abgelenkt, um malen zu können. Immer wieder blickte ich über die Weichsel in Richtung Dębniki und dachte an das Mädchen in dem Abwasserkanal. Ich fragte mich, seit wann sie sich dort wohl verbarg, und ob sie allein war.

Als die Abenddämmerung anbrach und der Lärm von Ana Lucias Gästen zu mir drang, rollte ich mich auf dem Sofa zusammen und zog die Steppdecke über mich, die mein Bruder zurückgelassen hatte. Meine Lider wurden schwer, der lange Spaziergang nach Dębniki und zurück hatte mich müde gemacht. Während ich langsam einnickte, sah ich das Mädchen vor mir. Wo schlief sie? War es in der Kanalisation nicht zu kalt? Mit einem Mal kam mir unser Haus wie ein Palast vor. Ich lag unter einer warmen Decke, hatte genug zu essen. Verglichen mit dem Mädchen, führte ich ein Luxusleben. Trotz meiner Angst, in etwas Illegales verwickelt zu werden, beschloss ich, noch einmal nach Dębniki zu gehen. Vielleicht stünde das

Mädchen wieder unter dem Kanaldeckel und ich könnte mit ihr sprechen.

Ich würde es zumindest versuchen, sagte ich mir am Morgen, als ich mich mit steifen Gliedern von dem unbequemen Sofa erhob, auf dem ich die Nacht verbracht hatte. Ich ging ins Bad, kleidete mich an und lief nach unten, um zu frühstücken.

Während des Essens legte ich mir Ausreden zurecht, falls Ana Lucia mich beim Verlassen des Hauses entdecken und fragen würde, wohin ich so früh am Sonntagmorgen wolle. Doch sie tauchte nicht auf, offenbar hatte sie mit ihren deutschen Freunden bis weit in die Nacht gefeiert und schlief noch.

Ich hatte meinen Mantel schon übergestreift, als mir etwas einfiel. Wahrscheinlich sollte ich dem Mädchen etwas mitbringen. Sie war furchtbar blass und dünn gewesen, zweifellos brauchte sie etwas zu essen. Ich kehrte in die Küche zurück und erinnerte mich an den Duft von Hannas Kirschtorte, der bis hinauf zu meiner Dachkammer gestiegen war. Vielleicht war davon noch etwas übrig.

Die Küche war blitzsauber. Wie immer hatte Hanna nach der Verabschiedung von Ana Lucias Gästen noch den Abwasch machen und putzen müssen. Deshalb stand weder in der Küche noch in der Speisekammer ein Teller mit Essensresten. Auch von der Kirschtorte war nichts mehr zu entdecken. Ich öffnete den Brotkasten, schnitt eine dicke Scheibe Brot ab, hoffte, dass es nicht auffiel, und schlug die Scheibe in Wachspapier ein. Dann steckte ich sie in meine Manteltasche und verließ das Haus.

An diesem Morgen war der Himmel wieder grau und wolkenverhangen. Der Winter wollte einfach nicht weichen.

Diesmal nahm ich die Straßenbahn nach Dębniki. Ich konnte es mir nicht leisten, so lange wie am Vortag fortzubleiben, sonst würde Ana Lucia mir nachher unangenehme Fragen stellen.

Die Bahn ratterte über die Dębniki-Brücke, durchquerte ein Industriegebiet. Plötzlich stiegen in mir Zweifel auf. Wollte ich das Mädchen wirklich wiedersehen? Warum sollte ich etwas für jemanden riskieren, den ich gar nicht kannte? Sollten die Deutschen mich mit ihr sprechen sehen, könnte ich festgenommen werden. Oder mir würde noch Schlimmeres widerfahren. Dennoch schaffte ich es nicht, an der nächsten Haltestelle auszusteigen und wieder umzukehren.

Kurz vor zehn Uhr kam ich in Dębniki an. Die Nationalsozialisten waren Kirchenfeinde, dennoch sah ich einige mutige Einheimische die Kirche des heiligen Stanisław Kostka betreten. Ich erinnerte mich, dass ich am Vortag zu einer späteren Uhrzeit auf dem Markt gewesen war. Warum hatte ich daran nicht gedacht? Vielleicht erschien das Mädchen nur kurz vor Mittag unter dem Kanaldeckel?

Da Sonntag war, waren die Marktbuden geschlossen. Ich bummelte durch die verwaisten Gassen, um die Zeit totzuschlagen. Allerdings durfte ich nicht zu lange von zu Hause fortbleiben, deshalb steuerte ich wenig später die Gasse hinter der Kirche an, in der sich der Kanaldeckel befand.

Dort angekommen, sah ich mich nach allen Seiten um. Die Gasse war menschenleer, auch sonst war kaum jemand unterwegs.

Ich blickte durch das Gitter des Kanaldeckels. Da war nur Dunkelheit. Ich hoffte, das Mädchen würde bald auftauchen. Ein Mann, der vorbeikam, warf mir einen verwunderten Blick zu. Ich tat, als hätte ich kurz innegehalten, um über etwas nachzudenken. Trotzdem wurde ich nervös. Ewig würde ich hier nicht stehen können. Jemand könnte mich nach dem Grund fragen, womöglich sogar Polizisten oder SS-Leute, die auf einer Patrouille waren.

Die Minuten verstrichen. Die Kirchenglocken kündigten den Beginn der Messe an. Unter dem Gitter blieb es dunkel. Ich wollte mich bereits abwenden, als dort unten ein heller Fleck erschien. Das Mädchen war gekommen, und mein Herz begann, freudig zu klopfen.

Das Mädchen starrte mich an. Ich erkannte dunkle Augen, Sommersprossen auf einer Haut, die beinah so durchscheinend war, dass man die Venen sah.

»Was tust du da unten?«, fragte ich.

Das Mädchen öffnete den Mund, um zu antworten, überlegte es sich wieder anders und schwieg.

»Brauchst du Hilfe?«

Keine Antwort.

Was konnte ich sonst noch fragen? Und warum sagte das Mädchen nichts? *Gib ihr das Brot und verschwinde*, dachte ich. Ich holte das Stück Brot hervor und ging in die Hocke.

Ich wollte meine Hand durch das Gitter stecken, doch in dem Moment erinnerte ich mich an den streunenden Hund, den ich vor Jahren in einer Straße aufgelesen und mit nach Hause genommen hatte. Ana Lucia hatte die Stirn gerunzelt, als ich mit ihm durch die Tür kam. Sie machte sich nichts aus Tieren, und Schmutz war ihr zuwider. Zu meinem Erstaunen befahl sie mir aber nicht, den Hund zurückzubringen, sondern sagte: »Wenn du ihn behalten willst, musst du dich um ihn kümmern.« Sie achtete darauf, dass ich ihm Futter besorgte, ihn sauber hielt und ausführte. Doch er war krank gewesen und starb nach wenigen Monaten.

Natürlich war es schrecklich, beim Anblick des Mädchens an einen Hund zu denken. Doch wenn ich ihr nun half, würde sie, ebenso wie jener Hund, zu meiner Verantwortung werden, und das machte mir Angst.

Dennoch schob ich meine Hand durch das Gitter. »Hier!«

Das Mädchen streckte die Hand aus, reichte aber nicht an meine heran.

Ich ließ das Brot los und hoffte, es würde nicht in den Dreck fallen. Doch sie schnappte es sich mit einer flinken Handbewegung und lächelte. »*Dziękuję bardzo*«, sagte sie und wirkte angesichts der Scheibe Brot so glücklich, dass es mir das Herz zerriss.

Ich dachte, sie würde das Brot auf der Stelle essen, doch sie steckte es in ihre Manteltasche und sagte: »Das teile ich mit den anderen.«

Demnach war sie nicht allein. »Wie viele seid ihr denn?«, fragte ich.

Sie zögerte, als überlegte sie, ob sie mir die Wahrheit sagen sollte. Dann gab sie sich einen Ruck. »Wir sind zu fünft. Meine Mutter, ich und eine weitere Familie.«

Mein Blick fiel auf einen Riss an ihrem Mantelärmel, und ich musste schlucken. Wahrscheinlich hatte sie, ebenso wie alle Juden in Krakau, eine Armbinde mit einem blauen Stern tragen müssen, die sie abgerissen hatte.

»Ihr seid Juden, oder?«

Sie deutete ein Nicken an.

»Kommt ihr aus dem Ghetto von Podgórze?«

»Dahin *mussten* wir ziehen«, erwiderte sie und wirkte indigniert. »Vorher haben wir in Kazimierz gelebt. In der Meiselsa.«

»Ich wollte dich nicht kränken«, sagte ich.

»Schon gut«, erwiderte sie sanfter.

Das Ghetto in Podgórze hatten die Deutschen mit einer hohen Mauer umgeben. Dann hatten sie die Juden aus Krakau und den umliegenden Städtchen und Dörfern gezwungen, dort zu leben. Aber was war aus den Juden geworden, nachdem das

Ghetto aufgelöst worden war? Die Frage hatte ich mir bisher noch kein einziges Mal gestellt.

Das Mädchen sprach weiter. »Als das Ghetto liquidiert wurde, konnten wir in die Kanalisation entkommen.«

»Aber das war doch schon vor Wochen. Und seitdem seid ihr da unten?«

Das Mädchen nickte.

Was für ein grauenhaftes Leben! Mich überlief ein Schauder. Und doch hatten fünf Personen es vorgezogen, in die Kanalisation zu fliehen, statt sich von den Deutschen wegbringen zu lassen.

»Und wie lange wollt ihr dortbleiben?«

»Bis der Krieg zu Ende ist und die Deutschen fort sind.«

»Aber das kann doch noch Jahre dauern«, platzte es aus mir heraus.

Sie zuckte mit den Schultern. »Wir können nirgendwo anders hin.« Sie sagte es ganz ruhig, fast, als hätte sie sich mit ihrem Schicksal abgefunden. Wie stark und tapfer sie war! Ich an ihrer Stelle hätte es keine Stunde dort unten ausgehalten. Voller Mitleid überlegte ich, was ich für sie tun konnte. Zuerst fiel mir nichts ein, dann holte ich eine Reichsmark aus meiner Manteltasche. »Hier, mehr habe ich leider nicht.« Ich bückte mich und ließ die Münze durch das Gitter fallen. Sie traf auf dem Boden auf. Das Mädchen hob sie auf.

»Das ist sehr freundlich«, sagte sie. »Leider können wir damit nichts anfangen.«

»Nein, natürlich nicht«, sagte ich und kam mir dumm vor. »Doch ich habe sonst nichts.«

Und dann fragte sie ohne jeden Übergang: »Kannst du von deinem Fenster zu Hause aus den Himmel sehen?«

*Was für eine seltsame Frage.* »Ja, natürlich.«

»Und die Sterne?«

Ich nickte.

»Das vermisse ich. Ich kann von hier aus nur ein winziges Stück Himmel sehen und gar keine Sterne.«

»Und?« Ich wollte nicht unfreundlich sein, doch war es angesichts ihrer Lage wirklich wichtig, welche Aussicht sie nachts hatte? »Sehen die Sterne nicht alle gleich aus?«

»Nein. Und die Sternbilder erst recht nicht. Es gibt die Kassiopeia, den Großen Wagen, die ganzen Tierkreisbilder und noch viele andere.«

Wieder musste ich an Miriam denken. Auch sie hatte alles Mögliche gewusst. »Und wieso kennst du dich damit so gut aus?«

»Naturwissenschaften interessieren mich, die Astronomie ganz besonders. Früher sind mein Vater und ich bei klarem Himmel abends auf das Dach unseres Hauses gestiegen, um Sternbilder zu suchen.«

Plötzlich wirkte sie traurig. Wahrscheinlich dachte sie an das Leben, das sie einmal hatte, und das es nicht mehr gab.

»Du hast nur deine Mutter erwähnt. Ist dein Vater nicht bei euch?«

Sie schüttelte den Kopf. »Er ist bei unserer Flucht in den Abwasserfluss gestürzt und ertrunken.«

»Oh«, sagte ich erschrocken. Dass dort unten ein Fluss war, in dem man ertrinken konnte, war mir neu. »Das tut mir sehr leid. Mein Vater ist ebenfalls tot, er ist im Krieg gefallen.«

»Mein Beileid«, sagte sie.

»Ella!«, rief jemand hinter mir.

Ich richtete mich so hastig auf, dass mir für einen Moment schwindlig wurde. Und dann trat Krys zu mir.

»Krys.« Im ersten Moment freute ich mich ihn zu sehen.

Dann fiel mir ein, dass es aus mit uns war, und mir wurde elend zumute. Ich erstarrte und hoffte, dass er das Mädchen unter dem Gitter nicht entdeckt hatte.

Ich blickte ihn an. Er sah so unfassbar gut aus, hatte einen leichten Bartschatten, und seine Augen waren blau wie ein Sommerhimmel. Als er kurz meinen Arm berührte, war es, als hätte mich ein Stromstoß durchzuckt. Und obwohl er mich verlassen hatte, wünschte ich, ich hätte mich sorgfältiger zurechtgemacht, und der Saum meines Mantels wäre nicht schmutzig geworden, als ich mich auf den Boden gehockt hatte.

»Warum bist du wieder in Dębniki?«, fragte Krys.

»Ich dachte, hier wäre auch sonntags Markt«, log ich. »Meine Stiefmutter braucht Kirschen.«

Krys lachte. »Seit wann interessiert dich, was Ana Lucia braucht?«

Er wusste, wie wenig ich von meiner Stiefmutter hielt, aber meine Beziehung zu ihr ging ihn nichts mehr an. Ich gab ihm keine Antwort.

»Vielleicht kann ich dir helfen, Kirschen zu finden.«

»Nicht nötig, vielen Dank.« Wie sonderbar, plötzlich kam mir die Zeit unserer Liebe vor, als hätte sie in einem anderen Leben stattgefunden.

»Ella«, begann er, »wegen gestern … bitte lass es mich dir erklären.«

»Musst du nicht.« Ich hatte keine Lust, mir anzuhören, warum er nicht mehr mit mir zusammen sein wollte. Es wären ja doch nur Ausreden gewesen und Versuche, sich zu rechtfertigen.

Einen Moment lang blickten wir uns schweigend an. Dann glitt Krys' Blick an mir vorbei zu einem Punkt in meinem Rücken. Ich drehte mich halb um und sah einen polnischen Polizisten an der Ecke, der uns beobachtete.

»Pass auf dich auf«, sagte Krys. »Die Straßen werden immer unsicherer.«

Demnach sorgte er sich noch um mich. Nur für die Liebe reichten seine Gefühle nicht mehr aus.

»Ich muss los«, sagte ich.

»Ella ...« Krys Stimme verstummte. Was hätte er auch noch sagen sollen?

Ich wandte mich ab, wollte nicht sehen, wie er davonging. Ich schaute zu der Ecke, an der der Polizist gestanden hatte. Er war nicht mehr da.

# KAPITEL 8

## SADIE

Als der Mann zu der jungen Frau oben auf der Straße trat, sprang ich zurück ins Dunkle. *Ella*, hatte er sie gerufen. Der Name klang wie Musik in meinen Ohren. Das Gespräch der beiden bekam ich nicht richtig mit, doch Ellas Gesichtsausdruck verriet mir, dass sie den Mann mochte – oder einmal gemocht hatte.

Ich dachte an Ellas Kette mit dem Kreuz, die ich gesehen hatte, als sie sich zu mir heruntergebeugt hatte. Demnach war sie Katholikin.

Ich erinnerte mich an den Tag, als ich erfasst hatte, dass meine Eltern und ich nicht wie andere Menschen waren. Damals war ich fünf Jahre alt und mit meiner Mutter auf dem Plac Nowy gewesen. Auf dem Markt dort kauften sowohl Juden als auch Nichtjuden ein. Es war Ende März und der dritte Tag von Pessach. Wir hatten alle Lebensmittel, die fermentiert waren oder Hefe enthielten aus unserer Küche verbannt, so wie es für die acht Tage von Pessach Pflicht war. Als wir an dem Stand eines Bäckers vorbeikamen, sah ich die frischen *bułeczki* in dem Regal liegen. Verwirrt deutete ich auf die Brötchen und sagte: »Aber es ist doch Pessach.«

Daraufhin erklärte mir meine Mutter, dass nur ein kleiner Teil der polnischen Bevölkerung Juden waren. »Und die Nichtjuden haben eigene Feiertage und Bräuche. Was gut ist. Es wäre doch langweilig, wenn wir alle gleich wären.«

Damals hatte ich mir gewünscht, wie diese Nichtjuden zu sein und ebenfalls an Pessach essen zu können, was ich wollte. Das war meine erste Lektion über unser Anderssein, das uns, als die Deutschen kamen, zum Verhängnis wurde.

Auch als ich diese hübsche, gut gekleidete Katholikin namens Ella von meinem dunklen Loch aus betrachtete, spürte ich dieses Anderssein wieder.

Der Mann oben ging fort. Ella blickte suchend durch das Gitter. Ich trat vor.

Ella lächelte. »Gut, dass du noch da bist. Ich hatte schon Angst, du wärst verschwunden.«

Sie hätte davongehen können. Hätte tun können, als hätte sie mich nie gesehen, was wahrscheinlich sicherer für sie gewesen wäre. Und erst recht für mich. Wer weiß, wer sie beobachtete. Doch sie war geblieben.

»Ich bin Sadie«, sagte ich, auch wenn es vielleicht klüger gewesen wäre, meinen Namen für mich zu behalten.

»Ella.« Sie hatte eine schöne, melodiöse Stimme und sprach jedes Wort klar und deutlich aus. Wahrscheinlich kam sie aus einem vornehmen Haus und hatte eine gute Schule besucht. Ich betrachtete den eleganten cremefarbenen Mantel, den sie trug. Ihre Familie musste Geld haben. Sicherlich war sie auch gereist, hatte Ferien im Ausland verbracht und viele andere interessante Dinge erlebt, von denen ich nur träumen konnte. Wir dürften rein gar nichts gemeinsam haben.

»Ich weiß, wie du heißt, ich habe gehört, wie der Mann deinen Namen gesagt hat. Wer war dieser Mann?« Der letzte Satz war kaum heraus, als ich mir schon wünschte, ich könnte ihn zurücknehmen. Ich hatte diese Frau gerade erst kennengelernt, wie kam ich dazu, ihr eine so aufdringliche Frage zu stellen?

»Nur ein alter Bekannter«, entgegnete Ella, doch in ihrer Stimme schwang etwas Wehmütiges mit. Anscheinend war er doch mehr für sie gewesen.

»Wie ist es da unten?«, fragte sie, um das Thema zu wechseln.

Wie sollte ich ihr die furchtbare Welt schildern, in der ich gezwungen war, zu leben? Ich suchte nach den richtigen Worten und fand sie nicht. Zuletzt sagte ich einfach: »Es ist schlimm.«

»Könnt ihr dort überleben? Bekommt ihr etwas zu essen?«

Auch darauf wusste ich so schnell keine Antwort. Paweł durfte ich nicht erwähnen, das wäre sowohl für ihn als auch uns zu gefährlich. »Wir kommen zurecht«, sagte ich ausweichend.

»Aber wie hältst du dieses Leben aus?«, brach es aus ihr heraus.

Diese Frage hatte ich mir schon seit einer Weile nicht mehr gestellt. »Wir haben keine andere Wahl«, erwiderte ich. »Anfangs dachte ich, ich könnte es keine Minute lang ertragen. Als die Minute vorbei war, dachte ich, ich könnte es keine Stunde lang ertragen. Dann war auch die Stunde verstrichen, danach ein ganzer Tag, dann eine Woche. Es ist erstaunlich, woran man sich gewöhnen kann. Zum Glück ist meine Mutter bei mir. Und bald bekomme ich noch einen kleinen Bruder oder eine kleine Schwester.« Beinahe hätte ich auch Saul erwähnt, wusste aber nicht, als was ich ihn bezeichnen sollte. Als Freund? Dazu war er viel zu distanziert.

»Deine Mutter ist schwanger?«

»Ja. Das Baby kommt in wenigen Monaten.«

Ella starrte mich ungläubig an. »Wie kann sie da unten ein Kind zur Welt bringen?«

»Wenn du mit denen zusammen bist, die du liebst, ist alles möglich«, entgegnete ich und versuchte, selbst daran zu glauben.

Ella wirkte bekümmert.

»Was ist?«, fragte ich und hoffte, ich hatte nichts Falsches gesagt.

»Nichts«, erwiderte sie.

Diesmal war ich diejenige, die es vorzog, das Thema zu wechseln. »Wo wohnst du?«

»In der Ulica Kanonicza«, sagte Ella errötend. Die noble Adresse schien ihr peinlich zu sein. »Sie geht von der Grodzka ab.«

Dachte sie, dass ich mich in den alten Gassen des Stadtzentrums nicht auskannte? »Ich weiß, wo die Kanonicza liegt«, sagte ich pikiert. Durch diese Gegend war ich früher häufig gestreift und hatte die herrschaftlichen Stadthäuser bewundert, die so wenig mit den bescheidenen Mietshäusern bei uns in Kazimierz zu tun hatten, dass ich mir wie in einer fremden Welt vorgekommen war. Inzwischen erschien mir ein solcher Ort wie aus einem Märchenbuch. Vor meinem geistigen Auge tauchten Bilder einer privaten Bibliothek auf, die dunklen Bücherregale aus Holz reichten bis unter die Decke; ich stellte mir eine Küche mit funkelnden Pfannen und Töpfen aus Kupfer vor, eine Speisekammer voller Leckereien. »Dort zu wohnen, muss schön sein«, sagte ich sehnsüchtig.

»Eigentlich nicht«, entgegnete Ella. »Meine Eltern sind tot, meine Geschwister aus dem Haus. Nur meine Stiefmutter Ana Lucia ist noch da, eine grässliche Person. Ich hatte einmal einen Freund, Krys, aber …« Ihre Stimme verebbte.

»War das der Mann, der vorhin bei dir war?«

Ella nickte. »Bevor er in den Krieg gezogen ist, hat er sich von mir getrennt. Ich dachte, wenn er zurückkäme, würden wir wieder zusammen sein. Aber nun ist es endgültig aus. Ich habe auch keine Freundinnen mehr.«

Nun verstand ich, weshalb sie so kummervoll ausgesehen

hatte, als ich von dem Zusammensein mit geliebten Menschen gesprochen hatte.

»Es gibt Schlimmeres«, sagte ich. »Stell dir vor, du müsstest in der Kanalisation leben.« Einen Moment lang fürchtete ich, meine Bemerkung wäre geschmacklos gewesen. Doch sie lächelte, und dann mussten wir beide lachen.

»Entschuldige«, sagte Ella. »Mein Gejammer war unangebracht. Ich habe niemanden, mit dem ich reden kann. Wahrscheinlich bin ich aus der Übung und gebe dummes Zeug von mir.«

»Tust du nicht.« Das Leben in meiner Unterwelt war schrecklich, doch ich hatte meine Mutter, die mich liebte, und Saul, mit dem ich mich unterhalten konnte. Ella war allein. »Du kannst immer kommen und mit mir reden. Auch wenn eine verdreckte Frau in einem Abwasserkanal vielleicht nicht die beste Gesellschaft ist.«

»O doch.« Ella sah sich um. Dann bückte sie sich und streckte ihre Hand durch das Gitter. Ich hob mich auf die Zehenspitzen und versuchte, ihre Finger zu berühren. Doch die Zentimeter, die uns trennten, waren wie ein Meer, das wir nicht überbrücken konnten. Unsere Hände zappelten hilflos in der Luft.

Ella richtete sich wieder auf. »Ich möchte dir gern helfen.«

Mein Herz machte einen Hüpfer.

»Vielleicht finde ich eine Möglichkeit, dich und deine Mutter woanders unterzubringen. Ich könnte jemanden fragen, der – «

»Nein!« Ich wurde panisch. »Du darfst mit niemandem über mich sprechen! Oder du siehst mich nie wieder.« Es war eine leere Drohung. Ob sie mich wiedersehen würde oder nicht, dürfte ihr ziemlich einerlei sein.

»Gut, in Ordnung, ich werde mit niemandem über dich sprechen«, sagte sie mit feierlichem Ernst, und ich dachte, dass sie mich vielleicht doch gern wiedersehen wollte. »Aber möchtest du dem Abwasserkanal nicht entkommen?«

»Nein – doch.« Ich versuchte, es Ella zu erklären. »Natürlich ist es hier unten furchtbar, doch im Moment ist die Kanalisation für uns der sicherste Ort. Einen anderen gibt es für uns nicht.« Allerdings hatte ich daran manchmal meine Zweifel. Aber ich verließ mich auf Paweł, der immer wieder betonte, dass wir uns nicht ins Freie wagen durften.

»Ich muss gehen«, sagte Ella. »Meine Stiefmutter wird sich fragen, wo ich so lange bleibe.«

»Dann auf Wiedersehen.« Ich versuchte, mir meine Enttäuschung nicht anmerken zu lassen. Natürlich konnte sie nicht endlos lange dort oben stehen. Sie könnte jemandem auffallen, der sich wundern würde, mit wem sie redete. Doch es war so schön, mich mit ihr zu unterhalten. Als wäre sie eine alte Freundin.

»Warte, bin gleich wieder da.«

Ella verschwand aus meinem Blickfeld. Dann war sie zurück und ließ etwas durch das Gitter fallen. Ich fing es auf. Es war ein *obwarzanek*, ein Mohnkringel. Sie wurden in den Straßen der Stadt verkauft. »Vielen Dank.« Ich steckte den Kringel ein.

»Jetzt muss ich wirklich los.«

»Kommst du wieder?«

»Vielleicht am nächsten Samstag. Und dann bringe ich dir auch wieder etwas zu essen mit.«

Ich wollte ihr sagen, dass das nicht nötig sei. Wenn sie mit mir redete, war das bereits Geschenk genug. Doch es war zu spät, sie war schon fort.

Dann stand ich allein in dem trüben Licht, und für einen Moment war mir, als hätte ich mir Ella nur eingebildet. Ich steckte eine Hand in meine Manteltasche, ertastete das Stück Brot, die

Münze und den Mohnkringel und wusste, dass sie real gewesen war. Nun konnte ich nur noch beten, dass sie tatsächlich wiederkommen würde.

»Sadie«, flüsterte jemand hinter mir. Ich wandte mich um und sah Saul, der sich aus der Dunkelheit löste. Wahrscheinlich war er in den Tunneln spazieren gegangen. Oder er hatte mich gesucht. Nein, er hatte den Wassereimer dabei. Normalerweise freute ich mich, ihn zu sehen, doch nun machte sein Erscheinen mich nervös. Er blickte zum Gitter hinauf und dann zu mir. Hatte er Ella gesehen?

»Komm da weg!«, sagte er, packte meinen Arm und zog mich von dem Gitter fort. »Willst du, dass man dich sieht? Ich weiß, dass du dich einsam fühlst, aber Polen kann man nicht trauen.«

»Einigen schon.«

»Nein, keinem von ihnen.« Er sagte es so vehement, dass ich sicher war, dahinter steckte etwas Gravierendes, das er erlebt hatte.

»Was ist mit Paweł?«, fragte ich. »Er ist Pole und hilft uns.«

Darauf ging Saul nicht ein. »Versprich mir, dass du dich nie wieder unter dieses Gitter stellst«, sagte er streng.

»Ja, meinetwegen«, antwortete ich, um die Diskussion zu beenden. Ich würde wieder hierhergehen. Und sollte Ella dann da sein, würde ich mich auch wieder mit ihr unterhalten. Irgendetwas an ihr verriet mir, dass ich ihr vertrauen konnte.

Saul nahm den Wassereimer, und wir machten uns auf den Rückweg. Vor der Kammer trafen wir auf seine Großmutter. Sie ließ ihren Blick über uns gleiten und stutzte. »Was ist das?«, fragte sie giftig und deutete auf meine Manteltasche.

Ich schaute nach unten und stellte fest, dass ein kleines Stück Mohnkringel aus der Tasche hervorschaute.

Eigentlich verstanden wir uns mit den Rosenbergs recht gut.

In der ganzen Zeit, in der wir so eng aufeinander gehockt hatten, war es selten zu Streit gekommen. Bubbe jedoch wurde zunehmend griesgrämiger und gereizter.

»Es ist etwas, das mir gehört«, erwiderte ich und machte Anstalten, die Kammer zu betreten.

Bubbe stellte sich mir in den Weg. »Diebin!«, fauchte sie, als hätte ich den Kringel aus unseren kargen Vorräten gestohlen. Dabei hatte Paweł uns noch nie Mohnkringel gebracht.

Bevor ich antworten konnte, kam meine Mutter aus der Kammer und sah Bubbe zornig an. »Wie können Sie es wagen, meine Tochter als Diebin zu bezeichnen?« Auch sie hatte sich in letzter Zeit verändert, war oft in sich gekehrt oder schlecht aufgelegt, doch ihr hielt ich ihre fortschreitende Schwangerschaft zugute.

»Sie hat etwas zu essen in der Tasche.« Anklagend deutete Bubbe auf meine Manteltasche. »Entweder stiehlt sie oder sie schleicht sich heimlich aus der Kanalisation und besorgt sich etwas.«

»Das ist doch Blödsinn«, fuhr meine Mutter sie an. Normalerweise behandelte sie die alte Frau mit Respekt, aber nun ging es darum, mich in Schutz zu nehmen. Doch auch sie hatte den Mohnkringel gesehen, und sie schien sich daran zu erinnern, dass ich am Vortag unter einem vergitterten Kanaldeckel gestanden und zu einer Frau hinaufgeblickt hatte. Den Rest konnte sie sich vermutlich zusammenreimen. Sie runzelte die Stirn und schien sich nun ebenfalls über mich zu ärgern. Dennoch verteidigte sie mich. »Lassen Sie meine Tochter zufrieden.« Sie schob Bubbe zur Seite. Bubbe packte ihren Arm und funkelte sie wütend an.

»Fassen Sie meine Mutter nicht an!«, rief ich, und es war mir egal, ob mich auf der Straße jemand hörte. Ich versuchte, den Arm meiner Mutter zu befreien, doch Bubbes Griff war erstaunlich fest. Meine Mutter riss ihren Arm los, geriet ins Taumeln und ging zu Boden. Wimmernd hielt sie ihren Bauch.

Ich half ihr hoch. »Hast du dir wehgetan?«

Sie schüttelte den Kopf, doch ihr Gesicht war kreidebleich geworden.

Dann schaltete Saul sich ein. »Sadie hat nichts gestohlen«, sagte er an seine Großmutter gewandt. »Geh in die Kammer und beruhige dich.«

Bubbe grummelte etwas und schlurfte zu ihrer Bank.

»Ihr müsst meine Großmutter entschuldigen«, sagte Saul leise. »Sie meint es nicht böse, aber sie ist fast neunzig und manchmal ein wenig wirr. Es ist schwer mitanzusehen, wie ein geliebter Mensch alt wird.«

»Noch schwerer ist es, zu wissen, dass ein geliebter Mensch nie alt werden wird«, entgegnete ich, denn ich würde nie erfahren, wie mein Vater als alter Mann gewesen wäre.

Ich wollte in die Kammer gehen, doch meine Mutter hielt mich zurück. »Du wirst mir jetzt etwas versprechen«, sagte sie in einem Befehlston, den ich von ihr nicht gewohnt war.

»Was?«

»Dass du nie mehr zu diesem Kanaldeckel läufst.«

Das verstand ich nicht. Als sie mich am Vortag dort entdeckt hatte, hatte sie doch gesagt, ich solle noch bleiben. Sie trat so dicht an mich heran, dass sie mit ihrem vorstehenden Bauch gegen mich stieß. »Du musst darauf achten, dass dich niemand sieht, verstanden? Und mit dieser Frau sprichst du nicht mehr. Es ist zu gefährlich, egal wie einsam du dich fühlen magst.«

Ich dachte daran, wie schön es gewesen war, mit Ella zu reden und ließ den Kopf hängen. Meine Mutter hatte recht, es war unverantwortlich gewesen. »In Ordnung«, sagte ich traurig, denn anders als bei Saul konnte ich mich über ein Versprechen, das ich meiner Mutter gegeben hatte, nicht so ohne Weiteres hinwegsetzen. Das Bild meiner neuen Freundin verblasste.

Dann hörten wir Schritte und blickten in die Richtung, aus der sie kamen. Im nächsten Moment tauchte Paweł auf, was mich verwunderte. Er war erst am Vortag bei uns gewesen, und sonntags kam er eigentlich nicht. Ich hoffte, dass er uns vielleicht noch einmal etwas zu essen bringen würde, denn er hatte eine Tasche dabei.

Er nickte uns zu, wirkte jedoch sehr ernst. Vielleicht hatte er gehört, was meine Mutter zu mir gesagt hatte, und war nun seinerseits wütend auf mich. Er reichte meiner Mutter die Tasche und bat uns, mit ihm in die Kammer zu kommen.

»Um was geht es?«, fragte meine Mutter beunruhigt.

Paweł wandte sich an Meyer Rosenberg. »Sie hatten mich doch gebeten, mich nach dem Schicksal der Juden im Ghetto von Będzin zu erkundigen«, sagte er. »Das habe ich getan. Leider habe ich keine guten Nachrichten.« Er seufzte schwer. »Die Deutschen haben die Synagoge des Ghettos niedergebrannt.«

Ich erinnerte mich daran, wie stolz Saul mir erzählt hatte, dass sein Bruder im Ghetto in einem kleinen Ladenlokal eine Synagoge eingerichtet hatte, um dort mit den Gläubigen zu beten. Ich selbst hatte das als übertrieben empfunden und gedacht, dass der Allmächtige uns unter den Umständen, in denen wir leben mussten, doch sicherlich überall zuhörte.

Rosenberg schwankte, dann hatte er sich wieder in der Gewalt. »Konnte die Thora gerettet werden?«

Paweł gab ihm keine Antwort, sah ihn aber so teilnahmsvoll an, dass mich ein ungutes Gefühl beschlich. Saul, der neben mir stand, stöhnte leise. Ich griff nach seiner Hand. Im ersten Moment wollte er sie wegziehen, doch dann wurde seine Hand schlaff, und er ließ zu, dass ich meine Finger um sie schloss.

Paweł sprach weiter. »Ihr Sohn hat versucht, die SS-Wachen des Ghettos zurückzuhalten und einen der Männer geschlagen. Daraufhin haben die Deutschen so viele Juden wie möglich in die Synagoge getrieben, bevor sie sie in Brand setzten.«

»Micah«, flüsterte Rosenberg und fasste sich an die Kehle. Bubbe stieß einen Schrei aus. Saul ließ mich los.

Hilflos sah ich zu, wie Meyer Rosenberg die Hände vor sein Gesicht schlug und zu schluchzen begann.

»Wissen Sie, ob auch eine Frau namens Shifra in der Synagoge war?«, fragte Saul mit unsteter Stimme.

Paweł schüttelte den Kopf. »Mir ist nur bekannt, dass keiner der Będziner Juden die Strafaktion überlebt hat.«

Saul schloss die Augen.

Meine Mutter drehte sich zu Paweł und mir um. »Wir sollten die Rosenbergs jetzt allein lassen.«

Wir zogen uns in den Tunnel zurück. Ich hatte noch überlegt, ob ich Saul beistehen solle, aber wahrscheinlich wäre das unpassend gewesen.

»Ich wusste nicht, ob ich es ihnen erzählen sollte«, murmelte Paweł niedergeschlagen.

»Es war richtig, es ihnen zu sagen«, erklärte meine Mutter. Ich war derselben Meinung. Für Nachrichten dieser Art gab es nie einen guten Zeitpunkt.

»Darf ich Sie etwas fragen?«, wandte ich mich an Paweł. Es war eine Frage, die ich ihm schon die ganze Zeit hatte stellen wollen.

Paweł nickte.

»Wie kommt es, dass Sie uns helfen? Und wie haben Sie meinen Vater kennengelernt?«

Paweł lächelte. »Dein Vater war ein freundlicher Mensch. Wenn ich ihm auf der Straße begegnet bin, hat er mich jedes

Mal gegrüßt. Im Gegensatz zu anderen, die über einen einfachen Arbeiter wie mich hinweggesehen haben.«

Ja, so war mein Vater gewesen. Klassenunterschiede hatten ihn nicht interessiert.

»Manchmal kamen wir auch ins Gespräch. Er hat mir kleine Aufträge vermittelt, damit ich mir etwas dazuverdienen konnte, es aber immer so hingestellt, als würde ich ihm einen Gefallen tun. Er war auch ein sehr feinfühliger Mann.«

Einen Moment lang schien er über meinen Vater nachzusinnen, dann fuhr er fort. »Natürlich hatte ich die Armbinde mit dem blauen Stern gesehen, aber darüber haben wir nie gesprochen. Doch in den letzten Wochen vor eurer Flucht konnte ich erkennen, wie sorgenvoll er war. Ich habe ihn nach dem Grund gefragt. Er hat ein wenig drum herumgeredet, doch schlussendlich wollte er wissen, ob mir verlassene, abgelegene Lagerhallen, Hütten oder ähnliche Orte bekannt seien, in denen man Leute verbergen könne. Ich habe ihm erklärt, der beste Ort dürfte die Kanalisation sein. Und dann haben wir angefangen zu planen.«

»Und wie sind die Rosenbergs hierhergekommen?«

»Die habe ich an dem Morgen, als das Ghetto aufgelöst wurde, vor ihrem Haus aufgelesen. Ich hatte gesehen, wie die Ghettobewohner zu den Lastwagen getrieben wurden, und forderte sie auf, mit mir zu kommen. Auf dem Weg zu euch sind wir dem Paar mit dem kleinen Jungen begegnet. Sie wollten fliehen, wussten aber nicht, wohin. Also habe ich auch sie mitgenommen.« Resigniert hob er die Schultern. »Den Rest kennst du.«

»Haben Sie denn von jeher in den Abwasserkanälen gearbeitet?«, fragte ich.

»Sadie, hör auf, Paweł mit deinen Fragen zu löchern«, sagte meine Mutter.

»Schon gut«, entgegnete Paweł achselzuckend. »Vor dem

Krieg war ich ein Dieb, so furchtbar das auch klingen mag. Für Rohrleger wie mich gab es damals keine Arbeit, und ich hatte eine Familie zu ernähren.« Er lächelte. »Und nun versorge ich euch. Das ist meine Art der Wiedergutmachung für die Zeit, in der ich gestohlen habe.«

Kurz darauf verabschiedete Paweł sich. Meine Mutter und ich kehrten in die Kammer zurück. Ich wollte zu Saul gehen und ihm mein Beileid aussprechen, doch er saß bei seiner Großmutter, die klagte und weinte. Meyer Rosenberg war in seine Gebete versunken.

Auch am Abend schienen die Rosenbergs für sich bleiben zu wollen, und ich war mir sicher, dass Saul in dieser Nacht nicht spazieren gehen würde.

Doch in der Nacht wachte ich auf, als ich hörte, wie er die Kammer verließ. Ich stand auf und folgte dem Licht seiner Taschenlampe.

»Möchtest du lieber allein sein?«, fragte ich, als ich Saul eingeholt hatte. Er schüttelte den Kopf, und wir liefen schweigend weiter. Als die Stille lastend wurde, sagte ich: »Es tut mir sehr leid, dass dein Bruder und Shifra umgekommen sind.«

Saul gab mir keine Antwort.

Ich versuchte es noch einmal. »Ich weiß, wie du dich fühlst. Als mein Vater …« Meine Stimme versandete. Ich wünschte, der Verlust, den ich erlitten hatte, hätte mich einfühlsamer gemacht und ich wüsste, wie ich Saul Trost spenden konnte. Doch ich hatte lediglich erkannt, dass man, wenn man trauert, allein ist. Meine Trauer um meinen Vater konnte Saul ebenso wenig helfen, wie die Trauer meiner Mutter mir geholfen hatte.

Wir kamen in der Nische an, in die Mondlicht fiel. Saul setzte sich und starrte vor sich hin. Ich ließ mich neben ihm nieder. »Erzähl mir etwas von deinem Bruder.«

Saul wandte sich zu mir um. »Warum?«

»Weil es guttut, über den, den man verloren hat, zu sprechen. Ich würde gern mit meiner Mutter Erinnerungen an meinen Vater austauschen, doch sie möchte das nicht. Obwohl ich sicher bin, dass es auch für sie hilfreich wäre.«

Saul schwieg. Vielleicht wollte er nicht über seinen Bruder sprechen. Oder er konnte es nicht, weil es noch zu früh war. Doch dann holte er Luft und begann.

»Niemand hätte gedacht, dass Micah Rabbiner werden würde. Als Junge hatte er nur Unfug im Kopf. Er hat meine Mutter fast in den Wahnsinn getrieben.« Ein Lächeln huschte um Sauls Lippen. »Er hätte mit uns kommen können. Aber er wollte in Będzin bleiben und seiner Gemeinde im Ghetto beistehen.« Er barg sein Gesicht in den Händen. »Ich kann nicht glauben, dass es ihn nicht mehr geben soll.«

Ich legte einen Arm um ihn. Saul versteifte sich, doch dann gab sein Körper nach. Er ließ die Hände sinken. Ich zog ihn enger an mich. Er sollte spüren, dass ich mit ihm fühlte, und alles tun würde, um die Schwere seines Leids zu lindern.

Saul weinte. Doch dann erzählte er leise weiter von seinem Bruder, und ich dachte, dass die Erinnerungen an einen Toten den Blumen glichen, die wir in einem Buch pressen, um sie aufzubewahren. Ich hörte ihm still zu. Ab und zu stellte ich eine Frage, oder ich hielt seine Hand, wenn er wieder zu weinen begann.

Als der Mond über uns verschwunden war, sagte ich: »Wir müssen zurückgehen.« Ich wollte nicht, dass seine Familie oder meine Mutter wach wurde und sich Sorgen um uns machte.

Saul nickte. Doch keiner von uns rührte sich, als wollten wir den Ort, der nur uns gehörte, noch nicht verlassen.

»Und einmal ist mein Bruder in einen Bach gefallen.«

Eine Geschichte nach der anderen erzählte Saul in der Dunkelheit, bis er heiser war und sich erschöpft an mich lehnte. Dann schliefen wir ein.

# KAPITEL 9

## ELLA

Zwei Wochen später machte ich mich an einem Sonntagmorgen wieder auf zu Sadie. Inzwischen war der Mai gekommen, und es war warm geworden. Im Planty Park roch es süß nach Flieder und Lindenblüten, und überall sah man Spaziergänger. Allerdings wirkten viele von ihnen niedergedrückt, und nur selten standen Leute in Grüppchen zusammen, um zu plaudern, so wie es vor dem Überfall der Deutschen üblich gewesen war. Aber es gab auch welche, die zum Wawel blickten und lächelten, weil die Burg in der Sonne glänzte. Es war, als wollten sie den Besatzern sagen: Diesen schönen Tag in unserer Stadt lassen wir uns von euch nicht nehmen.

Auch vor einer Woche war ich bei Sadie gewesen, hatte mich, wie versprochen, samstags bei ihr eingefunden und ihr eine dicke Scheibe Brot und ein Stück Schafskäse aus unserer Speisekammer mitgebracht. Doch sie war erst im letzten Moment aufgetaucht und hatte einen unruhigen Eindruck gemacht. »Ich kann nicht lange bleiben«, sagte sie. »Ich habe meiner Mutter versprochen, mich nicht mehr mit dir zu treffen. Es ist zu gefährlich.«

»Gut, das verstehe ich«, entgegnete ich und war überrascht, wie enttäuscht ich war. Dabei war ich doch vor allem aus Mitleid zu ihr zurückgekehrt und weil sie Hilfe brauchte. Eigentlich sollte es mir nicht so viel ausmachen, sie nicht wiederzusehen. Doch es machte mir etwas aus. Selbst das wenige, das ich für sie getan hatte – ihr etwas zu essen zu bringen und mit ihr zu reden –, hatte mir das Gefühl gegeben, endlich einmal etwas zu tun, das sinnvoll war. Außerdem mochte ich Sadie.

»Ich *möchte* aber wiederkommen«, fuhr Sadie fort. »Allerdings wäre es sonntags besser als samstags. Am Samstag feiert die andere Familie Sabbat, bleibt den ganzen Tag in unserer Kammer und betet. Es fällt auf, wenn ich mich dann fortschleiche.«

»Dann komme ich nächsten Sonntag wieder«, sagte ich. »Und danach jeden Sonntag, wenn du das möchtest.«

»Das wäre schön.« Sadie lächelte. »Selbst wenn wir nur ganz kurz miteinander reden, ist es danach für mich leichter, das Leben hier unten zu ertragen.«

»Vielleicht komme ich sogar schon morgen wieder.« Ich blickte mich um, um mich zu vergewissern, dass niemand in meiner Nähe war. »Jetzt musst du sicherlich wieder gehen.« Ich wollte nicht, dass sie Ärger bekam und dann so streng beaufsichtigt würde, dass wir uns nicht mehr treffen konnten.

Doch am nächsten Sonntag beschloss Ana Lucia, dass es Zeit für den Frühjahrsputz war. Dabei genügte es ihr nicht, Hanna gnadenlos anzutreiben, sie hatte sich auch tausend Aufgaben für mich ausgedacht, gerade als hätte sie gespürt, dass ich an dem Tag etwas vorgehabt hatte. Folglich hatte ich es nicht geschafft, Sadie zu besuchen, mir nur immerzu vorgestellt, wie sie unter dem Gitter auf mich wartete und sich enttäuscht fragte, warum ich nicht erschienen war.

An diesem Morgen war ich zu einer Zeit aufgebrochen, in der meine Stiefmutter noch schlief, und hatte mich leise aus dem Haus gestohlen.

Nun näherte ich mich der Dębniki-Brücke und schlängelte mich an Familien mit Kindern vorbei. Zu meinem Leidwesen schien das Wetter umzuschlagen, graue Wolken zogen über die Sonne hinweg.

Ich war gerade auf der Brücke, als der Mann vor mir so abrupt stehen blieb, dass ich in ihn hineinlief. Ich entschuldigte mich. Doch er kaute nur auf einer Zigarre und starrte wortlos geradeaus. Dann sah ich die Sperre, die die Polizei auf der Brücke errichtet hatte, als wollte sie den Fußverkehr von und nach Dębniki verhindern.

»Wissen Sie, was da vorn los ist?«, fragte ich den Mann, den ich beinahe über den Haufen gerannt hätte. Ich nahm an, dass es sich um eine der üblichen Ausweiskontrollen handelte. In dem Fall hätte ich nichts zu befürchten, dank Ana Lucia und ihren deutschen Freunden hatte ich in meiner Kennkarte einen Stempel, der mir erlaubte, mich in der ganzen Stadt frei zu bewegen. Das Problem war eher, dass Ausweiskontrollen lange dauerten, und ich nicht zu spät bei Sadie erscheinen wollte. Hinzu kam der dunkler werdende Himmel. In der Ferne ertönte Donnergrollen.

Der Mann nahm die Zigarre aus dem Mund »Razzia«, erwiderte er.

»Hier?«, fragte ich erschrocken. Bisher war ich davon ausgegangen, dass Razzien hauptsächlich im jüdischen Ghetto stattfanden, und das gab es nicht mehr.

Der Mann zuckte mit den Schultern. »Hat mit dem Ghetto von Podgórze zu tun.«

»Aber das wurde doch aufgelöst.«

»Sie suchen nach den Juden, die entkommen sind und sich irgendwo versteckt halten.«

*Sadie!*, dachte ich.

Dębniki begann gleich hinter der Brücke, ich konnte die Kirche und ein Stück des Marktplatzes erkennen. Die ganze

Gegend, und somit auch die Stelle, an der ich mich mit Sadie traf, war abgeriegelt, entweder von deutschen Militärfahrzeugen oder Streifenwagen der polnischen Polizei. Nicht weit vom anderen Ende der Brücke entfernt stand ein Lastwagen, die Ladefläche war leer. In den dahinterliegenden Straßen gingen Polizisten und SS-Leute von Haus zu Haus. Sie hatten Spürhunde dabei. Sollten sie in die Kanalisation hinabsteigen, würden sie Sadie, ihre Mutter und die andere Familie entdecken.

Panisch blickte ich mich um, überlegte, ob ich es rechtzeitig über die nächste Weichselbrücke schaffen würde, um Sadie auf irgendeine Weise zu warnen. Doch ich kam nicht einmal von dieser Brücke herunter, vor mir war die Sperre und hinter mir standen die Menschen dicht an dicht.

Dann hörten wir den gellenden Schrei einer Frau. Er übertönte die gebrüllten Befehle und das Gebell der Hunde. Kurz darauf zerrten Polizisten eine junge Frau mit zwei kleinen Kindern aus einer Gasse. Der Rock der Frau war zerrissen, die weiße Bluse schmutzig, das Haar verfilzt. Auf ihrer Jacke erkannte ich die Armbinde mit dem blauen Stern. Vielleicht hatte sie sich mit ihren Kindern in einem Keller verborgen. Oder sie kamen aus der Kanalisation. Die Kinder waren noch so klein, dass sie jedes auf einem Arm trug.

Ohne Gegenwehr ließ sie sich zu dem Lastwagen führen. Erst als zwei SS-Männer ihr die Kinder abnehmen wollten, wich sie zurück. Ein SS-Mann sagte etwas zu ihr, sie schüttelte den Kopf. Er griff nach einem der Kinder, sie presste es an sich und trat noch weiter zurück. Er brüllte sie an. Wieder schüttelte sie den Kopf, und dann wandte sie sich ab und begann, mit den Kindern, zur Brücke zu laufen.

Der SS-Mann zog seine Pistole, zielte auf die Frau und schrie: »Halt! Stehen bleiben!«

Hinter mir sog jemand scharf den Atem ein.

»Nein!«, rief ich und betete, dass die Frau stehen blieb.

Der Mann vor mir fuhr zu mir herum und sagte: »Halten Sie den Mund oder wollen Sie, dass man uns alle umbringt?«

Wahrscheinlich hatte er recht. Schon der kleinste Akt des Protests oder Widerstands konnte dazu führen, dass die Deutschen zur Strafe wahllos Polen erschossen.

Die Frau lief weiter, war auf der Brücke, doch mit den beiden Kindern in den Armen kam sie nur mühsam voran. Ich musste an ein verwundetes Tier denken, das mit letzter Kraft versuchte, sich vor Feinden in Sicherheit zu bringen. Als der Schuss fiel, zuckte ich zusammen.

Die Frau war nicht getroffen worden, vielleicht war es nur ein Warnschuss gewesen. Wie gebannt starrten wir auf die grauenhafte Szene, die sich vor unseren Augen abspielte. Die Frau geriet ins Stolpern, schien zu erkennen, dass die Brücke in der Mitte gesperrt war, und verharrte für einen Moment.

Der SS-Mann legte erneut an und stand so konzentriert da, dass ich wusste, diesmal würde er nicht danebenschießen.

Doch bevor der Schuss ertönte, kletterte die Frau mit den Kindern auf die Randmauer der Brücke und sprang mit ihnen in den Fluss.

Vor mir stöhnte jemand auf, andere bedeckten ihr Gesicht mit den Händen. Sogar die SS-Männer und die Polizisten standen für einen Moment reglos da und starrten auf die Weichsel.

Wir sahen, wie die Frau und die Kinder davontrieben, unter Wasser gerieten und schließlich versanken.

Die SS-Männer und die Polizisten wandten sich ab. Die Sperren blieben bestehen. Die meisten von uns machten mit bleichen Gesichtern kehrt und verließen die Brücke. Danach zerstreuten wir uns.

Nun würde ich Sadie auch an diesem Sonntag nicht sehen. Verstört und bedrückt schlug ich den Heimweg ein.

Als ich den Planty Park betrat, fielen die ersten dicken Regentropfen. Es dauerte nicht lange, bis es wie aus Eimern goss. Einige Spaziergänger suchten unter Bäumen Schutz, andere waren klug gewesen und hatten Schirme dabei. Ich war von dem, was ich erlebt hatte, so aufgewühlt, dass es mir einerlei war, ob ich nass wurde oder nicht. Auch wenn ich mir versuchte einzureden, die Frau hätte es vielleicht doch geschafft, sich und ihre Kinder in Sicherheit zu bringen, es gelang mir nicht.

Ich hatte erlebt, wie eine Frau lieber Selbstmord beging und ihre Kinder mit in den Tod nahm, als in die Hände der SS zu geraten und von ihren Kindern getrennt zu werden. Und wir auf der Brücke hatten dabei zugesehen.

Es war Mittag, als ich unser Haus betrat und Stimmen hörte. Meine Stiefmutter hatte also wieder zum Essen eingeladen. Am Morgen war ich ohne Frühstück aus dem Haus gegangen, doch nachdem, was ich gerade erlebt hatte, drehte sich mir bei dem Gedanken an Essen der Magen um.

Ich huschte über den Flur, wollte es ungesehen in mein Zimmer schaffen und etwas Trockenes anziehen.

Noch bevor ich die Treppe erreichte, traf ich auf einen SS-Offizier, der aus der Toilette unten kam. Er stellte sich mir in den Weg. »*Dzień dobry*, Fräulein«, sagte er in einer fürchterlichen Mischung aus Polnisch und Deutsch. Es war SS-Oberführer Maust, der vor Kurzem in Krakau stationiert worden war. Aufgrund seines hohen Dienstgrads und der damit verbundenen Macht hatte meine Stiefmutter sich sofort bei ihm eingeschmeichelt, und nun zählte er zu ihren Stammgästen.

Allerdings kam er nicht nur zum Lunch und den Dinnerpartys. Am Vorabend war ich spät noch einmal in die Küche gegangen, um mir ein Glas Wasser zu holen. Die Gäste meiner Stiefmutter hatten sich verabschiedet, bis auf Maust. Ich hörte, wie er mit Ana Lucia die Treppe hinaufstieg und ihr etwas zuraunte, woraufhin meine Stiefmutter kicherte, als hätte sie vergessen, dass sie kein junges Mädchen mehr war. Es hatte mich angeekelt. Offenbar reichte es ihr nicht mehr aus, Deutsche zu bewirten, sie musste sie auch mit in das Bett nehmen, das sie sich einst mit meinem Vater geteilt hatte. Nie hatte ich Ana Lucia mehr gehasst. Die ganze Nacht hatte Maust bei ihr verbracht; als ich am Morgen an ihrem Schlafzimmer vorbeikam, hatte ich ihn schnarchen gehört.

Ich betrachtete den neuen Freund meiner Stiefmutter. Mit seinem Stiernacken, dem geröteten Gesicht und dem schwergewichtigen Körper war er von den anderen Deutschen, die bei uns ein und aus gingen, kaum zu unterscheiden. Und nun beäugte er mich wie ein Bär, der einen Topf Honig vor sich hat.

Bevor ich seinen Gruß erwidern und mich an ihm vorbeidrücken konnte, kam Ana Lucia aus dem Esszimmer, entdeckte Maust und sagte: »Ich habe mich schon gewundert, wo du bleibst.« Dann fiel ihr Blick auf mich, und sie runzelte die Stirn. »Was tust du hier?«, fragte sie, als wäre ich eine Besucherin, die ungebeten in ihr Haus spaziert war.

Ihr Anblick widerte mich an. Ihr Kleid spannte über ihren Brüsten und ihrem Bauch, die Perlenkette, die sie sich um den fleischigen Hals gewunden hatte, hatte meiner Mutter gehört.

»Deine Tochter ist bezaubernd«, sagte Maust. »Warum hast du mir nie von ihr erzählt?«

»Ella ist meine Stieftochter«, entgegnete Ana Lucia indigniert. »Und außerdem klitschnass.«

»Ich möchte, dass sie an unserem Lunch teilnimmt.«

Nun war Ana Lucia in einem Dilemma. Sie wollte sowohl,

dass ich verschwand, als auch Mausts Wunsch erfüllen, zumal sein Tonfall klargemacht hatte, dass er keinen Widerspruch duldete.

»Meinetwegen«, sagte sie und funkelte mich böse an.

»Es tut mir leid«, sagte ich, »aber ich fürchte – «

Ana Lucia ließ mich nicht ausreden. »Ella!«, raunzte sie mich an. »Wenn Oberführer Maust so freundlich ist, dich zum Lunch zu bitten, dann nimmst du auch daran teil.« Ihr Blick wurde drohend. »Zieh dich um und komm ins Esszimmer.«

Zehn Minuten später betrat ich das Esszimmer in einem frisch gebügelten Kleid, doch mein Haar war noch feucht und kringelte sich um meinen Kopf.

Bei den Gästen handelte es sich um drei Männer und eine Frau. Zwei der Männer trugen SS-Uniformen, der dritte war in Zivil, wahrscheinlich ein Angehöriger der Gestapo. Die Frau war teuer und modisch gekleidet. Alle unterhielten sich auf Deutsch, keiner schenkte mir einen Blick.

Es machte mich krank, sie an dem Tisch zu sehen, um den sich einmal meine Familie geschart hatte. Ich wollte nicht, dass sie das Service und die Kristallgläser benutzten, die zur Aussteuer meiner Mutter gehört hatten. Aber was konnte ich anderes tun, als mich auf dem Platz niederzulassen, den Maust mir freigehalten hatte?

Wie ich feststellte, war man bereits beim Nachtisch. Hanna brachte mir einen Teller mit einem großen Stück warmem Apfelstreuselkuchen. Ich nahm einen Bissen, brachte ihn kaum hinunter und legte die Kuchengabel ab.

Ich hatte Deutsch in der Schule gelernt und bekam mit halbem Ohr die Belanglosigkeiten mit, über die am Tisch geredet wurde. Als eine Gesprächspause eintrat, sagte ich: »Vorhin habe ich gesehen, wie eine Frau mit ihren kleinen Kindern von der

Dębniki-Brücke gesprungen ist.« Wenn ich schon hier sitzen musste, konnte ich wenigstens versuchen, für ein gehaltvolles Gespräch zu sorgen.

Alle Blicke richteten sich auf mich.

»SS-Männer und polnische Polizisten wollten sie in einen Lastwagen schaffen und ihr die Kinder abnehmen, doch sie hat es vorgezogen, sich zusammen mit den Kindern umzubringen.«

Die Frau am Tisch drückte eine Serviette auf ihren Mund und starrte mich entsetzt an.

»Wahrscheinlich eine Jüdin«, erklärte Maust gleichmütig. »Heute Morgen gab es eine Razzia, um die Juden aufzuspüren, die sich noch immer versteckt halten.« Er führte sich ein großes Stück Apfelstreuselkuchen in den Mund und kaute genüsslich.

»Ich wusste nicht, dass sich noch welche verstecken«, sagte die Frau.

»Ein paar sind uns entkommen, als wir das Ghetto liquidiert haben. Wir vermuten, dass sie sich in den Vierteln, die auf der anderen Seite der Weichsel liegen, verborgen halten.«

»Ich wohne in einem dieser Viertel«, sagte die Frau bestürzt. »Bin ich jetzt in Gefahr?« Man hätte meinen können, wir sprächen über entlaufene Schwerverbrecher.

*Welche Gefahr soll denn bitte von Menschen wie einer Mutter und zwei kleinen Kindern ausgehen?*, hätte ich am liebsten gefragt. Stattdessen wandte ich mich an Maust. »Und was geschieht mit denen, die gefasst werden?«

»Die Frau mit den beiden Kindern dürfte inzwischen Fischfutter geworden sein«, entgegnete er lachend.

Die anderen stimmten fröhlich ein. Ich wünschte, ich hätte den Mut gehabt, ihnen ins Gesicht zu spucken.

Ich schluckte meinen Zorn hinunter. »Ich wollte wissen, wohin sie gebracht werden. Das Ghetto existiert ja nicht mehr.«

Während Ana Lucia mich mit ihrem Blick erdolchte, antwortete der Mann in Zivil: »Wenn sie kräftig und gesund sind, kommen sie ins Arbeitslager Płaszów im Südosten von Krakau.« Anders als die Deutschen, die ich normalerweise bei uns sah, war er schlank, hatte dunkle Augen und ein frettchenhaftes Gesicht.

»Und die anderen?«

»Die schicken wir nach Auschwitz.«

»Und was bedeutet das?« Mir war bekannt, dass die Deutschen die polnische Stadt Oświęcim, die etwa fünfzig Kilometer westlich von Krakau lag, »Auschwitz« nannten. Zudem hatte ich Gerüchte gehört, nach denen es dort Lager für Juden gab, in denen unmenschliche Zustände herrschten. Ebenso hieß es, dass von dort niemand zurückkehrte. Ich sah den frettchenhaften Mann an. Würde er es wagen, dieses Gerücht hier vor allen zu bestätigen?

Er zögerte keine Sekunde lang. »Die werden unsere Städte nicht mehr verschandeln, die sind wir los.«

Ich betrachtete ihn voller Abscheu. »Werden auch Frauen und Kinder nach Auschwitz deportiert?«

In seinen Augen glomm etwas Grausames auf. »Juden sind Juden.«

»Ella, bitte«, sagte meine Stiefmutter. »Du hast jetzt genug Fragen gestellt, und ich möchte nicht, dass du uns weiterhin den Appetit verdirbst. Geh auf dein Zimmer.« Sie berührte Mausts Arm und lächelte entschuldigend.

»Auch ich muss mich verabschieden.« Maust nahm seine Serviette vom Schoß und legte sie auf den Tisch.

»Schon?«, fragte Ana Lucia.

Ich hatte keine Lust, mir ihre Abschiedsszene anzusehen, und stand so abrupt auf, dass ich gegen den Tisch stieß. Weingläser gerieten ins Wanken, Kaffeetassen klapperten auf Untertellern.

Ohne mich zu entschuldigen, verließ ich das Esszimmer und lief die Treppe hinauf in die Dachkammer, wo ich mich auf das Sofa warf. Ich hatte ein Klingeln in den Ohren und konnte nicht fassen, was der Deutsche ohne die leiseste Gemütsbewegung von sich gegeben hatte. Die Juden wurden also in Lager deportiert, über die die schlimmsten Gerüchte kursierten. Warum hatte ich darüber bisher nicht nachgedacht? Das Ghetto von Podgórze war aufgelöst worden, wie war ich auf die Idee gekommen, die jüdischen Bewohner wären einfach woanders untergebracht worden? Aber nun wusste ich Bescheid. Die Juden waren in Arbeitslager oder in die berüchtigten Lager von Auschwitz geschafft worden.

Ich dachte an Sadie. Sie, ihre Mutter und eine weitere Familie hatten sich in der Kanalisation verkrochen. Würde man sie entdecken, würden sie ebenfalls in einem der Lager enden. Ich kannte Sadie noch nicht lange, doch der Gedanke, sie könnte gefangen und verschleppt werden, war mir unerträglich.

Nach einer Weile hörte ich, wie sich die Lunch-Gesellschaft unten auflöste und verabschiedete. Ich blieb in meiner Kammer, wollte meiner Stiefmutter nicht begegnen. Wahrscheinlich hätte sie mich ohnehin nur mit Vorwürfen überschüttet.

Einmal stand ich auf, blickte über die Dächer zur Weichsel und betete, dass Sadie der Razzia entgangen war. Aber ob dem so war, würde ich es erst in einer Woche erfahren.

Als ich am nächsten Morgen nach unten ging, um zu frühstücken, saß Ana Lucia bereits am Esszimmertisch. Das kam selten vor, normalerweise schlief sie bis zum Mittag. Weder sie noch ich wünschten einander einen guten Morgen.

Ich ließ mich am anderen Ende des Tischs nieder.

Hanna schenkte mir eine Tasse Tee ein und reichte mir einen Korb mit getoasteten Scheiben Weißbrot.

»Ella«, begann Ana Lucia in einem derart unfreundlichen Ton, dass ich mir bereits denken konnte, wie unangenehm unser Gespräch werden würde. Wahrscheinlich wollte sie sich über mein Benehmen beim gestrigen Lunch beschweren. Ich wappnete mich.

»Was hattest du in Dębniki zu suchen?«

Ich erschrak und brauchte einen Moment, um mich zu fassen. »Du wolltest Kirschen für eine Torte, falls du dich erinnerst«, entgegnete ich. »Die habe ich auf dem Markt dort gekauft.«

»Ich spreche von dem Sonntag danach. Jemand hat dich gesehen.«

Ich hatte meine Stiefmutter für dumm gehalten, doch offenbar hatte ich sie unterschätzt. Zumindest ihr Gedächtnis funktionierte einwandfrei.

Hanna sah mich ängstlich an und schlüpfte aus dem Raum. Der Blick meiner Stiefmutter wurde bohrend.

»Ich wollte sehen, ob es wieder Kirschen gibt«, erwiderte ich. »Und ich hatte vergessen, dass dort sonntags gar kein Markt ist.« Sehr überzeugend klang das nicht, doch etwas Besseres fiel mir nicht ein.

»Ich weiß zwar nicht, was du tagsüber treibst, aber ich rate dir, dich vorzusehen.« Ana Lucia sah mich böse an. »Ich werde nicht dulden, dass du etwas tust, das meine Beziehung zu den Deutschen gefährdet. Außerdem möchte ich nicht, dass du noch einmal ohne Einladung an einem meiner Essen teilnimmst.«

Ich hätte sie daran erinnern können, dass ihr Bettgefährte mich dazu eingeladen hatte, doch wozu sollte das gut sein? »Den gestrigen Lunch hast du uns allen mit deinem Gerede über Juden verdorben.«

»Wie hältst du diese Leute bloß aus?«, brach es aus mir hervor. »Ist dir nicht klar, was sie den Juden in unserer Stadt angetan haben?«

Ana Lucia zuckte die Achseln. »Ohne Juden ist Krakau besser dran.« Sie betrachtete mich kalt, und ich erinnerte mich, wie bereitwillig sich ihr Heimatland Österreich dem Deutschen Reich angeschlossen hatte. Meine Stiefmutter verkehrte mit den Deutschen nicht aus Opportunismus, wie ich bisher angenommen hatte. Sie stand auf deren Seite.

Mir war der Appetit vergangen. Wortlos kehrte ich in meine Dachkammer zurück.

Ich stellte mich an die Dachluke. Wieder hingen am Himmel dunkle Wolken und am frühen Morgen hatte es erneut geregnet. Ich blickte über die Dächer der Innenstadt und überlegte, wer Ana Lucia erzählt haben könnte, dass ich an jenem Sonntag in Dębniki war. Ich war Krys begegnet, sonst niemandem, den ich kannte, und Krys hätte mich niemals verraten – der frühere Krys hätte es zumindest nicht getan. Vielleicht hatte er sich geändert, ich wusste ja kaum noch etwas über ihn.

Ich ließ meinen Blick bis zur Dębniki-Brücke wandern und stellte mir das trostlose Viertel dahinter vor, das an diesem verregneten Tag noch grauer sein würde. Ich würde nicht mehr dorthin gehen können. Dazu würde Ana Lucia mich nun viel zu genau beobachten. Vielleicht würde Sadie mich auch gar nicht vermissen, wir hatten ja nur wenige Male miteinander gesprochen. Ginge ich wieder nach Dębniki und jemand, der mich kannte, würde mich sehen und es zu Ana Lucia weitertragen, könnte das sowohl für Sadie als auch mich fatale Folgen haben.

Doch noch während ich das dachte, wusste ich, ich würde Sadie auch weiterhin besuchen. Ich hatte nichts unternommen, als Miriam und die anderen jüdischen Mädchen unsere Schule verlassen mussten. Ich hatte zugesehen, wie eine Frau mit ihren Kindern in die Weichsel sprang, um den Deutschen zu entkommen, aber Sadie würde ich nicht im Stich lassen.

# KAPITEL 10

## SADIE

In der Stille unserer Kammer hörte ich die Turmuhr der Kirche des heiligen Stanisław Kostka zum Beginn der Messe läuten. Somit dürfte es halb elf sein, und ich musste mich langsam zu dem Treffen mit Ella aufmachen. Ein freudiges Kribbeln breitete sich in meiner Magengrube aus. Ich versuchte es zu dämpfen, nur für den Fall, dass sie nicht erscheinen würde. Zwar hatte sie mir versprochen, jeden Sonntag zu kommen, doch am vergangenen Sonntag hatte ich vergeblich auf sie gewartet.

Als ich dachte, jetzt müsste es kurz vor elf sein, wandte ich mich meiner Mutter zu. »Ich gehe frisches Wasser holen.«

»Musst du nicht.« Sie deutete auf den vollen Eimer. »Saul hat es schon getan.«

Ich schaute mich nach Müll um, den ich wegbringen konnte, doch da war nichts. »Dann mache ich einen kleinen Spaziergang.« Ich hielt die Luft an, wartete darauf, dass meine Mutter es mir verbot. Sie gab mir keine Antwort. Ich studierte ihre Miene, sie schien mit den Gedanken woanders zu sein.

In den ersten Tagen nach meinem Versprechen, mich nicht mehr mit Ella zu treffen, hatte sie mich mit Adleraugen beobachtet. Doch seit Kurzem setzte ihre Schwangerschaft ihr so sehr zu, dass ihre Aufmerksamkeit nachgelassen hatte. Auch als ich aus der Kammer schlüpfte, sagte sie nichts.

Ich eilte durch den Tunnel. Ich würde mich ein wenig verspäten, doch ich hoffte, dass Ella auf mich wartete.

Kurz bevor ich den Kanaldeckel erreichte, zischte hinter mir jemand: »Elendes Mädchen!«

Erschrocken fuhr ich herum und entdeckte Bubbe, die mir entweder gefolgt oder umhergewandert und dabei auf mich gestoßen war. Wahrscheinlich war es Letzteres, denn seit Kurzem schienen sich ihre Sinne immer mehr zu verwirren, und sie hatte begonnen, tagsüber ziellos durch die Tunnel zu streifen. Sogar nachts war das vorgekommen, woraufhin Saul sie jedes Mal gesucht und zurückgebracht hatte. Seitdem rückte er seine Bank abends an ihre und hielt seine Großmutter selbst im Schlaf noch fest, damit sie nicht losspazierte und sich verirrte oder, ebenso wie mein Vater, in den Abwasserfluss stürzte und ertrank.

»Deinetwegen werden wir alle umkommen«, sagte sie nun und bezog sich offenbar auf mein Treffen mit Ella. Womöglich hatte sie mich beim letzten Mal mit ihr reden sehen oder aber Saul hatte ihr etwas erzählt.

»Wenn du noch einmal dahingehst, sorge ich dafür, dass du hier unten rausgeworfen wirst.«

Ich fragte mich, wie sie sich das vorstellte, und wurde ärgerlich. »Was soll das?«, sagte ich. »Erst beschuldigen Sie mich als Diebin und nun wollen Sie mir drohen? Ich glaube, langsam reicht es mir.« Ich war froh, dass Saul nicht hörte, wie grob ich mit seiner Großmutter sprach.

Bubbe murmelte etwas vor sich hin. Ich wartete darauf, dass sie verschwand, doch sie rührte sich nicht vom Fleck und redete mit sich selbst. Da ich nicht wusste, ob sie anfangen würde zu schreien, falls ich weiterging, verharrte ich im Dunkeln und malte mir aus, wie Ella nicht weit von mir entfernt stand und auf mich wartete.

Endlich machte Sauls Großmutter kehrt und schlurfte davon. Ich eilte zum Kanaldeckel. Von Ella war nichts zu sehen.

»Hallo«, rief ich leise. Keine Antwort. Vielleicht war Ella da gewesen und wieder gegangen. Oder sie war gar nicht gekommen, weil sie mich leid geworden war. Nein, das sähe ihr nicht ähnlich, dazu war sie zu freundlich und hilfsbereit.

Plötzlich fiel mir die Stille oben auf der Gasse auf. Es erklangen weder Schritte noch sah ich jemanden an dem Gitter vorbeilaufen. In der Ferne war eine Polizeisirene zu hören. Irgendetwas musste vorgefallen sein. Mich überkam ein ungutes Gefühl.

Dann begann es zu regnen. Dicke Tropfen fielen durch das Gitter des Kanaldeckels und platschten auf den nassen Tunnelboden. Unglücklich trat ich den Rückzug an.

Im Eingang der Kammer stand meine Mutter und wirkte verstört. Vielleicht hatte Bubbe ihr erzählt, wo ich gewesen war.

»Dem Himmel sei Dank«, sagte sie. »Fast hätte ich Saul gebeten, nach dir zu suchen.«

»Warum, was ist?«

Meine Mutter zog mich in die Kammer und deutete nach oben. Wir hätten die Besucher der Messe beim Verlassen der Kirche hören müssen. Stattdessen knallten über uns Stiefelschritte, Haustüren wurden geöffnet und zugeschlagen und auf Deutsch Befehle gebrüllt.

»Sie suchen nach Juden«, flüsterte Sauls Vater.

Ich erschrak. »Auch nach uns?«

Meine Mutter schüttelte den Kopf. »Nachdem, was ich mitbekommen habe, suchen sie Juden, die sich in Wohnungen, Kellern und auf Dachböden versteckt haben. Dass wir hier unten sind, wissen sie nicht. Noch nicht.«

Wir setzten uns auf meine Bank, und meine Mutter zog mich an sich.

Saul saß uns gegenüber, und mir schien, dass er mir mit seinem Blick Mut zusprechen wollte. Seit der Nacht, in der er mir Geschichten über seinen Bruder erzählt hatte, waren wir uns nähergekommen. Auch dass unsere Familien so eng aufeinander hocken mussten, trug natürlich dazu bei. Man lernte die anderen kennen, wurde vertrauter miteinander. Ich wusste, was Saul aß, hatte ihn schlafen sehen, spürte, wann er wütend, beunruhigt oder traurig war.

Ich legte einen Arm um meine Mutter. In unserer Angst machten wir uns so klein wie möglich und wagten es nicht einmal mehr, zu flüstern. Aber weder das eine noch das andere würde uns nützen, sollten die Deutschen auf die Idee kommen, die Kanalisation zu durchsuchen. Wir hatten keine Verstecke, und ich dachte nicht zum ersten Mal, dass wir von hier verschwinden sollten. In unserer Kammer saßen wir in der Falle. Doch ohne Pawełs Führung würden wir den Weg nach draußen nicht finden. Und Paweł war der Meinung, dass wir in der Kanalisation am besten aufgehoben waren.

Starr und schweigend saßen wir da, und jede Minute kam mir wie eine Stunde vor. Wir lauschten den Geräuschen über uns, warteten auf die Schritte im Tunnel, die unser Ende bedeuten würden. Einmal hörte ich oben auf der Straße eine Frau schreien und nahm an, dass es eine Jüdin war, die man gefasst hatte. Wenig später wurde der Regen so stark, dass er den Lärm der Deutschen, die ihre Beute jagten, dämpfte.

Dann wurde es still über uns. Vielleicht hatten die Deutschen die Suche wegen des Regens aufgegeben. Vor der Kammer sammelte sich das Wasser, das über die Randbefestigungen des Abwasserkanals gestiegen war. Es lief bis zu unserer Bank.

»Die Frühlingsflut kommt«, sagte Bubbe mit unheilverkündender Miene.

Über das Gesicht meiner Mutter glitt ein Schatten. Der Gedanke an eine Flut war beinahe ebenso schlimm wie die Vorstellung, die Deutschen würden hier unten nach uns suchen. Die schweren Regenfälle, die im Frühjahr in Krakau niedergingen, ließen die Flüsse anschwellen, bis das Wasser über die Ufer trat und reißende Bäche über die Rinnsteine in die Abwasserkanäle schwappten. Selbst wenn es in der Stadt nur einen Tag lang geregnet hatte, füllten sich hier unten die Rohre, und der Abwasserpegel stieg.

An diesem Tag schienen wahre Wassermassen aus dem Himmel zu stürzen. Doch zumindest die Deutschen schienen nun fort zu sein.

Wir standen von unseren Bänken auf. Meine Mutter wärmte eine Kartoffelsuppe auf, die wir schweigend aßen. Und über uns rauschte der Regen.

Am Abend strömte noch mehr Wasser in unsere Kammer. Wir legten uns schlafen. Ich träumte, das Wasser hätte unsere Kammer überflutet und wir trieben auf unseren Bänken davon.

Am Morgen schien daraus Wirklichkeit zu werden, denn als meine Mutter mich wachrüttelte, stand das Wasser knöchelhoch. Ich schlüpfte in meine durchweichten Stiefel, und meine Mutter legte die Tasche mit unserer Habe auf den Sims über der Feuerstelle.

Und noch immer floss Wasser in die Kammer. Es dauerte nicht lange, bis es um meine Knie strudelte.

»Was machen wir, wenn der Regen nicht aufhört?«, fragte ich meine Mutter.

»Er wird aufhören.« Wir stellten uns auf unsere Bänke.

Der Regen ließ nicht nach. Das Wasser stieg über die Bänke und kroch an unseren Beinen hoch. Es war, als stünden wir in einem kalten, verdreckten Schwimmbecken, aus dem es kein Entrinnen gab.

Auch die Rosenbergs waren auf ihre Bänke geklettert. Saul hielt seine Großmutter fest. Einmal trafen sich unsere Blicke, dann konzentrierte er sich wieder auf Bubbe.

Vielleicht hätten wir die Kammer verlassen sollen, bevor sie überflutet wurde, und uns einen höher gelegenen Platz suchen sollen. Nun war es dazu zu spät. Auch die schmalen Betonstreifen, auf denen wir uns durch die Tunnel bewegten, würden längst unter Wasser stehen. Was auch bedeutete, dass Paweł nicht mehr zu uns gelangen konnte, um uns irgendwo in Sicherheit zu bringen.

Das Wasser erreichte meinen Bauch, dann meine Brust, wenig später meinen Hals und schließlich meinen Mund. Ich wurde panisch, denn nun musste ich bereits das Kinn recken, um Luft zu bekommen. Bald würden wir schwimmen müssen, was ich nicht konnte. Jedes Mal, wenn ich es versucht hatte, war ich zu ängstlich und ungelenk gewesen, um mehr als zwei hastige Schwimmzüge zu machen.

Ich tastete nach einem Vorsprung an der Wand und zog mich daran hoch. Nun stieß ich mit dem Kopf beinahe gegen die Decke. Doch es war nur eine kleine Atempause, bald würde die Kammer bis obenhin vollgelaufen sein.

Ich griff nach der Hand meiner Mutter, die an meiner Seite Wasser trat. Sie war eine hervorragende Schwimmerin und schien, trotz ihres schweren Bauchs, mühelos auf dem Wasser zu treiben. Ich sah Saul, der seinem Vater und seiner Großmutter half, die Köpfe über Wasser zu halten.

Das Wasser stieg weiter. Der Arm, mit dem ich mich hochhielt, wurde lahm. Irgendwann verließ mich die Kraft, und der Vorsprung glitt aus meiner Hand. Während ich in die Tiefe sank, dachte ich, dass ich nun wohl bald bei meinem Vater sein würde.

Meine Mutter packte mich am Kragen und zog mich hoch. Ich schnappte nach Luft. Doch auch meine Mutter war ermattet, und wir gingen beide unter. Ich wollte ihre Hand abschütteln, damit wenigstens sie und das Baby überlebten. Der Griff meiner Mutter verstärkte sich. Ich sah ihr blondes Haar, das wie ein Heiligenschein um ihren Kopf schwebte. Wassertretend schafften wir es wieder nach oben, und ich nahm den nächsten Atemzug.

Irgendwo im Tunnel ertönte ein lautes Knarren. Kurz darauf spürte ich einen leichten Sog, und das Wasser hörte auf zu steigen. Danach schien der Pegel zurückzugehen.

»Sie haben einen weiteren Kanal geöffnet«, sagte Saul, als unsere Köpfe wieder über dem Wasser waren.

Ich war zu erschöpft, um mich zu freuen. Und woher wollte er das überhaupt wissen? Selbst wenn er recht hätte, würde es lange dauern, bis sich die Kammer leeren würde und ich wieder festen Boden unter den Füßen hätte. Ich langte nach dem Vorsprung und strampelte mit den Beinen, um etwas höher zu kommen.

»Nicht nachlassen«, sagte meine Mutter, doch ihre Stimme drang wie aus weiter Ferne zu mir. Ich rang nach Atem, sank erneut. Das Wasser stieg mir in Mund und Nase, ich würgte, keuchte und spuckte. Und dann fühlte ich mich so schwer, dass ich erschöpft die Augen schloss. Die Welt um mich herum löste sich auf.

Als ich zu mir kam, lag ich in der Kammer auf einer Bank. Der Boden war verschlammt, über eine andere Bank hatte jemand nasse Kleidungsstücke gebreitet. »Was ist passiert?«, murmelte ich.

»Sadele.« Meine Mutter saß auf der Kante meiner Bank und streichelte meine Wange. »Du bist ohnmächtig geworden. Ich

habe versucht, deinen Kopf über Wasser zu halten, doch irgendwann konnte ich nicht mehr. Saul hat mich abgelöst und dich
hochgestemmt, bis wir wieder stehen konnten.«

*Saul.* Ich hob den Kopf, sah aber nur seinen Vater und seine
Großmutter, die auf ihren Bänken mit geschlossenen Augen an
der Wand lehnten.

»Ich bin hier«, sagte Saul hinter mir. Ich wandte den Kopf
nach ihm um. Er hockte auf dem Boden und wirkte abgekämpft.

»Danke«, sagte ich.

»Ich bin froh, dass du wach bist.« Er streckte die Hand nach
mir aus – und zog sie rasch wieder zurück. Mühsam raffte er
sich auf und ließ sich bei seinem Vater nieder.

»Er wollte bei dir bleiben, bis du die Augen aufschlägst«,
sagte meine Mutter leise.

Daraufhin ging es mir etwas besser, ich setzte mich auf. »Wir
müssen unsere Sachen trocknen, aufräumen und die Bänke sauber machen«, kam es von meiner Mutter.

Ich versuchte, mich aufzuraffen, doch meine kalte, nasse Kleidung schien Tonnen zu wiegen. »Komm.« Meine Mutter stand
auf und hievte mich hoch. Dann straffte sie ihre Schultern und
signalisierte mir mit ihrem Blick, dass wir uns auch von einem
Hochwasser nicht unterkriegen lassen würden.

Wir begannen, so gut es ging Ordnung zu schaffen. Ich war
noch ein wenig langsam und musste mich anstrengen, um das,
was geschehen war, richtig zu begreifen. Das Wasser war so
plötzlich gekommen und dann unglaublich schnell gestiegen.
Wir wären ertrunken, wäre es nicht abgeflossen. Wieder dachte
ich, dass unsere Kammer eine Falle war, und wir dringend ein
zweites Versteck oder Ausweichquartier finden mussten. Ich
erinnerte mich an das Labyrinth der Tunnelgänge, durch das
Paweł uns am ersten Tag geführt hatte. Irgendwo musste es

dort doch einen Ort geben, zu dem wir uns im Notfall flüchten konnten. Vielleicht sollte ich mit Saul den Ausgang zur Weichsel suchen, den Paweł anfangs erwähnt hatte.

Ich warf Saul einen Blick zu und hätte gern mit ihm darüber gesprochen. Er kannte das Tunnelsystem so viel besser als ich, vielleicht hatte er auf einem seiner Spaziergänge eine zweite Kammer oder einen Weg nach draußen entdeckt.

Saul hatte meinen Blick aufgefangen. Als wir uns am Abend schlafen legten, nickte er mir zu und deutete mit dem Kopf zum Ausgang. Dann schlüpfte er hinaus.

Sobald ich sicher war, dass meine Mutter tief und fest schlief, folgte ich ihm.

Saul knipste die Taschenlampe an, und wir durchquerten den Tunnel.

Ich wartete, bis wir in sicherer Entfernung waren, dann sagte ich: »Beinahe wären wir ertrunken.«

Saul nickte. »Es war ziemlich beängstigend.«

»Nein, es war lebensgefährlich. Wir müssen einen Weg nach draußen finden, Saul. Nur für den Fall, dass wir uns ins Freie retten müssen.«

»Ins Freie?« Er sah mich an, als hätte ich den Verstand verloren. »Für uns gibt es keinen besseren Schutz als die Kanalisation.«

Vielleicht dachte er an das Schicksal seines Bruders und Shifras, die draußen gewesen und ermordet worden waren.

»Im Moment vielleicht. Aber was, wenn es wieder schwere Regenfälle gibt? Und kein Kanal geöffnet wird, um das Wasser abzuleiten. Oder was ist, wenn die Deutschen die Kanalisation durchsuchen?« Er antwortete mir nicht. »Dann sitzen wir in der Falle. Überhaupt werden wir hier nicht ewig bleiben können.«

»Und was stellst du dir vor? Sollen wir fliehen?«

»Jetzt noch nicht.« Ich kannte weder einen Fluchtweg noch wusste ich, wohin wir uns hätten retten können. »Wir sollten aber herausfinden, wie wir im Notfall hinausgelangen.«

Wir kämpften gegen so vieles – gegen Hunger, Kälte, Feuchtigkeit, die Angst, entdeckt zu werden, und als wäre das noch nicht genug, war nun die Überflutung hinzugekommen. Irgendwann würden wir den Kampf verlieren.

»Wir müssen den Ausgang zur Weichsel finden, von dem Paweł am ersten Tag gesprochen hat.«

»Wir können Paweł danach fragen.«

Ich schüttelte den Kopf. »Paweł will, dass wir hier unten bleiben. Außerdem tut er bereits alles Menschenmögliche. Ich möchte ihn nicht bitten, uns nun auch noch zur Flucht zu verhelfen. Die Gefahr, die er auf sich nimmt, ist so schon sehr groß.«

Davon abgesehen hielt Paweł die Kanalisation für das beste Versteck und jede Flucht für den sicheren Weg in den Tod. Das hatte er uns bereits am ersten Tag verdeutlicht, als das Paar mit dem kleinen Jungen durch den Tunnel verschwunden war.

»Aber stell dir vor, die Tunnel werden wieder überflutet. Und Paweł kann uns nicht erreichen. Dann müssen wir es selbst nach draußen schaffen.«

»Und wohin würdest du gehen, falls uns das glückt?«

»Das weiß ich nicht. Ich sage ja auch nur, dass wir einen Ausgang finden müssen. Für den Notfall. Dazu brauche ich deine Hilfe. Allein wird es mir nicht gelingen.«

Ich wartete auf Sauls Einwände. Doch zu meiner Überraschung sagte er: »Also gut.«

»Du hilfst mir?«

Er nickte. »Morgen Abend halten wir nach einem Fluchtweg Ausschau. Aber nur für den Notfall. Tritt der nicht ein, bleiben wir, wo wir sind.«

Am nächsten Abend schlichen wir uns erneut aus der Kammer und liefen in die Richtung der Nische, in die Saul sich so gern zurückzog. »Was ist mit dem Kanaldeckel über deiner Leseecke?«, fragte ich.

»Lässt sich nicht öffnen.«

»Du hast es versucht? Das erstaunt mich.«

Saul lächelte. »Ich könnte dir noch sehr viel mehr Erstaunliches über mich erzählen, Sadie Gault.« Er wurde wieder ernst. »Komm, vom Gang neben meiner Leseecke, wie du es nennst, geht ein weiterer Tunnel ab.«

Seite an Seite liefen wir in diese Richtung.

Der Tunnel, von dem Saul gesprochen hatte, endete an einer Mauer. Der nützte uns also nichts.

»Lass uns dem Abwasserfluss folgen«, schlug ich vor.

Wir machten kehrt und bogen in einen anderen Tunnel, der jedoch nicht zum Abwasserfluss führte, sondern im Kreis zurück zu unserer Kammer.

Zuletzt nahmen wir den Weg, über den wir am ersten Tag gekommen waren, und erreichten die Stelle, an der sich die beiden Abwasserflüsse kreuzten. Ich blickte auf den wackligen Steg, von dem mein Vater gefallen war, und meine Augen füllten sich mit Tränen.

Saul berührte meinen Arm. »Dein Vater wäre stolz, wenn er sehen könnte, wie tapfer du durchhältst und deiner Mutter beistehst.«

Ich vermochte ihm nicht zu antworten, ich hatte einen Kloß im Hals. Für einen Moment standen wir da und starrten auf das tosende Wasser.

»Lass uns weitergehen«, sagte Saul schließlich. »Ich glaube, zum Fluss geht es da entlang.«

Ich sah ihn fragend an. Wir waren doch schon am Fluss.

Saul lief weiter, und ich begriff, dass er die Weichsel gemeint hatte.

Wir trafen auf das enge Rohr, durch das wir am ersten Tag gerobbt waren. Doch dahindurch mussten wir nun offenbar nicht mehr, Saul wies auf eine schmale Öffnung in der Tunnelwand, eigentlich mehr ein Spalt. »Du zuerst.« Ich zwängte mich durch die Lücke.

Es war ein Durchgang. Ich spürte, dass der Boden anstieg, gerade als führte er hinauf zu einer Straße. Der Durchgang wurde breiter, und Saul trat neben mich. Irgendwo vor uns kam von oben ein schwacher Schein.

Atemlos bewegten wir uns weiter vor und stellten fest, dass hier Abwasser in einen Seitenarm der Weichsel geleitet wurde. Doch unsere Blicke wanderten in die Höhe, zu einem Kanaldeckel, durch den Mondlicht fiel. Über den Gitterstäben war nur der Himmel zu erkennen, keine Mauern, keine Hausfassaden. So viel offener Raum! Wie lange ich mich nach diesem Anblick gesehnt hatte. Ich trat einen Schritt vor, wollte die Sterne sehen, und wünschte, Saul und ich könnten einfach hinaussteigen – hinaus in die Freiheit.

Plötzlich ertönten Stiefelschritte und Hundegebell.

Saul riss mich zurück.

Es waren Deutsche, die mit Spürhunden das Ufer des Weichselarms absuchten, ich hörte die harte Sprache und die scharfen Befehle. Hatten sie uns entdeckt? Saul zog mich in eine Nische und presste mich so fest an sich, dass ich spürte, wie sein Herz an meiner Brust schlug. Wie versteinert standen wir da und wagten kaum zu atmen.

Nach einer Weile verklangen die Schritte und das Gebell, doch Saul ließ mich nicht los. Ich hätte noch lange so bleiben können, immer in der Hoffnung, er würde mir gestehen, dass auch er für mich mehr als Kameradschaft empfand. Ich wollte mich enger an ihn schmiegen, aber Saul löste sich von mir.

»Lass uns zurückgehen«, sagte er.

Wir machten kehrt.

»Nun weißt du es«, sagte Saul. »Draußen lauern Deutsche mit ihren Hunden auf uns, und es wäre Wahnsinn, die Kanalisation zu –«

Ich hob eine Hand, um ihn zum Schweigen zu bringen, denn rechts von uns öffnete sich ein Tunnel, den wir übersehen hatten.

Wir folgten ihm und gelangten an ein großes, tiefes Betonbecken. Es war leer, der Boden jedoch feucht. Offenbar handelte es sich um ein Reservoir, in das mitunter Abwasser geleitet wurde. Das Abwasserrohr befand sich am anderen Ende des Beckens hoch an der Tunnelwand.

»Komm mit«, sagte ich, setzte mich an den Beckenrand und ließ mich hinuntergleiten.

»Sadie, warte«, sagte Saul. »Wohin willst du? Und wie willst du es aus dem Becken hinausschaffen?«

Ich deutete auf das Rohr. »Ich will dahin.«

»Wie könnte es anders sein?«, entgegnete Saul, doch es klang nachsichtig. Auch er ließ sich in das Becken hinab.

»Du musst mich hochheben«, erklärte ich, als wir auf der anderen Seite hinausgeklettert waren und auf dem Betonstreifen hinter dem Becken standen, über uns die Rohröffnung. »Vielleicht können wir uns im Notfall in diesem Rohr verbergen.«

Ich rechnete mit Sauls Protest, doch er fasste meine Taille und stemmte mich hoch. Noch während ich durch das Rohr kroch, prickelte mein Körper dort, wo Saul mich gehalten hatte.

Das Rohr ging in einen kurzen, niedrigen Gang über, der ebenfalls leicht anstieg. Ich wagte mich ein, zwei Schritte hinein, erschnupperte frische Luft und den unverkennbaren Geruch der Weichsel. Ich machte noch einen Schritt und sah über mir einen Kanaldeckel. Durch die Gitterstäbe konnte ich im Schein einer Straßenlaterne ein Stückchen Himmel und den Teil einer Hausfassade erkennen. Dann bekam ich es mit der Angst zu tun und kehrte zurück.

»Hinter dem Rohr ist ein kleiner Gang«, erklärte ich Saul aufgeregt. »Durch den geht es zur Weichsel. Auf diesem Weg könnten wir fliehen.«

»Ich hoffe, dazu wird es nicht kommen«, erwiderte Saul.

Warum war er so stur? Dachte er noch immer, wenn wir in der Kammer blieben, könnte uns nichts zustoßen? Ich dagegen wusste nur zu gut, dass einen das Unglück von einem Moment auf den anderen treffen und einem alles rauben konnte.

Saul fasste meine Taille, um mir aus dem Rohr auf den Boden zu helfen. Auch als ich sicher stand, blieben seine Hände noch für einen Augenblick auf mir liegen. Dann zog er sie hastig zurück. »Entschuldige«, sagte er.

»Ich weiß, du darfst mich nicht berühren.«

»Das ist das eine. Das andere hat mit Shifra zu tun. Ich hätte – «

»Natürlich«, fiel ich ihm ins Wort und sagte mir, dass ich nicht gekränkt sein durfte. Sauls Herz gehörte der Frau, die er verloren hatte. »Es ist noch zu früh.«

»Nein, das wollte ich nicht sagen. Es waren Shifras und meine Eltern, deren Wunsch es war, dass wir heiraten. Schon als wir Kinder waren, haben sie unsere Ehe arrangiert.«

»Ach.« Von dieser Tradition hatte ich zwar gehört, aber nicht gedacht, dass es noch Menschen gab, die ihr folgten.

»Shifra und ich kannten uns nicht sehr gut. Aber mit den Jahren hätte ich sie sicherlich lieb gewonnen. Dazu ist es nicht gekommen. Und nun bin ich hier unten mit dir zusammen, und wir werden immer vertrauter miteinander. Ich mag dich, Sadie. Doch was ich für dich empfinde, ist nicht richtig.« Er seufzte schwer. »Ich fühle mich schuldig. Shifra wurde ermordet. Ich hätte sie beschützen müssen, statt mich feige zu verstecken.«

Ich schüttelte den Kopf. »Du wolltest deinem Vater und deiner Großmutter beistehen, die glaubten, in Krakau würde das Leben für euch einfacher sein. Vielleicht dachtest du, im Ghetto von Będzin wäre Shifra sicher. Keiner von uns hat ahnen können, dass die Ghettos aufgelöst würden.«

»Das spielt keine Rolle. Shifra wurde umgebracht. Und nun habe ich dich gern. Doch das darf nicht sein, das habe ich nicht verdient. Deshalb können wir nicht mehr als gute Freunde sein.«

Im ersten Moment war ich voller Freude, dass Saul etwas für mich empfand. Dann machte mich der Gedanke, dass er nur ein guter Freund sein wollte, traurig.

Schweigend schlugen wir den Rückweg ein. »Wenigstens wissen wir jetzt, wohin wir uns retten können, falls es sein muss«, sagte ich.

»Dazu kommt es hoffentlich nicht. Versprich mir, dass du nichts Unbedachtes tust«, erwiderte Saul. »Nur in der Kammer sind wir sicher.«

»Zurzeit jedenfalls.« Irgendwann würden wir es nicht mehr sein, das spürte ich ganz deutlich.

»Lass es gut sein, Sadie.« Saul nahm meine Hand.

Und so kehrten wir zu der Kammer zurück, die unsere Rettung und unser Gefängnis zugleich war.

## KAPITEL 11

## ELLA

An diesem Sonntag Ende Juni wachte ich frühzeitig auf. Ich wollte zu Sadie und sehen, ob mit ihr alles in Ordnung war. Ich wusch mich, kleidete mich an und lief nach unten. Im Haus war alles still. Am vergangenen Abend war Ana Lucia zusammen mit Maust zu einer Cocktailparty gegangen. Offenbar hatte sie die Nacht bei ihm verbracht.

Nach dem Frühstück nahm ich einen Korb und betrat die Speisekammer, um für Sadie Essen zusammenzusuchen.

Im Eiskasten stand ein Teller mit hübsch angerichteten Salami- und Käsescheiben, doch davon konnte ich nichts nehmen, das wäre aufgefallen. Allerdings war noch ein Rest Quiche von Ana Lucias Lunch gestern da. Seit Kurzem gefiel meine Stiefmutter sich darin, ihren Gästen französische Gerichte vorzusetzen. Ich schnitt die Hälfte ab, wickelte sie in Wachspapier und legte sie in meinen Korb, voller Freude, dass ich Sadie einmal etwas Neues bieten konnte.

Als hinter mir Schritte ertönten, fuhr ich zusammen. Hastig klappte ich den Deckel des Eiskastens zu und wandte mich um. Hanna war gekommen.

»Oh, guten Morgen, Hanna, ich wollte gerade …« Meine Stimme verebbte. *Ja, was wollte ich gerade?* Ich suchte nach einer Erklärung und fand keine. »Ich wollte mir gerade etwas zu essen holen.« Hannas Blick wanderte zu dem Korb in meiner Hand, und ich wurde nervös. Hanna arbeitete für meine

Stiefmutter, nicht für mich. Und so schlecht Ana Lucia sie auch behandeln mochte, sie war noch immer diejenige, die Hannas Lohn zahlte und mit ihrem Gehorsam rechnen konnte.

Kopfschüttelnd trat Hanna an mir vorbei, öffnete den Eiskasten und holte den Teller mit den Salami- und Käsescheiben heraus. Die Hälfte packte sie ein, den Rest arrangierte sie neu. »Wie wäre es damit?« Sie hielt mir das Päckchen hin.

Sollte ich das wirklich annehmen?

Falls meine Stiefmutter dahinterkäme, dass Hanna mir für Gott weiß wen einen Korb voll Essen mitgegeben hatte, würden wir beide von ihr verhört, und danach säße Hanna auf der Straße.

Und glaubte Hanna wirklich, ich wäre so hungrig, dass ich gleich mit einem Korb in die Speisekammer gegangen war?

Dann dachte ich an Sadie und nahm das Päckchen an. »Vielen Dank«, sagte ich. »Nun brauche ich nur noch eine Scheibe Brot, dann kann ich draußen ein Picknick machen.«

»Viel Spaß.« Hanna verdrehte die Augen. Also wusste sie, dass ich log. Dann machte sie kehrt und verschwand.

Ich schnitt eine dicke Scheibe Brot ab und legte sie zu der Wurst und dem Käse.

Vor dem Haus sah ich mich um, ob meine Stiefmutter von irgendwoher nahte. Sie hatte mich zwar nur das eine Mal auf Dębniki angesprochen, aber wie ich sie kannte, würde sie weiterhin voller Argwohn sein. Doch in unserer Gasse war niemand außer mir.

An diesem Tag fuhr ich wieder mit der Straßenbahn und stieg an der Haltestelle nahe dem Marktplatz von Dębniki aus. Der Marktplatz war verwaist. Ich bog in die kleine Gasse hinter der Kirche – und erstarrte.

Vor dem Kanaldeckel standen zwei Wehrmachtsoldaten.

*Sadie!*, schoss es mir durch den Kopf. Sicher hatte sie schon auf mich gewartet, und die beiden hatten sie entdeckt.

Ich wich zurück. Hundertmal hatte ich mir vorgestellt, die Deutschen würden irgendwann den Kanaldeckel abheben, durch die Kanalisation laufen und auf Sadie und die anderen stoßen. Ich hatte mich gefragt, was ich tun würde, sollte ich erfahren, dass Sadie festgenommen worden war. Würde ich versuchen, sie zu retten? Oder würde ich es geschehen lassen, so wie bei Miriam und der Frau mit den kleinen Kindern?

*Bleib ganz ruhig*, befahl ich mir, obwohl mir das Herz bis zum Hals schlug. Und dann stellte ich fest, dass die beiden Soldaten einfach an dem Kanaldeckel standen. Sie blickten nicht nach unten, sie unterhielten sich.

Allerdings bohrte der ältere mit seiner Stiefelspitze in dem Gitter des Deckels und stemmte ihn ein wenig auf. Er deutete auf den Deckel und sagte etwas zu seinem Begleiter, vielleicht, dass der Deckel zu locker saß. Der andere zuckte mit den Schultern.

Sadie hatte also nicht dort unten gestanden, sonst hätten die beiden Soldaten sie ja gesehen. Doch sie würde auf dem Weg zu mir sein und, wenn sie nicht aufpasste, in das Blickfeld der Soldaten geraten. Ich musste die beiden ablenken.

Ich raffte all meinen Mut zusammen, näherte mich ihnen und zwang mich zu einem Lächeln.

»*Dzień dobry*«, sagte der Jüngere der beiden in fürchterlich klingendem Polnisch und taxierte mich von Kopf bis Fuß. Ich imitierte meine Stiefmutter und sah ihn kokett an.

»*Dzień dobry.*«

Der Ältere trug das Rangabzeichen eines Unteroffiziers. Bei ihm zeigte mein Lächeln keine Wirkung. »Was wollen Sie?«, fragte er barsch.

»Es ist ein so schöner Tag«, zwitscherte ich – und wusste nicht mehr weiter. Dann erinnerte ich mich an Ana Lucias Worte, dass die Liebe der Männer durch den Magen ging. »Ich suche nach einem Café, in dem es leckeren Kuchen gibt.«

»So etwas werden Sie hier nicht finden«, erklärte der Jüngere.

»Nein?« Ich setzte eine betrübte Miene auf.

»Fahren Sie in die Altstadt. An dem großen Marktplatz liegt das Café Wierzynek. Dort finden Sie Kuchen, die beinahe so gut wie die bei uns in Deutschland sind.«

»Wunderbar, vielen Dank.« Ich sprach laut. Falls Sadie sich dem Kanaldeckel näherte, sollte sie mich hören und verborgen bleiben. »Warum laden Sie mich nicht auf eine Tasse Kaffee und ein Stück Kuchen ein?« Alles wäre mir recht, wenn ich die beiden nur von hier fortlocken konnte.

Dem jüngeren Mann schien mein Vorschlag zu gefallen, dem Unteroffizier nicht. »Dazu haben wir keine Zeit«, erwiderte er schroff.

»Dann vielleicht ein andermal.« Ich warf einen raschen Blick durch die Gitterstäbe und betete, dass Sadie mich gehört hatte. »Ich muss leider weiter.«

Der Unteroffizier deutete auf meinen Korb. »Was ist da drin?«

Ich zuckte mit den Schultern. »Etwas zu essen. Habe ich vorhin eingekauft.« Ich hatte es kaum ausgesprochen, als ich meinen Fehler erkannte. Sonntags waren die Geschäfte geschlossen.

»Das möchte ich sehen.« Der Unteroffizier griff nach dem Korb.

»Liebling!«, rief jemand hinter mir. Ich musste mich nicht umdrehen, ich hätte Krys' Stimme unter Tausenden erkannt. Dann war er bei mir und nahm mir den Korb ab. »Wo warst du so lange? Wir haben uns Sorgen gemacht.« Er zeigte den Deutschen seine Kennkarte und erklärte: »Ihre Mutter ist krank, und meine Verlobte hat für sie etwas zu essen geholt.«

Wie glatt ihm die Lüge über die Lippen kam. Und was für ein süßes Gefühl die Wörter »Liebling« und »Verlobte« trotz allem in meiner Brust auslösten. Für einen Moment war es, als hätte sich zwischen uns nie etwas geändert.

»Sie können sie selbst fragen«, sagte ich. »Ihr Name lautet Ana Lucia Stepanek. Sie ist mit Oberführer Maust befreundet.«

»In Ordnung.« Der Unteroffizier reichte Krys die Kennkarte zurück. Krys griff nach meiner Hand.

Ich ließ meinen Blick noch einmal unauffällig über den Kanaldeckel schweifen. Zu meinem Entsetzen sah ich Sadie dort unten stehen und zu den Wehrmachtsoldaten hinaufstarren. Ich fragte mich, warum sie nicht verschwand, doch offenbar war sie vor Schreck wie gelähmt.

»Komm.« Krys zog an meiner Hand. Ich blieb stehen, wusste nicht, was ich tun sollte. Doch dann hörte ich Sadie davonhuschen. Ich hustete, um das Geräusch zu übertönen.

Der Unteroffizier stutzte. »Was war das?«

»Eine leichte Erkältung«, sagte ich. »Kein Grund zur Besorgnis.« Ich wollte mich verabschieden, doch nun betrachtete der Mann Krys argwöhnisch.

»Sie kommen mir bekannt vor«, sagte er.

»Ich liefere in der ganzen Stadt Waren aus«, entgegnete Krys. »Wahrscheinlich haben Sie mich irgendwo gesehen.« Er wandte sich mir zu. »Deine Mutter wartet, wir müssen los.«

Wir gingen davon, und ich musste mich zwingen, nicht zu dem Kanaldeckel zurückzublicken, denn die beiden Deutschen sahen uns nach, das spürte ich ganz deutlich. Es hätte mich nicht gewundert, wenn einer gerufen hätte, wir sollen stehen bleiben.

Doch das geschah nicht.

»Woher bist du so plötzlich gekommen?«, fragte ich Krys, nachdem wir um eine Ecke gebogen waren. »Verfolgst du mich?«

»Ich wohne und arbeite hier, falls du dich erinnerst. Eher könnte ich dich fragen, was du hier tust. Kirschen wirst du nicht kaufen wollen, der Markt und die Geschäfte sind sonntags geschlossen. Genau wie beim letzten Mal, als ich dich hier getroffen habe.«

Er hatte es witzelnd gesagt, aber mir stand der Sinn nicht nach Späßen. »Ich bin hier spazieren gegangen«, erwiderte ich.

»Das würde ich an deiner Stelle nicht tun. Spazieren gehen ist heutzutage gefährlich.«

Ich blieb stehen. »Warum interessiert dich das? Du hast mich verlassen, hast mir nicht einmal gesagt, dass du zurück bist. Und ich weiß noch immer nicht, warum?«

»Nicht so laut.« Krys' Blick glitt über die umliegenden Häuser. »Lass uns woanders darüber reden.« Er fasste meinen Arm und dirigierte mich in Richtung Weichsel.

»Ich wäre zu dir gekommen, um es dir zu erklären«, sagte er, als wir am Flussufer entlangliefen. »Auch an dem Tag, als du ins Café gekommen bist, wollte ich das, aber du bist ja einfach weggerannt.«

»Dann sag es mir jetzt.«

Krys schaute sich um, als wollte er sichergehen, dass wir nicht belauscht wurden. Doch außer den Enten auf dem Fluss waren keine weiteren Lebewesen zu sehen.

»Ich war nicht nur in der Armee. Ich meine, nicht nur in der offiziellen.«

»Ach. Und wo warst du noch?«

»Zuerst habe ich im Krieg gegen die Deutschen gekämpft.«

172

Ich erinnerte mich an den Tag, als ich mich am Hauptbahnhof von Krys verabschiedet hatte. Er hatte bereits Uniform getragen, war voller Tatendrang und Zuversicht gewesen. Bevor er in den Zug stieg, hatte er mich noch einmal hart auf den Mund geküsst.

»Ihre Übermacht war zu groß. Du weißt, wie rasch wir besiegt wurden. Danach habe ich mich der Heimatarmee angeschlossen. Von der hast du gehört, oder?«

Ich nickte. Mir waren Gerüchte zu Ohren gekommen, nach denen die Heimatarmee aus Freiwilligen bestand, die sich dem Widerstand gegen die Deutschen verschrieben hatten. Es hieß, dass sie Sabotageakte ausführten. Viel schienen sie jedoch nicht zu bewirken, die Besatzungsmacht war noch stark wie am ersten Tag. Wenn man mich fragte, kämpfte die Heimatarmee gegen Windmühlen.

»Ein Soldat, an dessen Seite ich gekämpft habe, hat mir von dieser Untergrundarmee erzählt. Da steckte sie noch in ihren Anfängen«, fuhr Krys fort. »Ich wusste sofort, dass ich mich ihr anschließen würde. Sie bietet die einzige Möglichkeit, uns gegen die Deutschen zu wehren. Zuerst bestanden wir nur aus kleinen Kampfeinheiten, doch nach und nach ist daraus eine Armee geworden.«

*Und inwiefern hinderte dieser Kampf ihn daran, mit mir zusammen zu sein?* »Und was tust du in dieser Armee?«

Krys schüttelte den Kopf. »Darüber darf ich nicht sprechen. Das wäre für uns beide gefährlich. Aber deshalb muss ich dir fernbleiben. Zum einen, weil ich dich nicht in Gefahr bringen will, zum anderen, weil Widerstandskämpfer nicht sehr lange leben. Und ich möchte nicht, dass du irgendwann um mich trauern musst. Das wollte ich damals nicht, als ich in den Krieg zog, und jetzt möchte ich es ebenso wenig.«

*Und warum hatte er diese Entscheidung damals wie heute nicht mir überlassen?*

»Ich wollte dir nicht wehtun.« Krys blieb stehen und nahm mich in die Arme. »Aber sollte man mich fassen, werden die Deutschen sich jeden vornehmen, den ich gekannt habe. Davor möchte ich dich bewahren. Ich liebe dich, Ella, aber wir können nicht zusammen sein. Verstehst du das nicht?«

*Nein, das verstand ich nicht.* Ich machte mich von ihm los. »Ist das dein letztes Wort?«

Er nickte. »So schwer es mir auch fällt.«

»Glaubst du wirklich, ihr schafft es, die Deutschen aus unserem Land zu vertreiben?«

»Nein«, entgegnete Krys. »Sie sind in der Überzahl und haben mehr und bessere Waffen als wir.«

»Und warum kämpfst du dann gegen sie?« Warum opferte er seine – und unsere Zukunft – einer derart aussichtslosen Sache? Warum wollte er sein Leben für einen Kampf aufs Spiel setzen, den er nicht gewinnen konnte?

»Eines Tages wird man auf diese Zeit zurückblicken. Und dann sollen die Menschen erkennen, dass wir nicht klein beigegeben haben.«

Ich versuchte, mir eine Zeit vorzustellen, in der der Krieg zu Ende und Polen wieder frei war, doch dazu reichte meine Phantasie nicht aus.

»Die Deutschen bringen in unserem Land Tausende und Abertausende ums Leben. Sollen wir das einfach hinnehmen? Von außen können wir keine Hilfe erwarten, das dürfte mittlerweile klar sein.« Krys' Blick verdüsterte sich. »Die Lage in unserem Land ist verheerend – weitaus schlimmer, als offiziell bekannt ist. In ganz Polen leiden die Menschen unter der Herrschaft der Deutschen, und zahllose andere sterben in den Lagern, in die sie von der Gestapo oder der SS verschleppt wurden und werden.«

»Du meinst Juden, oder?«

»Überwiegend handelt es sich um Juden, aber nicht nur. Es sind Juden, Widerstandskämpfer, Regimekritiker, Linke, Homosexuelle, Geistliche, Sinti und Roma, sie alle werden in Lager geschafft.«

Ich dachte an meinen Bruder und konnte nur hoffen, dass die Deutschen in Paris weniger brutal vorgingen als bei uns. Allerdings hatte ich zu Beginn des Kriegs auch geglaubt, uns in Krakau könnte nichts geschehen, und nun gab es in ganz Polen keinen sicheren Ort mehr.

»Die Deutschen behaupten, es wären Arbeits- oder Gefangenenlager«, sprach Krys weiter. »In Wahrheit handelt es sich bei einer ganzen Reihe von ihnen um Vernichtungslager, in denen die Gefangenen entweder gleich nach ihrer Ankunft getötet werden, oder man lässt sie verhungern. Oder sie werden zu Arbeiten gezwungen, bei denen sie zugrunde gehen.«

Ich dachte an die Frau mit den beiden Kindern, und an Sadie. An das, was der frettchenhafte Gast meiner Mutter beim Lunch erwähnt hatte. Dass die Zustände in den Lagern grauenhaft waren, hatte ich gewusst. Auch dass aus Oświęcim bisher noch niemand zurückgekehrt war. Offenbar war ich aber begriffsstutziger oder naiver, als ich angenommen hatte, denn auf den Gedanken, dass in den Lagern systematisch gemordet wurde, wäre ich trotz allem nicht gekommen.

»Vielleicht wird die Rote Armee siegreich sein«, sagte ich und versuchte, daran zu glauben. »Dann werden wir alle befreit. Auch die Menschen in den Lagern.« Ich schluckte. »Die, die dann noch übrig sind.«

»Bis dahin wird es dauern«, sagte Krys. »So lange können

wir nicht warten. Außerdem steht der Sieg der Roten Armee noch nicht fest.«

In meinen dunkelsten Stunden stellte ich mir vor, die Deutschen würden den Krieg gewinnen, und wir müssten immer so weiterleben. Ich wusste, dass ich das nicht durchstehen würde.

»Deshalb müssen wir selbst etwas unternehmen.«

In Krys' azurblauen Augen lag eine Entschlossenheit, die besagte, dass er seine Mission gefunden hatte. Nach der Niederlage gegen die Deutschen hatte die Heimatarmee ihm wieder Mut und Kraft verliehen. Es schmerzte mich, dass ich ihn verloren hatte, doch seine Entscheidung, den Kampf gegen die Deutschen fortzusetzen, fand ich bewundernswert, so aussichtslos er auch sein mochte. Krys hätte nicht zugesehen, wie Miriam und die anderen jüdischen Mädchen die Schule hatten verlassen müssen; auch der Frau mit den beiden Kindern hätte er versucht zu helfen, ganz gleich, wie hoch der Preis für ihn gewesen wäre. Vielleicht würde er mir auch in Sadies Fall zur Seite stehen.

»Sagst du mir jetzt, warum du heute wieder nach Dębniki gekommen bist?«, fragte er

Ich überlegte. Krys war mir gegenüber offen gewesen. Sollte ich ihm nun ebenfalls die Wahrheit sagen? Nein, beschloss ich. Wenn ich das täte, müsste ich ihm erzählen, dass sich Juden in der Kanalisation verborgen hielten, und damit würde ich sie verraten. »Ohne besonderen Grund«, entgegnete ich.

Krys glaubte mir nicht, aber er nahm meine Antwort hin.

»Vielleicht kannst du uns Widerstandskämpfern helfen«, sagte er.

»Ich?«

»Ja. Wir brauchen Frauen als Kuriere. Sie können sich freier bewegen als Männer. Bei Frauen denken die Deutschen, dass sie unterwegs sind, um Besorgungen zu machen. Sie werden seltener kontrolliert. Oder du versuchst, die Gäste deiner Stiefmutter auszuhorchen. Sammelst nützliche Informationen und gibst sie an mich weiter.«

Es schmeichelte mir, dass Krys mir so viel zutraute; ich selbst war in dieser Hinsicht skeptischer.

»Ich dachte, die Arbeit für den Widerstand ist gefährlich?«

»Ist sie auch. Gefährlich und notwendig zugleich. Lass es dir durch den Kopf gehen.«

Ich wollte Ja sagen. Unter anderem hätte ich dann die Möglichkeit gehabt, wieder Teil seines Lebens zu werden. Doch irgendetwas hielt mich davon ab. Wahrscheinlich mangelte es mir einfach an Mut. Sadie zu helfen, war eine Sache, eine ganz andere wäre es, zur Widerstandskämpferin zu werden. Außerdem beobachtete meine Stiefmutter mich. Wenn sie auch nur den leisesten Verdacht hätte, ich würde für den Widerstand arbeiten, würde sie mich eiskalt denunzieren.

»Das geht nicht«, sagte ich. »Ich wünschte, ich könnte euch helfen, aber ich kann es nicht. Es tut mir leid.«

»Und mir erst«, entgegnete Krys verärgert. »Ich hatte gehofft, du würdest mitmachen. Die Frau, in die ich mich einmal verliebt habe, hätte es getan.«

*Die bin ich nicht mehr*, hätte ich antworten können. *Inzwischen habe ich ein Geheimnis, das ich nicht verraten kann.*

An seinem Blick erkannte ich, dass Krys im Begriff war, sich innerlich wieder von mir zu entfernen.

»Natürlich ist es gefährlich«, sagte er. »Aber manchmal muss man Farbe bekennen. Falls du es dir anders überlegst, ich wohne über dem Café in der Barska.«

»Ich werde es mir nicht anders überlegen.«

»Schade«, sagte Krys frostig und wandte sich ab. »Ich muss wieder zurück.

»Auf Wiedersehen.« Es tat mir weh, dass wir uns erneut im Unguten trennten. Aber er hatte seine Gründe, sich am Widerstand zu beteiligen, und ich hatte meine, es nicht zu tun. Ich schlug den Weg zur Dębniki-Brücke ein.

Allerdings hatte ich keineswegs vor, nach Hause zu gehen. Bevor ich in die Gasse bog, die zur Kirche führte, blickte ich mich noch einmal um. Von Krys war nichts mehr zu sehen. Ich dachte über das nach, was er gesagt hatte. Er hatte seinem Leben einen Sinn gegeben, der jedoch verhinderte, dass wir zusammen sein konnten. Und ich vermochte daran nichts zu ändern.

Ich kehrte zu meinem Treffpunkt mit Sadie zurück. Die Deutschen waren verschwunden, auch sonst war niemand zu entdecken.

Sadie hatte auf mich gewartet.

»Hallo«, sagte ich munter, bevor mir auffiel, wie unglücklich sie wirkte. »Ist etwas passiert?«, fragte ich beunruhigt.

Sie nickte. »Du darfst nicht mehr hierherkommen.«

Ich nahm an, der Grund waren die Wehrmachtsoldaten, die ihr Angst gemacht hatten.

»Es ist zu gefährlich«, fuhr sie fort. »Mitten am Tag sind da oben zu viele Leute. Irgendjemand wird sich wundern, warum du da stehst und mit wem du sprichst.«

Sie hatte recht. Wenn wir Glück hatten, würde derjenige annehmen, dass ich Selbstgespräche führte. Wenn wir Pech hatten, würde er kommen und selbst durch die Gitterstäbe blicken. Ich dachte an das, was Krys über die Vernichtungslager gesagt hatte, und wusste, dass Sadie unter allen Umständen verborgen bleiben musste.

Sie blickte mich schwermütig an. »Aber es ist so schön, wenn du kommst.«

Ich spürte, wie meine Augen zu brennen begannen. »Und ich

unterhalte mich sehr gern mit dir, doch wenn es dazu führt, dass man dich findet, dürfen wir uns nicht mehr sehen.«

Einen Moment lang schwiegen wir. Nein, dachte ich, ich würde Sadie nicht im Stich lassen. Vielleicht gab es einen anderen Treffpunkt. Die Kanalisation verlief durch die ganze Stadt, und das Abwasser, das sie mit sich führte, wurde in die Weichsel geleitet. Womöglich bot sich an den Ausgängen zum Fluss etwas an.

»Vielleicht können wir uns woanders treffen«, schlug ich vor. »Irgendwo an der Weichsel.«

Sadies Miene hellte sich auf. »Ja, das wäre möglich. An einem der Ausgänge ist ein Kanaldeckel. Auf den bin ich neulich nachts zusammen mit Saul gestoßen.«

*Saul?* Von einem Saul hatte ich bisher noch nichts gehört, doch die Art, wie Sadie seinen Namen sagte, verriet mir, dass es jemand war, den sie mochte.

»Leider weiß ich nicht genau, wo er liegt«, fuhr sie fort. »Es muss aber in Podgórze sein, in der Nähe unseres Ghettos.«

»Wenn da ein Ausgang zur Weichsel ist, finde ich ihn«, erklärte ich. »Wir versuchen einfach, uns dort nächsten Sonntag zu treffen.« Die Aussicht stimmte mich froh. Sadie war für mich nicht mehr nur die junge Jüdin, der ich helfen wollte. Sie war nun meine Freundin.

»Hast du keine Angst?«, fragte sie.

»Höchstens um dich«, entgegnete ich. »Aber wahrscheinlich fürchtest auch du dich die ganze Zeit, entdeckt zu werden, oder?«

»Natürlich. Wenn uns jemand aufspürt und die Gestapo oder die SS verständigt, werden wir deportiert.« Sie zuckte mit den Schultern. »Dummerweise habe ich keine große Wahl, was meinen Aufenthaltsort betrifft. Außerdem fürchte ich mich nicht *die ganze Zeit.* Das würde ich nicht aushalten. Deshalb versuche ich mich abzulenken und einen Tag nach dem anderen zu bewältigen. Natürlich ist das kein Leben, aber es ist meine Realität.«

»Zurzeit noch«, versuchte ich sie zu trösten. »Vielleicht haben wir Glück, und die Deutschen verlieren den Krieg.«

Bei dieser Vorstellung leuchtete Sadies Gesicht auf. Dann runzelte sie die Stirn. »Falls du den Ausgang der Kanalisation in Podgórze findest, müssen wir auch da sehr vorsichtig sein. Auf dem Weg dorthin habe ich Deutsche gehört, die mit Spürhunden einen Weichselarm abgesucht haben. Trotzdem scheint es dort ruhiger als hier zu sein. Vergewissere dich immer, dass niemand in der Nähe ist, wenn du mit mir redest.«

»Ich passe auf«, versprach ich und überlegte, ob das tatsächlich ein guter Treffpunkt war. An den Ufern der Weichsel musste man stets mit Spaziergängern rechnen. »Vielleicht sollten wir uns lieber abends treffen.«

Sadie blickte mich verwundert an. »Gibt es keine Sperrstunde mehr?«

»Doch«, entgegnete ich. »Aber darüber setze ich mich hinweg. Meinst du denn, dass du es vielleicht doch an Samstagen schaffen kannst?« Samstags ging Ana Lucia aus oder hatte Gäste. Die Nächte verbrachte sie entweder bei Maust oder sie schlief dank ihres Alkoholkonsums tief und fest.

»Ich werde es versuchen.«

»Du kannst doch da unten die Kirchenuhr hören, nicht?«

»Ja.«

»Gut. Sollen wir uns gegen zehn Uhr abends treffen?«

»Das ginge.«

»Bis dahin habe ich die Stelle in Podgórze gefunden.«

»Vielleicht wartest du eine halbe Stunde, falls ich nicht gleich da sein sollte. Länger nicht. Wenn ich bis dahin nicht erscheine, konnte ich nicht kommen.«

Ich blickte mich rasch um. Die Luft war rein. »Hier, für dich.« Ich bückte mich und ließ das, was ich für Sadie an Essbarem eingepackt hatte, durch die Gitterstäbe fallen. Sadie fing die beiden Päckchen auf. »Danke«, sagte sie.

»Bis Samstag«, flüsterte ich. »Pass gut auf dich auf.«

Sie lächelte, und dann war sie fort.

Ich machte mich auf den Heimweg. Künftig würde ich mich also samstagabends aus dem Haus stehlen. Ich würde gegen die Ausgangssperre verstoßen. Und heute hätte man mich beinahe geschnappt. Wie viel sich in meinem Leben geändert hatte. Ich hatte einmal vorgehabt, den Kopf einzuziehen und den Krieg auszusitzen. Und nun begab ich mich jede Woche in Gefahr. Ich würde es sogar weiterhin tun, denn dass ich Sadie ihrem Schicksal überließ, war undenkbar.

# KAPITEL 12

## SADIE

Auf dem Rückweg zu unserer Kammer dachte ich unentwegt an Ella und konnte kaum fassen, dass sie so treu zu mir hielt. Sie war sogar zurückgekehrt, nachdem die beiden Wehrmachtsoldaten und ihr ehemaliger Freund unserer Verabredung im Weg gestanden hatten. Und nun war sie bereit, sich auch an einem anderen Ort mit mir zu treffen. Für all das würde ich ihr mein Leben lang dankbar sein.

Plötzlich wurden vor mir Stimmen laut. Ich wich zurück.

Dann stellte ich fest, dass eine der Stimmen Paweł gehörte. Das wunderte mich, denn sonntags kam er normalerweise nicht, es sei denn, er hatte eine schlechte Nachricht oder an dem Tag etwas Essbares aufgetrieben, das er uns sofort zukommen lassen wollte. Meistens handelte es sich dabei um verderbliches Obst, das er im Umland gepflückt oder aufgelesen hatte. Aber mit wem redete er? Ich zog mich noch weiter zurück und spitzte die Ohren.

Eine harte Stimme stellte Paweł eine Frage. Er antwortete stockend.

Ich verstand nicht, was gesagt wurde, konnte ihn und die Männer, die bei ihm waren, auch nicht sehen. Also schlich ich mich ein kleines Stück vor – und hätte beinahe aufgeschrien.

Vor Paweł standen drei polnische Polizisten. Einer deutete auf die gefüllte Tasche, die Paweł trug. »Für wen soll das Essen sein?«

»Für mich. Für die Mittagspause«, entgegnete Paweł, obwohl er sonntags gar nicht arbeitete.

Einer der Polizisten schlug ihm ins Gesicht.

Mit rasendem Herzschlag zog ich mich zurück.

Wieder wurden Fragen geblafft. Sie wollten wissen, zu wem Paweł gewollt habe. Wen er heimlich versorge.

Paweł schwieg. Als dumpfe Laute ertönten, wusste ich, dass sie Pawełs Körper mit Fäusten bearbeiteten. Ich hörte ihn stöhnen. Dann gab es einen Aufschlag. Paweł war zu Boden gegangen. Als Nächstes drang ein scharrendes Geräusch zu mir. Paweł wurde fortgeschleift. Ich hörte ihn wimmern und wusste, dass wir ihn nie wiedersehen würden.

Ich wartete, bis alles still war. Dann wagte ich mich aus meinem Versteck heraus. Paweł hatte die Tasche fallen lassen. Sie war am Betonufer des Abwasserflusses hängen geblieben. Als ich mich nach ihr bückte, löste sie sich. Ein Brot und Äpfel fielen heraus und trieben mit der Strömung davon.

Ich richtete mich auf. Paweł, der Mann, der so viel für uns getan hatte, war festgenommen worden. Als ich mir vorstellte, was ihm bevorstand, schnürte sich meine Brust zu.

Niedergeschlagen schleppte ich mich zu unserer Kammer. Am Eingang blieb ich stehen und überlegte, ob ich den anderen sofort von Pawełs Gefangennahme erzählen sollte. Aber irgendwann mussten sie es ja ohnehin erfahren, bevor sie sich wunderten, warum Paweł nicht mehr erschien.

Ich betrat die Kammer und sagte: »Paweł ist gerade festgenommen worden.«

Bubbe, die auf ihrer Bank gelegen hatte, setzte sich auf.

Meine Mutter drückte eine Hand auf ihre Brust. »Woher weißt du das?«

»Er ist hier unten passiert. Ich habe mitbekommen, wie Polizisten ihn verhört und geschlagen haben. Dann haben sie ihn mitgenommen.«

Rosenberg stand von seiner Bank auf. »Hier unten waren Deutsche?«

»Es waren polnische Polizisten.«

Er ließ sich auf die Bank zurückfallen. »Ich habe es geahnt. Sie sind hinter uns her.«

»Sie sind nicht mehr da«, versuchte ich ihn zu beruhigen. »Und Paweł wird uns nicht verraten.«

»Woher willst du das wissen?« Rosenbergs Stimme war schrill geworden. »Wir müssen verschwinden.«

»Ich vertraue Paweł«, sagte Saul.

Meine Mutter nickte. »Das können wir auch.«

»Wie sollte man uns hier überhaupt finden?«, fragte ich. »Wisst ihr nicht mehr, wie verwirrend der Weg hierher war?«

Rosenberg lehnte sich zurück und schloss die Augen. Saul wirkte sorgenvoll. Sicher war nur, dass Paweł beim Verhör versuchen würde, standhaft zu bleiben. Aber was, wenn er gefoltert wurde? Würde er selbst dann noch genug innere Kraft besitzen, um Stillschweigen zu bewahren?

»Und wer versorgt uns jetzt mit Essen?«, fragte Bubbe mit leidender Stimme. »Wie sollen wir ohne Paweł überleben?«

Darauf hatte keiner von uns eine Antwort.

Von Polizisten war weder an diesem noch am nächsten Tag etwas zu sehen oder hören. Doch unsere Not war groß. Wir hatten kaum noch etwas zu essen. Den winzigen Rest, der uns geblieben war, teilten wir sorgfältig und kauten jeden Bissen langsam.

Und dann hatten wir nichts mehr.

»Was machen wir nun?«, fragte ich.

»Wir müssen uns etwas einfallen lassen«, entgegnete meine Mutter und bemühte sich, zuversichtlich zu klingen.

»Aber was?«

Rosenberg strich über seinen Bart. »In dem Haus, in dem wir im Ghetto gewohnt haben, soll es einen Mann gegeben haben, der in einem Verschlag im Keller Kartoffeln gehortet hat. Als das Ghetto liquidiert wurde, konnte weder er noch ein anderer etwas davon mitnehmen.«

»Wenn Sie mir beschreiben, wie ich dorthin komme, hole ich uns was«, sagte ich.

Meine Mutter sah mich warnend an. »Du willst doch wohl nicht im Ernst zum Ghetto laufen wollen.«

»Bitte, Mama, wir brauchen etwas zu essen.«

»Nein!« Meine Mutter schüttelte den Kopf. »Keiner von uns verlässt die Kanalisation. Auch du nicht. Wir müssen eine andere Lösung finden.«

Am Abend hatten wir diese Lösung noch immer nicht gefunden. Auch am nächsten Tag nicht. Währenddessen wurden wir immer hungriger, nahmen ständig Wasser zu uns, um unseren Hunger zu betäuben. Ich dachte an das winzige Baby im Bauch meiner Mutter, das nun vergeblich auf Nahrung wartete.

In der Nacht schlüpften Saul und ich aus der Kammer. Wir waren beide vom Hunger geschwächt und brauchten länger als sonst, bis wir seine Nische erreichten.

»Im Ghetto gab es tatsächlich einen geheimen Kellerraum voller Kartoffeln«, erzählte er. »Rauchfleisch wurde dort ebenfalls gelagert. Erinnerst du dich noch an das geräucherte Schweinefleisch, das die Deutschen uns hier und da angeboten haben?« Ich nickte. Es war einer ihrer grausamen Scherze gewesen, sie wussten, dass wir kein Schweinefleisch essen durften. »Weil wir es nicht essen konnten, haben wir es aufgehoben. Für den Notfall. Die Adresse lautet Ulica Lwowska zwölf. Aber wie sollen wir ungesehen dahin kommen?«

»Ich könnte meine Freundin Ella bitten, für uns dorthin zu gehen«, sagte ich.

»Die junge Frau oben auf der Straße? Triffst du dich noch immer mit ihr?«, fragte Saul und runzelte die Stirn. »Du hattest mir versprochen, es nicht mehr zu tun.«

»Ich weiß.« Ich wollte mich rechtfertigen, wusste aber nicht, wie. »Wie auch immer, außer ihr haben wir niemanden mehr, der uns helfen kann.«

»Es gefällt mir trotzdem nicht. Warum sollten wir ihr trauen?«

»Weil sie seit Wochen weiß, dass ich mich in der Kanalisation verberge und es bisher niemandem gesagt hat. Warum sollte sie es jetzt tun?« Saul gab mir keine Antwort. Würde er Ella kennen, wüsste er ebenso gut wie ich, dass von ihr keine Gefahr drohte.

»Also gut«, gab er nach. »Ich erkläre dir, wie man an die Vorräte kommt, und du gibst die Information an diese Ella weiter.«

Ich malte mir aus, wie die gut gekleidete Ella durch das verlassene Ghetto irrte. Wie sie versuchte, in einen Keller zu gelangen, mit einer Tasche voller Kartoffeln wieder herauskam und sie zu mir brachte. Und das alles nach der Sperrstunde und ohne, dass jemand sie sah, Fragen stellte und die Polizei verständigte.

»Es war keine gute Idee«, sagte ich. »Sie würde zu sehr auffallen. Das Beste wäre, wenn ich in die Lwowska ginge.«

»Ich hoffe, das war ein Scherz«, sagte Saul. »Oder glaubst du, du würdest nicht auffallen?«

Er hatte recht. Ich war mager, schmutzig, sah zu jüdisch aus.

»Vielleicht sollte *ich* es versuchen.«

Beinahe hätte ich gelacht. Er war ebenso verdreckt wie ich, trug eine Kippa, Schaufäden und einen langen zerzausten Bart. Selbst ein Kind hätte ihn als Juden erkannt. Doch es war gut gemeint gewesen. Ich entschied, dass ich zur Lwowska gehen würde, es war die einzige Möglichkeit.

»Versprich mir, die Kanalisation nicht zu verlassen«, sagte Saul streng.

Hatte er vergessen, dass ich bereits ein Versprechen gebrochen hatte? Er berührte meine Wange. »Ich möchte nicht, dass dir etwas zustößt.« Sein Blick hatte etwas Zärtliches.

Um ihn zu beruhigen, nickte ich.

Saul seufzte.

Insgeheim begann ich zu planen. Natürlich wusste ich, wie gefährlich mein Vorhaben war. Aber wenn ich es nicht wagte, würden wir verhungern. Meine Mutter, das ungeborene Kind, die Rosenbergs und ich.

Dann kam der Samstagabend, an dem ich mit Ella verabredet war. Ich wartete, bis ich sicher war, dass alle schliefen, meine Mutter inbegriffen, die sich auf ihrer Bank lange hin und her gewälzt hatte. Zuvor hatte Saul mich gefragt, ob ich ihn in die Leseecke begleiten wolle. Ich hatte geantwortet, ich sei zu müde, und ihn auf den nächsten Abend vertröstet. Daraufhin zog auch er sich auf seine Bank zurück und war wenig später eingeschlafen.

Nun tappte ich zu ihm und griff nach der Taschenlampe unter seiner Bank.

Leise machte ich mich auf den Weg durch die Tunnel. Ich hörte das Abwasser rauschen und bekam eine Gänsehaut. Einmal war mir, als würde ich meinen Vater und Paweł vor mir sehen. Vielleicht waren es ihre Geister, die mich durch die Tunnel geleiten wollten.

Zu guter Letzt erreichte ich das große Becken. Die Frage war, wie ich in das Rohr gelangen sollte, ohne dass mich jemand hochhob. Ich durchquerte das Becken, hangelte mich am anderen Ende wieder hinaus und entdeckte auf dem Betonstreifen mehrere Bretter. Die stapelte ich unter dem Rohr. Vorsichtig kletterte ich darauf, richtete mich auf und wollte nach der Rohröffnung greifen. Der Bretterstapel unter mir verrutschte und ich ging zu Boden.

Einen Moment lang war ich kurz davor, zu resignieren. Aber dann würde ich Ella nicht sehen und sie würde mir das Essen nicht geben können, das sie mitgebracht hätte. Außerdem wollte ich sie bitten, mich so bald wie möglich nach Podgórze zu begleiten.

Ich türmte die Bretter noch einmal auf, stieg vorsichtig darauf und richtete mich auf. Der Bretterberg hielt. Ich sammelte meine Kraft, holte tief Luft und stemmte mich hoch.

Ich kroch durch das Rohr in den dahinterliegenden Gang und stellte mich unter den Kanaldeckel.

Von Ella war nichts zu sehen. Vielleicht hatte sie die Stelle nicht gefunden. Oder nicht kommen können. Verzweifelt starrte ich nach oben. Bei unseren früheren Begegnungen war es für mich hauptsächlich darum gegangen, mich mit ihr zu unterhalten. Nun aber brauchte ich ihre Hilfe, um am nächsten oder übernächsten Tag die erste Tasche Kartoffeln aus Podgórze zu holen.

Endlich hörte ich Schritte. Zur Sicherheit zog ich mich ein wenig zurück. Doch es war Ella.

Erwartungsvoll spähte sie durch die Gitterstäbe.

Ich trat vor. »Ich bin da.«

Ella lächelte. »Du hast es geschafft.«

»Wir haben es beide geschafft.«

Dann stellte ich fest, dass sie weder einen Korb noch eine Tasche bei sich hatte. Auch ihre Hände waren leer.

»Meine Stiefmutter war noch da, ich musste mich aus dem

Haus stehlen«, sagte sie. »In die Speisekammer konnte ich dieses Mal nicht. Das wäre zu riskant gewesen.«

»Macht nichts«, sagte ich, während mein Magen sich vor Hunger verkrampfte.

»Wie geht es dir?«

Ich wusste nicht recht, was ich darauf antworten sollte. Ich hatte stets Angst, ich könnte Ella lästig werden, wenn ich ihr zu oft von unserem Leid erzählte. Und dann würde sie nicht mehr kommen. Doch nun war die Not so groß, dass mir keine andere Wahl blieb. »Uns allen geht es schlecht. Seit einer Woche haben wir nichts mehr zu essen. Der Mann, der uns versorgt hat, wurde gefasst und gefangen genommen.«

Ella sah mich erschrocken an.

»Wir brauchen dringend Nahrungsmittel.« Es war mir peinlich, darüber zu sprechen. Und gleich würde ich sie noch um Hilfe bitten müssen.

Ella wurde verlegen. »Beim nächsten Mal bringe ich wieder etwas mit.«

»Versteh mich nicht falsch«, sagte ich eilig. »Das war kein Vorwurf. Aber ich muss für uns etwas Essbares finden, das so lange ausreicht, bis …« Ja, bis wann eigentlich? Bis Paweł vielleicht doch zurückkehrte? Bis die Deutschen den Krieg verloren hatten? Das eine war aussichtslos, das andere konnte noch ewig dauern, falls es überhaupt dazu käme. »Bis sich die Dinge ändern«, schloss ich hilflos.

Nun machte Ella einen bestürzten Eindruck. »Ich kann versuchen, am Montag oder Dienstag wiederzukommen. Ich werde Geld besorgen und für euch auf dem Markt einkaufen.«

Ich dachte an meine Mutter, die so schwach war, dass sie sich kaum noch auf den Beinen halten konnte. »Das ist zu spät, so lange können wir nicht warten.«

Ella sah mich forschend an. »Was genau soll ich für dich tun, Sadie? Bitte sprich es aus.«

Ich schluckte nervös. »Also gut. Ich weiß, wo in dem aufgelösten Ghetto Kartoffeln gelagert sind. Vielleicht auch geräuchertes Fleisch. Davon muss ich uns etwas holen.«

»Wenn du mir sagst, wo das Lager ist, gehe ich dorthin und bringe dir alles«, sagte Ella.

»Du würdest die Stelle nicht finden, du kennst dich dort nicht aus«, entgegnete ich. »Außerdem wäre es viel zu gefährlich.« Ich holte tief Luft. »Ich muss es selbst tun, aber ich brauche deine Hilfe.«

»Die bekommst du. Wann sollen wir dahingehen?«

Ich schluckte. »Jetzt.«

Ella runzelte die Stirn. »Bist du dir wirklich sicher? Vor einer Weile hast du mir erklärt, dass du nur in der Kanalisation geschützt bist. Und nun willst du bis zum Ghetto laufen?«

Ich nickte. »Ich habe keine andere Wahl. Wenn wir nicht verhungern wollen, muss ich es riskieren.«

»Also gut.« Ella bückte sich und zerrte an den Gitterstäben des Kanaldeckels. Doch der bewegte sich nicht, war wahrscheinlich seit Urzeiten nicht mehr geöffnet worden. Ich stemmte mich von unten dagegen, und wir versuchten, ihn gemeinsam aufzubekommen. Es dauerte eine Weile, bevor er nachgab. Ella hob ihn ächzend an und schob ihn zur Seite. Danach beugte sie sich vor und streckte eine Hand nach mir aus. Ich ergriff sie und berührte Ella zum ersten Mal. Sie zog mich hoch, hatte mehr Kraft, als ich ihr zugetraut hatte.

Im nächsten Moment stand ich auf der Straße.

Gierig atmete ich die frische Luft ein und spürte, wie ein leichter Nachtwind über mein Gesicht strich. Ich blickte mich um. Wir standen an einer Gasse, auf einem grasbewachsenen

Streifen, der in die Uferböschung der Weichsel überging. Am anderen Ufer erhob sich der Wawel mit Kathedrale.

Mein Blick glitt in die Höhe. Verzückt betrachtete ich den sternenübersäten Himmel, den ich seit Monaten nicht mehr richtig gesehen hatte. Ich dachte an meinen Vater, der an klaren Abenden mit mir auf das Dach unseres Hauses gestiegen war, um mir Sternbilder zu zeigen. Ich hatte geglaubt, meinen Vater, den Himmel und die Sterne würde es immer für mich geben. Und dann war mir alles geraubt worden.

Ich legte den Kopf in den Nacken, sog den Anblick des Himmels in mich auf, der noch schöner und grandioser war, als ich ihn in Erinnerung hatte.

Ich war der Kanalisation entronnen! Ich wollte tanzen, hüpfen, schreien. Natürlich tat ich nichts dergleichen. Zwar lag das Weichselufer verlassen da, doch der Mond schien hell, und auf der anderen Seite der Gasse standen Häuser. Außerdem konnte jederzeit eine Patrouille auftauchen. »Wir müssen los«, sagte ich.

»Richtig.«

Ich drehte mich zu Ella um, stellte fest, dass sie um einiges größer als ich war, und mich unverwandt ansah. Wahrscheinlich konnte sie nicht fassen, wie verdreckt ich war.

»Was ist?«, fragte ich.

»Es ist so seltsam, dich plötzlich vor mir zu sehen.«

»Geht mir umgekehrt nicht anders.«

Wir lachten leise.

»Du musst dir den Schmutz aus dem Gesicht wischen.« Ella schaute sich nach etwas um, das ich dazu benutzen konnte. Als sie nichts fand, zog sie ihren Seidenschal ab und reichte ihn mir. Ich rieb mein Gesicht mit ihm ab. Danach war der Schal schmutzig. Betreten gab ich ihn Ella zurück, doch sie beklagte sich nicht. Sie nahm einen Zipfel und fuhr mit ihm über meine Wange, wo anscheinend noch ein Schmutzrest geblieben war. Dann schlang sie den Schal um mein fettiges Haar und verknotete ihn in meinem Nacken. »So ist's besser.« Sie lächelte so zufrieden, als wäre nun alles geregelt.

»Ich weiß nicht, wie ich dir danken soll«, sagte ich und umarmte Ella.

Hätte sie mich von sich geschoben, weil ihr mein Geruch zuwider war, hätte ich es ihr nicht verdenken können. Aber sie drückte mich fest an sich, und für einen Moment standen wir da und hielten uns in den Armen.

Als wir uns voneinander lösten, verhakte sich meine Kette mit dem obersten Knopf von Ellas Kleid. Ich machte sie vorsichtig los. »Was ist das?«, fragte Ella.

»Eine Kette, die meinem Vater gehört hat.«

»Ich meinte die beiden Zeichen. Was bedeuten sie?«

Ich strich über den hebräischen Buchstaben Chet und dann das kleine Yod, die im Mondlicht schimmerten. Ich war noch ein Kind, als mein Vater mir die Buchstaben erklärte, die sich zu dem Wort »Chai« fügten. Er hatte meine Hand genommen und war mit meinem Zeigefinger an ihnen entlanggefahren. »Sie bilden das hebräische Wort Chai. Das bedeutet ›Leben‹.«

»Es ist eine schöne Kette, trotzdem musst du sie ablegen.«

Sie hatte recht, warum war ich nicht selbst darauf gekommen? In der Kanalisation konnte ich die Kette tragen. Würde sie hier oben jemand entdecken, wüsste derjenige sofort, dass ich Jüdin war.

»Und jetzt komm«, sagte Ella.

Am Weichselufer entlang liefen wir weiter Richtung Ghetto. Es war sonderbar, doch die Straßen sahen breiter aus, als ich sie in Erinnerung hatte, und die dunklen Häuser wirkten so unheilvoll, dass ich den Drang verspürte, mich wieder unter der Erde zu verkriechen.

Wir blieben im Schatten der Häuser, doch unsere Schritte kamen mir so laut vor, dass ich leise aufzutreten versuchte und den Kopf einzog, um mich kleiner zu machen. Jeder, der nach der Sperrstunde gefasst wurde, wurde festgenommen, und ich konnte mir ausrechnen, was das für mich bedeuten würde.

Ella hingegen lief so lässig neben mir her, als wüsste sie, dass ihr nichts geschehen konnte. Ich beneidete sie um ihre Sicherheit – und dann grollte ich ihr. Krakau war nicht nur ihre, sondern auch meine Stadt, oder zumindest war sie es einmal gewesen. Und nun war ich eine Ausgestoßene, war auf Ellas Wohlwollen angewiesen, wollte ich in dieser Stadt überleben. Doch dann verjagte ich diese bitteren Gedanken, die Ella gegenüber zudem äußerst unfair waren. In dieser Nacht zählte nur, dass ich etwas zu essen fand. Nicht nur für mich, sondern auch für meine Mutter und die Rosenbergs.

Wir erreichten den Marktplatz von Podgórze. Dahinter begann die hohe Ghettomauer. Der Platz lag bis auf die Ratten, die in den Abfalltonnen nach Nahrung suchten, verlassen da. Wir umrundeten die Josefskirche, ein dunkel aufragendes Bauwerk.

Obwohl niemand mehr im Ghetto lebte, waren die Tore verschlossen. Um einen Zugang zu finden, liefen wir an der Mauer entlang, bis wir auf eine Stelle stießen, an der sie eingebrochen war. Vorsichtig kletterten wir über Steine und Geröll.

Dann sah ich die Zerstörung, die die Deutschen im Ghetto angerichtet hatten. Die meisten Häuser waren niedergebrannt, bei anderen die Fenster eingeschlagen. Die Häuser hatten einmal Menschen beherbergt, jetzt waren fast nur noch Ruinen übrig.

Ella blieb stehen und betrachtete das verwüstete Ghetto schockiert. Vielleicht fiel es ihr schwer, sich vorzustellen, dass wir hier einmal gelebt hatten.

»Komm.« Ich zog sie weiter, führte sie durch die Gassen weiter zu dem Haus in der Lwowska, von dem Saul gesprochen hatte. Es war merkwürdig, doch in der Luft war noch immer der Geruch von Kohleöfen zu erahnen, allerdings wurde er immer wieder von einem beißenden Brandgeruch überlagert.

An der Ecke zur Ulica Józefińska hielt ich inne und blickte zu dem Gebäude, in dem wir gewohnt hatten. Dort waren nur die Fensterscheiben eingeschlagen.

Das Ghetto war nie mein Zuhause gewesen, und vor der Kanalisation war es für mich sogar der schrecklichste Ort überhaupt gewesen. Doch nun war es der letzte Ort, an dem ich mit meinen Eltern zusammen gewesen war, und ich wurde von einer unglaublichen Wehmut befallen. Am liebsten hätte ich nachgeschaut, ob unser Zimmer noch intakt war, und mich in Erinnerungen verloren.

Doch dazu hatte ich keine Zeit. Wir mussten weiter. Zu meinem Erstaunen sah ich zwei, drei Häuser, in denen neue Fensterscheiben eingesetzt waren, in anderen hatte jemand die eingeschlagenen Scheiben durch Pappe ersetzt. Offenbar lebten wieder Menschen im Ghetto, wahrscheinlich waren es Polen, denen die Deutschen Wohnungen zugeteilt hatten. Oder sie hatten die Häuser einfach besetzt. Ich wollte zornig werden, doch dann sagte ich mir, dass es sich um bitterarme Menschen handeln musste. Andere wären niemals hierhergezogen.

Dennoch würden die neuen Bewohner vermutlich die Polizei verständigen, sollten sie Ella und mich entdecken. Deshalb mussten wir so schnell wie möglich an die Vorräte gelangen, von denen Saul gesprochen hatte.

Wir erreichten die Lwowska. Auch im Haus Nummer zwölf

hatten die Deutschen ein Feuer gelegt, doch das Haus stand noch. Nur die Mauern waren schwarz vor Ruß, die Fenster dunkle Höhlen. Ich betete, dass die Nahrungsmittel im Keller nicht den Flammen zum Opfer gefallen waren.

Ich ließ meinen Blick über die Fassade wandern und dachte, dass Saul nicht weit von mir gewohnt hatte, und wir uns dennoch nie begegnet waren. Aber ich hatte ja die meisten Tage auf dem Kriechboden und später in der Schuhfabrik verbracht.

Das Haus hatte nur zwei Stockwerke und war kleiner als das unsere; ich konnte mir lebhaft vorstellen, wie furchtbar es gewesen sein musste, als sich in den Räumen ein halbes Dutzend oder mehr Familien zusammengedrängt hatten.

Ich versuchte, die Eingangstür zu öffnen. Doch sie war nicht aufzubekommen, wahrscheinlich hatte sie sich in der Hitze des Feuers verzogen. Ich warf einen Blick zu den unteren Fensterlöchern, in denen noch Glasreste steckten. Wie sollten wir in das Haus einsteigen können, ohne uns zu verletzen?

»Vielleicht finden wir auf der Rückseite eine Kellertür«, sagte Ella leise.

Wir durchquerten die schmale Passage zwischen diesem und dem Nachbarhaus und fanden die Kellertür. Sie ließ sich öffnen. Eine wacklige Leiter führte in die Kellerräume hinab. Vorsichtig stieg ich die Sprossen hinunter. Ella folgte mir.

Unten angekommen, stieg mir ein Geruch in die Nase, den ich mit dem Ghetto verband. Es war eine Mischung aus Moder, Abfall und Dreck. Doch nach dem Gestank der Kanalisation empfand ich ihn beinahe als angenehm. Ich knipste die Taschenlampe an. Die Kellerräume waren von dem Feuer unberührt geblieben.

Dann rief ich mir Sauls Beschreibung des geheimen Vorratslagers ins Gedächtnis, fand den richtigen Kellerraum und den

Verschlag. Ich leuchtete mit der Taschenlampe hinein. Er war leer.

Was dort einmal an Kartoffeln und Rauchfleisch gelegen haben mochte, hatten andere mitgenommen.

# KAPITEL 13

## ELLA

Sadie und ich starrten in den leeren Verschlag. »Hier ist nichts«, erklärte ich überflüssigerweise und drehte mich zu Sadie um. Sie hatte Tränen in den Augen.

Ich legte einen Arm um sie. »Komm, lass uns gehen.«

Sie schüttelte den Kopf. »Mit leeren Händen kann ich nicht zurückkehren. Irgendwo muss doch noch etwas sein.«

»Sollen wir uns in den anderen Kellerräumen umsehen? Oder irgendwo anders suchen?«, fragte ich, obwohl ich nicht glaubte, dass hier etwas zu finden war. Und wo das »irgendwo anders« sein sollte, war mir ebenfalls schleierhaft. Bei uns zu Hause hatte es keinen Zweck nachzuschauen. Ana Lucia hob im Keller keine Nahrungsmittel auf. Sie war der Meinung, dass alles Essbare Mäuse anzog. Stattdessen verließ sie sich auf ihr Geld und ihre Kontakte; die garantierten ihre Versorgung.

Krys, dachte ich. Vielleicht sollte ich ihn um Hilfe bitten. Sicher, ich hatte ihn enttäuscht, als ich mich weigerte, am Widerstandskampf teilzunehmen. Aber als ich noch mit ihm zusammen war, hatte ich Krys immer nur als großherzigen Menschen erlebt. Wenn er jemanden vor dem Verhungern bewahren konnte, würde er es tun.

»Vielleicht kann uns mein ehemaliger Freund weiterhelfen«, sagte ich und hoffte, ich sagte nichts Übereiltes. Wo sollte Krys mitten in der Nacht Nahrungsmittel auftreiben? »Wir müssen nach Dębniki.«

Auf dem Rückweg durch das Ghetto zog ich Sadie eilig hinter mir her. Ich wollte sie von hier fortbringen, der Hinweg an den zerstörten Häusern vorbei hatte sie sichtlich mitgenommen.

Wir verließen das Ghetto und schlichen uns durch die Gassen von Podgórze, immer in der Angst, wir könnten auf eine Patrouille stoßen. Mir war nicht ganz klar, woher wir laufen mussten, aber ich wusste, dass Dębniki im Westen von Podgórze lag. Zur Sicherheit folgten wir der Weichsel.

Es war ein langer Weg. Als wir endlich die Lagerhalle erreichten, an der ich vor einer Weile Krys' Vater begegnet war, atmete ich auf. Ab hier fand ich mich zurecht.

In der Ulica Barska war niemand zu sehen, und nur eine Straßenlaterne spendete trübes Licht. Dann waren wir an dem Café, und ich stellte fest, dass sich darüber nicht nur eine, sondern mehrere Wohnungen befanden. Woher sollte ich wissen, in welcher Krys logierte?

Ich spähte durch die dunklen Fenster des Cafés, in der Hoffnung, dass noch jemand da war, der aufräumte und putzte. Ich erkannte Kerzenlicht und schemenhafte Gestalten und beschloss, sie nach Krys' Wohnung zu fragen.

Fast hatte ich schon die Hand gehoben, um an die Eingangstür zu klopfen, da fiel mein Blick auf Sadie. Sie konnte das Café nicht betreten, dazu war sie zu bleich und mager, ihre Kleidung zu verdreckt. Wer immer auch im Café noch sein mochte, hätte erkannt, dass es sich bei ihr um eine Jüdin handelte, die den Deutschen bisher entkommen war. Ich erklärte ihr, dass ich mich im Café nach Krys' Wohnung erkundigen müsse, und deutete auf die Mülltonnen an der Seite des Hauses. »Vielleicht ist es besser, wenn du dich dahinter verbirgst.«

Sadie sah mich ängstlich an. »Du lässt mich doch nicht im Stich, oder?«

»Natürlich nicht. Ich bin gleich wieder da.«

Sie schluckte nervös, doch dann verschwand sie hinter den Mülltonnen.

Ich klopfte leise an die Eingangstür. Als sich nichts tat, bewegte ich die Klinke. Die Tür war unverschlossen. Ich trat ein. An einem Tisch spielten drei Männer Karten. Hinter der Theke stand eine Frau und wusch Gläser ab. Bei ihrem Anblick verkrampfte sich mein Magen. Es war die Frau, die damals hier mit Krys an einem Tisch gesessen hatten. Ich wollte kehrtmachen, doch dann riss ich mich zusammen. Ich musste erfahren, wo Krys wohnte, alles andere spielte im Moment keine Rolle.

Ich ging zu ihr. »Guten Abend. Ella Stepanek ist mein Name. Ich bin auf der Suche nach Krys Lewakowski.« Ob sie mich wiedererkannte, war schwer zu sagen, ihre Miene blieb unbewegt. »Ich habe Sie hier einmal mit ihm gesehen, weiß also, dass Sie ihn kennen. Er hat mir gesagt, dass er über dem Café wohnt, aber leider nicht, in welcher Wohnung.«

»Er ist nicht da«, erwiderte die Frau.

Irgendetwas an ihrem Blick verriet mir, dass sie log. »Ich muss mit ihm sprechen. Es ist wichtig.«

Sie musterte mich prüfend. Dann verschwand sie hinten in dem Café. Ich fragte mich, an wen ich mich noch wenden könnte, sollte Krys tatsächlich nicht da sein. Seine Eltern fielen mir ein, sonst niemand.

»Ella.« Plötzlich stand Krys vor mir. »Ist etwas passiert? Geht es dir nicht gut?«

Ich hatte Angst gehabt, er würde mir noch grollen. Doch er schien nur überrascht, mich zu sehen und gleichzeitig machte er einen besorgten Eindruck.

»Ja. Ich meine, doch. Mir geht es gut. Aber ich brauche deine Hilfe.« Ich überlegte, wie ich ihm die Situation in wenigen Worten schildern konnte, und senkte meine Stimme. »Du weißt, dass es Juden gibt, die sich noch in der Stadt versteckt halten, oder?«

»Davon habe ich gehört.« Krys führte mich zu einem der kleinen Tische. Wir ließen uns nieder. »Sprich noch leiser, Ella.«

»Einige haben sich in die Kanalisation geflüchtet«, flüsterte ich.

»Was? Und wohin wollen sie von dort aus?«

»Nirgendwohin. Sie leben da unten. In der Nähe des Markts und der Kirche hier. Einem von ihnen – einer jungen Frau – habe ich hin und wieder etwas zu essen gebracht.«

Krys betrachtete mich kopfschüttelnd. »Deshalb warst du also hier.«

»Ja. Es gab einen Mann, der diese Juden regelmäßig mit Essen versorgt hat. Er wurde gefangen genommen. Und nun haben sie nichts mehr. Wenn ich nichts für sie finde, verhungern sie. Weißt du, wo ich etwas zu essen bekommen kann? Kartoffeln oder Brot?«

Ich hoffte, dass Krys nicht sagen würde: *Als ich dich um Hilfe gebeten habe, hast du Nein gesagt, und jetzt kommst du zu mir und willst, dass ich dir helfe?*

»Wie viele sind in der Kanalisation?«, fragte er.

»Fünf, glaube ich.«

Er schien zu überlegen. »Wann brauchst du die Sachen?«

»Jetzt.«

Krys seufzte. »Die meisten Polen leiden selbst große Not, sie können nicht viel entbehren.«

»Ich weiß.« Ich erinnerte mich an den Markt in Dębniki, die bescheidenen Auslagen, die Menschen, die sich trotzdem kaum etwas davon leisten konnten. »Vielleicht wissen deine – Kontakte mehr.«

»Das wird schwierig. Die Heimatarmee ist groß und die Menschen, die ihr angehören, verfolgen unterschiedliche Ziele.« Er runzelte die Stirn. »Es gibt einen Schwarzmarkthändler namens Korsarz …« Krys schüttelte den Kopf. »Nein, den frage ich lieber nicht.«

»Warum nicht?«

»Weil er skrupellos ist und Geschäfte mit den Deutschen macht. Die zahlen am meisten.«

»Also ist es eine Frage des Gelds.« Im Geist ging ich die kostspieligen Anschaffungen durch, die meine Stiefmutter getätigt hatte. Ziergegenstände, Pelzmäntel, Schmuck. Zur Not könnte ich eine teure Vase oder Schale stehlen und als Bezahlung anbieten.

»Nicht nur. Korsarz ist ein Drecksack, mit dem möchte ich grundsätzlich nichts zu tun haben. Wer weiß, ob er den Mund hält. Ich werde mich an meine Kontakte wenden und sie um Hilfe bitten. Das könnte allerdings einige Tage dauern.«

Mir rutschte das Herz in die Schuhe. »So viel Zeit haben wir nicht. Sadie und die anderen brauchen jetzt etwas zu essen. Davon abgesehen muss sie bald zurück in die Kanalisation.« Nun hatte ich ihren Namen genannt, was ich nicht vorgehabt hatte.

»Grundgütiger Himmel«, sagte Krys. »Ist sie etwa herausgekommen?«

Ich nickte.

»Und wo ist sie?«

»Draußen. Sie verbirgt sich hinter den Mülltonnen.«

Krys seufzte. »Wäre es nicht besser, wenn ich sie aus Krakau herausschaffen würde?«

Ich war mir nicht sicher. Es war zwar ein großzügiges Angebot, denn es war nicht einfach, Juden aus der Stadt heraus-

203

zuschmuggeln. Doch ich konnte mir nicht vorstellen, dass Sadie darauf eingehen würde. »Das wird sie nicht wollen, ihre Mutter ist ebenfalls in der Kanalisation. Auch die anderen, die dort sind, würde sie nicht verhungern lassen. Ich brauche einfach einen Sack Kartoffeln oder etwas Vergleichbares.«

»Nur dass es leider nicht ›einfach‹ ist«, entgegnete Krys.

»Das weiß ich.« Ich versuchte, meine Enttäuschung zu verbergen. Schließlich schuldete Krys mir nichts. Aber wie sollte ich Sadie meinen Misserfolg erklären? Ich stand auf und wandte mich zum Gehen.

»Warte, vielleicht kann ich doch etwas organisieren«, sagte Krys.

»Wirklich?« Ich drehte mich zu ihm um.

»Ich kann dir nichts versprechen, aber ich werde mein Möglichstes tun. Lass mir ein paar Stunden Zeit.«

»Danke, Krys.« Ich wollte ihn umarmen, doch im letzten Moment hielt ich mich zurück. Ich warf einen Blick auf die Wanduhr hinter der Theke. »Sadie muss vor Tagesanbruch zurück sein. Meinst du, du kannst bis dahin etwas finden?«

»Hoffentlich. Wo genau steigt sie in die Kanalisation?«

Ich beschrieb ihm die Ecke in Podgórze. »Soll ich mit dir kommen, wenn du ihr etwas zu essen besorgst?«

»Ja«, sagte er, und für einen Moment schimmerte etwas wie Zuneigung in seinen Augen auf. Dann schüttelte er den Kopf. »Nein, besser nicht. Bleib bei deinem Schützling, such ein sicheres Versteck für sie. Wir treffen uns um fünf Uhr in Podgórze.« Krys stand auf.

Und bevor ich mich noch einmal bedanken konnte, verschwand er hinten in dem Café. Die Frau an der Theke, deren Blick ich die ganze Zeit gespürt hatte, sah ihm nach.

Ich kehrte zu Sadie zurück. Sie schaute auf meine leeren

Hände. »Du hast nichts bekommen«, stellte sie niedergeschlagen fest.

»Mein Freund wird versuchen, etwas zu finden«, entgegnete ich. »Wir treffen uns in ein paar Stunden mit ihm in Podgórze.«

Sadie blickte mich bestürzt an. »Du hast ihm verraten, wo ich in die Kanalisation steige?«

»Er ist ein Freund, Sadie, ihm können wir vertrauen.«

»Und was ist, wenn er es weitererzählt? Vielleicht jemandem, dem er seinerseits vertraut? Und dann geht es immer so weiter, bis jemand darunter ist, dem man nicht vertrauen kann.« Sie wurde panisch. »Ich muss sofort zurück und die anderen warnen.«

»Sadie.« Ich nahm ihre Hände. »Du weißt, dass du dich auf mich verlassen kannst, oder?«

»Ja.«

»Dann glaub mir bitte, wenn ich dir sage, dass Krys dich nicht verrät. Er gehört zur polnischen Heimatarmee«, flüsterte ich. »Er hasst die Deutschen und kämpft mit Leib und Seele gegen sie. Er liefert ihnen niemanden aus.«

»Und wann genau treffen wir uns mit ihm?«

»Um fünf Uhr.« Ich ließ Sadies Hände los. »Wir laufen nach Podgórze, du verbirgst dich wieder und wartest, bis du Krys und mich kommen hörst.«

»Na gut.«

Wir machten uns auf den Rückweg. Mit einem Mal blieb Sadie stehen. »Warum soll ich wieder in die Kanalisation steigen? Warum kann ich, bis wir uns mit deinem Freund treffen, nicht draußen bleiben?«

Ich sah sie erstaunt an. »Das fragst du mich? Hast du vergessen, wie gefährlich es hier draußen für dich ist?«

»Nein, aber ich war seit Monaten nicht mehr über der Erde.

Ich möchte den Himmel sehen, Häuser, Straßen. Ich möchte frische Luft atmen, kannst du das nicht verstehen?«

Ich seufzte. »Natürlich verstehe ich das. Aber was ist, wenn Krys sich verspätet? Wie lange glaubst du, kannst du im Hellen durch die Straßen laufen?«

»Bei Tagesanbruch steige ich wieder in die Kanalisation.« Sadies Blick wurde flehend.

Ich wusste, dass Sadies Wunsch der reine Wahnsinn war, erkannte aber auch, wie sehr ihre Seele nach Freiheit verlangte. Hinzu kam, dass ich es schön fand, mit ihr zusammen zu sein, so gefährlich es für uns auch sein mochte. »Na gut«, sagte ich, »aber hier können wir nicht bleiben.«

Dębniki und Podgórze, das waren die Viertel, in denen ich bisher die meisten SS-Leute und Polizisten gesehen hatte. Ich hatte eine bessere Idee.

Wir folgten der Gasse, die zur Weichsel führte. Dort war niemand, doch unsere Schritte hallten von den Hausmauern wider und mir wurde mulmig zu Mute. Dann sah ich den Streifenwagen. Er stand direkt an der Dębniki-Brücke. »Polizei«, flüsterte ich und packte Sadies Arm. Wir kauerten uns hinter die Mauer am Flussufer. Sadie presste sich an mich, und mir war, als könnte ich das laute, aufgeregte Schlagen ihres Herzens hören.

Als ich nach einer Weile über die Mauer spähte, stand der Wagen noch immer da. Allerdings schienen die Polizisten nicht vorzuhaben, einen Kontrollpunkt einzurichten. In dem Fall hätten wir uns bis zur nächsten Brücke schleichen müssen, und das wäre ein Riesenumweg gewesen. Aber wer sollte nachts kontrolliert werden? Außer Sadie und mir war ja niemand unterwegs.

Als ich spürte, wie stark Sadie zitterte, nahm ich ihre Hand und verflocht meine Finger mit ihren. Ich schwor mir, sie sicher durch die Nacht zu geleiten.

Endlich hörte ich, wie in dem Streifenwagen der Motor angelassen wurde. Dann fuhr er davon.

Wir warteten noch einen Moment, bevor wir uns aufrichteten. »Wir müssen über die Brücke«, flüsterte ich.

»Wohin gehen wir?«, fragte Sadie.

»Zu mir nach Hause.« Ich wusste nicht, ob das wirklich klug war, schließlich würden wir die Innenstadt durchqueren müssen. Dort waren die Etablissements, die die Deutschen besuchten, denn für sie galt keine Ausgangssperre. Ich dachte an Ana Lucia. Als ich das Haus verließ, hörte ich sie mit Maust reden. Die beiden wollten einen Club besuchen. Ich hoffte, dass sie dort noch war und die Nacht anschließend bei ihrem Freund verbrachte.

»Aber das geht doch nicht«, sagte Sadie.

»Doch. Meine Stiefmutter ist nicht da.«

Sadie holte Luft, um etwas zu sagen. Wahrscheinlich hatte sie Angst, ein unbekanntes Haus zu betreten. Doch dann überlegte sie es sich anders und schwieg. Vielleicht hatte auch sie erkannt, dass es irrsinnig wäre, weiterhin durch die Straßen zu wandern.

Wir überquerten die Brücke. Sadie hielt den Blick auf den Himmel gerichtet. Als sie stolperte, hielt ich sie fest. Ich dachte, sie versuchte, die Wawel-Burg auszumachen, die nur als dunkle Masse zu erkennen war. Aber das war es nicht. Sie wies auf die Sterne. »Wie hell sie leuchten«, sagte sie.

Sadie liebte Sternbilder, nun fiel es mir wieder ein. Gleich bei unserer ersten Begegnung hatte sie mich danach gefragt.

»Da ist der Große Bär.« Sie zeigte nach Norden. »Mein Vater hat immer gesagt, solange man den Großen Bären ausmachen kann, geht man nicht verloren.« Sie wandte sich um. »Und da ist die Hydra. Erkennst du den sich schlängelnden Körper?«

Ich blickte nach oben und strengte meine Augen an, doch ich sah nur jede Menge Sterne.

In der Altstadt schien Sadie sich an den Gebäuden, deren Anblick sie seit so langer Zeit vermisst hatte, kaum sattsehen zu können. Auf ihren Lippen deutete sich ein entrücktes Lächeln an.

Dann waren wir an unserem Haus. Ich führte sie zum Hintereingang.

»Was für ein schönes Haus«, flüsterte sie.

»Ja.« Ich konnte mir denken, wie großartig es Sadie nach den grässlichen Orten, an denen sie gelebt hatte und noch lebte, erscheinen musste. Ich schloss die Hintertür auf.

Auf der Dienstbotentreppe wurde Sadie ängstlich und blieb stehen. »Ist es hier auch wirklich sicher?«

Ich nickte. »Wie ich sie kenne, kommt meine Stiefmutter erst am Vormittag zurück.«

Wir stiegen die Treppen zum Dachboden hinauf und betraten meine Kammer.

»Setz dich«, sagte ich. Sadie blieb stehen und deutete verlegen auf ihre schmutzige Kleidung. Ich breitete eine Wolldecke über einen Sessel, und sie ließ sich nieder.

»Wann hast du zum letzten Mal etwas gegessen?«, fragte ich.

Sadie gab mir keine Antwort. Entweder wusste sie es nicht mehr oder sie wollte es mir nicht sagen.

»Bin gleich wieder da.« Ich lief hinunter in die Speisekammer, machte Sadie einen Teller mit Brot, Wurst und Käse zurecht und füllte ein Glas mit Milch.

In meiner Dachkammer hatte Sadie den Sessel unter die Dachluke gerückt, um den Himmel betrachten zu können. »Wie gemütlich es bei dir ist«, sagte sie. »Aber das Beste ist der Blick in den Himmel. Malst du?« Sie deutete auf meine Malutensilien und das Gemälde der Silhouette von Krakau, das an der Wand lehnte und das ich noch immer nicht fertiggestellt hatte.

Ich zuckte mit den Schultern. »Ein bisschen.« Das Bild war mir peinlich, denn es war wirklich nichts Besonderes und bar jeder Inspiration. Ich wollte es umdrehen, doch Sadie war aufgestanden, um es sich genauer anzusehen. »Es ist wundervoll, Ella. Du hast wirklich Talent.«

»Ich habe das Malen so gut wie aufgegeben. Mit dem Krieg fällt es mir schwer, kreativ zu sein.«

Sadie runzelte die Stirn. »Aber gerade jetzt solltest du malen, um etwas Schönes tun zu können. Der Krieg darf doch deine Schaffensfreude nicht zerstören.« Sie blickte zur Seite. »Das muss ausgerechnet ich sagen.«

»Warum, möchtest du auch künstlerisch tätig sein?«

»Nicht ganz. Aber ich würde gern Medizin studieren.«

»Nicht Astronomie?«, neckte ich sie.

»Die Astronomie interessiert mich, so wie alle Naturwissenschaften«, erwiderte Sadie ernst. »Doch ich möchte Menschen heilen können. Deshalb hatte ich Ärztin werden wollen. Will es noch immer. Vielleicht wird es für mich ja nach dem Krieg möglich sein, zu studieren.«

Die Größe ihres Traums beeindruckte mich. Offenbar war er von dem, was ihr widerfahren war, unberührt geblieben.

»Ganz sicher wird es das«, erwiderte ich, um ihr – und mir – Mut zuzusprechen. Ich stellte den Teller und das Glas Milch auf den kleinen Tisch neben ihrem Sessel. »Greif zu.«

Sadie starrte auf den Teller. »Was für ein hübsches Porzellan.«

Ich betrachtete den einfachen weißen Teller mit dem Blumenrand. Das Service benutzten wir jeden Tag, ich hatte es kaum noch wahrgenommen. Nun fiel mir wieder ein, dass es zur Aussteuer meiner Mutter gehört hatte und eine der wenigen Verbindungen zu ihr darstellte, die ich noch besaß. »Du musst essen, Sadie.«

Sadie schüttelte den Kopf. »Ich nehme es lieber mit. Die anderen sollen auch etwas davon haben.«

»Für die anderen wird Krys uns etwas bringen. Du brauchst Kraft, um den Rückweg zu bewältigen.«

Als sie ein Stück Käse auf eine Scheibe Brot legte, zitterte ihre Hand, und als sie einen Bissen nahm, schloss sie kurz die Augen. Schweigend und andächtig verzehrte sie zwei Scheiben Brot mit Wurst und Käse und trank die Milch. Dann wies sie auf das gerahmte Foto auf meinem Schreibtisch. Es zeigte meine Eltern mit uns Kindern am Ostseestrand. »Ist das deine Familie?«

»Ja. Ich bin das Baby in den Armen meiner Mutter.« Ich wies auf Maciej. »Das ist mein Bruder, der in Paris lebt. Ich würde ihn gern besuchen. Vielleicht kann ich dann bei ihm bleiben.«

»Du willst fort?«, fragte sie betroffen.

»Nicht jetzt«, beruhigte ich sie. »Nach dem Krieg.«

Sadie griff nach dem Foto meiner Familie und studierte die Gesichter. Als sie es zurückstellte, entdeckte sie das Foto von Krys, das dahintergestanden hatte. Kurz bevor er in den Krieg gezogen war, hatte ich es aufgenommen. Er trug bereits seine Uniform. Eigentlich hatte ich es weglegen wollen, und es dann doch nicht getan.

»Das ist dein Freund Krys, oder?«, fragte Sadie.

»Ja.«

»Es tut mir leid, dass ihr nicht mehr zusammen seid.« Sadie drückte meine Hand.

Es erschien mir nicht richtig, dass sie mich trösten wollte. Ihr Los war so viel schwerer als der Liebeskummer, an dem ich litt.

»Ich kann mir gar nicht vorstellen, dass jemand nicht mehr mit dir zusammen sein will.«

»Und doch ist es so. Krys kämpft im Widerstand, für die Liebe fehlt ihm die Zeit«, antwortete ich bitter. »Zudem denkt er, wenn wir zusammen wären, würde er mich gefährden, sollten die Deutschen ihn fassen.«

»Also will er dich nur schützen. Bestimmt kehrt er nach dem Krieg zu dir zurück.«

Sie meinte es gut, doch wir wussten beide, dass wir die Zeit nach dem Krieg nicht vorhersehen konnten.

»Ich hatte noch nie einen Freund«, sagte Sadie.

»Warum nicht?«

Sadie zuckte die Achseln. »Ich habe mich mehr für die Natur, Wanderungen und Bücher als für Jungen interessiert. Und dann mussten wir ins Ghetto ziehen, und ich hatte andere Sorgen.«

»Aber es muss doch jemanden gegeben haben, der dir gefallen hat.«

»Nein.« Vehement schüttelte Sadie den Kopf.

Doch ich sah, wie sie errötete, und glaubte ihr nicht.

»Hast du nicht von einem Jungen gesprochen, der ebenfalls in der Kanalisation lebt?«

»Saul. Aber zwischen uns ist nichts.«

Ich lachte. »Und warum bist du dann so rot geworden?«

Sadies Gesichtsfarbe vertiefte sich. »Ich mag ihn, aber er kommt aus einer orthodoxen Familie und interessiert sich nicht für mich. Außerdem trauert er um eine Frau, die er hatte heiraten sollen. Sie wurde von den Deutschen umgebracht. Ich bin bestenfalls eine gute Freundin, mehr wird nie daraus werden.«

»Man soll nie nie sagen.«

»Trotzdem weiß ich, dass er mich nicht als Liebste in Betracht zieht.«

»Vielleicht ja doch. Du musst dich so sehen, wie andere dich sehen sollen.« Das hatte Ana Lucia einmal zu mir gesagt. Es war der einzige vernünftige Rat, den sie mir jemals gegeben hatte.

Ich öffnete meinen Kleiderschrank und holte ein Kleid mit einem kleinen, schwarz-weißen Karomuster heraus. »Zieh das mal an.«

Sadie lächelte verlegen. »Lieber nicht. Ich würde es nur schmutzig machen.«

»Gut, dann nimmst du vorher ein Bad. Willst du?«

In Sadies Augen flammte Hoffnung auf. »Darf ich?«

»Natürlich.« Ich ging mit ihr in das Bad im Stockwerk unter dem Dachboden.

Ehrfürchtig betrachtete Sadie die Wanne mit den Löwentatzen, berührte das Shampoo auf dem Rand.

»Wir haben noch Zeit«, sagte ich und reichte ihr die Flasche mit Badesalz. »Aber allzu lange darfst du nicht machen. Ich bringe dir noch ein Badetuch, frische Unterwäsche und das Kleid und warte dann vor der Tür.«

Ich holte die Sachen und legte sie im Bad auf einen Hocker. Sadie hatte begonnen, Wasser in die Wanne zu lassen.

Ich kehrte in den Flur zurück und schloss die Tür. Wenig später hörte ich Sadie im Wasser plätschern.

Meine Gedanken wanderten zu Krys. Ich fragte mich, wo er nachts etwas zu essen auftreiben wollte. Und was war mit der Frau in dem Café? Sie hatte mich nicht gerade freundlich empfangen. Vielleicht war er nun doch mit ihr zusammen. Oder sie wollte mit ihm zusammen sein.

Nach einer Weile hörte ich, wie Sadie aus der Wanne stieg und das Wasser gurgelnd abfloss.

Kurz darauf kam sie aus dem Bad, duftete nach Fichtennadel

und trug das Kleid mit dem kleinen Karomuster. Es war ihr ein wenig zu groß, doch das war nicht schlimm. Sie sah hinreißend aus. Ihr dunkles Haar glänzte, ihre Wangen waren rosig, und ihre Augen strahlten. Sie strich über den Rock des Kleides. »Wie gut sich das anfühlt. Vielen Dank, Ella.«

Wir kehrten in meine Kammer zurück. Ich nahm ihr die alten Kleidungsstücke ab, die sie unter dem Arm getragen hatte. Die würde ich irgendwo in eine Mülltonne werfen, zu etwas anderem taugten sie nicht mehr.

»Lass mich dein Haar ausbürsten«, sagte ich.

Sadie ließ sich wieder auf dem Sessel nieder und hielt ganz still, als ich ihr Haar mit einem Handtuch trocken rieb und dann vorsichtig bürstete. Ich band es zu einem Knoten zusammen, den ich oben auf ihrem Kopf feststeckte. Zum Schluss fuhr ich mit meiner Puderquaste über ihre Nase. »Sehr schön, so kannst du in die Oper gehen.« Sie kicherte in sich hinein. Ich trat zurück und begutachtete sie. »Du siehst wie ein ganz anderer Mensch aus«, sagte ich und hätte mich ohrfeigen können. »Entschuldige, das habe ich so nicht gemeint.«

Sadie lächelte mich an. »Ich fühle mich auch wie ein ganz anderer Mensch. Sauber. Hübsch gekleidet. Ist es schlimm, wenn das Kleid wieder schmutzig wird?«

»Mach dir deswegen keine Gedanken«, entgegnete ich. »Es ist jetzt dein Kleid.«

»Ich danke dir. Für alles. Der ganze Abend ist für mich wie ein schöner Traum. Und wie alle Träume wird er irgendwann zu Ende gehen.« Ein Schatten huschte über ihr Gesicht.

»Ich wünschte, du könntest wiederkommen. Ich bin so gern mit dir zusammen.« Ich blickte auf ihre nackten Füße. »Du brauchst Socken. Und Schuhe.« An ihren Stiefeln, die neben ihrem Sessel auf dem Boden lagen, hatten sich die Sohlen gelöst.

Sadie nahm einen Stiefel in die Hand. »Die trage ich seit unserer Flucht aus dem Ghetto. Das Abwasser in der Kanalisation löst die Sohlen auf.«

Ich schaute in meinen Kleiderschrank, sah die vielen Schuhe, die in kunterbuntem Durcheinander auf dem Boden lagen, und schämte mich für meinen Überfluss. Ich suchte ein Paar schwarze Lacklederstiefel heraus, dazu zwei Paar Socken. »Probier die mal an«, sagte ich. »Wahrscheinlich sind sie zu groß und nicht sehr praktisch. Gummistiefel wären sicherlich besser, aber die habe ich nicht.«

Sadies Augen leuchteten auf. Sie streifte beide Paar Socken über und schlüpfte in die Stiefel. »Sie passen perfekt.« Sie betrachtete die Stiefel, als hätte sie noch nie etwas Schöneres gesehen. »Danke.«

In dem Moment hörte ich, wie unten eine Tür ging, und für einen Takt setzte mein Herzschlag aus.

»Wer war das?«, flüsterte Sadie.

»Meine Stiefmutter. Sie ist nach Hause gekommen.«

# KAPITEL 14

## ELLA

»Ich dachte, sie bliebe über Nacht fort«, flüsterte ich. Aber Ana Lucia hatte offenbar beschlossen, die Nacht zu Hause zu verbringen. Sie stieg die Treppen hinauf, war aber nicht allein. Auch schwerere Schritte waren zu vernehmen. Dass sie zu einem Deutschen gehörten, sagte ich Sadie nicht.

Sie wurde trotzdem panisch. »Du hast gesagt, es wäre niemand im Haus.«

»Davon bin ich ausgegangen. Falls sie hier heraufkommt, musst du dich verstecken.«

»Und wo?«

Ich öffnete die Tür einen Spalt und lauschte. Ana Lucia und Maust unterhielten sich auf Deutsch. Hastig schloss ich die Tür. »Gib keinen Laut von dir.«

»Es sind zwei Personen«, flüsterte Sadie mit schreckgeweiteten Augen. »Und sie sprechen Deutsch.«

»Meine Stiefmutter ist Österreicherin, ihr Freund Deutscher.«

Sadie wich das Blut aus dem Gesicht.

»Ich habe mit diesem Mann nichts zu tun«, sagte ich. »Ich hasse meine Stiefmutter und die Deutschen, mit denen sie verkehrt. Mein Vater würde sich im Grab umdrehen, wenn er wüsste, dass Ana Lucia in seinem Haus unsere Feinde empfängt.«

»Dann hätten wir doch gar nicht hierherkommen dürfen.«

Der Vorwurf, der in Sadies Worten mitschwang, war kaum zu überhören.

»Wohin hätten wir denn sonst gehen sollen?« Ich deutete auf den Kleiderschrank. »Versteck dich da drinnen. Solange, bis ich sicher bin, dass die beiden eingeschlafen sind. Danach verschwinden wir.«

Sadie kroch in den Schrank. Ich legte eine Decke über sie.

An der Tür klopfte es. »Ella, bist du das?«

Ana Lucia nuschelte, demnach war sie betrunken. Und doch hatte sie sich bis zum Dachboden geschleppt, was sie sonst nie tat.

»Ja, ich bin's.«

»Und wer ist bei dir? Mir war, als hätte ich Stimmen gehört.«

»Ich hatte das Radio an.«

Einen Moment verharrte Ana Lucia noch vor der Tür, dann stieg sie die Treppe hinunter. Die Tür ihres Schlafzimmers öffnete und schloss sich. Aber noch wagte ich es nicht, Sadie aus dem Schrank zu holen. Es dauerte nicht lange, bis ich von unten Geräusche des Liebesakts hörte. Ich hielt mir die Ohren zu.

Dann wurde es still. Ich wartete noch einen Moment, bevor ich Sadie aus dem Schrank half. Sie wirkte verängstigt. Als sie Luft holte, um etwas zu sagen, legte ich einen Finger auf meine Lippen. »Psst.«

Wir schlichen uns über die Hintertreppe nach unten. Bei jeder knarrenden Stufe dachte ich, mir bliebe das Herz stehen.

Lautlos bewegten wir uns um das Haus herum. Dann standen wir auf der Kanonicza.

»Müssen wir jetzt nach Podgórze, um Krys zu treffen?«, fragte Sadie.

Ich schüttelte den Kopf. »Erst in drei Stunden.« Die Frage war nur, wo wir uns bis dahin verstecken sollten.

»Können wir nicht noch ein wenig durch die Stadt laufen?«

Ich wollte Nein sagen, mir schien es klüger, dass wir uns irgendwo in der Nähe des Kanalisationseingangs verbargen. Alles andere war mir zu riskant.

»Bitte, Ella. Ich möchte mich noch ein wenig länger frei fühlen. Wer weiß, wann mir das wieder möglich sein wird.«

Ich gab mich geschlagen. Für Sadie war jede freie Minute ein seltenes und kostbares Geschenk. Vielleicht würde sie monatelang davon zehren müssen.

Mit einem ergebenen Seufzer steuerte ich die Altstadt an. Doch Sadie hatte eigene Pläne. Sie strebte Richtung Süden nach Kazimierz, dem früheren jüdischen Viertel.

Es war noch das Geisterviertel, das ich gesehen hatte, als ich vor einigen Wochen hier durchlief, doch inzwischen sah es noch schlimmer aus. Ebenso wie in Podgórze waren die Häuser und Geschäfte niedergebrannt, die Fensterscheiben eingeschlagen worden. Nur an einigen Geschäften konnte man noch hebräische Buchstaben erkennen. Über einer Tür entdeckte ich eine der Schriftkapseln, die die Juden »Mesusa« nannten.

Schweigend durchwanderten wir den verwüsteten Ort. Hin und wieder knirschten Glasscherben unter unseren Füßen. Sadies Miene war gepeinigt. Nun sah sie, was aus ihrem Viertel geworden war.

»Wir können umkehren«, schlug ich ihr vor. »Einen anderen Weg nach Podgórze nehmen.«

Sadie schüttelte den Kopf.

Kurz darauf bogen wir in eine Gasse, in der die Häuser noch einigermaßen unversehrt waren. Es sah sogar aus, als wären sie bewohnt. Vor einem Haus blieb Sadie stehen und schien sich in Erinnerungen zu verlieren.

»Hast du hier gewohnt?«, fragte ich.

Sie nickte. »Im dritten Stock.« Auf ihren Lippen lag ein wehmütiges Lächeln. Offenbar war sie in diesem Zuhause glücklich gewesen.

»Eines Tages wirst du hier wieder wohnen.« Ich nahm ihre Hand. »Nach dem Krieg.« Ich hatte etwas Tröstendes sagen wollen, doch wir wussten beide, dass es nicht so kommen würde. Der Überfall der Deutschen und die Verfolgung der Juden hatten Sadies Leben zerstört. Es würde sich nicht mehr zusammensetzen und wie vor dem Krieg fortführen lassen. Auch die Ruinenlandschaft von Kazimierz würde sich nicht wie durch Zauberhand in das alte jüdische Viertel zurückverwandeln.

Sadie antwortete nicht. Sie betrachtete das Haus, doch mit den Gedanken schien sie weit entfernt zu sein. Gerade als ich sagen wollte, dass wir weitermussten, wandte sie sich zu mir um. »Jetzt können wir weitergehen.«

Wir ließen Kazimierz hinter uns und überquerten die Brücke nach Podgórze. Dort liefen wir wieder an der Weichsel entlang. Als wir uns der Stelle näherten, an der wir uns mit Krys treffen sollten, war er nicht da. Ich sagte mir, dass wir noch immer viel zu früh waren, trotzdem machte ich mir Sorgen. Vielleicht war ihm etwas zugestoßen, oder man hatte ihn festgenommen. Oder er hatte nichts zu essen gefunden.

»Krys ist noch nicht gekommen«, erklärte ich, obwohl das offensichtlich war.

»Du hast ihn noch gern«, sagte Sadie. »Ich höre es an der Art, wie du seinen Namen aussprichst.«

»Vielleicht.« Ich zuckte mit den Schultern. »Wir werden trotzdem nie mehr zusammen sein, insofern ist es einerlei, was ich für ihn empfinde.«

Wir sprachen leise, damit der Wind unsere Stimmen nicht durch die Straßen trug.

»Man soll nie nie sagen«, wiederholte Sadie das, was ich zuvor zu ihr gesagt hatte. »Und wenn man jemanden liebt, ist nichts einerlei.«

In dem Moment hörten wir einen Wagenmotor. Ein Streifenwagen kam um die Ecke. Sadie und ich schlüpften in den schmalen Durchgang zwischen zwei Häusern und drückten uns flach gegen eine Hausmauer. Fieberhaft überlegte ich mir Ausreden, um im Notfall den Verstoß gegen die Ausgangssperre zu erklären – eine war unsinniger als die andere. Ich schielte zur Straße, sah den Streifenwagen im Schneckentempo vorbeifahren. Wir warteten, bis das Motorengeräusch verstummt war.

»Hier können wir nicht bleiben«, sagte ich.

»Aber wohin sollen wir sonst gehen?«

»Dahin, wo uns keiner sieht.«

»Und wo soll das sein?«

Ich schlich mich vor und blickte über die Häuser. Eins machte einen verlassenen Eindruck. Betonstufen führten zur Eingangstür, in dem Hohlraum darunter schienen sich Kisten zu stapeln. »Komm mit.«

Wir huschten dorthin. Die Kisten unter den Stufen waren leer. Vorsichtig schob ich sie zur Seite. Aus dem Hohlraum stieg ein fauliger Geruch auf. Ich musste würgen, doch Sadie schlüpfte umstandslos in die Lücke. Vielleicht hatte der Gestank der Kanalisation sie abgestumpft und sie nahm diesen Geruch gar nicht mehr wahr.

Ich kroch zu ihr. Unsere Außenseiten verbarrikadierten wir mit den Kisten. Eng aneinandergepresst hockten wir in unserem Versteck und schwiegen. »Heute ist mein Geburtstag«, fiel es mir plötzlich ein. Den hatte ich völlig vergessen.

Sadie wandte sich mir zu. »Herzlichen Glückwunsch und alles Gute, liebe Ella.«

»Danke.« Ich dachte an frühere Geburtstage. Nach dem Tod

meiner Mutter hatten meine Geschwister für einen schönen Festtag gesorgt und mich zusammen mit meinem Vater reichlich beschenkt. Nachmittags kamen meine Freundinnen zum Spielen und Kuchenessen, bei gutem Wetter gingen wir in den Zoo. Nun war niemand mehr da, der mit mir feierte. »Wann hast du denn Geburtstag?«

»Am 8. September. Falls der Krieg dann zu Ende ist und die Deutschen aus Polen vertrieben sind, feiern wir den zusammen.«

»Abgemacht.« Wie sehr ich mir wünschte, dass aus diesen Wunschbildern Wirklichkeit würde. Sadie legte ihren Kopf an meine Schulter. Als sie zu zittern begann – vor Kälte, vor Furcht oder aus einem anderen Grund –, streifte ich meine Strickjacke ab und bestand darauf, dass Sadie sie überzog. Dann schlang ich einen Arm um sie und drückte sie an mich, bis sich ihr Zittern legte. Irgendwann schliefen wir ein.

*

Als ich wach wurde, hatte Sadie sich von mir weggedreht und sich auf der Erde zu einem Ball zusammengerollt. Ich hörte, wie Kirchenglocken fünf Uhr schlugen und rüttelte an Sadies Schulter. »Aufwachen, Sadie, wir müssen los.« Wie hatte ich nur einschlafen und riskieren können, Krys zu verpassen?

Hastig schoben wir die Kisten fort, krabbelten unter den Stufen hervor und blickten nach allen Seiten. Auf der Straße war niemand, doch der Himmel hatte sich bereits aufgehellt, im Osten durchbrachen lichte Streifen die grauen Wolken.

Wir eilten zum Fluss. Krys war noch nicht da. Wir kauerten uns hinter die Büsche, die das Ufer säumten, so dass wir wenigstens von der Straße aus nicht zu sehen waren. Doch lange würden wir hier nicht bleiben können, bald würden die ersten Lastkähne über die Weichsel ziehen.

Unruhig spähte ich durch die Zweige zur Straße und überlegte, was ich tun würde, sollte Krys nicht erscheinen. Ich würde selbst Nahrungsmittel finden müssen, auch wenn ich nicht wusste, wie und wo. Außerdem brauchte Sadie sofort etwas, um sich und die anderen in der Kanalisation zu versorgen.

Dann entdeckte ich Krys. Eilig und mit weit ausholenden Schritten lief er am Ufer entlang und hielt einen gefüllten Sack in den Armen. Geduckt verließ ich unser Versteck und winkte ihn zu uns.

Krys setzte sich in Trab. Als er bei uns war, atmete er schwer und ließ den Sack fallen. »Sind leider nur Kartoffeln«, entschuldigte er sich. »Mehr konnte ich in der kurzen Zeit nicht auftreiben.«

»Kartoffeln sind großartig«, sagte ich, »die halten sich wenigstens. Vielen Dank dafür.«

Einen Moment lang blickten Krys und ich uns an, und mir war, als spürten wir beide wieder das, was uns einmal verbunden hatte.

Ich wandte mich zu Sadie um, die sich scheu im Hintergrund hielt. »Das ist Krys. Er tut dir nichts.«

Krys streckte seine Hand aus. Sadie schlang die Arme um sich. Krys ließ die Hand sinken. »Ich freue mich, dich kennenzulernen, Sadie«, sagte er und musterte sie bekümmert. Sadies blasses Gesicht und ihr ausgezehrter Körper schienen ihn zu bestürzen.

Sadie blickte zur Seite und murmelte: »Vielen Dank für die Kartoffeln.«

»Keine Ursache«, erwiderte Krys. »Ich hoffe, der Sack ist nicht zu schwer für dich.«

Sadie schüttelte den Kopf.

Krys sah mich an. »Ich muss zurück.«

»Noch einmal vielen Dank.

»Keine Ursache, ich – « Krys drehte sich zur Straße um. Ein dreirädriger Kleinlaster näherte sich uns. Am anderen Ende der Straße hielt er an. »Sadie muss verschwinden«, sagte Krys leise. »Und du ebenfalls.«

»Ich muss Sadie helfen, den Sack in die Kanalisation zu schaffen.«

»Pass auf dich auf.« Krys zögerte. »Können wir uns auf deinem Rückweg noch einmal treffen? In der Barska? Meine Wohnung liegt ganz oben unter dem Dach.«

Ich wollte ihn fragen, warum wir uns treffen sollten, doch Sadie und mir lief die Zeit davon. »Das weiß ich noch nicht«, entgegnete ich.

»Dann vielleicht bis später.« Krys tippte an seine Kappe, nickte Sadie noch einmal zu und ging davon.

»Glaubst du noch immer, dass Krys nicht mehr mit dir zusammen sein will?«, fragte Sadie.

»Ja. Komm, fass den Sack mit an.«

Gemeinsam schleppten wir den Kartoffelsack zu dem Kanaldeckel. Für fünf Personen würden die Kartoffeln vielleicht eine Woche lang ausreichen, danach mussten wir uns etwas Neues einfallen lassen.

Ich sah Sadie an. »Du musst nicht zurückgehen. Ich bin sicher, dass die, mit denen Krys zusammenarbeitet, wissen, wie und wo man jemanden verbergen kann.«

»Doch, ich muss zurück«, erwiderte Sadie. »Die anderen brauchen mich.« Sie machte Anstalten, die Strickjacke auszuziehen.

»Bitte behalte sie«, sagte ich.

Sie lächelte. »Ich verdanke dir so viel.«

»Ich wünschte, du müsstest nicht da hinunter.« Ich hatte Sadie lieb gewonnen, und der Gedanke, dass sie sich nun wieder da unten verkriechen musste, quälte mich.

»Das wünschte ich auch.«

»Sehen wir uns nächsten Sonntag? Vielleicht wieder morgens um zehn. Dann muss ich nicht gegen die Ausgangssperre verstoßen.«

»Ich werde hier auf dich warten.«

Der Abschied schien ihr ebenso schwer wie mir zu fallen. Doch am anderen Flussufer waren Arbeiter zu sehen, wir konnten hier nicht mehr herumstehen.

Sadie seufzte. »Wenn du wüsstest, wie ungern ich zurück in die Kanalisation steige.«

»Ich werde alles dafür tun, dass wir bald wieder durch die Stadt laufen können«, versprach ich ihr.

Sadie holte die Kette mit dem *Chai* als Anhänger aus der Tasche ihres Kleids.

»Leg sie erst wieder um, wenn du da unten bist«, riet ich ihr.

Sie hielt mir die Kette hin. »Bitte nimm sie. Sie ist das einzige Schmuckstück, das mir geblieben ist. Ich möchte, dass du sie hast. Als Erinnerung, wenn es mich nicht mehr gibt.«

»Sag so was nicht«, bat ich sie. »Die Kette, die deinem Vater gehört hat, musst du doch tragen, nicht ich.«

Sadie schüttelte den Kopf. »Heb sie gut auf.«

»Ich werde sie *für dich* aufheben.« Ich nahm die Kette, die schwer in meiner Hand wog. Ich würde sie verstecken müssen, denn jüdischer Schmuck war verboten.

Sadie schenkte mir ein Lächeln und ließ sich nach unten gleiten. Ich reichte ihr den Kartoffelsack an. Als sie noch einmal zu mir hinaufschaute, standen Tränen in ihren Augen. »Bis Sonntag«, flüsterte sie. Dann war sie fort.

# KAPITEL 15

## SADIE

Ich hörte, wie Ella den Kanaldeckel zurück an seinen Platz schob, kroch mit dem Sack durch das Rohr und wurde wieder von Dunkelheit umfangen. Es war beinahe wie an dem Morgen, als wir im Ghetto durch den Schacht in die Kanalisation gerutscht waren, nur, dass mein Vater nicht mehr da war, um mich zu trösten.

Ich durchquerte das Becken. Auf dem Boden hatte sich schmutziges Wasser gesammelt, es würde nicht mehr lange dauern, bis mein hübsches neues Kleid wieder verdreckt sein würde.

Auf dem Weg durch die Tunnel stellte ich mir vor, wie Ella zurück in die Altstadt lief, das schöne Haus ihrer Familie betrat und es sich in ihrer Dachkammer gemütlich machte. Ich erinnerte mich an einen Spaziergang, den ich einige Wochen nach der Invasion der Deutschen mit meinem Vater gemacht hatte. Wir waren an einem noblen Haus vorbeigekommen, von dem aus man einen Blick auf den Planty Park hatte. Eine elegant gekleidete Frau stieg aus einer schwarzen Limousine, beladen mit Tüten teurer Geschäfte. »Wer kann sich denn noch solche Einkäufe leisten?«, fragte ich meinen Vater. »Die, die mit den Deutschen kollaborieren«, erwiderte er.

Auch Ellas Stiefmutter gehörte zu diesen Leuten, hatte sich sogar einen Deutschen zum Liebhaber genommen. Wie so viele andere hatte auch sie zugelassen, dass wir Juden ins Ghetto mussten, umgebracht oder deportiert wurden. Selbst Ella hatte nichts dagegen unternommen. Ich sollte sie alle verachten.

Nein, korrigierte ich mich, Ella war nicht verachtenswert. Beinahe jeden Samstag oder Sonntag war sie zu mir gekommen. Sie hatte mir etwas zu essen gebracht und sich mit mir unterhalten, hatte mich mit in ihr Haus genommen, mich umsorgt und beschenkt, war mit mir durch Krakau gelaufen, was auch für sie gefährlich gewesen war. Wer Juden half, konnte hart bestraft werden. Sie hatte Krys dazu gebracht, einen Sack Kartoffeln zu organisieren, ohne den wir verhungern würden. Sie war meine Freundin und für ihre Stiefmutter konnte sie nichts.

Mit dem Sack in den Armen ging ich so schnell wie möglich, konnte es kaum erwarten, meine Mutter und die Rosenbergs mit den Kartoffeln zu überraschen.

Kurz vor der Kammer kam Saul mir entgegen. »Sadie!«, rief er viel zu laut. Einen Moment lang dachte ich, er hätte mich vermisst und sei nun überglücklich, mich zu sehen. Dann erkannte ich, dass er in Sorge war. »Ich habe dich überall gesucht und du – « Sein Blick fiel auf meine neue Kleidung. »Wo warst du?«

Ich stellte den Kartoffelsack ab. »Ich habe uns etwas zu essen besorgt.«

»Das ist gut«, sagte Saul, doch mit den Gedanken schien er woanders zu sein. »Es ist etwas passiert.«

»Was?«

Bevor Saul antworten konnte, kam seine Großmutter aus der Kammer, sah mich anklagend an und stemmte die Fäuste in die Seiten. »Da bist du ja endlich«, sagte sie. »Bei deiner Mutter haben die Wehen eingesetzt.«

Ich blickte sie erschrocken an. »Aber das Baby sollte doch erst in einem Monat kommen.«

»Deine Mutter ist im Tunnel ausgerutscht und gestürzt«, sagte Saul. »Und da – «

Seine Großmutter ließ ihn nicht ausreden. »Weil sie nach ihrer Tochter gesucht hat. Und nun liegt sie in den Wehen. Das Baby wird bald kommen.«

*Das Baby wird bald kommen?*

Wie konnte das sein? Wir hatten doch noch gar nichts vorbereitet, nicht einmal überlegt, wie wir hier unten überhaupt etwas vorbereiten konnten.

Schuldgefühle übermannten mich, ich übergab Saul den Sack und stürzte in die Kammer.

Mit geschlossenen Augen lag meine Mutter auf dem Boden. Ich lief zu ihr und wollte ihr hochhelfen. Sie wehrte meine Hände ab und rollte sich zusammen. »Wie geht es dir?«, flüsterte ich und fürchtete mich vor der Antwort. Meine Mutter stöhnte. Ich legte meine Arme um sie, wollte sie hochheben. Sie war zu schwer. »Mama, bitte, du kannst hier nicht liegen bleiben.« Ihre Lider öffneten sich ein wenig, sie richtete sich halb auf. Ich fasste ihre Hände, zog sie hoch und stützte sie auf dem Weg zu ihrer Bank. Schwer atmend ließ sie sich nieder.

»Sadele?«, fragte sie, als würde sie mich nun erst richtig wahrnehmen.

»Ich bin bei dir.« Ich setzte mich zu ihr und wischte ihr Schweiß von der Stirn.

Als die nächste Wehe kam, krümmte sie sich. »Du hast dich wieder mit dieser jungen Frau getroffen.« Sie deutete auf mein neues Kleid.

»Ich habe uns etwas zu essen besorgt«, erwiderte ich. »Du kannst später noch wütend auf mich sein, jetzt konzentrieren wir uns auf das Baby.«

Sie holte Luft, wollte mir wahrscheinlich Vorwürfe machen,

doch dann verzog sie schmerzhaft das Gesicht und lehnte sich an mich.

Nach einer Weile streckte sie sich auf der Bank aus, und ich sah das Blut an ihren Beinen. Seit ich wusste, dass ich Ärztin werden wollte, hatte ich mich für den Geburtsprozess interessiert, aber meine Kenntnisse waren unvollständig und rein theoretischer Natur. Dass eine Frau vor der Niederkunft bluten konnte, war mir neu, und es ängstigte mich. Ich blickte mich nach Bubbe um, doch die Rosenbergs waren rücksichtsvoll gewesen und hatten die Kammer verlassen.

Ich wünschte, jemand würde wie durch ein Wunder erscheinen und uns helfen. In Kazimierz wäre meine Mutter nun im Krankenhaus. Sogar im Ghetto hatte es einen Arzt und eine Hebamme gegeben, die zu ihr gekommen wären. Doch wir hatten nicht einmal heißes Wasser, saubere Handtücher und Laken. Wenn wenigstens mein Vater oder Paweł da gewesen wären, um uns beizustehen.

Ich atmete auf, als Bubbe die Kammer betrat, ihre Ärmel hochkrempelte und zu uns trat.

»Mama blutet«, sagte ich hilflos.

»Leg ihre Beine höher«, fuhr sie mich an. »Und das ein bisschen plötzlich. Oder willst du, dass sie stirbt?«

Hastig streifte ich meine Strickjacke ab, faltete sie zusammen und schob sie unter die Unterschenkel meiner Mutter.

Bubbe packte zusammengerollte Kleidungsstücke von sich selbst darauf und sagte: »Die Beine müssen höher als das Herz liegen.«

Ich strich meiner Mutter die verschwitzten Haarsträhnen aus dem Gesicht. »Das Baby kommt zu früh«, murmelte sie.

Ich streichelte ihre Hand. »Bubbe hilft uns.«

Voller Dankbarkeit sah ich zu, wie Bubbe mit dem Eimer

Wasser und einem Handtuch kam. Das Handtuch war schmutzig, aber keiner von uns hatte ein sauberes. Bubbe drückte Mamas Hand. »Ich weiß, was zu tun ist. Ich habe unserer Hebamme im Dorf mehr als einmal zur Seite gestanden.« Sie winkte mich aus dem Weg.

Meine Mutter stieß einen markerschütternden Schrei aus.

»Nicht so laut«, schimpfte Bubbe.

In unserem Haus im Ghetto hatte eine Frau ein Kind bekommen. Durch die dünnen Wände hatte man sie bis unters Dach schreien gehört. Hier in unserem Verlies war nicht einmal das erlaubt.

Bubbe schob Mama ein Stück Holz zwischen die Zähne. »Darauf beißen«, sagte sie. »Und dann pressen. Sie müssen pressen.«

Meine Mutter biss auf das Holz und schloss erschöpft die Augen. Ich befeuchtete das Handtuch und tupfte ihren Schweiß ab.

»Lass sie in Ruhe«, sagte Bubbe. »Bis zur nächsten Wehe muss sie Kraft sammeln. Sonst wird es umso schlimmer.«

Noch schlimmer? War es nicht schon schlimm genug?

Die nächsten Wehen hielten länger an und mussten so schmerzhaft sein, dass meiner Mutter Tränen über die Wangen liefen. Als die Wehen nachließen, schien sie kaum noch bei Bewusstsein. Dann begannen sie erneut, nun in kürzer werdenden Abständen. Meine Mutter krallte die Hände in ihren blutverschmierten Rock.

»Verschwinde«, sagte Bubbe zu mir. »Ich muss deine Mutter untersuchen.«

Ich schüttelte den Kopf. Ich würde nicht verschwinden.

Bubbe seufzte. »Deine Mutter hat sehr viel Blut verloren. Wenn das Kind nicht bald kommt ...« Den Rest des Satzes ließ sie unausgesprochen.

»Nein«, flüsterte ich. »Das darf nicht geschehen.«

Meine Mutter lag bleich und reglos da, die Augen geschlossen.

Ich wurde so panisch, dass sich in meinem Kopf alles zusammenkrampfte. Wie gelähmt starrte ich auf die Brust meiner Mutter. Sie hob und senkte sich kaum merklich. Ich kniete mich zu ihr und führte meinen Mund an ihr Ohr. »Du schaffst das, Mama. Bitte«, sagte ich leise. »Das Baby und ich, wir brauchen dich doch.« Ich nahm ihre Hand.

Meine Stimme schien meiner Mutter Kraft zu verleihen. Sie öffnete die Augen und begann wieder zu pressen. Plötzlich schrie sie so laut, dass man es mit Sicherheit bis zur Straße hörte. Ihre Fingernägel stachen in meine Hand, aber ich ließ sie nicht los.

Und dann rutschte das Kind aus ihr heraus, und Bubbe fing es auf. Das Baby holte Luft und schrie. Ich nahm es als Zeichen, dass es gesund war, und spürte das Lächeln, das sich auf meinem Gesicht ausbreitete.

Bubbe durchtrennte die Nabelschnur mit einer Schere und säuberte das winzige Wesen. »Es ist ein Mädchen«, sagte sie.

Ein energisches Mädchen, denn es hörte nicht auf zu schreien.

»Geben Sie mir das Kind«, sagte meine Mutter. Bubbe reichte es ihr. Meine Mutter legte seinen Kopf an ihre Brust. Es wurde still und spitzte den winzigen Mund. Doch meine Mutter hatte kaum Milch. Das schrumpelige, kleine Gesicht wurde vor Wut krebsrot. Wieder schrie das Baby und beruhigte sich erst, als meine Mutter seinen Rücken rieb.

Ich holte die Babydecke aus unserer Tasche. Sobald sie darin eingehüllt war, schlief meine kleine Schwester ein.

Auch die Augen meiner Mutter fielen zu, und dann erschlafften ihre Arme. Blitzschnell griff Bubbe nach dem Kind und sagte: »Nimm du es, Sadie.«

Ich hatte noch nie ein Baby in den Armen gehalten und brauchte einen Moment, bis ich die richtige Position fand. Dann sah ich, dass Bubbe meiner Mutter rhythmisch auf den Brustkorb drückte.

»Was ist mit Mama?«, fragte ich, während mein Herz vor Angst anfing, verrücktzuspielen.

Bubbe atmete meiner Mutter in den Mund. Die Lider meiner Mutter flatterten und öffneten sich blinzelnd. Als sie mich mit meiner kleinen Schwester in den Armen sah, deutete sich auf ihren Lippen ein Lächeln an.

Bubbe richtete sich auf. »Deine Mutter ist noch sehr schwach. Aber die Blutungen haben wenigstens aufgehört. Jetzt braucht sie Ruhe.«

Ich setzte mich zu meiner Mutter und beobachtete sie furchtsam. Es schien ihr ein wenig besser zu gehen, ihr Atem kam nun ruhig und regelmäßig.

Ich betrachtete das Baby in meinen Armen. Hinsichtlich der Schwangerschaft meiner Mutter hatte ich gemischte Gefühle gehabt, doch nun hörte ich das Kind leise schnaufen, sah den niedlichen Rosenmund, der im Schlaf Saugbewegungen machte, und wurde von tiefer Liebe erfüllt. Ich wusste, dass ich alles tun wurde, um dieses kleine Mädchen zu beschützen.

»Wie soll sie heißen?«, fragte ich meine Mutter und hoffte, sie würde sich für »Michalina« entscheiden, die weibliche Form des Vornamens meines Vaters. Meine Mutter schüttelte den Kopf. Womöglich fühlte sie sich zu schwach, um darüber nachzudenken.

Bubbe nahm mir das Baby ab und legte es meiner Mutter an die Brust.

Ich verließ die Kammer, um Saul und seinem Vater zu berichten, dass wir Zuwachs bekommen hatten. »Es ist ein Mädchen.«

»*Mazel tov*«, sagte Rosenberg mit ausdrucksloser Miene.

»Ein Kind ist ein Zeichen des Lebens und der Hoffnung«, erklärte Saul und trat zu mir. Eine Sekunde lang dachte ich, er wollte meine Hand nehmen, aber tat es nicht. »Geht es deiner Mutter gut?«

»Eher den Umständen entsprechend.«

Das Baby begann wieder zu schreien. Rosenberg runzelte die Stirn. »Das Kind darf nicht so viel Lärm machen«, sagte er. »Ihr müsst es ruhig halten.«

Und wie stellte er sich das vor? Doch darüber hatte auch ich mir noch keine Gedanken gemacht, mich immer nur gefragt, ob das Baby gesund zur Welt kommen und meine Mutter die Geburt überstehen würde. Aber Rosenberg hatte recht. Wir mussten leise sein, wenn wir nicht wollten, dass man uns auf der Straße hörte.

Bedrückt kehrte ich zu meiner Mutter zurück. Wir mussten uns vor den Deutschen verbergen; zusehen, dass wir nicht verhungerten; beten, dass die Tunnel nicht noch einmal überflutet würden. Und nun stellte das Baby ein weiteres Problem dar.

# KAPITEL 16

## ELLA

Es war Tag geworden, Sadie war in die Kanalisation zurück-gekehrt, und mich lenkten meine Füße wie von allein zu Krys nach Dębniki. In den stillen Straßen und so früh an einem Sonntagmorgen war außer mir kaum jemand unterwegs.

Die Eingangstür des Hauses in der Barska war unverschlossen. Ich nahm die Treppe nach oben. Es war ein altes Haus, das nach Moder und Zigarettenqualm roch. Die Glühbirne oben im Treppenhaus war ausgebrannt.

Im Dachgeschoss gab es nur eine Wohnungstür, an der jedoch kein Name stand. Ich klopfte. Nichts tat sich. »Krys«, rief ich leise. Stille. Ich wurde unsicher. Hatte er von einer bestimmten Uhrzeit gesprochen? War ich zu früh? Nein, ich erinnerte mich deutlich, dass er mich gefragt hatte, ob ich auf dem Rückweg bei ihm vorbeikommen könne. Ich drückte die Türklinke hinunter. Die Tür öffnete sich. Vorsichtig spähte ich hindurch.

Dahinter war nur ein Raum, nicht viel größer als meine Kammer unter dem Dach, jedoch mit geraden Wänden und äußerst spärlich möbliert. Die Vorhänge an den beiden Fensterchen waren zugezogen.

Zögernd trat ich ein. Und dann sah ich Krys. Er saß auf einer Matratze, den Rücken gegen die Wand gelehnt, die Augen geschlossen.

»Krys?«

Er rührte sich nicht. Besorgt schlich ich mich zu ihm. Seine

Brust hob und senkte sich, er schlief also nur, was verständlich war, immerhin war er die ganze Nacht auf den Beinen gewesen. Ich betrachtete ihn und verspürte ein sehnsüchtiges Ziehen in der Brust.

Aber auch ich war nach meinen nächtlichen Wanderungen mit Sadie müde, in dem Hohlraum unter der Treppe hatte ich höchstens eine Stunde geschlafen.

Behutsam ließ ich mich neben Krys nieder und wünschte, zwischen uns wäre alles noch so, wie es einmal gewesen war.

Ihn schien es zu frösteln, die kühle Nachtluft stand noch im Raum.

Ich griff nach dem Mantel, der auf dem Hocker neben der Matratze lag, und breitete ihn über uns. Dann lehnte ich meinen Kopf an Krys' Schulter.

Er bewegte sich und öffnete die Augen. »Du bist gekommen«, sagte er und legte einen Arm um mich. Ich schmiegte mich an ihn.

»Ich habe mich selbst eingelassen. Du solltest die Tür abschließen.«

»Ich habe sie für dich offen gelassen.« Er zuckte mit den Schultern. »Wenn sie mich holen kommen, hält sie auch eine verschlossene Tür nicht ab.«

Mit »sie« meinte er wahrscheinlich die Gestapo, die es auf die Mitglieder der Heimatarmee abgesehen hatte und sie gnadenlos verfolgte. Ich starrte auf die Tür, als könnten die Männer jeden Moment hereinstürzen.

Krys ließ mich los, holte hinter der Matratze ein kleines Päckchen hervor und reichte es mir. »Herzlichen Glückwunsch zum Geburtstag.«

Mir schossen Tränen in die Augen. »Danke«, flüsterte ich und konnte nicht fassen, dass er sich an meinen Geburtstag erinnert hatte. Ich öffnete das Päckchen und entdeckte eine Scheibe Honigkuchen, mit Puderzucker bestäubt.

»Es ist nicht viel«, sagte Krys. »Aber das Beste, was ich in so kurzer Zeit auftreiben konnte.«

»Es ist wundervoll.« Ich brach den Kuchen in zwei Teile und gab Krys die Hälfte. Dann kostete ich den ersten Bissen. Es schmeckte großartig. Überhaupt gefiel es mir, mit Krys früh am Morgen Honigkuchen zu essen. »Eine neue Tradition«, sagte ich und verfluchte mich. Er sollte nicht denken, dass ich mir noch immer Hoffnungen machte.

»Eine neue Tradition«, wiederholte er lächelnd und tupfte mit dem Finger Puderzucker von meiner Oberlippe.

Ich spürte, wie ich errötete, und beschloss, das Thema zu wechseln. »Ist dies deine neue Wohnung?«

Krys schüttelte den Kopf. »Es ist eine sichere Unterkunft für Widerstandskämpfer. Wenn wir sie nicht brauchen, komme ich manchmal hierher, um mich auszuruhen oder zu schlafen.«

»Und sonst wohnst du bei deinen Eltern?«

»Dort bewahre ich meine Sachen auf, ziehe mich um und wasche mich. Aber ich gehe nicht oft zu ihnen. Ich möchte sie ebenso wenig in Gefahr bringen wie dich.«

»Ich möchte nicht, dass du dich von mir fernhältst«, sagte ich.

Krys legte seinen Arm wieder um mich. »Vielleicht war meine Überlegung falsch. Letztlich ist zurzeit keiner von uns sicher. Manchmal denke ich, der beste Weg, einander zu schützen, ist zusammen zu sein.« Er zog mich an sich und küsste mich. Ich erwiderte seinen Kuss und schlang die Arme um ihn.

Es dauerte nicht lange, bis unsere Küsse leidenschaftlicher wurden, und dann steigerte sich unser Begehren, wurde zu einer Welle, die uns mitriss. Hastig streiften wir unsere Kleidung ab, legten uns auf die Matratze, und Krys' Hände wanderten über meinen Körper. »Ich habe dich so vermisst«, flüsterte er und schob sich auf mich.

Einen Moment lang fragte ich mich, ob das, was ich tat, wirklich vernünftig war, doch dann blickte ich in das Gesicht des Manns, den ich liebte, und alle Zweifel wurden von einem Gefühl reinen Glücks fortgeschwemmt.

Auch nachher hielten wir uns eng umschlungen, warteten, dass unser Atem sich beruhigte und wir allmählich in die Wirklichkeit zurückkehrten.

Nach einem zufriedenen Seufzer fragte Krys schließlich: »Ist Sadie wieder in der Kanalisation?«

Ich nickte und erinnerte mich an ihren Gesichtsausdruck, als sie unter der Erde verschwunden war. »Die Rückkehr ist ihr schwergefallen, aber sie musste zu den anderen, die seit Tagen nichts mehr zu essen hatten.« Ich küsste Krys. »Wie bist du überhaupt an die Kartoffeln gekommen?«

Er strich mir eine Haarsträhne aus den Augen. »Ich bin zu jemandem gegangen, der mir einen Gefallen schuldete.«

Ich wartete, ob noch mehr kam, doch dem war nicht so.

»Ich wünschte, ich könnte mich revanchieren«, sagte ich.

»Das kannst du«, entgegnete er.

Mir schwante nichts Gutes. Wahrscheinlich würde er mich nun wieder bitten, am Kampf gegen die Deutschen teilzunehmen. Etwas Ähnliches war es dann auch. »Wir brauchen einen Ort, an dem wir Munition und Handgranaten lagern können«, sagte Krys.

Ich schluckte nervös. »Und wie kann ich dabei helfen? Denkst du etwa daran, sie bei mir zu Hause zu deponieren? Obwohl Ana Lucia auf der Seite der Deutschen steht und Mitglieder der Wehrmacht, der SS und der Gestapo bei uns ein und aus gehen?«

»Nein, natürlich nicht. Ich dachte an die Kanalisation.«

Ich setzte mich auf und tastete nach meinen Kleidungsstücken. »Das kann nicht dein Ernst sein.«

»Doch.«

Ich schüttelte den Kopf und begann, mich anzukleiden.

»Frag Sadie. Du hast so viel für sie getan, vielleicht sagt sie Ja.«

Es war durchaus möglich, dass Sadie aus lauter Dankbarkeit zustimmen würde. Aber sie, ihre Mutter und die andere jüdische Familie, die sich verbergen musste, waren immerzu in Gefahr, schafften es kaum zu überleben. Wie konnte ich sie da um etwas bitten, dass sie erst recht gefährden würde?

Ich sah Krys an, der sich auf den Ellbogen gestützt hatte und mich beobachtete. »Hast du mich deshalb hierher eingeladen? Weil du meine Hilfe brauchst?«

Krys runzelte die Stirn. »Natürlich nicht. Ich wollte mit dir zusammen sein. Seit unserer ersten Begegnung will ich das. Es ist nur so, dass wir eine Aktion planen und unsere Sachen irgendwo unterbringen müssen, wo die Deutschen sie so schnell nicht finden.«

Ich streifte mein Kleid über. »Und wenn sie sie doch finden? Und gleichzeitig Sadie und die anderen? Tut mir leid, aber da mache ich nicht mit.«

»Warum ist Sadie für dich wichtiger als unser Widerstand? Du kennst sie doch kaum.«

Ich starrte ihn an. »Wie kannst du so etwas fragen? Ist dir nicht mehr klar, was Juden bevorsteht, sollten sie von den Deutschen gefasst werden? Sadie zu beschützen, ist für mich selbstverständlich. Außerdem ist sie meine Freundin.«

»Und ich, was bin ich für dich?«

»Du weißt, was ich für dich empfinde, aber für die Munition und die Handgranaten musst du dir ein anderes Versteck suchen.«

»Wenn das so einfach wäre, hätte ich dich nicht gebeten, Sadie zu fragen.«

»Ich verstehe dich nicht«, sagte ich und schlüpfte in meine Schuhe. »Du selbst hast mir erzählt, dass die Deutschen Juden ermorden. Und nun soll ich das Leben von Sadie und den anderen aufs Spiel setzen?«

»Nein, verdammt noch mal.« Krys war laut geworden. »Du sollst uns helfen, die Mörder loszuwerden.«

Mir schwoll der Kamm. »Wieder geht es nur um den Kampf Polen gegen Deutsche«, entgegnete ich aufgebracht. »Oder setzt ihr euch seit Neuestem auch für die polnischen Juden ein? Ich fürchte eher, ihr seid wie die Mehrheit der Polen, und das Schicksal der Juden kümmert euch nicht.«

Krys stand auf. »Du hilfst uns also nicht?«

»Nein, in diesem Fall nicht.«

»Ich dachte, du hättest die Bedeutung unseres Kampfes verstanden. Im Krieg muss jeder von uns Opfer bringen.«

»Ach, und das bedeutet für dich, andere Menschen zu gefährden? In diesem Fall sogar die Schwächsten von uns allen? Vielleicht wäre ich bereit, als Kurier für euch zu arbeiten. Wir können auch gemeinsam überlegen, wo wir die Sachen lagern können. Aber das Leben von Sadie und den anderen in der Kanalisation setze ich nicht aufs Spiel.«

Krys funkelte mich zornig an. »Wir müssen nichts überlegen, es gibt keinen anderen Ort als die Kanalisation. Und für die brauche ich deine Erlaubnis nicht. Ich kann selbst hinabsteigen und Sadie um Hilfe bitten.«

Ich wandte mich zur Tür.

»Ja, geh nur«, sagte Krys kalt.

Ich öffnete die Tür.

»Ich werde es tun«, sagte er. »Eine andere Möglichkeit gibt es nicht.«

Wie immer wollte er seinen Kopf durchsetzen. Offenbar hatte er vergessen, dass ich ebenso stur war wie er.

Ich drehte mich zu ihm um. »Wenn du dich auch nur in Sadies Nähe wagst, bin ich mit dir fertig.«

Draußen empfing mich ein schöner, sonniger Tag. Doch in meinem Kopf herrschte ein einziger Tumult. Krys und ich hatten uns geliebt – und dann war alles aus dem Ruder gelaufen. Nun fühlte ich mich wieder endlos weit von ihm entfernt, konnte kaum glauben, dass ich ihn noch vor Kurzem innig umschlungen und hingebungsvoll geküsst hatte. Er hatte recht, ich verstand ihn nicht. Er und andere Widerstandskämpfer planten eine Aktion. Gut, das konnte ich nachvollziehen. Aber war es ihnen denn einerlei, wenn dabei Unbeteiligte ums Leben kamen? Waren diese Toten dann einfach »Opfer«, die man hinnehmen musste? Sollten Sadie und die anderen in der Kanalisation der Preis für einen Sack Kartoffeln gewesen sein?

Als ich zu Hause ankam, war es neun Uhr. Nach ihren nächtlichen Vergnügungen hatte ich fest damit gerechnet, dass meine Stiefmutter noch schlief, doch zu meinem Leidwesen saß sie am Frühstückstisch und empfing mich mit feindseligem Blick.

Hastig strich ich mir die Haare glatt. Mein zerknittertes, verschmutztes Kleid konnte ich leider nicht mehr retten. Ich machte mich auf ein Verhör und Vorwürfe gefasst. Doch Ana Lucia musterte mich schweigend. Ich ließ mich am Tisch nieder.

Hanna kam, legte ein Gedeck für mich auf und schenkte mir eine Tasse Kaffee ein.

»Möchten Sie Kiełbasa?«, fragte Hanna und deutete auf die Platte mit der geräucherten Wurst.

Ich war viel zu durcheinander, um Hunger zu haben, doch ich griff nach einer Scheibe Brot und belegte sie mit Wurstscheiben.

Hanna verschwand.

Meinen Geburtstag schien meine Stiefmutter wie üblich vergessen zu haben. Wahrscheinlich erinnerte sie sich nicht einmal mehr an das Datum.

Doch als ich aufsah, waren ihre Augen schmal wie die einer Katze und belauerten mich.

Mich beschlich ein ungutes Gefühl. Hatte sie herausgefunden, dass Sadie bei mir gewesen war?

Dann sagte sie: »Sicherlich freut es dich, dass es mir wieder besser geht.«

Ich blickte sie verwirrt an. Sie sah gesund und rosig aus, nicht wie jemand, der von einer Krankheit genesen war. »Ich wusste nicht, dass du krank warst.«

»Wie seltsam.« Ana Lucia bedachte mich mit einem unangenehmen Lächeln. »Als du wieder einmal in Dębniki warst, hast du zwei Wehrmachtsoldaten etwas anderes erzählt.«

Im ersten Moment wusste ich nicht, wovon sie redete. Dann fielen mir die beiden Soldaten ein, die mich angehalten hatten. Sie hatten wissen wollen, was in meinem Korb war.

»Du hast ihnen gesagt, dass du mir etwas zu essen bringen musst, hast meinen Namen und den von Oberführer Maust genannt. Maust wurde entsprechend informiert.« Ana Lucia sah mich wütend an. »Er hat mich darauf angesprochen. Und ich wusste von nichts und stand wie eine Idiotin da. Warum hast du das getan?«

Ich kramte in meinem Gehirn auf der Suche nach einer Ausrede. »Die beiden Soldaten wollten meine Kennkarte sehen, doch ich hatte sie nicht dabei«, log ich. »Dann wollten sie wissen, was ich in Dębniki zu suchen hatte. Ich hatte Angst und habe ihnen einfach etwas erzählt. Es tut mir leid.«

»Und was hattest du dort zu suchen? Ich kann mich nicht erinnern, dich noch einmal nach Dębniki geschickt zu haben. Im Gegenteil. Zudem hat Maust gesagt, du seist in Begleitung eines jungen Mannes gewesen.« Ana Lucia runzelte die Stirn. »Das war wieder dieser Prolet aus Dębniki, oder?« Ihre Lippen kräuselten sich verächtlich.

So hatte sie stets über Krys gesprochen. Es hatte mich zornig gemacht, doch nun nahm ich es hin. Hauptsache, Ana Lucia erfuhr nichts von Sadie. »Ja.«

»Ich möchte nicht, dass du diesem Kerl nachläufst und dich in dieser heruntergekommenen Gegend herumtreibst. Ich möchte auch nicht, dass du noch einmal früh am Morgen von weiß der Henker woher kommst und verboten aussiehst. Ich hoffe, wir haben uns verstanden.«

Ich setzte eine reuige Miene auf und nickte. »Ja, Ana Lucia.«

Ich hatte es übertrieben. Ana Lucia taxierte mich misstrauisch. »Irgendetwas führst du im Schilde, das spüre ich doch.«

»Ich weiß nicht, wie du darauf kommst«, sagte ich und setzte eine Unschuldsmiene auf.

»Ich warne dich«, sagte meine Stiefmutter. »Dies ist mein Haus und du wohnst hier nur, solange ich es gestatte. Das ist dir doch klar, oder?«

Ohne ihr eine Antwort zu geben, aß ich den Rest meines Wurstbrots und trank den Kaffee aus. Danach stand ich auf und verließ wortlos das Esszimmer. Ana Lucia hielt mich nicht auf, was mich wunderte. Doch für mich zählte nur, dass sie nichts von Sadie wusste. Dennoch beschloss ich, künftig vorsichtiger zu sein.

Auf dem Garderobentischchen im Flur entdeckte ich einen

Brief, der an mich adressiert war. Ich fragte mich, wann er angekommen war, denn gestern hatte er dort noch nicht gelegen und heute war Sonntag. Offenbar hatte Ana Lucia sich einen Spaß daraus gemacht, ihn zurückzuhalten.

Der Brief kam aus Paris, ich erkannte es an den französischen Briefmarken. Mein Bruder musste sich an meinen Geburtstag erinnert haben. Doch die Hand, die die Adresse geschrieben hatte, war nicht die meines Bruders. Maciej schrieb größer und verschnörkelter. Ich riss den Umschlag auf.

*Liebe Ella,*
*wir sind uns noch nicht begegnet, aber Maciej hat mir so viel von Dir erzählt, dass es mir beinahe so vorkommt. Ich bin Philippe, der Freund Deines Bruders.*

*Freund.* Hinter dem Wort verbarg sich so viel mehr. Philippe und Maciej liebten einander. Ich wünschte, man könnte es offen aussprechen und ihre Beziehung wäre gesellschaftlich akzeptiert. Ich las weiter.

*Leider muss ich Dir mitteilen, dass Maciej bei einer Polizeirazzia in einem Nachtclub festgenommen wurde.*

Für einen Moment setzte mein Herzschlag aus. Maciej in den Händen der Polizei?

*Vorher gab es bereits Gerüchte über diese Razzia. Ich hatte Deinen Bruder gebeten, den Club an jenem Abend nicht zu besuchen. Er hat nicht auf mich gehört.*

Natürlich hatte mein Bruder sich nicht beirren lassen. Er war ebenso dickköpfig wie ich. Bei ihm hatte dies zu derart heftigen Auseinandersetzungen mit meinem Vater geführt, dass Maciej bis nach Paris geflohen war.

*Ich habe alle meine Kontakte genutzt, um herauszufinden, wie es Maciej geht und was ich tun muss, damit er wieder freikommt. Es gehe ihm gut, heißt es, und er werde bald entlassen.*

Dann gab es also Hoffnung. Maciej war ein feinsinniger Mensch. Einen langen Gefängnisaufenthalt würde er nicht überstehen.

*Zuvor ist es Deinem Bruder jedoch noch gelungen, Dir ein Visum für Frankreich zu besorgen. Ich habe es beigelegt. Komm, sobald es machbar ist. Wir würden Dich sehr gern bei uns aufnehmen. Und mach Dir um Maciej keine allzu großen Sorgen. Er wird bald wieder bei mir sein.*

*Herzliche Grüße*
  *Philippe*

Ich schaute in den Umschlag, zog das Visum heraus und las es mehrere Male. Falls es mir auf irgendeine Weise gelingen würde, Polen in diesen Kriegszeiten zu verlassen, könnte ich meiner Stiefmutter endlich den Rücken kehren. Wahrscheinlich gab es Menschen, die für ein solches Dokument morden würden. Ich dachte daran, wie lange ich davon geträumt hatte, bei meinem Bruder und seinem Freund zu sein. Nun kam es mir vor, als hätte ich diesen Traum in einem anderen Leben gehabt.

In meinem derzeitigen Leben ging es um Sadie. Sie brauchte mich, wie mich bisher noch nie jemand gebraucht hatte. Ohne mich würde Sadie nicht überleben. Zweimal hatte ich tatenlos zugesehen, wie Menschen Unrecht getan wurde oder wie sie verfolgt wurden. Einmal bei meiner Freundin Miriam, dann bei der Frau mit den kleinen Kindern an der Dębniki-Brücke. Ein drittes Mal durfte es nicht geben.

Ich würde das Visum nicht nutzen, nicht versuchen, mich nach Frankreich durchzuschlagen. Vielleicht würde es nach dem Krieg eine Reisemöglichkeit geben.

Ich faltete den Brief und das Visum zusammen, steckte beides in den Umschlag und legte ihn in meine Schreibtischschublade.

# KAPITEL 17

## SADIE

Wieder einmal versuchte meine Mutter, das Baby zu stillen. Manchmal glückte es ihr nicht, doch an diesem Morgen schien es zu gelingen, ihre Brüste waren schwer und voll. Ich baute mich vor ihr auf, um den Rosenbergs den Blick auf sie zu verstellen.

Während meine kleine Schwester trank, betrachtete ich das hohlwangige Gesicht meiner Mutter und ihre mageren Arme. Aber wie hätte sie auch anders aussehen sollen, sie bekam ja kaum etwas Nahrhaftes zu essen. Die Kartoffeln, die Krys besorgt hatte, genügten nicht, um sie zu kräftigen. Zudem würden wir sie in wenigen Tagen verzehrt haben. Was wir dann tun würden, wussten wir nicht.

Im Grunde wunderte es mich, dass meine Mutter es überhaupt schaffte, sich um ihr Baby zu kümmern. Doch sie trug es umher, wiegte es in den Schlaf, stillte es und wusch abwechselnd die beiden Lappen aus, die als Windeln dienten. Vielleicht hatte das Kind ihrem Leben neuen Sinn verliehen.

Mein Blick wanderte zu dem Baby, das nun drei Tage alt war und noch immer keinen Namen hatte. Es hörte auf zu saugen und sah mich an, mit großen Augen und ohne zu blinzeln. Angeblich erkannten Säuglinge während der ersten Monate niemanden. Vielleicht traf das ja zu, aber die Augen meiner kleinen Schwester suchten mich, sowie ich in ihrer Nähe war. Es war, als spürte sie, dass wir zusammengehörten. Und wenn sie müde war und quengelte, ließ sie sich nur von mir beschwichtigen. Ebenso wenn sie brüllte, weil meine Mutter nicht genug Milch hatte.

Als das Baby satt war und schlief, verließ ich die Kammer, um mir die Beine zu vertreten. Saul war losgezogen, um frisches Wasser zu holen. Vielleicht würde er auf dem Rückweg ein wenig mit mir plaudern.

In der vergangenen Nacht hatte es stundenlang geregnet und erst gegen Morgen wieder aufgehört. Wahrscheinlich hatte in den Tunneln Wasser gestanden, inzwischen waren die Böden nur noch feucht, und an manchen Stellen Pfützen zurückgeblieben. Was wir bei einer Überflutung, wie wir sie einmal hatten, mit dem Baby machen würden, wollte ich mir lieber nicht vorstellen.

Ich beschloss, einen kurzen Blick nach draußen zu werfen, und lief bis zu dem Kanaldeckel in Sauls Leseecke. Sonnenstrahlen fielen durch die Gitterstäbe und ließen die nassen Mauern schimmern. Bei diesem Anblick kam mir der Ausflug nach Danzig in den Sinn, den mein Vater vor Jahren mit uns gemacht hatte. An einem frühen Morgen waren wir von unserer Pension aus mit Fahrrädern an den Strand gefahren. Damals war es der feste, feuchte Sand gewesen, der so schön in der Sonne geglänzt hatte.

Als ich auf der Straße Schritte vernahm, kehrte ich um. Noch bevor ich die Kammer erreichte, hörte ich das Baby schreien und stellte fest, dass der Lärm von den Tunnelwänden zurückgeworfen wurde.

In der Kammer lief meine Mutter mit dem Kind auf und ab und schaukelte es in den Armen. Es ließ sich nicht besänftigen, wahrscheinlich hatte es Blähungen.

Ich nahm meiner Mutter das Baby ab, küsste es und schnupperte an dem Köpfchen. Nicht einmal der Gestank der Kanalisation konnte den süßen Babyduft vollständig überdecken. Die großen Augen meiner Schwester richteten sich auf mich. Ich drückte den winzigen, weichen Körper an mich und flüsterte zärtliche Worte in die rosige Ohrmuschel. Das Baby wurde still. Meine Liebe zu dem Kind war grenzenlos.

Mit dem kleinen Mädchen an einer Schulter wanderte ich vor der Kammer hin und her, erzählte ihr von unserem früheren Leben und unserem Vater. Ich beschrieb ihr, was wir unternehmen würden, wenn wir wieder frei waren. Ich würde ihr zeigen, wie schön Krakau war, ihr die Geschichte der Stadt erzählen. Sie sah mich so ernst an, als verstünde sie jedes Wort.

Ich legte das Kind an die andere Schulter, hielt dabei sein Köpfchen, so wie meine Mutter es mir gezeigt hatte. Dabei rutschte die Babydecke ab, in die wir das Baby hüllten, und fiel in eine Pfütze.

»O nein!« Ich bückte mich und riss die Decke an mich, doch es war schon zu spät. Eine Ecke hatte sich mit verdrecktem braunem Wasser vollgesogen.

Meine Mutter kam aus der Kammer, nahm mir die Decke ab und wrang die nasse Ecke aus. Ich wartete darauf, dass sie mich für mein Ungeschick schalt, aber das tat sie nicht. Sie betrachtete den Fleck nur resigniert. Und dann drückte sie die Decke an sich und begann zu schluchzen, so heftig und verzweifelt, als wäre alles, was sie seit unserer Flucht ertragen hatte, zusammengekommen: Der Tod meines Vaters, unser elendes Dasein unter der Erde, die immerwährende Furcht, entdeckt zu werden, der Hunger und die Sorge um das Baby.

Ich schämte mich, weil ich die Decke hatte fallen lassen und meine Mutter zum Weinen gebracht hatte.

Zu allem Unglück verzog das Baby nun ebenfalls sein Gesicht. Der kleine Körper wand sich in meinen Armen, der Mund öffnete sich, und dann setzte das Gebrüll ein.

Meine Mutter schloss die Augen. Ein Schauer durchlief ihren Körper. Dann atmete sie tief durch, nahm mir das Kind ab und kehrte mit ihm in die Kammer zurück.

Ich folgte ihr mit hängendem Kopf und fühlte mich schrecklich.

Meyer Rosenberg beobachtete uns übellaunig. Nicht nur er, wir alle hatten Angst, das Geschrei des Babys könnte uns verraten.

Ich strich dem Kind über den Kopf. Normalerweise gefiel ihm das, doch diesmal schien die Berührung es nur noch mehr aufzubringen.

»Lass das Baby in Ruhe«, fuhr meine Mutter mich an und drehte sich mit ihm von mir fort. Nun fühlte ich mich noch schlechter.

Meine Mutter ließ sich mit dem brüllenden Kind auf ihrer Bank nieder. Ich setzte mich zu ihr und wusste nicht, was ich tun sollte.

Dann trat Bubbe zu uns, scheuchte mich von meinem Platz und ließ sich an der Seite meiner Mutter nieder.

»Das Kind muss verschwinden«, sagte Bubbe. »Wahrscheinlich sehen Sie es selbst ein.«

Verschwinden? Ich sah Bubbe verwirrt an. Wohin sollte ein drei Tage altes Kind verschwinden? Hatte Bubbe nun völlig den Verstand verloren?

Auch Rosenberg kam zu uns. Vielleicht wollte er sich für seine Mutter entschuldigen. Stattdessen sagte er: »Meine Mutter hat recht. Das Kind muss fort. Sein Geschrei bedeutet für uns alle eine Gefahr.«

Wie konnte er so etwas sagen? Die Rosenbergs waren unsere Verbündeten, ich hatte sie sogar für Freunde gehalten. Ich blickte mich nach Saul um, doch er war noch nicht zurück.

»Und wohin soll ich mit dem Kind gehen?«, fragte meine Mutter. »Sie können doch nicht im Ernst erwarten, dass ich mich mit meinem Baby nach draußen wage.«

Meine Schwester war verstummt, als wolle auch sie erfahren, was Rosenberg nun vorschlug.

»Nein, das nicht«, antwortete Rosenberg.

Nun verstand ich gar nichts mehr. Was genau verlangte er?

»Aber die Kanalisation ist kein Ort für einen Säugling. Ich bin mir sicher, dass Ihnen das selbst von Anfang an klar war.« Er tauschte einen Blick mit seiner Mutter. Ich nahm an, die beiden hatten sich abgesprochen. Nur wusste ich noch immer nicht, was er uns eigentlich sagen wollte.

Im Ghetto hatten Geschichten kursiert, nach denen katholische Familien Kinder jüdischer Eltern bei sich aufgenommen hatten. Doch wir kannten keine Katholiken, die wir darum bitten könnten. Und selbst wenn, wie hätten wir zu ihnen gelangen sollen?

Das Baby begann zu weinen.

»Und schon geht es wieder los«, sagte Bubbe. »Es muss dringend etwas geschehen.«

Saul tauchte im Eingang der Kammer mit dem Wassereimer auf. Ich stürzte zu ihm. »Hilf uns, Saul. Dein Vater und deine Großmutter möchten, dass wir die Kanalisation verlassen.« Einen Moment lang fürchtete ich, er hätte sich ihrer Meinung angeschlossen und würde ihren Wunsch noch einmal bekräftigen. Doch dem war nicht so.

»Was?« Er stellte den Wassereimer ab und sah seinen Vater entrüstet an. »Wie kannst du so etwas auch nur denken, geschweige denn sagen?«

»Das Kind ist ein Fluch.« Bubbe spuckte aus. Jede Form des Anstands war vergessen. »Seinetwegen werden wir alle umkommen.«

Saul wandte sich mir zu. »Sie meint es nicht so«, sagte er leise.

Bubbe hatte ihn gehört. »Das tue ich sehr wohl. Ich habe bereits einen Enkel verloren und möchte nicht auch dich noch verlieren, und das nur, weil ein Baby geschrien hat. Wir müssen vernünftig sein und das tun, was für uns alle das Beste ist. Um mich selbst geht es mir dabei noch am allerwenigsten.« Sie drehte sich zu meiner Mutter um. »Ich bin eine alte Frau und meine Zeit ist so gut wie abgelaufen.« Ihre Stimme war sanfter geworden. »Ich denke an Saul, und Sie sollten an Sadie denken.«

»Und was raten Sie mir?«, fragte meine Mutter. »Soll ich einen Gnadenakt begehen und mein Kind ersticken?« Sie legte eine Hand auf den Mund meiner Schwester und sah Bubbe an.

Ich erinnerte mich an ein Ehepaar im Ghetto, das sich während einer Razzia der SS hinter einer Tarnwand verborgen hatte. Es hatte sein Baby dabei. Als das Kind zu weinen begann, hielt die Mutter ihm den Mund zu. Nur tat sie es viel zu lange, und das Kind erstickte.

»Nein, Mama.« Ich schob ihre Hand fort. Wie sehr sie sich verändert hatte. Im Ghetto hatte sie aus dem Fenster springen wollen, als sie dachte, die SS hätte mich mitgenommen. Und nun fragte sie, ob sie das Leben ihres neugeborenen Kinds beenden sollte? Das konnte sie doch niemals ernst gemeint haben.

»Nehmen Sie das Kind und gehen Sie«, sagte Bubbe.

Meine Mutter schüttelte den Kopf und presste das Baby an sich.

Von Anfang an hatten wir mit den Rosenbergs auf engstem

Raum zusammengelebt, unser Essen geteilt und uns in unserer Not beigestanden. Woher nahm Bubbe das Recht, meine Mutter und meine kleine Schwester zu verjagen?

»Möchten Sie, dass Sadie stirbt?«, versuchte Bubbe es erneut.

Meine Mutter senkte den Blick und schien nachzudenken. Dann sah sie mich an. »Was meinst du? Ich weiß nicht, wie wir das Baby ruhig halten können.«

Meine Schwester hörte auf zu weinen und gab gurgelnde Laute von sich.

»Wir können nicht weg. Wohin sollten wir denn gehen?«, sagte ich.

Meine Mutter hob die Schultern. »Ich habe keine Ahnung. Ich weiß nur, dass ich dich nicht in Gefahr bringen will.«

Sie richtete ihren Blick auf Bubbe. »Gut, ich verschwinde. Zusammen mit dem Baby. Aber Sadie bleibt hier.«

Ich starrte sie fassungslos an. Hatte sie tatsächlich vor, mich hier zurückzulassen? »Nein, Mama!«

»Besprechen Sie das in Ruhe«, sagte Rosenberg und wandte sich ab. Er und seine Mutter ließen sich auf ihrer Seite der Kammer nieder. Saul sah mich bedrückt an, doch dann gesellte er sich zu den beiden.

Ich lehnte mich an meine Mutter. »Du darfst nicht fortgehen.« Ich fing an zu weinen. »Wie kannst du bloß auf so einen Gedanken kommen? Ich will hier nicht allein zurückbleiben.«

Das Baby kuschelte sich an meine Mutter und schlief ein.

»Als Papa ertrunken ist, hast du mir versprochen, dass du mich nie verlässt«, fuhr ich fort. »Wir haben doch nur noch einander.«

Meine Mutter schloss die Augen. »Ich habe keine andere Wahl. Ein schreiendes Baby kann uns verraten.«

»Dann gehen wir eben zusammen fort.« Wohin wusste ich

nicht. Ich überlegte, ob ich Ella bei unserem nächsten Treffen um Hilfe bitten sollte. Nein, das wäre zu viel verlangt. Wie sollte sie ein Versteck für drei Personen finden, unter ihnen ein neugeborenes Kind? In der kurzen Zeit in ihrem Haus wäre ich beinahe schon entdeckt worden.

»Paweł hat mir einmal von einem Ort erzählt, an dem ich das Baby abgeben könnte«, sagte meine Mutter. »Im Bonifratrów-Krankenhaus arbeitet ein Arzt, der jüdische Kinder annimmt und sie bei katholischen Familien unterbringt.«

Das Bonifratrów-Krankenhaus war ein katholisches Kranken-haus am Rand von Kazimierz und wurde von einem Nonnen-orden geleitet. Ich konnte mir nicht vorstellen, dass man sich dort für jüdische Kinder einsetzen würde. Und warum sprach meine Mutter erst jetzt mit mir darüber? Warum hatte sie nicht mit mir gemeinsam geplant?

»Bitte tu's nicht. Wir dürfen uns nicht trennen.«

»Es ist die einzige Möglichkeit«, sagte sie und öffnete die Augen.

Ängstlich studierte ich ihre Miene, suchte nach einem Aus-druck der Zuversicht und erkannte nur ihre Verzweiflung.

»Ich gebe das Baby dort ab. Danach komme ich zurück.«

Ich schüttelte den Kopf. Ich wollte weder meine Mutter noch meine kleine Schwester verlieren.

»Es wäre nur vorübergehend«, sagte meine Mutter.

Doch ich sah, wie schwer ihr Blick wurde, und war mir si-cher, würde meine Mutter die Kanalisation mit dem Kind ver-lassen, würde ich die beiden nie wiedersehen. »Nein, wir müs-sen alle zusammenbleiben.«

Meine Mutter blickte auf das sanft schlummernde Kind in ihren Armen. »Lass uns nicht länger darüber reden. Es führt zu nichts.«

Ich wollte sie zwingen, mir zu schwören, dass sie bei mir bleiben würde. Dann nahm ich ihren gequälten Gesichtsausdruck wahr und schwieg.

In den nächsten Stunden schlief meine Schwester. Und wenn sie wach war, weinte sie nicht, sondern wedelte vergnügt mit Armen und Beinen. Niemand sprach mehr davon, dass meine Mutter das Baby fortbringen müsse, doch mir schwirrte der Gedanke unentwegt durch den Kopf.

Ich der Nacht schlief ich unruhig. Irgendwann schreckte ich aus dem Schlaf auf und spürte, dass etwas anders war. Und noch bevor ich auf der Bank an meiner Seite nach meiner Mutter tastete, wusste ich, dass sie und das Baby fort waren.

Ich schnellte hoch, starrte in die Dunkelheit und hoffte, meine Mutter irgendwo zu hören. Doch alles war still. »Mama!«, rief ich, und es war mir gleich, ob ich die Rosenbergs weckte. Ich sprang auf, nahm mir Sauls Taschenlampe und rannte aus der Kammer.

Von meiner Mutter war nichts zu sehen. Ich lief durch den Tunnel.

An der Stelle, an der Saul und ich Wasser holten, stand meine Mutter auf dem nassen Boden und hielt das schlafende Baby an sich gedrückt. Im ersten Moment dachte ich, sie sei vielleicht geschlafwandelt, doch als sie sich zu mir umwandte, war ihr Blick wach und klar.

»Mama, was tust du hier?«, fragte ich.

Sie gab mir keine Antwort.

»Wolltest du heimlich verschwinden?«

Nein, das konnte nicht sein, sie hatte ja unsere Tasche nicht dabei.

Meine Mutter blickte in den Tunnel. »Ich habe den Weg nach draußen gesucht.«

Ich führte sie zurück und fragte mich, was sie getan hätte, wenn ich nicht gekommen wäre.

In der Kammer legte meine Mutter sich mit dem Kind an ihrer Brust wieder auf ihre Bank. Eine Weile später atmete sie regelmäßig, und ich nahm an, dass sie der Schlaf übermannt hatte.

Dennoch wollte ich wach bleiben, um sicherzugehen, dass sie nicht fortging, doch irgendwann wurde ich so müde, dass ich einschlief.

Als ich am Morgen wach wurde, fühlte ich mich wie erschlagen. Ich tastete nach meiner Mutter. Sie war nicht da. Ich setzte mich auf und blickte mich panisch um.

Meine Mutter stand an der Feuerstelle, hielt meine kleine Schwester in einem Arm und kochte zum Frühstück Kartoffeln. Ich atmete auf. Offenbar hatte sie den Gedanken, die Kanalisation zu verlassen, aufgegeben.

Mein Blick fiel auf die Tasche auf der Bank meiner Mutter. Ich zog sie zu mir heran und sah hinein. Meine Mutter hatte sie bis auf die wenigen Babysachen, die sie aus dem Ghetto mitgebracht hatte, ausgeräumt. Sie wollte also doch fort.

Ich ging zu ihr. »Warum ist die Tasche für das Baby gepackt?«

Sie reichte mir eine Pellkartoffel. Eine zweite legte sie in die Tasche. »Ich bringe das Baby fort, so wie wir es gestern besprochen haben.«

»Nein, Mama, das tust du nicht.«

Meine Mutter sah mich schwermütig an. »Doch. Du weißt selbst, dass es sein muss. Ich bringe das Kind ins Bonifratrów-Krankenhaus.«

Meine Brust schnürte sich zu. »Und wie stellst du dir das vor? Glaubst du, auf dem Weg sieht dich keiner? Weißt du nicht, wie schwach du noch bist?«

Sie gab mir keine Antwort.

»Lass wenigstens mich gehen. Ich weiß, wie man sich nachts ungesehen durch die Stadt schleicht. Ich habe es schon einmal geschafft.«

Meine Mutter schüttelte den Kopf. »Ich muss das Kind selbst abgeben. Mich vergewissern, dass es bei den Nonnen gut aufgehoben ist.« Dann krümmte sie sich, als hätte sie Schmerzen.

»Dir geht es nicht gut«, sagte ich. »Du kannst nicht weggehen.«

Sie machte eine abwehrende Handbewegung und ließ sich auf ihrer Bank nieder. Plötzlich begann sie zu weinen. Sie reichte mir das Baby und schlug die Hände vor ihr Gesicht. Hilflos sah ich zu, wie ihr zarter Körper von Schluchzern geschüttelt wurde. Dann ließ sie die Hände sinken und presste eine Faust auf ihren Mund.

Und ich spürte das ganze Elend, das unser Leben war.

Schließlich versiegten ihre Tränen. Sie wischte sich über die Augen, versuchte sogar zu lächeln. »Manchmal wird einem alles zu viel. Außerdem neigen Frauen, die gerade ein Kind bekommen haben, zum Weinen.« Sie zuckte mit den Schultern. »Vielleicht bin ich auch ein bisschen müde.«

Ich fragte mich, wann ihr klar geworden war, dass das Kind nicht bei uns bleiben konnte. Wahrscheinlich lange bevor Bubbe und Rosenberg es gefordert hatten.

Meine Mutter nahm mir das Baby ab und stand auf.

»Du hast mir versprochen, mich nicht zu verlassen«, wiederholte ich.

»Das werde ich auch nicht«, erwiderte sie so fest, dass ich ihr beinahe glaubte. »Wenn ich deine Schwester im Krankenhaus abgegeben habe, komme ich zurück.«

Und was, wenn sie in die Fänge der SS oder der Gestapo geriet?

»Wenn du gehst, bringt man dich um.«

Meine Mutter küsste mich auf die Stirn. Ich spürte ihre Liebe, spürte, wie sehr ich sie liebte, und begann wieder zu weinen. »Bitte, geh nicht.«

Ich hatte nicht gemerkt, dass Saul zu uns getreten war, nahm ihn erst wahr, als er eine Hand auf meine Schulter legte. Ich schüttelte die Hand ab. »Bitte sag Mama, dass sie bleiben muss.«

Mein Vater hätte meine Mutter zurückgehalten, aber ich wusste nicht, wie ich das anstellen sollte.

Ich sah Saul an. »Warum hilfst du mir nicht? Warum lässt du zu, dass sie geht? Sie wird nirgends sicher sein, man wird sie umbringen. Sie und das Baby.«

»Deine Mutter muss das tun, was sie für das Richtige hält«, erwiderte Saul. »Bubbe hat leider recht: Wenn das Baby hierbleibt, sind wir alle tot. Und ich kann dich nicht verlieren, Sadie. Nicht, wenn ich dich retten kann.«

Ich wusste, dass er an Shifra dachte, und wie es ihm missglückt war, sie zu retten.

»Du kannst sie nicht aufhalten«, setzte er hinzu. »Sie hat sich entschieden. Die einzige Hilfe, die du ihr geben kannst, ist, wenn du ihr den Weg nach draußen zeigst.«

Ich griff nach dem Arm meiner Mutter. »Mama, bitte«, flüsterte ich.

Meine Mutter streichelte meine Hand. »Es muss sein, Sadie.«

»Dann komme ich mit«, sagte ich. »Ich werde das Baby tragen.«

»Nein, Sadie«, sagte meine Mutter. »Zusammen fallen wir doch noch viel eher auf. Allein kann ich mich freier bewegen.

Und in ein paar Stunden bin ich wieder da. Oder spätestens morgen.«

»Warum wartest du nicht, bis meine Freundin Ella kommt? Vielleicht kann sie uns helfen.« Ella würde uns nicht helfen können, ich spielte nur auf Zeit.

»Ich kann nicht mehr warten«, entgegnete meine Mutter. »Jedes Mal, wenn das Kind schreit, bringt es uns in Gefahr. Ich möchte mich auch nicht auf eine junge Frau verlassen, die kaum wissen wird, wie man ein jüdisches Baby in Sicherheit bringt.« Sie sah mich beschwörend an. »Ich komme zurück, das verspreche ich dir.«

Während der ganzen Zeit hatte meine kleine Schwester keinen Ton von sich gegeben, sondern friedlich geschlafen.

Meine Mutter reichte mir das Baby. »Ich habe meine Jacke vergessen.« Sie griff nach der Windjacke und seufzte. Auf dem Ärmel waren die Risse zu erkennen, wo der blaue Stern aufgenäht gewesen war.

Bubbe Rosenberg, die alles von ihrer Bank aus beobachtet hatte, brachte meiner Mutter ihren Umhang. Auf dem war kein Stern, Bubbe hatte ihn entfernt, ohne grobe Spuren zu hinterlassen. »Nehmen Sie den.«

»Ich danke Ihnen.« Meine Mutter legte den Umhang um und bückte sich nach der Tasche. Ihr Haar war inzwischen mehr weiß als weißblond, das war mir bisher noch gar nicht aufgefallen. Und als sie sich aufrichtete und mir das Baby abnahm, war ihr Gesicht schmerzerfüllt.

Bubbe strich dem Baby über den Kopf. Am liebsten hätte ich ihre Hand weggeschlagen. Meine Mutter mochte zwar selbst daran gedacht haben, ihr Kind fortzubringen, doch Bubbe hatte den Ausschlag gegeben. »Wir werden uns um Sadie kümmern, bis Sie zurückkehren.«

Warum sagte sie das? Meine Mutter würde spätestens morgen wieder hier sein, das hatte sie doch gesagt. Und bis dahin konnte ich mich ohne Weiteres selbst um mich kümmern. Doch als ich den einvernehmlichen Blick sah, den die beiden Frauen wechselten, ballte sich in meinem Magen etwas Kaltes zusammen.

Meine Mutter nickte mir zu. »Komm, Sadie. Zeig mir den Weg nach draußen.«

»Nimm den Weg über das große Becken«, sagte Saul.

»Ich will nicht, dass sie geht«, flüsterte ich.

Saul sah mich mitfühlend an. »Soll ich sie nach draußen begleiten?«

Ich schüttelte den Kopf. »Ich muss es tun.«

Saul legte eine Hand auf meinen Arm. »Ich kann mir denken, wie schwer es für dich ist.« Er drückte meinen Arm. »Ich werde hier auf dich warten.«

Widerstrebend folgte ich meiner Mutter nach draußen. »Lass mich wenigstens die Tasche tragen«, sagte ich.

Sie reichte sie mir. Offenbar wollte sie zu der Stelle laufen, an der ich Ella zum ersten Mal gesehen hatte. Ich hielt sie fest. »Wir müssen in die andere Richtung. Da kommen wir an die Weichsel.«

Schweigend liefen wir durch die Tunnel. Ich spürte meine Angst, wollte meiner Mutter sagen, dass ihr Plan Selbstmord sei, doch an ihrer steifen Kinnpartie erkannte ich, dass sie entschlossen war, zu gehen. Sie würde sich nicht umstimmen lassen.

Wir erreichten das Becken. Ich deutete auf das hochgelegene Rohr am anderen Ende. »Wir müssen durch das Rohr dort kriechen. Dahinter ist ein Kanaldeckel, den man aufstoßen kann.«

Meine Mutter blickte auf das Rohr. Für einen Moment schien sie wankelmütig zu werden, und mein Herz begann, hoffnungsvoll zu schlagen. Vielleicht würde sie ihre Meinung doch noch ändern. Aber sie sagte: »Dann los.«

Wir durchquerten das Becken. Am anderen Ende übergab meine Mutter mir das noch immer schlafende Baby und versuchte, sich allein zum Rohr hochzuziehen. Nicht einmal ich hatte das gekonnt, und meine Mutter war viel schwächer als ich. Vorsichtig legte ich meine kleine Schwester ab. Dann umfasste ich die Taille meiner Mutter und hob sie hoch. Sie war leicht wie eine Feder.

Ich nahm das Baby auf, küsste es auf ein weiches Bäckchen und tupfte meine Tränen ab, die auf sein Gesicht gefallen waren. »Bis ganz bald«, flüsterte ich ihm ins Ohr und wünschte, ich wäre klüger und hätte einen Weg gefunden, meine Mutter und dieses winzige Kind bei mir zu behalten.

»Beeil dich«, flüsterte meine Mutter.

Ich reichte ihr das Baby, spürte, wie der warme Körper meine Hände verließ und fühlte mich beraubt. Ich ordnete den Bretterstapel, den ich beim letzten Mal zurückgelassen hatte, kletterte darauf und kroch mit der Tasche durch das Rohr.

Dann standen wir unter dem Kanaldeckel. Ich spähte durch die Gitterstäbe. »Du kommst am Flussufer heraus«, sagte ich. »Bis zur Weichselbrücke ist es nicht mehr weit und dann bist du auch schon bald am Krankenhaus. Du musst …« Meine Stimme versagte. Gleich würden wir voneinander Abschied nehmen. »Halte dich an die Seitenstraßen.« Unter normalen Bedingungen war der Weg tatsächlich nicht allzu weit, doch meine Mutter war entkräftet und musste zudem eine Tasche und ein Neugeborenes tragen. Ich konnte nur beten, dass das Baby auf dem Weg nicht zu weinen begann.

Ich umarmte meine Mutter und meine Schwester und wollte sie nicht loslassen. Meine Mutter küsste meine Wangen und murmelte beruhigende Worte. Mir war, als würde meine ganze Kindheit an mir vorbeiziehen und verlöschen. Meine Schwester gab schmatzende Laute von sich. Sie hatte Hunger.

Ich strich dem Baby über den Kopf. Schon jetzt hatte meine Hand sich an diese Rundung gewöhnt. »Kleines Schätzchen«, flüsterte ich dem Winzling ins Ohr und spürte, wie mein Herz brach.

»In ein paar Monaten holen wir sie zurück«, sagte meine Mutter. »Dann ist der Krieg zu Ende. Die Deutschen werden ihn verloren haben und den Rückzug antreten.«

Vielleicht würde es so kommen, vielleicht aber auch nicht. »Das Baby braucht einen Namen«, sagte ich.

»Über den wird der Allmächtige entscheiden«, entgegnete meine Mutter, und in diesem Augenblick wusste ich, dass sie nicht davon ausging, dass wir das Baby in ein paar Monaten zurückholen würden. Es würden andere Menschen sein, die meiner Schwester einen Namen geben würden.

Meine Mutter trat zurück, meine Arme fielen herab. »Hilf mir«, sagte sie und deutete auf den Kanaldeckel.

Mit tränenblinden Augen stemmte ich den Deckel auf und blickte über die Gasse. Es war niemand da.

Ich half meiner Mutter aus der Kanalisation, reichte ihr die Tasche und das Kind an.

»Warum kann ich nicht mit dir kommen?« Ich begann zu schluchzen und griff nach ihrem Bein.

»Nein, Sadie.« Meine Mutter schüttelte meine Hand ab. »Du bleibst da unten und wartest auf meine Rückkehr.« Mit dem Fuß tippte sie an den Kanaldeckel. »Zieh den wieder an die richtige Stelle und mach schnell.«

Ich zerrte den Kanaldeckel über mich und starrte durch die Gitterstäbe nach oben.

Meine Mutter blickte über die Gasse. Dann beugte sie sich zu mir herab. »Ich hab dich lieb, Sadie.«

Ich schluchzte so heftig, dass ich keinen Ton herausbrachte.

»Nicht weinen.« Einen Moment sah meine Mutter mich noch an. Dann richtete sie sich auf, wandte sich zum Flussufer. Und im nächsten Moment war sie fort.

Ich verharrte reglos und lauschte ihren verklingenden Schritten. Als sie verstummt waren, wollte ich den Kanaldeckel aufdrücken und ihr folgen, sie noch einmal bitten, mich mitzunehmen oder zu mir zurückzukommen. Doch ich wusste, dass sie weder das eine noch das andere tun würde, und so blieb ich einfach stehen und überließ mich meinem Leid.

Eine Taube flog herbei, landete auf einem der Gitterstäbe und betrachtete mich, bis sie das Interesse an mir verlor, die Flügel ausbreitete und wieder davonflog.

## KAPITEL 18

## SADIE

Außer meiner Mutter und meiner Schwester hatte ich niemanden mehr gehabt. Nun waren auch sie fort.

Ich starrte lange durch die Gitterstäbe, immer in der Hoffnung, meine Mutter würde es sich anders überlegen und zu mir zurückkehren.

Einmal rief ich nach ihr. Es war verrückt und gefährlich, doch das war mir gleich.

Als keine Antwort kam, wartete ich noch eine Weile, vermochte mich einfach nicht von der Stelle zu rühren. Irgendwann ergab ich mich in mein Schicksal und machte mich auf den Rückweg.

Kurz vor unserer Kammer gaben meine Beine nach, und ich sank auf den Boden.

»Mama!«, rief ich.

Bubbe kam aus der Kammer und zog mich hoch. »Deine Mutter ist nicht mehr da«, sagte sie streng.

»Mama!«, rief ich noch einmal, als könnte das meine Mutter zurückbringen.

»Sei still!«, fuhr Bubbe mich an. »Oder willst du, dass man dich auf der Straße hört?«

Ich schleppte mich zu meiner Bank, legte mich darauf und rollte mich zusammen. Im Geist sah ich meine Mutter auf der Weichselbrücke, dann auf dem Weg zum Bonifratrów-Krankenhaus. Sie war abgemagert, ihre Kleidung schmutzig. In der einen

Hand hielt sie eine Reisetasche, in der anderen einen Säugling. Wie sollte das gut gehen?

Saul breitete seine Wolldecke über mich und streichelte meine Wange. Ich registrierte den verwunderten Blick seines Vaters. Offenbar hatte er noch nicht erkannt, wie nah sein Sohn und ich uns gekommen waren. Ich schloss die Augen, wünschte, ich könnte einschlafen und meine Seelenqual für eine Weile vergessen. Stattdessen sah ich meine Mutter vor mir, stellte mir vor, sie würde von SS-Leuten angehalten, und rang nach Atem.

Schließlich trat Bubbe zu mir und reichte mir einen Becher Wasser. Ich wollte sie und ihren Sohn hassen. Ohne sie wären meine Mutter und meine Schwester noch bei mir. Nein, das war falsch. Meine Mutter hatte ja zuvor schon beschlossen, das Baby ins Bonifratrów-Krankenhaus zu bringen. Ich griff nach dem Becher, bedankte mich und nahm einen Schluck. Dann setzte ich mich auf.

»Deine Mutter sieht nicht aus wie eine Jüdin«, sagte Sauls Vater. »Niemand wird ihr Aufmerksamkeit schenken.«

Was für ein Unsinn. Zwar mochte es dem Großteil der Polen schlecht gehen, aber kaum einer dürfte so blass und ausgezehrt wie meine Mutter sein oder in verdreckter Kleidung durch die Straßen laufen. Dazu mit einem Säugling in den Armen.

Am Abend aß ich den Kartoffelbrei, den Bubbe gekocht hatte, gemeinsam mit den Rosenbergs. Ich erzählte ihnen, wie ich meiner Mutter aus der Kanalisation geholfen hatte. »Bald ist sie wieder bei uns«, schloss ich.

»Selbstverständlich«, sagte Bubbe, und es war deutlich zu hören, dass sie nicht daran glaubte.

In Gedanken rechnete ich nach, wie lange meine Mutter bis zum Krankenhaus brauchen würde. Danach würde es sicherlich noch Stunden dauern, bis sie die Unterbringung des Babys geregelt hätte und es in guten Händen wusste. Anschließend würde sie sich auf den Rückweg machen. Wahrscheinlich würde sie spät am Abend wiederkommen oder am morgigen Tag.

Als wir uns zur Ruhe legten, war sie noch nicht da.

»Sollen wir in die Nische gehen und lesen? Oder reden?«, fragte Saul.

Ich schüttelte den Kopf. Zwar wäre ich gern mit ihm allein gewesen, doch ich war emotional erschöpft, wollte weder lesen noch reden.

Saul sah mich bedrückt an. »Dann bleibe ich ebenfalls hier. Ruf mich, wenn du mich brauchst.«

Ich streckte mich auf meiner Bank aus und strich über die Bank neben mir, die nun leer war. Ein ums andere Mal sagte ich mir, dass meine Mutter mir fest versprochen hatte, wiederzukommen. Daran klammerte ich mich, obwohl mir klar war, wie viel geschehen konnte, um ihre Rückkehr zu verhindern.

Ich erinnerte mich an den Tag im Ghetto, an dem ich mich im Überseekoffer versteckt hatte. Meine Mutter wollte aus dem Fenster springen, als sie mich nicht fand. Damals hatte sie ohne mich nicht leben wollen, und nun hatte sie mich verlassen. Warum?

Das Baby war der Grund. Ich dachte es ohne Zorn, denn ich sehnte mich auch nach meiner kleinen Schwester. Monatelang hatte sie im Bauch meiner Mutter nachts an meiner Seite gelegen. Dann war sie zur Welt gekommen; ich hatte sie lieb gehabt, in den Armen gehalten und an mich gedrückt. Und nun war auch sie fort, und ihr Verlust schmerzte mich unendlich.

Schließlich nickte ich ein, doch während der ganzen Nacht lag meine Hand auf der Bank, die meiner Mutter gehörte, und immer wieder wurde ich wach und hoffte, sie wäre gekommen. Ich träumte sogar, dass sie zurück war. Auch meine kleine

Schwester hatte sie wieder mitgebracht. *Ich konnte mich nicht von ihr trennen*, sagte sie in meinem Traum und reichte mir das Baby, das sich an mich kuschelte.

Als ich wach wurde, war es Morgen, und meine Mutter war nicht da. Doch der Traum war so wirklichkeitsnah gewesen, dass mir war, als läge sie neben mir, und beinahe spürte ich den warmen Körper des Babys in meinen Armen. Dann kehrte ich in die Realität zurück und wurde von unfassbarer Traurigkeit übermannt. Zuerst hatte ich meinen Vater verloren, dann meine Mutter und meine Schwester. Stück für Stück war mir meine Familie entrissen worden, und nun hatte ich niemanden mehr.

Ich stand auf, zwang mich, eine halbe Pellkartoffel zu essen, und rollte mich wieder auf meiner Bank zusammen.

Irgendwann stand Bubbe vor mir und sagte: »Was soll das werden, Sadie? Was glaubst du, würde deine Mutter sagen, wenn sie dich so sehen könnte?« Ich drehte mich von ihr fort.

Gegen Mittag brachte sie mir einen Teller mit einem Klacks Kartoffelbrei und befahl mir, zu essen. Ich nahm einen Löffel voll und hatte das Gefühl, der Brei bliebe mir im Hals stecken.

Hin und wieder setzte Saul sich zu mir, reichte mir einen Becher Wasser und versuchte, mich zu trösten. Er schlug mir einen Spaziergang durch die Tunnel vor. Als ich den Kopf schüttelte, ließ er es gut sein. »Gibt es etwas, das ich für dich tun kann?«, fragte er am Abend.

*Dreh die Zeit zurück. Sorg dafür, dass meine Mutter mit dem Baby bei mir bleibt.*

»Du kannst nichts für mich tun«, sagte ich.

Auch in dieser Nacht kehrte meine Mutter nicht zurück. Ich wollte die Kanalisation verlassen und nach ihr suchen, denn irgendwo musste sie ja sein. Aber wo sollte ich mit meiner Suche beginnen? Sie würde das Kind am ersten Tag im Krankenhaus abgegeben haben. Und dann? Wohin war sie danach gegangen? Ich konnte nicht einfach durch die Straßen laufen und nach ihr Ausschau halten.

Nach drei Tagen war sie noch immer nicht da. Dann waren es vier, dann fünf Tage. Ich blieb auf meiner Bank liegen, stand nur auf, um etwas zu essen oder Wasser zu holen.

Ich bürstete mein Haar nicht, putzte mir nicht die Zähne, las nicht. Und so dehnten sich die Tage endlos. Ich suchte den Schlaf, in der Hoffnung, den Menschen, die ich verloren hatte, im Traum zu begegnen. Manchmal malte ich mir eine Unterhaltung mit meiner Mutter aus, hörte im Geist ihre Stimme – und dann überfiel mich wieder der Kummer.

Nach vielleicht einer Woche trat Bubbe morgens zu mir und sagte: »Jetzt reicht's. Weißt du, wie du aussiehst? Meinst du nicht, du solltest dich langsam mal zusammenreißen?«

»Nein«, entgegnete ich. Ich stand auf und verließ die Kammer. Ich lief durch die Tunnel, ohne zu wissen, wohin. Schließlich erreichte ich die Stelle, an der mein Vater ertrunken war, und starrte auf das schäumende Abwasser.

Ich fragte mich, wie es wäre, wenn ich mich einfach hineinfallen ließe. Ich würde untergehen, würde mit meinem Vater wiedervereint werden, und mein Leiden hätte ein Ende. Oder ich würde mitgerissen und wie durch ein Wunder lebend aus der Kanalisation ins Freie gespült. Und dann? Dann würde ich einfach weiterlaufen, bis zu einem Ort, an dem es keinen Krieg gab, wo auch wir Juden in Frieden leben konnten.

Ich tauchte einen Fuß in den strudelnden Fluss. Dort unten würde es kalt und dunkel sein. In meine Lunge würde Wasser gelangen, ich würde nicht mehr atmen können. Würde ich dann aufgeben oder um mein Leben kämpfen? Und was wäre, wenn ich wirklich lebend ins Freie geschwemmt würde? Irgendwann würden die Deutschen mich finden und erschießen.

Ich beugte mich weiter vor – doch den letzten Schritt schaffte ich nicht.

Plötzlich war mir, als stünde jemand hinter mir. Ich fuhr herum. Sauls Vater war gekommen. Er nahm meine Hand und führte mich von dem reißenden Wasser fort.

»Sadele«, sagte er, als das Rauschen und Tosen leiser geworden war. Beim Klang des Kosenamens, den meine Mutter für mich benutzt hatte, schossen Tränen in meine Augen.

»Du solltest es wirklich besser wissen«, sprach er weiter und deutete in die Höhe. »Was meinst du, wie viele von uns noch da sind? Und wie viele umgebracht wurden und werden? Wir müssen alles tun, um zu überleben. Das schuldest du sowohl deinen Eltern als auch denen, die ermordet wurden.«

»Für wen oder was soll ich denn überleben?«, fragte ich verdrießlich.

»Für dich«, entgegnete Rosenberg. »Und deiner Mutter zuliebe.«

»Meine Mutter hat mich verlassen.«

Rosenberg schüttelte den Kopf. »Sie ist gegangen, damit du überlebst. Sie ist nicht gegangen, weil du ihr gleichgültig bist. Du und deine kleine Schwester wart alles, was sie noch hatte, und sie wollte dafür sorgen, dass euch nichts geschieht. Für euch hat sie ihre Sicherheit riskiert, und das sollte sie nicht umsonst getan haben.«

Wieder begann ich zu weinen.

»Es ist deine Pflicht, weiterzuleben«, fuhr Rosenberg fort. »Verstehst du das?«

Ich nickte. Rosenberg hatte recht. Ich musste stark sein, durfte mich nicht mehr gehenlassen. Musste das tun, was meine

Mutter gewollt hätte. All das verstand ich, dennoch war es unglaublich schwer.

»Aber warum hat sie sich in Gefahr begeben?«

Rosenberg seufzte. »Weil es keine Alternative gab.«

»Und wo ist sie jetzt?«

»Das weiß ich nicht. Ich weiß nur, was du ihr schuldest.«

»Und was ist, wenn sie nicht mehr zurückkehrt?« Ich sah Rosenberg flehend an, wollte, dass er antwortete, natürlich komme sie wieder. Doch er war nicht bereit, mir etwas vorzumachen. »Dann wirst du dein Leben so führen, wie sie es gewünscht hätte.«

Ich senkte den Kopf. Wie enttäuscht meine Mutter gewesen wäre, wenn sie mich tagelang auf der Bank hätte liegen sehen. Ich beschloss, die Gewohnheiten wiederaufzunehmen, auf die sie so großen Wert gelegt hatte. Haar bürsten, Zähne putzen, im Geist Schulinhalte repetieren, Wasser holen, Müll entsorgen. Aber ich würde auch das tun, was sie nicht gern gesehen hatte, nämlich hier unten stundenlang spazieren gehen.

Rosenberg und ich kehrten in die Kammer zurück. Er brachte mir ein Buch. »Lesen tut gut. Glücklicherweise habe ich so viele Bücher wie möglich mit hierhergenommen.«

Ich dachte an die Bücher, die mein Vater aus unserer Wohnung in Kazimierz ins Ghetto gerettet hatte. Zwar waren wir keine orthodoxen Juden, aber er und Rosenberg hätten sich trotzdem gut verstanden.

Auch Saul profitierte von den Büchern, die sein Vater mitgebracht hatte; seine eigenen hatte er inzwischen so oft gelesen, dass er sie leid geworden war. »Mein Vater liebt seine Bücher«, hatte er mir einmal erzählt. »Ein einziges Mal hat er uns im Ghetto erlaubt, einige wenige zu verbrennen. Das war, als es draußen eiskalt war und wir kein Brennholz mehr hatten.« Als die Bücher verbrannten, habe sein Vater Tränen in den Augen gehabt.

Doch bisher hatte Rosenberg mir nie eins seiner kostbaren Bücher angeboten. Ich nahm die Gabe dankend an. Es handelte sich um die Kurzgeschichten von Scholem Alejchem. Ich schlug die erste auf.

»Hier verdirbt man sich beim Lesen die Augen«, sagte Rosenberg. »Geh lieber in die Nische, in der du und Saul lest.«

Ich sah ihn verdutzt an. Also hatte er davon gewusst.

»Ich habe mir immer eine Tochter gewünscht«, fuhr er fort. »Vielleicht hätten wir ein Mädchen bekommen, wäre meine Frau nicht so früh gestorben. Eine kleine Enkelin wäre ebenfalls schön gewesen. Aber nun leben auch Micah und seine Frau nicht mehr, und daher –« Seine Stimme brach. Er räusperte sich. »Es freut mich, dass du bei uns bist.«

Seine Worte berührten mich. Bisher hatte ich das Gefühl gehabt, dass ich ihm mehr oder weniger gleichgültig war.

»Du musst das Licht suchen, das dich aufrecht hält, Sadie. Manchmal findet man es bereits in kleinen Dingen.«

»Hier?«, fragte ich und umfasste die Kammer mit einer Armbewegung.

»In allem, was dir Hoffnung gibt«, entgegnete Rosenberg. »Daran musst du dich klammern. Es ist die einzige Möglichkeit, den Krieg und die Judenverfolgung der Nazis zu überleben.«

Ich zog mich auf meine Bank zurück, war aber noch zu durcheinander, um lesen zu können, und beschloss, bis zum Abend zu warten.

Als Bubbe und Rosenberg schliefen, trat Saul leise zu mir und flüsterte: »Komm.«

Ich stand auf und griff nach der Kurzgeschichtensammlung.

Auf dem Weg zu unserer Leseecke nahm Saul meine Hand.

Doch als wir uns niedergelassen hatten, und der Mond auf die aufgeschlagenen Seiten meines Buchs fiel, konnte ich mich nicht konzentrieren. Es ging mir einfach zu viel durch den Kopf.

»Ich werde meine Mutter suchen gehen«, erklärte ich schließlich.

»Zu gefährlich.« Saul schüttelte den Kopf. »Und wo willst du sie überhaupt suchen? Davon abgesehen wollte sie, dass du hierbleibst. Sie möchte, dass du überlebst.«

Das hatte sein Vater ebenfalls gesagt. Vielleicht hatten die beiden darüber gesprochen.

»Auch ich möchte, dass du bleibst. Bei mir.«

Ich sah ihn überrascht an.

»Ich weiß, das klingt selbstsüchtig«, fuhr er fort. »Aber ich vermisse dich, wenn du nicht da bist. Das habe ich in der Nacht gemerkt, als du losgezogen bist, um etwas zu essen zu besorgen. Ohne dich fühle ich mich einsam.« Saul wandte sich zu mir um und legte eine Hand auf meine Wange. »Ich liebe dich, Sadie. Es tut mir leid, dass es so lange gedauert hat, bis ich es erkannt habe.«

Für einen Moment hatte ich Angst, dass ich wieder träumte und gleich unsanft in der Wirklichkeit landen würde. Ich berührte seine Hand und spürte ihre Wärme. Das war kein Traum.

Ich beugte mich zu ihm vor. Unsere Lippen berührten sich, und Saul wich nicht zurück. Ich küsste ihn trotz meines Seelenkummers und obwohl der Ort, an dem wir leben mussten, kein Ort für die Liebe war. Dennoch verspürte ich so etwas wie Freude, weil das, was Saul und ich füreinander empfanden, so stark war, dass es unser Leid durchdrungen hatte.

»Wie kannst du mich lieben?«, fragte ich. »Ich bin keine strenggläubige Jüdin.«

»Spielt das noch eine Rolle?« Saul legte einen Arm um mich.

Vielleicht spielte es hier unten keine Rolle, aber was wäre, wenn wir unser Versteck eines Tages verließen? Doch das fragte ich Saul nicht. Im Moment genügte mir das, was wir hatten.

Ich schmiegte mich an ihn, wollte diesen Augenblick genießen. Aber immer wieder wanderten meine Gedanken zu meiner Mutter. »Ich mache mir solche Sorgen.«

»Deine Mutter würde dich niemals im Stich lassen«, sagte Saul. »Irgendetwas muss ihrer Rückkehr im Weg gestanden haben.«

»Vielleicht hat man sie gefasst und festgenommen«, sagte ich und wartete darauf, dass Saul mir das Gegenteil versicherte. Saul schwieg. »Ich hätte sie niemals gehen lassen dürfen.«

»Sie war entschlossen, wie hättest du sie daran hindern können?«

»Ich fühle mich so machtlos. Sitze hier unten fest und kann sie weder suchen noch ihr helfen, sollte sie in Not sein.«

»Kann deine Freundin das nicht für dich übernehmen?«

Ella? Es war so viel geschehen, dass ich unsere Verabredung ganz vergessen hatte. Zudem wunderte es mich, dass Saul mir vorschlug, mich an Ella zu wenden. Hatte er nicht gesagt, dass er ihr nicht traute? »Ich musste dir doch versprechen, mich nicht mehr mit ihr zu treffen.«

»Woran du dich nicht gehalten hast. Aber nun scheint mir, dass wir außer ihr niemanden haben. Sie könnte im Bonifratrów-Krankenhaus nach deiner Mutter fragen.«

Mittlerweile war es fast schon zwei Wochen her, dass ich Ella zum letzten Mal gesehen hatte. Vielleicht hatte sie mich aufgegeben und kam gar nicht mehr zu unserem Treffpunkt. Ich rechnete nach. Heute war Mittwoch. Also müsste ich bis Sonntag noch vier Tage warten. Es würde mir schwerfallen, aber möglicherweise war meine Mutter bis dahin ja auch zurück.

Doch meine Mutter kehrte nicht zurück. Und so schlich ich mich am Sonntagmorgen aus unserer Kammer und machte mich auf den Weg zu dem Treffen mit Ella.

Ich war noch nicht weit gekommen, als ich eine gebückte Gestalt wahrnahm. Im ersten Moment packte mich die Angst, dann erkannte ich Sauls Großmutter.

»Bubbe«, sagte ich. »Was tun Sie hier?«

Sie deutete auf den Eimer in ihrer Hand. »Ich wollte Wasser holen.«

»Lassen Sie mich das machen. Warten Sie hier auf mich.« Ich nahm den Eimer und fragte mich, was Bubbe in den Sinn gekommen war. Saul und ich waren diejenigen, die Wasser holten, Bubbe hatte es bisher kein einziges Mal getan. Sie hätte den vollen Eimer gar nicht schleppen können.

Ich füllte den Eimer und brachte ihn zu ihr zurück. »Ich trage ihn bis zur Kammer«, sagte ich.

Wir gingen zurück. »Ich wollte Kartoffelsuppe kochen«, sagte Bubbe. »Aber für fünf Portionen hatte ich nicht genug Wasser.«

»Wir sind doch nur noch vier.«

»Vier?« Bubbe sah mich verwirrt an.

Ich nickte. »Fühlen Sie sich nicht gut, Bubbe?«

»Ich fühle mich bestens«, erwiderte sie mürrisch. »Aber ich bin eine alte Frau und manchmal ein wenig vergesslich. Das ist normal.«

Es war nicht normal. In der Zeit hier unten war Bubbe zunehmend wirrer, vergesslicher und aggressiver geworden. Eine Zeit lang hatte ich gedacht, dass es mit dem Leben, das wir führten, zusammenhing, dass sie damit aufgrund ihres Alters noch schlechter als wir anderen zurechtkam. Doch nun erkannte ich, wie krumm sie geworden war, wie tatterig. Das war nicht mehr die Frau, die am ersten Morgen hier unten zügig ausgeschritten war. Eigentlich müsste das auch Saul und seinem Vater aufgefallen sein, aber vielleicht mochten sie nicht darüber sprechen. Es wäre nur ein weiteres unerfreuliches Thema gewesen.

Mit sanfter Hand führte ich Bubbe in die Kammer zurück und stellte den Eimer ab. »Legen Sie sich hin und ruhen Sie sich aus«, sagte ich. Sie nickte und ließ sich auf ihrer Bank nieder. Ich verschwand, bevor sie mich fragen konnte, wohin ich wollte und darauf bestand, dass ich in der Kammer blieb.

Ich eilte durch die Tunnel, durchquerte das große Becken, stieg auf die Bretter und kroch durch das Rohr. Dann war ich unter dem Kanaldeckel und wartete auf Ella. Doch auch nach zehn Uhr erschien sie nicht. Offenbar ging sie davon aus, dass ich auch dieses Mal nicht an unserem Treffpunkt sein würde.

Immer wieder starrte ich durch die Gitterstäbe und spähte in die Richtung, aus der Ella kommen würde. Schließlich gab ich auf und entschied, die Kanalisation ohne ihr Zutun zu verlassen und selbst nach meiner Mutter zu suchen.

Ich griff nach den Gitterstäben, wollte den Kanaldeckel hochdrücken – und ließ die Arme sinken. Es war Sonntagmorgen, vielleicht würden bereits Leute an der Weichsel spazieren gehen. *Es ist zu gefährlich*, sagte eine Stimme in meinem Ohr. Sie klang nach Paweł, dem Mann, der so viel für uns getan und dafür so teuer bezahlt hatte.

*Ich muss es tun*, antwortete ich im Geist und drückte erneut gegen den Kanaldeckel. Er bewegte sich nicht. Verdutzt probierte ich es noch einmal, immerhin hatte ich den Deckel an dem Morgen aufbekommen, als ich mit meiner Mutter hier war. Doch ganz gleich, wie sehr ich mich anstrengte, der Deckel saß fest. Ich strich mit den Fingern am Rand entlang, um festzustellen, ob er sich verklemmt hatte. Dabei ertastete ich einen winzigen Stein, der zwischen einem der äußeren Gitterstäbe und der Einfassung steckte. Ein ums andere Mal versuchte ich, ihn herauszupulen, doch er saß fest, und der Kanaldeckel rührte sich nicht. Frustriert schlug ich mit der Faust dagegen.

Dann wandte ich mich ab. Ich würde zu dem Kanaldeckel hinter der Kirche in Dębniki laufen und mein Glück dort versuchen.

Auf dem Weg dorthin fiel mir ein, dass der Kanaldeckel dort so hoch lag, dass ich nicht an ihn heranreichte. Dennoch lief ich weiter und sagte mir, dass ich schon eine Lösung finden würde. Ungesehen huschte ich an unserer Kammer vorbei und setzte meinen Weg fort.

Als ich den Kanaldeckel erreichte, hoffte ich einen unsinnigen Moment lang, Ella würde dort auf mich warten. Aber natürlich war niemand da.

Ich blickte mich um, auf der Suche nach irgendetwas, worauf ich klettern konnte, doch da war nichts. Dann entdeckte ich an der Wand rostige Eisentritte.

Ich setzte einen Fuß auf den untersten Tritt, griff nach einem höhergelegenen und vermied es, die glitschige Wand dahinter zu berühren.

Oben angekommen blickte ich durch die Gitterstäbe und strengte mein Gehör an. Es war niemand zu sehen, und es wurden auch keine Schritte laut. Ich drückte gegen die Gitterstäbe.

Der Kanaldeckel hob sich, ließ sich sogar aufschieben. Ich vergewisserte mich noch einmal, dass niemand in der Nähe war. Dann stemmte ich mich hoch und krabbelte aus der Kanalisation.

Ich richtete mich auf, schaute nach allen Seiten. Die Gasse lag verlassen da.

Endlich war ich wieder über der Erde. Nur dass ich dieses Mal auf mich allein gestellt war.

# KAPITEL 19

## ELLA

Sadie musste etwas zugestoßen sein.

Das dachte ich, als ich Anfang Juli, zwei Wochen nach unserer letzten Begegnung, zu unserem Treffpunkt an der Weichsel unterwegs war. Am vergangenen Sonntag, eine Woche nachdem sie bei mir zu Hause gewesen war, war sie zu der verabredeten Zeit nicht erschienen. Zuerst nahm ich an, dass sie sich verspätet hatte, und wartete. Dann fiel mir auf, dass der Kanaldeckel leicht verschoben war. Ich hatte das nicht getan, ich wusste, dass ich den Deckel ganz bewusst wieder exakt in die Einfassung gesetzt hatte. Niemand, der daran vorbeiging, sollte auf den Gedanken kommen, ein jüdischer Flüchtling wäre dort aus- und eingestiegen. Ich rückte den Deckel zurecht und betete, dass sich weder SS noch Gestapo Zugang zu Sadies Versteck verschafft hatte. Nach einer Weile gab ich das Warten auf und machte mich auf den Heimweg.

An diesem Sonntag standen an der Brücke nach Podgórze SS-Wachen, die den Passanten befahlen, sich aufzureihen und die Brücke einer nach dem anderen zu betreten. Ich erschrak. Vielleicht suchten sie erneut nach geflüchteten Juden.

Ich stellte mich in die Warteschlange und sah, dass die SS-Männer Kennkarten prüften. Es schien sich um eine Routinekontrolle zu handeln. Die fanden nun immer häufiger statt, und regelmäßig wurden dabei Leute zum Verhör mitgenommen, oftmals ohne ersichtlichen Grund.

Langsam bewegte sich die Schlange voran. Dann war ich an der Reihe. Mit nervös klopfendem Herz zeigte ich meine Kennkarte vor. Eigentlich hatte ich nichts zu befürchten, dank meiner Stiefmutter gab es in meiner Kennkarte ja den Stempel, der mich berechtigte, mich frei in der Stadt zu bewegen. Dennoch verkrampfte ich mich vor Angst.

Der SS-Mann begutachtete meinen Ausweis, dann mich. Ich musste mich zwingen, seinem Blick standzuhalten. Dann reichte er mir den Ausweis zurück. »Weitergehen.« Er winkte die Person hinter mir heran. Ich überquerte die Brücke und widerstand dem Drang zu rennen.

Dann war ich auf der anderen Seite und blickte zurück, um festzustellen, ob die SS-Männer bis zum Kanaldeckel sehen konnten. Nein, konnten sie nicht, die Sträucher am Ufer versperrten ihnen den Blick. Allerdings liefen Kinder am Flussufer entlang. Sie warfen Enten Brotbrocken zu. Das konnten sich zurzeit nur noch wenige leisten. Ich wartete, bis sie außer Sichtweite waren.

Irgendwo schlugen Kirchenglocken halb elf. Dank der Kontrolle war ich eine halbe Stunde zu spät. Als am Ufer niemand mehr zu sehen war, lief ich weiter zu dem Kanaldeckel.

Dort angekommen blickte ich durch die Gitterstäbe, in der Hoffnung, Sadie dort unten zu sehen, die mich mit ihren schönen, braunen Augen erwartungsvoll anschauen würde.

Sadie war nicht da. Meine Unruhe wuchs. Einmal nicht zu erscheinen, mochte erklärlich sein. Tatsächlich konnte es dafür zahlreiche Gründe geben. Aber unser Treffen zweimal nacheinander versäumen, hieß für mich, dass etwas vorgefallen war. Immerhin wusste ich, wie viel ihr unser Zusammensein bedeutete. Sie würde nicht einfach wegbleiben.

Ich legte den Beutel mit den Nahrungsmitteln ab, die ich

für sie eingesteckt hatte – ein großes Stück Brot, einen Kanten Käse und Pellkartoffeln. Die Kartoffeln hatte Hanna mir in der Küche zugeschoben, bevor sie rasch davongehuscht war. Sie musste begriffen haben, dass ich heimlich jemanden versorgte. Ich hatte mir ausgemalt, wie Sadie angesichts der Kartoffeln die Nase rümpfen und sagen würde: *Immer nur Kartoffeln?* Und dann würde sie lächeln, um mir zu zeigen, dass es scherzhaft gemeint gewesen war. Dennoch war ich mir sicher, dass sie nach dem Krieg und dem Abzug der Deutschen für lange Zeit keine Kartoffeln mehr anrühren würde.

Ich ließ mich neben dem Kanaldeckel nieder und tat, als würde ich den Anblick der in der Sonne glitzernden Weichsel genießen. Währenddessen malte ich mir die schrecklichsten Szenarien aus, warum Sadie nicht gekommen war, und wurde zunehmend unruhiger. Vielleicht waren sie und die anderen aufgespürt und gefangen genommen worden. Oder Sadie war, ebenso wie ihr Vater, im Abwasserfluss ertrunken. Oder es handelte sich um etwas Harmloseres, etwa dass Sadie sich um ihre hochschwangere Mutter kümmern musste.

Wieder warf ich einen Blick durch die Gitterstäbe. Niemand da. Ich überlegte, ob ich selbst in die Kanalisation steigen und Sadie suchen sollte. Bei der Vorstellung drehte sich mir der Magen um. Sadie hatte einmal gesagt, es sei erstaunlich, an was man sich gewöhnen könne, dennoch fragte ich mich, wie sie es da unten aushielt. Ich nahm an, Sadie half die Gewissheit, dass die Kanalisation für sie der sicherste Ort war, und es keine Alternative gab. Ich jedoch ekelte mich bereits bei dem Gedanken an den Dreck und den Gestank dort unten. Und wenn ich mir den Abwasserfluss vorstellte, packte mich das nackte Grauen. Überdies ängstigten mich enge Räume. »Klaustrophobie« hatte Maciej es genannt.

Mit einem Mal erinnerte ich mich wieder an den Alptraum, den ich als Mädchen hatte. Nein, es war gar kein Alptraum, sondern Wirklichkeit gewesen. Mein Vater war auf einer Geschäftsreise, Maciej bereits in Paris. Ich war mit meiner Stiefmutter allein. Das waren stets die Zeiten, in denen ihr Sadismus zum Vorschein kam. Sie schlug mich nicht, das nicht, jedoch konnte es geschehen, dass sie mir einen oder anderthalb Tage lang nichts zu essen gab und ich auf die Happen angewiesen war, die unsere Köchin mir heimlich zusteckte. Und einmal, als ich mich beim Spielen draußen schmutzig gemacht hatte, schloss Ana Lucia mich zur Strafe in ihrem Kleiderschrank ein. Dort hingen ihre Pelzmäntel, und ich bekam kaum noch Luft. Ich schrie, hatte Angst, zu ersticken, und hämmerte mit den Fäusten an die Tür. Es dauerte lange, bis unsere Köchin mich hörte und die Schranktür aufschloss. Schweißgebadet und hysterisch stürzte ich mich in ihre Arme. Ana Lucia war fortgegangen und kehrte erst am späten Abend zurück. Dass ich nicht mehr im Schrank war, schien ihr nicht aufzufallen, vielleicht hatte sie mich einfach vergessen.

Seitdem ertrug ich es nicht, mich in engen Räumen aufzuhalten. Noch einmal blickte ich durch die Gitterstäbe, sah die Dunkelheit und schauderte.

In der Ferne schlug eine Kirchturmuhr halb zwölf. Sadie würde nicht mehr kommen. Ich nahm meinen Beutel und stand auf.

Auf der Brücke war die SS noch immer dabei, Ausweise zu kontrollieren. Ich beschloss, nach Dębniki zu laufen und an unserem alten Treffpunkt hinter der Kirche auf Sadie zu warten. Vielleicht würde sie dort irgendwann erscheinen.

Es dauerte eine Weile, bis ich Dębniki erreichte, aber wenigstens kannte ich mich dort mittlerweile aus und wusste, wie ich auf dem kürzesten Weg zu unserem Treffpunkt gelangte.

Wie immer vergewisserte ich mich dort zuerst, dass niemand in der Nähe war. Dann trat ich an den Kanaldeckel. Aber auch hier blickte ich durch die Gitterstäbe ins Dunkle. Von Sadie keine Spur.

Niedergeschlagen wandte ich mich ab. Ich überquerte den Marktplatz, schaute in die Richtung des Cafés und Krys' Wohnung. Wären wir bei unserer letzten Begegnung nicht wieder im Unfrieden auseinandergegangen, könnte ich Krys einen Besuch abstatten. Stattdessen würde ich wohl nach Hause gehen müssen.

Ich umrundete den Marktplatz und erblickte eine vertraute Gestalt.

*Sadie.*

Im ersten Moment traute ich meinen Augen nicht. Doch sie war es. Sadie hatte die Kanalisation verlassen.

Aber was um alles in der Welt hatte sie vor? Sie sah sich um, als versuchte sie sich zu orientieren. Das Kleid, das ich ihr gegeben hatte, war feucht und verdreckt, auch ihr ausgemergelter Körper hob sich deutlich von denen der anderen ab. Die Menschen machten einen Bogen um sie und musterten sie argwöhnisch. Ich rannte zu ihr.

»Da bist du ja«, sagte ich und mimte Erleichterung. Dann küsste ich Sadie auf die Wange und befahl mir, ihren üblen Geruch zu ignorieren. »Wir sind spät dran zu deinem Termin, komm.« Ich fasste ihren Arm und zog sie in eine Seitengasse, in der niemand war.

»Welchen Termin?«, fragte sie.

»Das habe ich nur zu deinem Schutz gesagt.« Ich ließ ihren Arm los. »Warum warst du nicht an unserem Treffpunkt und was tust du hier am helllichten Tag?«

»Der Kanaldeckel in Podgórze ließ sich nicht öffnen. Also bin ich hier aus der Kanalisation gekrochen. Ich bin auf der Suche nach meiner Mutter.«

»Warum, was ist passiert?«

Sadie sah mich unglücklich an. »Kurz nach unserem letzten Treffen haben bei ihr die Wehen eingesetzt. Sie hat ein kleines Mädchen zur Welt gebracht, aber das Baby konnte nicht in unserem Versteck bleiben. Es hat zu oft und zu laut geschrien. Die Gefahr, dass man es auf der Straße hören konnte, war zu groß. Meine Mutter wollte es ins Bonifratrów-Krankenhaus bringen. Es heißt, dass ein Arzt dort jüdische Babys aufnimmt und in Sicherheit bringt. Danach wollte meine Mutter zurückkommen, doch das hat sie nicht getan. Und nun ist sie seit über einer Woche fort.«

»Oh, Sadie«, sagte ich und versuchte, die Nachricht und die Möglichkeiten, die sie beinhaltete, zu verarbeiten.

»Ich dachte, du könntest mir vielleicht bei der Suche nach ihr helfen«, fuhr Sadie fort. »Aber du warst nicht an unserem Treffpunkt.«

»Ich musste warten, bis eine Gruppe Kinder verschwunden war, die dort am Ufer Enten gefüttert hat.« Die Ausweiskontrolle verschwieg ich Sadie, ich wollte sie nicht unnötig alarmieren. »Und du kannst nicht einfach durch die Straßen laufen und deine Mutter suchen.«

Ein trotziger Ausdruck trat in Sadies Gesicht. »Ich habe die Kanalisation schon einmal verlassen.«

»Und das war bereits riskant. Aber da war es wenigstens dunkel.«

Sadie zuckte mit den Schultern. Ihr Vater war tot, ihre Mutter und ihre kleine Schwester waren verschwunden; vielleicht hatte Sadie das Gefühl, dass sie nichts mehr zu verlieren hatte.

»Denk nach, Sadie«, sagte ich. »Wenn du gefasst wirst,

kannst du für niemanden mehr etwas tun.« Es war, als redete
ich gegen eine Wand.

»Beim letzten Mal hast du mir geholfen«, erwiderte sie stör-
risch.

»Ich sage es noch einmal: Da war es dunkel. Außerdem hat
sich die Lage seitdem verschärft.«

»Inwiefern?«

»Die Kontrollen haben zugenommen, ebenso die Anzahl der
SS-Leute und Gestapobeamten in der Stadt. Du wirst nicht weit
kommen.«

Das drang zu ihr durch, sie blickte sich furchtsam um. Ich
fragte mich, ob sie wusste, wie sie aussah. Sie bräuchte ein anderes Kleid, müsste baden und sich die Haare waschen, wenn
sie den Tag überleben wollte. Und nichts davon würde möglich
sein. »Ich weiß nicht, wie ich dich im Ernstfall schützen soll.«

»Dann lass es bleiben«, erwiderte sie. »Ich muss meine Mutter finden, erst recht, wenn die Straßen so gefährlich geworden
sind. Danach kehre ich mit ihr in die Kanalisation zurück.«

»Und was ist, wenn du gefasst wirst? Was ist, wenn die Deutschen dich verhören, falls sie sich die Mühe überhaupt machen?
Glaubst du, danach lässt man dich laufen?«

»Weiß ich nicht.«

Sadie ließ den Kopf hängen und wirkte plötzlich so mut-
los, dass es mir in der Seele wehtat. Als sie zu weinen begann,
wusste ich, dass ich ihr helfen würde, ganz gleich, ob ich mich
dabei ebenfalls in Gefahr brachte oder nicht. Ich legte einen
Arm um sie und zog sie an mich. »Wir machen das gemeinsam.
Zuerst finden wir ein Versteck für dich und dann suche ich nach
deiner Mutter.«

Sie nickte und sagte erneut: »Ohne meine Mutter kehre ich
nicht in die Kanalisation zurück.«

»Vielleicht kann Krys uns noch einmal helfen.« Sicherlich würde er mir noch grollen, es aber nicht an Sadie auslassen.

Sadie wischte sich die Tränen ab. »Hast du dich wieder mit ihm getroffen?«

»Ja, und fast wünschte ich, ich hätte es nicht getan.«

»Warum?«

Ich nahm Sadies Hand. Wir verließen die Seitengasse und machten uns zur Barska auf, der Straße, in der das Café lag.

»Er hat mich zu sich eingeladen, und ich bin zu ihm gegangen. Zuerst war es schön, beinah wie früher, und ich dachte, vielleicht könnten wir doch wieder zusammen sein. Dann sind wir in Streit geraten.«

»Weswegen?«

»Deinetwegen.«

»Was?«

»Krys wollte Munition und Handgranaten der Heimatarmee in der Kanalisation deponieren. Ich habe ihm erklärt, dass er damit dein Leben aufs Spiel setzt.«

Sadie zuckte die Achseln. »Ich hätte nichts dagegen gehabt.«

»Und die anderen, die mit dir da unten sind? Hätten auch die nichts dagegen gehabt?«

Sadie schwieg.

»Ich möchte nicht, dass du dein Leben riskierst. Krys muss eine andere Lösung finden.«

Eine Zeit lang liefen wir still nebeneinanderher. Dann sagte Sadie: »Saul und ich haben uns geküsst. Du hattest recht. Er mag mich.«

Ich warf ihr einen Blick zu. In ihre blassen Wangen war ein wenig Farbe gestiegen.

»Ich habe immer recht.«

»Klar.« Sadie lachte.

Nach einer Weile sagte sie: »Ich sollte nicht an so etwas denken, wenn es so viel Wichtigeres gibt. Aber ich wollte es dir erzählen.«

Ich drückte ihre Hand. »Es war etwas Schönes. Und das brauchen wir in dieser Zeit. Du mehr als jeder andere.«

Dann waren wir an dem Café. Sadie zog sich in ihr Versteck hinter den Mülltonnen zurück. Ich betrat das Café – und verharrte. Statt der dunkelhaarigen Frau stand ein Mann hinter der Theke und polierte Gläser.

Ich ging zu ihm. »Entschuldigen Sie«, sagte ich, »ich suche die junge Frau, die sonst hier arbeitet.«

»Kara?«

Ich nickte und hoffte, wir meinten dieselbe Person.

»Kara ist im Keller.« Er wies auf eine Treppe, die mir zuvor nicht aufgefallen war. Vorsichtig nahm ich die ausgetretenen Holzstufen nach unten und geriet in eine *piwnica*, eine für Krakau typische Kellerkneipe mit grob gezimmerten Holztischen und -bänken und rohen Backsteinwänden.

Für einen Sonntagvormittag war die Kneipe erstaunlich gut besucht, hauptsächlich von biertrinkenden Männern. Einige warfen mir neugierige Blicke zu.

Kara stand hinter der Theke und zapfte Bier. Ich trat zu ihr. Im ersten Moment wirkte sie überrascht, mich zu sehen, dann verärgert. »Du schon wieder«, sagte sie und stellte einen Krug Bier vor mich. Die Reichsmark, die ich auf den Tresen legte, ignorierte sie.

Bier mochte ich nicht und erst recht nicht zu einer so frühen Stunde, aber vielleicht hatte Kara nur den Schein wahren wollen. Und so nippte auch ich der Form halber an dem bitteren Getränk, dessen Schaum meine Oberlippe kitzelte. Ich leckte ihn ab.

»Mercer ist nicht da«, sagte sie.

Ich wollte ihr erklären, dass ich keinen »Mercer« kannte, sondern nach Krys suchte, bremste mich aber im letzten Moment. Vielleicht gehörte auch Kara dem Widerstand an und »Mercer« war in diesem Kreis ein Tarnname für Krys. Ich nahm es einfach einmal an.

»Wo ist er?«

»Nicht in Krakau.« Leise fügte sie hinzu: »Er erledigt etwas für Korsarz.«

»Für Korsarz?« Das war der Schwarzmarkthändler, den Krys erwähnt hatte.

Kara nickte.

»Das glaube ich nicht. Mercer würde nie für so jemanden arbeiten.« Krys verachtete diesen Mann doch.

Kara zuckte mit den Schultern.

Mir fiel der Sack Kartoffeln für Sadie ein. Krys hatte mir nicht sagen wollen, woher er ihn hatte. Er hatte lediglich erklärt, jemand sei ihm einen Gefallen schuldig gewesen. Vielleicht war es genau umgekehrt gewesen. Womöglich hatte er sich Sadie und mir zuliebe zuletzt doch überwunden, diesen Korsarz um die Kartoffeln zu bitten. Und nun schuldete er dem Mann einen Gefallen, war vielleicht unterwegs, um diese Schuld zu begleichen.

»Wann kommt er wieder?«

»Keine Ahnung. Willst du ihm eine Nachricht hinterlassen?«

Ich schüttelte den Kopf. Dann überlegte ich es mir anders. »Ich habe nichts zu schreiben.«

Kara schob mir einen Stift und eine weiße Papierserviette zu.

Ich schrieb. *Ich bin doch bereit, dir zu helfen. E.*

Vielleicht hätte ich mit einem freundlichen Gruß enden sollen, aber ich änderte die Nachricht nicht mehr. Doch nun hatte ich noch immer kein Versteck für Sadie.

Ich reichte Kara die Serviette zurück, holte tief Luft und sagte: »Ich brauche deine Hilfe.«

Sie sah mich mit hochgezogenen Brauen an. »Ich soll dir helfen?«

Ich nickte. »Ich habe ein Paket, das du aufbewahren musst.«

»Und weiter?«

»Sie ist draußen.«

»Kommt nicht infrage.« Vehement schüttelte Kara den Kopf. »Wir können es uns nicht leisten, Flüchtlinge zu verbergen.«

»Sie ist kein Flüchtling. Bloß eine junge Frau, die um ihr Überleben kämpft. Sie braucht den Unterschlupf auch nur, bis ich etwas für sie erledigt habe.«

»Nein. Wenn man sie bei uns findet, werden die Kneipe und das Café dichtgemacht.«

Wahrscheinlich waren die beiden Orte nicht nur Einnahmequellen, sondern auch Kontaktadressen des Widerstands, und Kara wollte beides schützen.

»Bitte. Es gibt keinen anderen Ort, an dem ich sie unterbringen kann.«

»Nicht mein Problem.«

»Krys möchte, dass dieser Person geholfen wird«, log ich. Das hatte ich mittlerweile so oft getan, dass es auf einmal mehr oder weniger auch nicht mehr ankam. »Im Gegenzug bietet sie euch einen Platz an, um gewisse Dinge zu deponieren. Sollte sie gefasst werden, fällt das flach.«

Kara runzelte die Stirn. »Also gut. Meinetwegen. Hinter dem Haus geht es vom Hof aus in unser Lager. Bring sie dorthin, ich komme nach.«

»Danke, Kara.« Eilig kehrte ich zu Sadie zurück und huschte mit ihr hinter das Haus.

Der Eingang zum Lager bestand aus zwei eisernen Bodenklappen, durch die Getränke und andere Vorräte nach unten geschafft werden konnten.

Kara trat aus der Hintertür, nickte Sadie zu und zog eine Klappe hoch. Eine Leiter führte nach unten. »Mach schnell«, sagte sie zu Sadie.

Wie der Wind kletterte Sadie die Leiter hinunter. Als ich ihr folgen wollte, hielt Kara mich zurück. »Du nicht, du erledigst, was du erledigen musst, und kommst schleunigst zurück.«

Ich machte mich von ihr los. »Ich muss etwas mit Sadie bereden. Bin gleich wieder da.«

Ich stieg zu Sadie hinunter.

»Wann holst du mich wieder hier raus?«, fragte sie und ließ einen unfrohen Blick über die Bierkisten und Bierfässer gleiten.

»Ich laufe jetzt sofort zum Bonifratrów-Krankenhaus und erkundige mich nach deiner Mutter und dem Baby. Danach kehre ich zu dir zurück.«

Sadie fasste meinen Arm. »Danuta Gault, so lautet der Name meiner Mutter. Sie ist sehr mager, hat weißes Haar.« Ihr Blick wurde besorgt. »Sei vorsichtig und vergewissere dich, dass in dem Krankenhaus weder SS noch Gestapo ist. Nach vermissten Jüdinnen zu fragen, ist gefährlich.«

»Mach dir keine Gedanken, ich passe auf.«

Ich drückte Sadie an mich und gab ihr den Beutel mit den Nahrungsmitteln. »Bis später.«

Ich kehrte zu Kara zurück. »Sadie braucht etwas zu trinken«, sagte ich. »Einen Kaffee oder so. Da unten ist nur Bier.«

»Besorge ich ihr.« Kara zog die Brauen zusammen. »Sie kann bis zum Abend bleiben, länger nicht.«

Entweder half Kara generell nicht gern, oder sie half *mir* nicht gern. Dennoch bedankte ich mich bei ihr und erklärte, ich sei im Handumdrehen zurück.

Ich hatte noch keine Geburt miterlebt und wusste nicht genau, wie viel dieser Vorgang einer Frau abverlangte, doch auf dem Weg zum Krankenhaus versuchte ich, mir eine Entbindung ohne Arzt und Hebamme in der Kanalisation vorzustellen. Und dann eine geschwächte, von Entbehrungen gezeichnete Mutter. Wahrscheinlich wäre es ein Wunder, wenn Mutter und Kind es überhaupt bis zum Krankenhaus geschafft hätten.

Das Bonifratrów-Krankenhaus war einmal ein imposantes Backsteingebäude gewesen, dem sich eine Kapelle und ein Kloster anschlossen. Nun machten die Gebäude einen heruntergekommenen Eindruck. An den Fassaden bröckelte der Putz, und aus den Rissen auf dem geteerten Weg, der zum Eingang des Krankenhauses führte, wucherte Unkraut. Die Pforte war verschlossen. Ich drückte auf die Klingel.

Eine Nonne öffnete die Tür. »Wir lassen keine Besucher ein«, sagte sie und blickte mich durch ihre Brille unfreundlich an.

»Ich suche eine Frau mit einem Baby«, sagte ich leise. »Ihr Name lautet Danuta Gault.«

Die Nonne schüttelte den Kopf. »Wir haben keine Patientin mit diesem Namen.«

Vielleicht sagte sie die Wahrheit, vielleicht nicht. Ich versuchte es erneut. »Eine abgemagerte Person, mit weißem Haar. Sie hat erst vor Kurzem entbunden und ist noch sehr schwach.«

»Tut mir leid.« Die Nonne machte Anstalten, die Tür zu schließen.

»Sie hat einen geschützten Ort für ihr Baby gesucht«, flüsterte ich. »Wahrscheinlich hat sie Sie um Hilfe gebeten.«

In den Augen der Nonne flackerte etwas auf. Sie wusste, von

wem die Rede war. »Tut mir leid, vielleicht war diese Frau in einem anderen Krankenhaus.«

»Sie ist meine Mutter«, log ich in der Hoffnung, dass die Nonne nun entgegenkommender sein würde. »Ich muss sie finden. Wir sind alle außer uns vor Sorge.«

Mit einer hastigen Handbewegung winkte die Nonne mich herein.

Ich folgte ihr durch einen lang gezogenen Flur. Hinter den Türen piepten Geräte, irgendwo stöhnte jemand, und es roch scharf nach Desinfektionsmitteln.

Mit einem Mal erinnerte ich mich wieder an den Tag, als ich meine Mutter im Krankenhaus besucht hatte. Mein Vater hatte mich hochgehoben, damit ich ihre Wange küssen konnte, sie selbst hatte nicht einmal mehr die Kraft besessen, den Kopf zu heben.

Es war das letzte Mal, dass ich sie gesehen hatte.

Ich verdrängte die Erinnerung und konzentrierte mich auf das Hier und Jetzt.

Die Nonne führte mich in ein kleines Büro und schloss die Tür hinter uns. An der Wand hinter dem Schreibtisch hing ein Ölgemälde, das die Kreuzigung Jesu zeigte. So etwas gab es in unserem Haus nicht. Wir waren nie eine religiöse Familie gewesen, und seit dem Trauergottesdienst für meine Mutter war ich kein einziges Mal mehr in der Kirche gewesen. Meine Kette mit dem Kreuz trug ich nur, weil mein Vater sie mir vor vielen Jahren geschenkt hatte.

Die Nonne räumte Aktenordner von dem Besucherstuhl vor dem Schreibtisch und bot mir den Platz an. Ich setzte mich.

»Sie können nicht lange bleiben«, sagte sie, während sie sich mir gegenüber niederließ. »Auf Anweisung des Generalgouverneurs sind bei uns keine Besucher mehr erlaubt. Sollte jemand herausbekommen, dass ich Sie eingelassen habe, werden wir dafür büßen.«

»Ich halte Sie nicht lange auf«, versprach ich. »Ich möchte nur erfahren, ob die Frau, die ich Ihnen beschrieben habe, hier war und wie es ihr und dem Baby geht.«

»Sie ist nicht wirklich Ihre Mutter, oder?«

»Nein, tut mir leid. Sie ist die Mutter einer Freundin.« Ich schaute zur Seite und schämte mich, weil ich eine Nonne angelogen hatte.

Die Nonne sah mich tadelnd an, bevor sie erwiderte: »Sie war hier. Einer unserer Priester hatte sie irgendwo aufgelesen und zu uns gebracht. Sie konnte sich kaum noch auf den Beinen halten, hatte Fieber und eine Infektion als Folge der Niederkunft. Außerdem hatte sie sehr viel Blut verloren.«

Davon hatte Sadie mir nichts erzählt. Aber vielleicht waren ihr diese Einzelheiten selbst nicht bekannt.

»Wir haben ihr ein Bett angeboten, aber sie wollte nicht bleiben. Sagte immerzu, sie müsse zurück, ohne uns zu verraten, zu wem oder wohin. Doch das war ein Ding der Unmöglichkeit, sie war viel zu krank. Zu guter Letzt hat sie eingewilligt, sich für kurze Zeit bei uns auszuruhen und behandeln zu lassen, und wir haben sie versorgt.«

»Und wo ist sie jetzt?«, fragte ich aufgeregt und stellte mir vor, wie ich Mutter und Tochter zusammenführen würde. Oder zumindest würde ich Sadie berichten können, dass ihre Mutter und ihre Schwester in guten Händen waren.

Die Nonne seufzte schwer. »Dann ist die Gestapo gekommen. Ohne Vorwarnung sind diese Männer hier eingedrungen. Normalerweise meiden die Deutschen Krankenhäuser, weil sie eine panische Angst vor ansteckenden Krankheiten haben. Doch diesmal wollten sie jedes Zimmer kontrollieren, haben das ganze Pflegepersonal vernommen. Sie suchten nach einer Frau – wahrscheinlich jüdisch –, die sich, nicht weit von unserem Krankenhaus entfernt, durch die Straßen geschleppt hatte.«

Ich spürte, wie sich in meinem Inneren alles zusammenkrampfte. Sadies Mutter war denunziert worden, und die Gestapo hatte sie hier gesucht.

»Wir konnten nicht riskieren, dass sie unser Krankenhaus schließen. Dann wären wir nicht mehr in der Lage gewesen, eine Arbeit zu verrichten, die wir in vielerlei Hinsicht für lebensnotwendig halten.«

Ich wusste nicht recht, wie sie das meinte, wollte aber nicht nachfragen. Vielleicht boten die Nonnen jüdischen Flüchtlingen Schutz, vielleicht unterstützten sie den Widerstand.

Die Nonne sprach weiter. »Allerdings waren wir nicht bereit, sie den Deutschen zu überlassen. Sie hätten sie umgebracht, so wie sie auch die Patienten des jüdischen Krankenhauses ermordet haben.« Sie hielt inne, starrte einen Moment lang vor sich hin. »Wir haben ihr geholfen, einzuschlafen. Es war eine Gnade, sie musste nicht leiden.«

*Eine Gnade.* Das bedeutete, Sadies Mutter war tot. Bei dem Gedanken schnürte sich mir die Kehle zu. »Wann war das?«

»Vorgestern.«

Ich war zu spät gekommen. »Und was ist mit dem Baby?«

Die Nonne sah mich verblüfft an. »Welchem Baby?«

»Die Mutter meiner Freundin hatte ihren Säugling bei sich.«

Sie schüttelte den Kopf. »Nein. Sie war allein.«

»Aber Sie haben doch gesagt, dass sie ein Baby hatte?«

»Ich habe eine Niederkunft erwähnt. Wir haben nur festgestellt, dass sie vor Kurzem entbunden hatte. Und sie hat von ihrem Kind gesprochen. Wahrscheinlich ist es gleich nach der Geburt gestorben, und sie wollte es nicht wahrhaben. So etwas erleben wir des Öfteren.« Die Nonne stand auf. »Das ist alles, was ich Ihnen sagen kann. Und nun muss ich Sie bitten, zu gehen.«

Sie geleitete mich zu einem Hinterausgang und verabschiedete sich.

Niedergeschlagen machte ich mich auf den Rückweg. Wie sollte ich Sadie erklären, dass ihre Mutter tot war? Dass sie ohne Kind im Krankenhaus angekommen war, und dort niemand wusste, was aus dem Baby geworden war. Ich dachte an den Tod meiner Mutter. Ich war damals nicht allein zurückgeblieben, hatte noch einen Vater und Geschwister gehabt. Sadie hatte niemanden mehr.

Mit schwerem Herzen erreichte ich das Café und klopfte auf dem Hinterhof an eine der Bodenklappen. Es war Kara, die mir öffnete. Ich kletterte die Leiter hinunter. Sadie hockte in einer Ecke auf einer Bierkiste. Bei meinem Anblick sprang sie auf und blickte mich gespannt an. »Was hast du erfahren?«, fragte sie. »Wo ist meine Mutter und wie geht es ihr?«

Noch immer wusste ich nicht, wie ich es ihr sagen sollte. Meine Sorge war, dass die Wahrheit Sadie den Lebensmut rauben könnte. Vielleicht war es besser, ihr noch ein wenig Hoffnung zu lassen. Dann dachte ich an die ersten Kriegsmonate, als mein Vater als vermisst galt, und ich mir einredete, er würde noch leben, wäre vielleicht nur gefangen genommen worden. Die Ungewissheit war qualvoll gewesen.

Ich holte Luft, um Sadie zu sagen, dass ihre Mutter tot war, doch die Worte blieben mir im Hals stecken. Ihre Mutter war alles, was sie noch hatte. Und das sollte ich ihr nehmen? Ich erinnerte mich nur zu gut an meinen Schmerz, als ich erfuhr, dass mein Vater nie zu mir zurückkehren würde. Auch Sadies Leid würde unermesslich sein, doch bei ihr käme der harte Kampf ums Überleben hinzu, was bei mir nicht der Fall gewesen war. Vielleicht sollte ich lieber versuchen, Sadies kleine Schwester zu finden. Dann hätte Sadie womöglich einen Trost, wenn ich ihr irgendwann erklären musste, dass ihre Mutter gestorben war.

»Ich habe deine Mutter nicht gefunden«, log ich und fühlte mich entsetzlich.

»O nein.« Sadies Miene zerfiel. »Ohne sie kehre ich nicht in die Kanalisation zurück.«

»Doch, das musst du. Ich werde weiter nach ihr und deiner Schwester suchen. Aber das wird dauern. Ich muss meine Erkundungen vorsichtig einziehen.« Ich strich Sadie über den Arm.

Sadies Schultern sackten herab, doch sie widersprach mir nicht.

Ich wandte mich zu Kara um. »Danke für deine Hilfe. Sobald es dunkel wird, sind wir fort. Bitte gib Krys meine Nachricht.«

Als Kara verschwunden war, brütete Sadie vor sich hin und sagte nur noch wenig. Erst als es dunkel war und ich mich vergewissert hatte, dass draußen niemand unterwegs war, schlichen wir uns zu Sadies Einstieg.

Mit jedem Schritt wurde die Last, die auf meine Seele drückte, schwerer. Vielleicht hätte ich Sadie doch die Wahrheit sagen sollen. Woher nahm ich mir das Recht, für sie zu entscheiden, was sie wissen durfte und was nicht? Aber ich schaffte es nicht.

Auch rund um Sadies Einstieg in die Unterwelt war niemand zu sehen. Wir hoben den Kanaldeckel hoch und legten ihn zur Seite.

»Wirst du auch ganz bestimmt weiter nach meiner Mutter suchen?«, fragte Sadie leise.

»Ja, das verspreche ich dir.« Noch einmal überlegte ich, ob

ich es ihr sagen sollte. Doch meine Angst, Sadie könnte sich dann aufgeben, war zu groß.

»Vielleicht versteckt sie sich irgendwo im Ghetto«, flüsterte Sadie. »Oder in Kazimierz.«

Ich nickte. »Auch da werde ich nachsehen.« Ich *musste* es ihr sagen. »Es tut mir so leid, Sadie, aber ...« Nein, ich brachte es nicht über die Lippen. »Ich wünschte, ich könnte mehr tun.«

»Du tust sehr viel.« Sadie schenkte mir ein kleines Lächeln. »Ich hatte meine Mutter angefleht, nicht fortzugehen. Sie hat nicht auf mich gehört.«

»Sie wird ihre Gründe gehabt haben«, entgegnete ich und wich ihrem Blick aus.

Für einen Moment schwieg Sadie. Dann seufzte sie zittrig. »Aber wie und wo sollst du meine Mutter finden können? Vielleicht ist sie einfach fort, und ich sehe sie nie wieder.« Sie bedeckte ihr Gesicht mit den Händen und begann zu weinen.

Ich nahm Sadie in die Arme, drückte sie fest an mich und spürte, wie ihr zarter Rücken unter meinen Händen bebte.

Nach einer Weile löste sie sich von mir und wischte sich über das Gesicht.

Ich führte sie in eine Nische der Kirchenmauer, wo uns um diese Uhrzeit niemand sehen würde. Dort sprachen wir weiter.

»Wenn sie doch bei mir geblieben wäre«, sagte Sadie mit trostloser Miene. »Oder wenn sie mir wenigstens erlaubt hätte, mit ihr zu gehen. Nun habe ich niemanden mehr.«

»Du hast mich«, sagte ich. »Zwar weiß ich, dass ich deine Mutter nicht ersetzen kann, aber ich werde für dich da sein.«

Sie schaute zu Boden.

»Sadie, bitte, sieh mich an.«

Ich holte ein Taschentuch aus meiner Rocktasche und reichte es ihr. Sie wischte über ihre Augen und ihre Nase.

»Wenn du willst, suche ich nach einem neuen Versteck für dich«, sagte ich, ohne zu wissen, ob ich in der Lage sein würde, dieses Versprechen zu halten.

Aber Sadie war in Gedanken bei ihrer Mutter und gab mir keine Antwort.

»Oder wir beide verlassen Krakau. Ich besorge uns Geld und dir etwas anderes zum Anziehen. Und dann suchen wir uns irgendwo im Umland einen Unterschlupf.«

Sadie schüttelte den Kopf. »Ich kann Saul und seine Familie nicht im Stich lassen.« Sie lehnte sich an die Kirchenmauer. »Aber da unten ist es so furchtbar. Ich weiß nicht, ob ich das Leben dort ohne meine Mutter ertrage.«

Ich umfasste ihr Gesicht mit beiden Händen. »Wir stehen das gemeinsam durch, Sadie. Einen Tag nach dem anderen, bis der Krieg zu Ende ist.«

Sie nickte. Vielleicht war sie zu zermürbt, um weiter darüber zu reden. Ich ließ sie los.

»Ab sofort komme ich jeden Tag und bringe euch etwas zu essen. Jeden Morgen um zehn treffen wir uns an dem Einstieg an der Weichsel.« Ich wusste nicht, wie ich das bewerkstelligen sollte, doch ich war fest entschlossen, einen Weg zu finden.

»Ist gut.« Sadie stieß sich von der Mauer ab.

Wir kehrten zu dem Kanaldeckel zurück.

»Danke für alles«, sagte Sadie und stieg wieder in die Kanalisation.

# KAPITEL 20

## SADIE

Ella war noch nicht erschienen. Ich hatte unter dem Kanaldeckel an der Weichsel auf sie gewartet, nun trat ich einen Schritt zurück, um dem Regen auszuweichen, der durch die Gitterstäbe fiel. Doch der Wind peitschte ihn bis zu mir, als hätte er vor, mich zu verjagen. Am liebsten wäre ich in unsere Kammer zurückgekehrt, aber ich wollte nicht, dass Ella umsonst hierherkommen würde.

Inzwischen war es Ende Juli. Seit über vier Monaten lebte ich bereits in der Kanalisation. Meine Mutter war vor drei Wochen mit meiner kleinen Schwester verschwunden, und bisher hatte Ella die beiden weder gefunden noch etwas über sie in Erfahrung bringen können. Mit jedem Tag fiel es mir schwerer, auf ihre Rückkehr zu hoffen. Aber ich konnte die Hoffnung auch nicht aufgeben, sie half mir durch die Tage.

Es war jedoch nicht nur die Ungewissheit, die mich peinigte. Hinzu kamen die Gase in der Kanalisation, die seit Sommerbeginn dichter und übelriechender geworden waren. Wir alle hatten Hautausschläge.

»Wenigstens frieren wir nicht mehr«, hatte Rosenberg vor einer Weile gesagt. »Es ist mir ein Rätsel, wie wir hier unten über den Winter kommen sollen.«

Offenbar ging er davon aus, dass wir dann noch immer nicht frei sein würden.

Dennoch versuchte ich, mich nicht gehen zu lassen. Morgens

stand ich auf, wusch mich, putzte mir die Zähne. Zum Frühstück teilte ich mir mit den Rosenbergs die Nahrungsmittel, die Ella gebracht hatte. Anschließend traf ich mich mit Ella, unterhielt mich mit ihr, nahm Brot, Wurst oder Käse in Empfang. Nach dem Mittagessen wusch ich Socken und Unterwäsche und hängte sie an meiner Bank zum Trocknen auf. Nachmittags las ich eins der Bücher, die Saul und sein Vater mir überlassen hatten, oder ging mit Saul in der Kanalisation spazieren.

Doch die Tage zogen sich in die Länge, und die Nächte kamen mir endlos vor. Ich schlief unruhig, und die Angst um meine Mutter und meine Schwester verfolgte mich bis in meine Träume.

Einmal träumte ich, dass ich auf dem Abwasserfluss trieb. Ich stieß auf meine Eltern und stellte fest, dass meine Mutter kein Baby in den Armen hielt.

*Wo ist sie?*, fragte ich.

*Wer?*, fragte meine Mutter.

Ich wollte ihr antworten, vermochte es aber nicht, da ich den Namen meiner Schwester nicht kannte. Meine Eltern griffen nach mir, wir bildeten eine Art Floß und schwammen davon.

Wenn ich morgens wach wurde, spürte ich als Erstes, dass ich unglücklich war. Dann fiel mir ein, warum das so war, und ich drehte mich Saul zu, um aus seiner Gegenwart Kraft zu schöpfen. Nachts zogen wir uns häufig in die Leseecke zurück. Dann legte er einen Arm um mich und küsste mich. Und ich schmiegte mich Trost suchend an ihn.

Nun trat ich wieder vor, um festzustellen, ob Ella gekommen war. Der Regen hatte nachgelassen, doch sie war noch nicht da. Bisher war sie jeden Tag erschienen, so wie sie es versprochen hatte, und ganz gleich, wie das Wetter war. Sie blieb stets nur für wenige Minuten, so dass wir immer nur ganz kurz miteinander reden konnten, mehr wäre zu gefährlich gewesen. Doch ihre Freundschaft und meine Liebe zu Saul waren das, was mich am Leben erhielt.

Die Kirchturmuhr schlug elfmal. Ella war bereits eine Stunde zu spät. Vielleicht war ihr etwas dazwischengekommen. Ich wartete noch eine Weile, dann sagte ich mir, dass ich meine Freundin wohl erst am nächsten Tag wiedersehen würde. Oder am übernächsten.

Auch für die Polen wurde das Leben mittlerweile immer härter. Wir bekamen es sogar unter der Erde mit, hörten beinahe täglich Schüsse, Schreie und auf Deutsch gebrüllte Befehle. Ella erzählte mir davon nichts, wahrscheinlich, um mich nicht zusätzlich zu belasten, aber an ihrem Blick erkannte ich, dass selbst sie begonnen hatte, sich vor der zunehmenden Brutalität der Deutschen zu fürchten. Manchmal wollte ich ihr sagen, sie solle sich lieber nicht mehr mit mir treffen. Doch das war nicht möglich, ohne Ella wären wir verhungert.

Gerade als ich mich abwenden wollte, sah ich sie herbeieilen. Sie machte einen aufgelösten Eindruck. Strähnen ihres roten Haars ringelten sich feucht um ihr Gesicht.

Vor dem Kanaldeckel blieb sie stehen und blickte sich hastig um. Dann sah sie mich, sagte: »Hallo« und lächelte verkrampft.

»Was ist passiert?«, fragte ich. »Ich dachte schon, dir wäre etwas dazwischengekommen.«

»Auf der Brücke war schon wieder eine Kontrolle, mit einer endlos langen Warteschlange.«

In diesem Moment kam ein Wagen über die Straße, der mit quietschenden Reifen bremste. Diesmal wurde ein Befehl auf Polnisch gebrüllt, jedoch mit schwerem deutschen Akzent. Ella huschte davon, und ich zog mich zurück. Jemand schrie, Wagentüren schlugen zu. Dann heulte der Motor auf und der Wagen raste davon.

Ella kehrte zurück, doch sie war blass geworden. »Das war knapp«, sagte sie.

»Es wird immer schlimmer«, entgegnete ich. »Ständig hört man Schüsse und Schreie.«

»Die Deutschen sind dabei, den Krieg zu verlieren. Im Osten werden sie von der Roten Armee zurückgedrängt, in Italien rücken die Westalliierten vor.«

Wie gern ich ihr geglaubt hätte. Doch selbst als wir noch im Ghetto waren, hatten die Leute sich schon eingeredet, die Deutschen seien dabei, den Krieg zu verlieren und unsere Rettung sei in Sicht.

»Und nun reagieren sie ihre Wut an uns Polen ab.«

»Es sind ja auch keine Juden mehr da«, sagte ich bitter. Natürlich litt auch die polnische Bevölkerung unter den Deutschen, aber die Polen wurden nicht systematisch verfolgt und erschossen, nicht in Lastwagen getrieben und in Lager geschafft, mussten sich nicht in der Kanalisation verstecken.

Als Ella schwieg, fragte ich: »Möchtest du dich lieber nicht mehr mit mir treffen?«

Sie sah mich vorwurfsvoll an. »Bisher bin ich jeden Tag gekommen und das werde ich auch weiterhin tun. Ich muss heute nur sofort wieder nach Hause, sonst kriege ich Ärger mit meiner Stiefmutter, die sich Arbeiten für mich ausgedacht hat.« Sie bückte sich und steckte rasch ein kleines Sauerteigbrot durch die Gitterstäbe.

»Danke«, sagte ich. »Ich hoffe, du kannst es auch wirklich entbehren.«

»Kann ich.«

Ich musterte sie prüfend. Ellas Gesicht war so schmal geworden, dass ich mitunter den Verdacht hatte, sie verzichtete auf Essen, um es mir zu bringen. Hinzu kam, dass die Nahrungsmittel ganz allgemein immer knapper wurden. Auf den Märkten gebe es kaum noch etwas, hatte Ella mir vor Kurzem erzählt. Vielleicht spürte man die Not langsam auch bei ihr zu Hause, trotz der befreundeten Besatzer.

Als Ella sich verabschiedete, schlug die Kirchturmuhr zwölf. Ich kehrte in die Kammer zurück.

Rosenberg saß auf seiner Bank und las in seinem Gebetbuch. Saul war nicht da. Ich wünschte, ich wäre ihm auf dem Rückweg begegnet, und wir hätten ein wenig Zeit für uns gehabt.

Bubbe lag auf ihrer Bank und hielt die Augen geschlossen. Sie war an diesem Morgen nicht aufgestanden, und ich hatte mich ganz leise gewaschen und mir die Zähne geputzt, um sie nicht aufzuwecken.

Seit einigen Tagen verschlechterte sich Bubbes Zustand zunehmend. Meistens blieb sie auf ihrer Bank, murmelte vor sich hin oder stöhnte. Oder sie begann zu klagen, so laut, dass sie uns nun ebenso gefährdete wie meine kleine Schwester es getan hatte.

Ich hatte mit Saul über seine Großmutter gesprochen, ihn gefragt, ob er wisse, was mit ihr sei.

»Sie ist dement«, erwiderte er. »Ihr Vater hatte die gleiche Krankheit. Dagegen kann man nichts machen.«

»Das tut mir leid«, sagte ich. Den Lärm, den sie mitunter veranstaltete, sprach ich nicht an. Saul wusste ebenso gut wie ich, was er für uns bedeuten konnte.

»Früher war sie so klug und immer zu Scherzen aufgelegt«, sagte er wehmütig.

Ich versuchte vergeblich, dieses Bild mit der Frau zu vereinen, die ich kennengelernt hatte.

»In gewisser Weise ist diese Krankheit grausamer als ein körperliches Leiden«, fuhr Saul fort.

Vielleicht hatte er recht. Die Demenz hatte seine Großmutter ihrer Persönlichkeit beraubt.

Ich warf einen Blick zu ihr hinüber. Der Teller mit dem aufgeweichten Brot, den ich ihr am Morgen gebracht hatte, stand unangerührt auf dem Boden. Ich trat zu ihr. Dass sie noch immer schlief, wunderte mich. Vorsichtig legte ich eine Hand auf ihre Stirn. Sie war kalt. Dann fiel mir Bubbes Reglosigkeit auf, das Gesicht, das aussah, als wäre es lächelnd erstarrt.

Mir wurde die Kehle eng. Bubbe war tot, musste im Schlaf gestorben sein. Einen Moment lang betrachtete ich ihr Gesicht, das entspannter war, als ich es jemals gesehen hatte. Vielleicht hatte es an ihrer Krankheit gelegen, dass sie von uns gegangen war, oder an unserem kargen Essen oder ihre Zeit war einfach abgelaufen.

Rosenberg schien den Tod seiner Mutter nicht mitbekommen zu haben, und ich scheute mich, es ihm zu sagen. Stattdessen machte ich mich auf die Suche nach Saul.

Ich traf ihn nur wenige Schritte vor der Kammer. Seine Augen strahlten, als er mich sah. Dann nahm er meine bekümmerte Miene wahr. »Ist was?«

»Deine Großmutter«, sagte ich leise.

Er stürzte in die Kammer. Ich folgte ihm langsam und blieb im Eingang stehen.

Saul berührte seine Großmutter, stellte fest, dass sie tot war, und verbarg das Gesicht in den Händen. Dann setzte er sich zu seinem Vater und flüsterte ihm etwas zu. Ich hatte gedacht, Rosenberg würde anfangen, zu beten oder zu klagen, doch er lehnte sich nur an seinen Sohn, schloss die Augen und weinte. Saul legte einen Arm um ihn.

Ich wartete, bis Rosenbergs Tränen versiegt waren. Dann ging ich zu den beiden und sprach ihnen mein Beileid aus. Ich wollte noch mehr sagen, doch mir fehlten die richtigen Worte. Aufgrund der Verluste, die ich erlitten hatte, hätte ich sie eigentlich finden müssen, doch ich sagte nur: »Ich weiß, wie sehr ihr Bubbe geliebt habt.«

Rosenberg nickte und blickte zu seiner toten Mutter hinüber. »Ich frage mich, was wir jetzt tun sollen.«

Die jüdischen Religionsgesetze verlangten, dass ein Toter umgehend begraben wurde. Aber wo sollte das hier unten möglich sein? Die Böden waren alle aus Stein.

Und so trugen wir Bubbe am Nachmittag zu der Stelle, an der sich die beiden Abwasserflüsse kreuzten, dahin, wo mein Vater untergegangen war. Ich strich ihr noch einmal über eine kalte Hand. Bubbe und ich waren keine Freundinnen gewesen, doch wenn sie geschimpft hatte, hatte es meistens dem Schutz ihrer Familie gedient – vielleicht auch dem meiner Mutter und mir.

Als die Strömung sie mitriss, dankte ich ihr stumm dafür und verzieh ihr die Nörgeleien und den Griesgram. Sicherlich war ihr das Leben hier unten noch weitaus schwerer gefallen als mir.

Wir blickten ihr nach, bis sie untergegangen war, und ich dachte, vielleicht findet sie ihre letzte Ruhe dort, wo mein Vater war.

»Sollen wir das *Kaddisch* sprechen?«, fragte ich, nachdem wir für eine Weile geschwiegen hatten. Auch wenn ich keiner religiösen Familie entstammte, kannte ich doch das Gebet für die Toten.

Saul schüttelte den Kopf. »*Kaddisch* darf nur mit einem *Minjan* rezitiert werden.«

*Minjan* bedeutete, dass mindestens zehn Männer oder Frauen zum Gebet zusammenkommen mussten, und wir waren nur zu dritt. Und so konnten Saul und sein Vater nicht einmal eines der jüdischen Trauerrituale vollziehen.

Saul wandte sich seinem Vater zu. »Eines Tages werden wir wieder in einer Synagoge beten. Und dann werden wir für Bubbe das *Kaddisch* sprechen.«

Er klang so sicher, aber glaubte er das wirklich? Als die Deutschen kamen, hatten sie zahllose Synagogen niedergebrannt oder entweiht, hatten daraus Lagerhallen oder Viehställe gemacht. Als ich mit Ella durch Kazimierz gelaufen war, hatte dort nur noch die verrußte Hülle unserer Synagoge gestanden. Würden wir überhaupt jemals wieder hier herauskommen und unsere Gebete nachholen können? Mir jedenfalls fiel es mittlerweile schwer, mir eine Welt vorzustellen, in der so etwas möglich sein sollte.

Die nächsten Tage verbrachten wir in Trauer. Sogar ich vermisste Bubbe mehr als ich gedacht hatte. Ja, sie war eine mürrische alte Frau gewesen und hatte gewollt, dass meine Schwester verschwand, aber ebenso hatte sie meiner Mutter geholfen, ihr Kind zur Welt zu bringen, und mich gezwungen, mit meinem Leben weiterzumachen, als die beiden fort waren, und ich in Trübsal versunken war.

Nun waren nur noch Saul, sein Vater und ich da, und ich fragte mich, wer als Nächster verschwinden würde. Und wie lange es dauern würde, bis keiner von uns mehr übrig war.

# KAPITEL 21

## ELLA

Wieder einmal hatte ich mich abends in meine Dachkammer zurückgezogen. Doch ich war zu rastlos, um zu malen oder zu lesen. Dabei gab es nicht einmal lachende und lärmende Dinnergäste, die mich stören konnten, Ana Lucia hat seit einem Monat nicht mehr zu sich eingeladen. Vielleicht lag es an dem Mangel an Nahrungsmitteln, den auch meine Stiefmutter inzwischen zu spüren bekam. Oder die Deutschen waren aufgrund des Kriegsgeschehens nicht mehr in Stimmung, an Festessen und Partys teilzunehmen. Es war Anfang August, und die Nachrichten von ihren Verlusten an der Ostfront und dem Vormarsch der Alliierten in Süditalien mehrten sich.

Ich holte das Foto von Krys hervor, das für lange Zeit auf meinem Schreibtisch gestanden hatte, und vertiefte mich in seinen Anblick. Vor drei Wochen hatte ich ihm die Nachricht hinterlassen, dass ich bereit sei, ihm zu helfen. Er hatte sich nicht gemeldet. Nun wusste ich nicht, ob er mir noch böse, ihm etwas zugestoßen war, oder Kara ihm meine Nachricht nicht hatte zukommen lassen.

Hin und wieder war ich versucht, nach einem Treffen mit Sadie nach Dębniki zu laufen und an Krys' Tür zu klopfen. Doch stets hielt mein Stolz mich davon ab. Vielleicht war es auch die Angst, zurückgewiesen zu werden.

Sadie sah ich jedoch täglich, und jedes Mal brachte ich ihr etwas zu essen mit. Es war nie viel, auch unsere Speisekammer war leerer geworden, und das wenige musste Sadie mit ihrem Freund und dessen Vater teilen. Dennoch war sie jedes Mal dankbar.

Noch immer hatte ich es nicht übers Herz gebracht, ihr die Wahrheit über ihre Mutter und das Baby zu erzählen. Sadie hatte so wenig, worauf sie hoffen konnte, wie hätte ich ihr davon etwas nehmen können? Allerdings fragte auch sie nicht mehr jeden Tag, ob ich etwas über den Verbleib ihrer Mutter und ihrer Schwester in Erfahrung gebracht habe.

Ich ging in mein Zimmer, machte mich zum Schlafen fertig und kroch ins Bett. Doch ich blieb lange wach, meine Gedanken ließen mich einfach nicht zur Ruhe kommen.

Mitten in der Nacht hörte ich Ana Lucia von wo auch immer zurückkehren, offenbar in Begleitung ihres neuen Freunds. Maust war wieder in Deutschland. Ich hatte überlegt, ob meine Stiefmutter daraufhin die Favoritenrolle, die sie unter den Besatzern genossen hatte, verlieren würde, doch Ana ersetzte Maust im Handumdrehen durch einen anderen hochrangigen SS-Offizier, dessen Namen ich mir nicht merken konnte. Es war ein missmutig aussehender Mann, der spätabends erschien, die Nacht mit Ana Lucia verbrachte, und im Morgengrauen wieder verschwand. Falls er früher kam und ich ihm über den Weg lief, nickte er mir mit grimmiger Miene zu, sagte jedoch nichts. Wenn er mit Ana Lucia redete, war er laut, und die Geräusche, die während ihres Liebesakts zu hören waren, hatten etwas Brutales. Es war mir ein Rätsel, wie meine Stiefmutter diesen Mann ertrug. Einmal hatte Hanna mir ins Ohr getuschelt, dass er in Deutschland Frau und Kinder habe, doch ich war mir sicher, dass meine Stiefmutter sich daran noch am wenigsten störte.

Vor einigen Tagen hatte ich den Bluterguss unter ihrem Auge

gesehen und gefragt: »Warum lässt du dir das bieten? Warum bist du mit jemandem zusammen, der dich schlägt? Wir schaffen es auch ohne den Schutz der Deutschen durch den Krieg.«

Im ersten Moment wirkte Ana Lucia peinlich berührt, dann wurde sie wütend. »Was fällt dir ein, dich in mein Privatleben einzumischen?«, fauchte sie, und ich sagte nichts mehr.

Nun blendete ich die Stimmen und Laute aus, die aus Ana Lucias Zimmer zu mir drangen, doch der Schlaf wollte sich nicht einstellen.

Irgendwann schlug ein Steinchen gegen mein Fenster. Dann noch eines. Ich setzte mich auf. So hatte Krys sich früher gemeldet, wenn er nachts Sehnsucht nach mir hatte. Ich stieg aus dem Bett, strich meine Haare glatt und öffnete leise das Fenster.

Doch unten auf der Straße stand nicht Krys, sondern Kara.

Demnach hatte Krys ihr meine Adresse gegeben. Aber warum war er nicht selbst erschienen?

Ich beugte mich aus dem Fenster. »Was ist?«, zischte ich.

Kara winkte mir, ich solle kommen.

Hastig kleidete ich mich an und schlich die Treppe hinunter. Aus dem Schlafzimmer meiner Stiefmutter war nur das Schnarchen ihres neuen Freunds zu hören.

Ich verließ das Haus.

Sowie Kara mich sah, setzte sie sich in Bewegung.

»Was ist los?«, fragte ich. »Ist Krys etwas zugestoßen?«

»Krys geht es gut. Er möchte mit dir reden.«

»Und warum hat er sich nicht selbst hierherbemüht?«

Kara schüttelte den Kopf. Offenbar wollte sie auf der Straße nicht darüber sprechen.

Im Eiltempo durchquerten wir die Altstadt und liefen über die Dębniki-Brücke, und ich wusste noch immer nicht, was das Ganze sollte. Offenbar war unser Ziel auch nicht das Café. Stattdessen steuerte Kara den Kanaldeckel hinter der Kirche an. Also hatte Krys ihr auch davon erzählt.

»Ist was mit Sadie?«, fragte ich und spürte, wie mein Herz aus dem Takt geriet.

»Soweit ich weiß, ist mit ihr alles in Ordnung«, entgegnete Kara.

Als wir uns dem Kanaldeckel näherten, stand dort ein Mann, und ich erschrak. Dann erkannte ich, dass es sich um Krys handelte. Wir gingen zu ihm, doch seine und meine Begrüßung fiel kühl aus. Kara wandte sich wortlos ab und verschwand.

Zu Krys Füßen standen zwei Holzkisten, die mit einer Plane bedeckt waren.

Irrsinnigerweise hoffte ich einen Moment lang, er hätte für Sadie Nahrungsmittel besorgt, dann schob ich die Plane zur Seite. Auf den Kisten waren kyrillische Buchstaben und eine aufgemalte Flamme zu erkennen. »Ist das etwa die Munition?«

»Und die Handgranaten.«

»Und was hast du damit vor?«

Krys seufzte. »Darüber hatten wir doch schon gesprochen.«

»Richtig, und ich hatte dir erklärt, dass ich damit nicht einverstanden bin. Wie kommst du dazu, hier einfach mit den Kisten aufzukreuzen?«

»In deiner Nachricht stand, dass du mir helfen willst.«

»Ja, aber nicht in dieser Sache. Wenn überhaupt, möchte ich, dass du vorher mit Sadie darüber sprichst.«

Krys sah mich entnervt an. »Ella bitte, auf die Kisten haben wir seit Wochen gewartet. Nun sind sie da, und wir müssen sie bis morgen oder spätestens übermorgen verstecken. Länger nicht.«

»Tut mir leid, aber ohne Sadies Einwilligung ist nichts zu machen. Ich habe dir schon einmal gesagt, dass ich sie nicht gefährden werde. Auch nicht deiner Sache zuliebe. Und wie sie sich mitten in der Nacht einverstanden erklären soll, ist mir offen gestanden ein Rätsel.«

»*Meine* Sache?«, fragte er aufgebracht. »Es ist *unsere* Sache, verdammt noch mal. Wir kämpfen für unsere Zukunft, auch für deine und die von Sadie.« Dann schien er sich zusammenzureißen und senkte die Stimme. »Die Handgranaten werden bei einer Aktion in Warschau dringend gebraucht. Was glaubst du, wie schwer es war, überhaupt an sie heranzukommen. Und nun müssen die Kisten verschwinden, und die Kanalisation ist dazu der beste Ort. Es ist auch nur für einen Tag oder zwei.«

»Und was ist, wenn etwas schiefgeht? Wenn die Kisten da unten entdeckt werden? Oder die Handgranaten explodieren?«

»Dazu wird es nicht kommen«, erwiderte Krys fest.

Ich wünschte, ich hätte seine Zuversicht, denn ich wusste, dass immer etwas schiefgehen konnte.

»Sadie wird nichts geschehen«, fügte er hinzu und sah mich eindringlich an. »Dafür stehe ich mit meinem Leben ein.«

»Ja, aber ...« *Aber was?* Warum fühlte ich mich bei dem Gedanken, die Kisten in der Kanalisation zu verstecken so unwohl? Zumal es nur für ein oder zwei Tage sein würde?

»Du hast mir deine Hilfe angeboten«, sprach Krys weiter. »Und ich habe mich darauf verlassen. Du kannst jetzt keinen Rückzieher machen.«

Ich wollte ihm erklären, dass ich das sehr wohl könne, und zudem nicht ich, sondern Sadie diejenige war, die die Entscheidung treffen müsse, doch in dem Moment hörte ich, wie von unten leise mein Name gerufen wurde.

Es war Sadie, die aus immer welchen Gründen dort unten erschienen war. Vielleicht hatte auch sie nicht schlafen können und war in der Kanalisation umhergewandert. Ihr Blick fiel auf Krys und sie fragte: »Ist alles in Ordnung?«

Ich nickte und wollte ihr erklären, weshalb wir da waren, doch Krys kam mir zuvor. Er ging in die Hocke und fragte Sadie, ob er die beiden Kisten mit Munition und Handgranaten für ein, zwei Tage in der Kanalisation unterbringen dürfe. Sie seien für eine Aktion des Widerstands vorgesehen.

Als ich mit Sadie darüber gesprochen hatte, war sie mit der Lagerung der Kisten einverstanden gewesen, doch ob es auch Saul und sein Vater sein würden, hatte sie nicht gewusst. Nun schien sie unsicher und sah mich fragend an.

Ich hob die Schultern. Sie blickte zu Krys. »Geht klar«, sagte sie und umfing sich mit den Armen.

Krys stand auf und blickte sich um, um festzustellen, ob wir noch allein waren.

»Ich finde das nicht richtig«, sagte ich. »Es ist zu gefährlich.«

»Schon gut«, sagte Sadie. »Es ist doch nur für kurze Zeit.«

»Bist du sicher?«

Sadie nickte. »Es ist mir sogar ein Bedürfnis.« Sie versuchte sich an einem Lächeln. »Fast hatte ich schon vergessen, dass es Menschen gibt, die bereit sind, mir zu helfen. Aber du hast es getan, ebenso Krys und Kara. Und nun möchte ich mich revanchieren. Es ist nicht schön, immer nur zu nehmen und nie etwas geben zu können.«

»Danke, Sadie.« Krys stand auf und wandte sich mir zu. »Wir müssen uns sputen. Kannst du mit anfassen? Die Kisten sind schwer.«

»Warte.« Sadie verschwand.

Kurz darauf kehrte sie mit einem jungen bärtigen Mann zurück.

*Das ist also Saul*, dachte ich. Er trug den schwarzen Mantel und den Bart strenggläubiger Juden, doch ebenso auffallend waren seine schönen Augen. Kein Wunder, dass Sadie sich in ihn verguckt hatte. Nun stellte er sich vor Sadie, als wolle er sie vor uns schützen.

Sadie schob ihn zur Seite und machte uns miteinander bekannt. Sauls Namen sprach sie unglaublich liebevoll aus.

Wieder vergewisserte Krys sich, dass uns niemand beobachtete. Und dann erklärte er Saul, was er vorhatte.

Saul runzelte die Stirn. »Das kannst du nicht im Ernst von uns erwarten«, sagte er. »Die Kanalisation ist er einzige sichere Ort, den wir haben.«

»Das ist mir bewusst«, erwiderte Krys und wurde noch nervöser. »Und wenn es eine andere Möglichkeit gäbe, würde ich euch auch nicht behelligen. Es ist nur für einen Tag. Höchstens zwei.«

Vielleicht wollte Saul noch etwas sagen, aber Krys war offenbar nicht gewillt, noch länger zu warten. Er hob den Kanaldeckel an, rückte ihn zur Seite und schob die erste Kiste zur Öffnung.

Saul drängte Sadie zurück und, obwohl er Krys nicht helfen wollte, reckte er die Arme, um die Kiste in Empfang zu nehmen. Sie glitt ihm aus den Händen und schlug krachend auf dem Boden auf. Der Lärm hallte durch die stille Nacht.

Ich wartete auf Detonationen, auf herbeieilende Anwohner, vielleicht auch Polizisten, und mir wurde vor Angst flau im Magen. Auch Krys stand wie versteinert da. Wir horchten, ob Schritte nahten, doch alles blieb ruhig.

Krys bückte sich und reichte Saul die zweite Kiste an, die dieser leise zu seinen Füßen abstellte.

»Ihr müsst die Kisten nicht verstecken«, sagte Krys. »Nur zur Seite schieben, damit man sie von hier oben nicht sieht.«

»Sollen wir sie bewachen?«, fragte Sadie.

»Nicht nötig«, erwiderte Krys. »Die Deutschen wissen weder, dass wir die Sachen besitzen, noch dass wir sie hier gelagert haben.«

Nicht nur die Deutschen, sondern die meisten Leute konnten sich wahrscheinlich nicht vorstellen, dass jemand etwas in der Kanalisation verbarg, und noch viel weniger, dass da unten Menschen lebten.

Krys griff nach der Plane und reichte sie Saul. »Leg die über die Kisten. Kann sein, dass jemand vor Sonnenaufgang kommt, um sie zu holen.«

»Welcher Jemand?«, fragte ich. »Ich möchte, dass du das übernimmst.«

»Wenn ich es schaffe, tue ich es. Wenn nicht, wird es einer sein, dem wir vertrauen können.« Krys sah mich an. »Ella, bitte glaub mir doch, dass ich Sadie nicht gefährden werde.«

»Das hast du bereits getan«, erwiderte ich und blickte nach unten. Außer der Plane war nichts zu sehen. »Sadie?«

»Ich bin hier«, kam die Antwort, die in meinen Ohren verzagt klang. Doch nun war nichts mehr zu ändern. Selbst wenn Sadie es sich anders überlegt hätte, würde es ihr und Saul kaum gelingen, die Kisten hochzustemmen und durch die Öffnung zurückzuwuchten.

»Mach dir keine Sorgen«, fügte Sadie tapfer hinzu. »Es ist alles in Ordnung.«

In der Ferne ertönte der schrille Lärm einer Polizeisirene.

»Geh nach Haus, Ella«, sagte Sadie. »Ich möchte nicht, dass dir etwas passiert.«

Die Sirene wurde lauter.

»Wir müssen verschwinden.« Krys schob den Kanaldeckel über die Öffnung.

Ich zögerte noch, denn eine innere Stimme sagte mir, dass ich, wenn ich Sadie nun allein ließ, den größten Fehler meines Lebens beging.

Krys zog an meinem Arm. Ich streifte seine Hand ab und beugte mich noch einmal zu Sadie hinunter. »Um zehn Uhr bin ich an der Weichsel.«

# KAPITEL 22

## SADIE

Als Ella und Krys verschwunden waren, drehte ich mich zu Saul um. »Und was machen wir jetzt?«

»Krys hat gesagt, dass wir die Kisten nicht bewachen müssen. Also gehen wir in unsere Kammer und schlafen.«

Wie sollte ich schlafen können, wenn ich wusste, dass in der Kanalisation Kisten polnischer Widerstandskämpfer standen? »Ich bin nicht müde.«

»Ich eigentlich auch nicht«, sagte Saul. »Sollen wir noch ein wenig lesen?«

Zwar glaubte ich nicht, dass ich Ruhe zum Lesen finden würde, doch ich nickte.

Als wir in der Nische saßen, schien Saul ebenfalls nicht nach Lesen zumute zu sein. Er starrte vor sich hin.

»Was hast du?«, fragte ich.

»Nichts.« Dann seufzte er schwer. »In der letzten Zeit ist so viel passiert. Mein Bruder, seine Frau und Shifra sind umgekommen. Paweł wurde gefangen genommen. Deine Mutter ist mit dem Baby fortgegangen. Dann ist Bubbe gestorben. Und nun befinden sich in der Kanalisation Kisten mit Kampfmitteln. Außerdem frage ich mich, wie viele Personen inzwischen erfahren haben, dass wir hier unten sind.«

Ich nahm seine Hand. »Aber irgendwann wird dieses Leben auch wieder vorbei sein.«

Saul zuckte mit den Schultern. »Ich sage mir immer, dass

Bubbe ein langes Leben hatte. Länger als mein Bruder und Shifra und zahllose andere. Auch wurde sie nicht umgebracht, sondern ist im Schlaf gestorben. Aber sie war Teil meines Lebens, hat meinen Bruder und mich nach dem Tod meiner Mutter großgezogen. Und nun fehlt sie mir.«

Ich dachte an meinen Vater, den ich jeden Tag vermisste, an meine Mutter und an meine Schwester, von denen ich nicht wusste, wo sie waren. Saul und ich hatten so wenig, das uns Halt geben konnte, und von diesem wenigen riss jeder Verlust noch ein Stück weg.

Ich wartete darauf, dass Saul weitersprach, doch er war in Gedanken versunken.

Dann wandte er sich zu mir um. »Heirate mich, Sadie.«

Das kam so überraschend, dass ich nicht wusste, wie ich reagieren sollte. Als ich Saul ansah, lag etwas Flehendes in seinem Blick. »Bitte«, sagte er. »Ich möchte, dass du meine Frau wirst. Ich liebe dich.«

»Ich liebe dich auch«, entgegnete ich. »Und wenn wir hier herauskommen, werde – «

Saul ließ mich nicht ausreden. »Darauf möchte ich nicht warten. Ich möchte, dass wir hier und jetzt heiraten.«

Ich sah ihn verwirrt an. »Aber das geht doch nicht, wir haben doch gar keinen Rabbiner. Wir haben nichts von dem, was zu einer Hochzeit gehört.«

»Wir brauchen keinen Rabbiner«, erwiderte Saul. »Nach unserem Religionsgesetz kann uns auch jemand trauen, der das Ritual kennt. Mein Vater wird es tun.« Saul legte einen Arm um mich. »Normalerweise würde ich deine Mutter um ihr Einverständnis bitten … ich wünschte, es wäre möglich.« Er sah mich an. »Würdest du mich auch ohne ihre Zustimmung heiraten?«

Ich ließ mir seinen Antrag durch den Kopf gehen. Zweifellos

war ich alt genug, um selbst zu entscheiden, wen und wann ich heiraten wollte. Nur hatte ich es nie vorgehabt. Ich hatte studieren und Ärztin werden wollen. Verheiratet zu sein, war etwas, das ich mir kaum vorstellen konnte. Doch ich liebte Saul, wollte mit ihm als Mann und Frau zusammen sein, und das bedeutete eigentlich, dass wir heiraten sollten.

Aber irgendetwas hielt mich zurück. Vielleicht war der Antrag zu überraschend gekommen. Und die Kanalisation war auch nicht der richtige Ort, um ein Leben zu zweit in Angriff zu nehmen. Dann sagte ich mir, dass es aber der einzige Ort war, den wir hatten, und es schön wäre, unsere Liebe offiziell zu machen. Wir müssten uns nicht mehr davonstehlen, um uns zu umarmen und zu küssen, sondern könnten es jederzeit tun.

»Ja«, sagte ich schließlich.

Saul lächelte glücklich.

»Wann?«, fragte ich.

»Heute«, entgegnete er lachend. Dann runzelte er die Stirn. »Nein, morgen, sobald die Kisten fort sind.«

Ich hätte lieber bis zur Rückkehr meiner Mutter gewartet, aber wer wusste schon, wann das sein würde? Manchmal hatte ich ja nicht einmal mehr die Hoffnung, sie überhaupt jemals wiederzusehen.

»Ich sage es meinem Vater, sobald er aufgewacht ist. Dann kann er mit den Vorbereitungen beginnen.«

Ich fragte mich, ob sein Vater sich über unser Vorhaben freuen würde. Noch vor nicht allzu langer Zeit hätte er mich als »Ungläubige« abgelehnt, doch seit ich allein war, zeigte er sich mir von einer anderen Seite, war fürsorglich und freundlich geworden. Vielleicht wäre er tatsächlich bereit, mich in seine Familie aufzunehmen.

»Ich fände es schön, wenn Ella an unserer Trauung teilnehmen könnte.« Wie ich das verwirklichen sollte, wusste ich zwar nicht, aber wenn meine Mutter schon nicht bei mir sein konnte, wollte ich wenigstens Ella dabeihaben. »Vielleicht können wir nachts unter dem Kanaldeckel getraut werden, und Ella steigt zu uns herab.«

Ich hatte mit Sauls Protest gerechnet, doch er nickte. »Warum nicht? Ich möchte nur nicht, dass wir zu lange warten.«

Eine Weile hingen wir unseren Gedanken nach. Saul lehnte seinen Kopf an meinen, wie er es nun häufig tat, wenn wir nachts hier saßen. Sein Atem wurde tief und gleichmäßig. Ich beschloss, wach zu bleiben, vielleicht noch einmal nach den Kisten zu sehen, doch auch meine Lider wurden schwer. Ich kuschelte mich an Saul und schlief ein.

*

»Sadie!«, hörte ich jemanden rufen und wachte auf. Benommen blickte ich mich um. Doch da war niemand, und Saul schlief tief und fest an meiner Seite.

»Sadie!«, ertönte es wieder. Und dann stand Krys unten an der Nische und wirkte panisch.

Ich wollte etwas sagen, doch ihn hier unten zu sehen, brachte mich aus dem Konzept.

»Wo sind sie?«, fragte er.

»Wer?«, fragte ich und versuchte, einen klaren Kopf zu bekommen.

»Die Kisten«, erwiderte er ungeduldig. »Was habt ihr damit gemacht?«

»Nichts. Wir haben sie nicht angerührt.«

Nun wurde auch Saul wach und setzte sich auf.

»Sie sind nicht mehr da«, sagte Krys.

»Um was geht es?«, fragte Saul verschlafen.

»Die Kisten sind weg.«

Ich ließ mich aus der Nische gleiten. »Das kann doch gar nicht sein.«

»Komm mit, und ich zeige es dir«, entgegnete Krys.

Saul und ich folgten ihm zu der Stelle, an der wir die Kisten zurückgelassen hatten. Es war, wie Krys gesagt hatte, sie waren fort.

»Das verstehe ich nicht«, sagte ich. »Wir haben sie nicht angefasst, und hier unten ist niemand, der sie an sich genommen haben könnte.«

»Du hast gesagt, dass es nicht nötig sei, die Kisten zu bewachen«, sagte Saul zu Krys.

»Vielleicht hat jemand sie fortgeräumt.« Krys starrte auf den leeren Fleck.

»Außer uns ist nur noch Sauls Vater hier unten«, sagte ich. »Und er kommt nicht hierher.«

»Außerdem wäre er viel zu schwach, um die Kisten auch nur hochzuheben«, fügte Saul hinzu. Er blickte Krys an. »Vielleicht ist einer von deinen Leuten gekommen, um sie abzuholen.«

Krys schüttelte den Kopf. »Das war niemandem möglich. Niemandem außer mir.«

Beklommen sahen wir uns an. Die Kisten waren nicht mehr da. Wir wussten nicht, wer sie an sich genommen hatte. Somit blieb nur noch eine Möglichkeit: Ein Unbekannter war in die Kanalisation eingedrungen und hatte die Kisten geraubt. Die Frage war nur, wer. Und wie derjenige davon erfahren hatte.

Krys seufzte schwer. »Geht zurück in euer Versteck.«

»Wir haben kein Versteck mehr«, erwiderte ich.

»Dann geht dahin, wo ihr euch immer aufhaltet. Und bleibt

da. Kommt bloß nicht mehr hierher. Ich werde mich auf die Suche nach den Kisten machen.«

Er kletterte die Tritte hinauf, schob den Kanaldeckel auf und hievte sich durch die Lücke.

Als er fort war, starrte ich Saul an. »Jemand war hier unten.«

»Komm, wir müssen von hier verschwinden«, sagte Saul.

Wir schlugen den Weg zur Kammer ein.

»Aber selbst wenn jemand eingestiegen ist«, sprach Saul weiter, »heißt das doch noch lange nicht, dass derjenige auch weiß, dass wir hier sind. Oder dass er unsere Kammer entdeckt hat.«

Das war mir kein Trost. Ein Fremder war hier unten gewesen, und das war das, wovor wir uns immer gefürchtet hatten.

»Krys wird herausfinden, wer es war«, fuhr Saul fort.

*Und was würde uns das nützen?*

»Denk nicht mehr darüber nach.« Er schlang einen Arm um meine Taille. »Lass uns lieber unsere Hochzeit vorbereiten.« Er wollte mich aufmuntern, doch an seinem Blick erkannte ich, dass auch er besorgt war.

»Du meinst, wir sollen trotzdem heiraten?«

Saul nickte. »Jetzt erst recht. Jeder Tag ist ein Geschenk, keiner kann sagen, was morgen ist. Und wenn wir endlich einmal die Möglichkeit haben, glücklich zu sein, sollten wir sie auch ergreifen.«

Vielleicht sollte ich das ebenso sehen. »Also gut«, sagte ich. »Wir bleiben bei unserem Plan.«

Sauls Vater schlief noch, als wir die Kammer betraten. Ich schlich mich an ihm vorbei und legte mich auf meine Bank. Doch ich konnte nicht mehr schlafen, der Gedanke, dass jemand in der Kanalisation gewesen war und die Kisten gestohlen hatte, ließ mir keine Ruhe.

Saul, der wahrscheinlich hörte, wie ich mich unruhig von

einer Seite auf die andere drehte, legte sich zu mir. »Ist dir das recht?«, fragte er leise. Ich nickte und machte ihm Platz. Er nahm mich in die Arme. Ich dachte, vielleicht wollte er weitergehen, als wir es bisher gewagt hatten, doch Saul wollte mich nur halten. »Nur noch ein Tag«, flüsterte er mir ins Ohr, und ich wusste, was er meinte. Am nächsten Tag würden wir Mann und Frau werden. Plötzlich kam es mir bis dahin noch wie eine Ewigkeit vor.

Ich stellte mir unser Leben in Freiheit vor. Saul würde schreiben, und ich Medizin studieren. Wie lange es her war, dass ich mir eine Zukunft ausgemalt hatte, in der mein Wunschtraum Wirklichkeit wurde. Ich wusste nicht, wo Saul und ich leben würden, aber das spielte keine Rolle. Wichtig war nur, dass wir zusammen sein konnten. Ich kuschelte mich an ihn, spürte seinen warmen Körper und schlief wieder ein.

Als ich am Morgen wach wurde, war nur sein Vater in der Kammer. Ich blickte mich suchend nach Saul um.

»Mein Sohn möchte etwas für die Hochzeit vorbereiten«, sagte Rosenberg.

Ich studierte seine Miene. »Sind Sie mit unserer Hochzeit einverstanden?«

Rosenbergs Augen leuchteten auf. »Ich kann mir kaum etwas Schöneres vorstellen.«

Vielleicht war die Hochzeit auch für ihn ein Zeichen, dass es für uns eines Tages wieder ein normales Leben geben würde. »Ich wünschte nur, deine Eltern könnten den Tag miterleben.« Er lächelte mich an. »Aber wenn du es erlaubst, werde ich versuchen, für dich wie ein Vater zu sein.«

Aus einem seiner Bücher hatte er eine leere Seite gerissen und war offenbar schon dabei, unseren Ehevertrag – die *Ketubba* – aufzusetzen.

Ich überlegte, was ich tun konnte, um mich auf die Hochzeit vorzubereiten, doch mir fiel nichts ein. Ich säuberte nur mein Kleid so gut es ging und bürstete meine Haare.

Doch immer wieder kehrten meine Gedanken zu den verschwundenen Kisten zurück. Vielleicht hatte Krys inzwischen erfahren, wer sie genommen hatte. Womöglich war es doch einer seiner Leute gewesen.

Als die Kirchenuhr halb zehn schlug, beschloss ich, zu dem Kanaldeckel an der Weichsel zu gehen und mich mit Ella zu treffen. Zwar hatte Krys gesagt, wir sollten in der Kammer bleiben, aber ich wollte Ella von meinen Hochzeitsplänen erzählen und sie bitten, bei der Trauung dabei zu sein. Ich machte mich auf den Weg.

Um zehn Uhr war sie noch nicht da. Ich wartete lange auf sie, aber irgendwann kehrte ich niedergeschlagen um. Vielleicht war Krys bei ihr gewesen, hatte ihr berichtet, was vorgefallen war, und ihr geraten, sich von unseren Treffpunkten fernzuhalten.

Aber wenigstens war Saul wieder in der Kammer. »Ella ist heute nicht gekommen«, sagte ich. »Vielleicht hat Krys ihr davon abgeraten.«

»Möglich«, entgegnete Saul. »Sicherlich kommt sie morgen oder übermorgen.«

»Ich möchte aber, dass sie an unserer Trauung teilnimmt. Meinst du, wir können sie um einen Tag verschieben?«

Für einen Moment wirkte Saul enttäuscht, dann lächelte er. »Warum nicht? Was ist schon ein Tag, wenn vor uns ein ganzes gemeinsames Leben liegt? Ich frage mich höchstens, was ist, wenn Ella auch morgen nicht erscheint.«

»Dann heiraten wir ohne sie.«

Der Tag verstrich langsam. Am Abend wollte Saul in den Tunneln nach irgendetwas suchen, um eine *Chuppa* zu fertigen.

»Das musst du doch nicht«, sagte ich. Für mich war die gewölbte Decke der Tunnelgänge bereits der Traubaldachin, der für ein schützendes Dach stand. Doch Saul bestand auf einer *Chuppa*.

»Sei vorsichtig«, sagte ich.

Er gab mir einen Kuss und verschwand.

Eine Stunde verging, dann eine zweite, und Saul war noch immer nicht zurück. Ich begann, mir Sorgen zu machen und überlegte, ob ich ihn suchen sollte, doch ich wusste nicht, in welche Richtung er gegangen war. Er hätte überall sein können.

Auch Sauls Vater wurde unruhig und fragte: »Glaubst du, ihm ist etwas passiert?«

»Nein«, wiegelte ich ab. »Er braucht Zeit, um etwas für die *Chuppa* zu finden.«

Nervös lief Rosenberg in der Kammer auf und ab.

Die Kirchenuhr hatte bereits Mitternacht geschlagen, da kehrte Saul endlich zurück.

Ich lief zu ihm. »Wo warst du so lange? Ist alles in Ordnung?«

Er schüttelte den Kopf. Und dann tauchte Ella hinter ihm auf. »Ella«, sagte ich, »was tust du hier?« Einen Moment lang wollte ich mir einreden, Saul hätte sie zur Hochzeit eingeladen, doch der Gedanke war zu abwegig. Zudem war sie ebenso bleich wie Saul.

»Was ist geschehen?«, fragte ich und spürte das ängstliche Schlagen meines Herzens.

»Ihr müsst mit mir kommen«, sagte Ella. »Hier unten seid ihr nicht mehr sicher.«

# KAPITEL 23

## ELLA

Nachdem Krys die Kisten in der Kanalisation untergebracht hatte, ging ich nach Hause. Leise schlich ich mich in mein Zimmer, kleidete mich aus und kroch in mein Bett. Doch ich konnte nicht schlafen. Stattdessen machte ich mir Vorwürfe. Ich hätte nicht zulassen dürfen, dass die Kisten an dem einzigen Ort verstaut wurden, an dem Sadie geschützt war. Immer wieder sah ich ihr Gesicht vor mir, die unsichere Miene und dann ihre Entschlossenheit, sich für das zu revanchieren, was andere für sie getan hatten.

Doch für sie, Saul und dessen Vater stand zu viel auf dem Spiel. Was, wenn etwas schiefging?

Rastlos wie ich war, stand ich bereits bei Anbruch der Morgendämmerung auf. Ich konnte nicht mehr warten, musste zu Sadie und mich vergewissern, dass ihr nichts zugestoßen war.

Trotz der frühen Stunde war es draußen schon warm und feucht, wahrscheinlich würde es wieder ein drückend heißer Augusttag werden.

Die Straßen waren noch menschenleer, ebenso die Dębniki-Brücke. Auf der anderen Seite angekommen, steuerte ich sofort den Kanaldeckel an, unter dem sich die Kisten befanden. Ich schaute durch das Gitter, doch da unten war alles dunkel. Aber warum hätte Sadie dort auch stehen sollen? Ich beugte mich vor, um die Kisten zu sehen. Sie waren nicht zu erkennen.

Ich lief weiter zu dem Café. Es war noch geschlossen. Auch in der Kellerkneipe war so früh am Tag noch niemand. Ich stieg die Treppe zu Krys' Dachwohnung hinauf, klopfte leise an. Nichts regte sich, aber die Tür war unverschlossen. Vorsichtig betrat ich die Dachkammer. Sie war nun vollständig leer geräumt. Es sah aus, als hätte dort nie jemand gewohnt.

Verwirrt verließ ich das Haus und kehrte noch einmal zu dem Kanaldeckel hinter der Kirche zurück, unter dem es nach wie vor dunkel war. Mit einem mulmigen Gefühl in der Magengrube machte ich mich auf den Heimweg.

In unserem Haus schlich ich mich durch den Flur und die Treppe hinauf. Falls Ana Lucia schon auf den Beinen sein sollte, wollte ich ihr nicht begegnen. Doch im Haus war alles still.

Kurz bevor ich meine Dachkammer erreichte, hörte ich dort etwas rascheln. Ich blieb stehen und lauschte. Vielleicht machte Hanna dort sauber. Dann hörte ich Schritte, die für Hanna zu schwer waren.

Die Tür der Kammer öffnete sich, und meine Stiefmutter trat heraus. Als sie mich entdeckte, lächelte sie hämisch und hielt Sadies Halskette hoch. »Darf ich fragen, was das zu bedeuten hat?«

Wie eine Woge stieg die Wut in mir auf, und mit einem Satz war ich bei ihr. »Was fällt dir ein, in meinen Sachen zu schnüffeln?« Ich wollte nach der Kette greifen, Ana Lucia riss ihre Hand zurück. »Wo ist der Jude, dem die Kette gehört?«, zischte sie.

»Du bist doch verrückt«, sagte ich. »Hier ist kein Jude.«

Meine Stiefmutter lächelte giftig. »Hier vielleicht nicht, aber irgendwo versteckt sich einer oder mehrere. Und du hilfst ihnen. Das dachte ich mir schon, als du bei meinem Lunch so alberne Fragen gestellt hast.« Sie lachte auf. »Wie Friedrich sich freuen wird, wenn ich ihm sage, dass du weißt, wo sich Juden verbergen.«

»Mach dich nicht lächerlich«, sagte ich, doch ich sah, wie sie bereits kalkulierte, welche Vorteile sie für sich herausschlagen könnte, wenn sie mich an ihren neuen Liebhaber verriet.

»Was für eine Sippschaft dein Vater mir hinterlassen hat«, sagte sie. »Eine Judenfreundin, die ihre Nase in Dinge steckt, die sie nichts angehen, und eine Schwuchtel.«

»Sprich nicht so über meinen Bruder!«, fuhr ich sie an.

»Glaubst du, in Paris spricht man anders über Männer wie ihn?« Ana Lucia musterte mich abfällig. »Ihr seid beide eine Schande.«

»Aber besser als jemand, der sich mit Nazischweinen einlässt.«

Ana Lucia hob ihre Rechte, als wolle sie mich schlagen, doch dann ließ sie die Hand sinken. »Du hast eine Stunde«, sagte sie.

»Wozu?«

»Um zu packen und zu verschwinden.«

»Wie bitte?« Ich starrte sie an. »Das hier ist mein Zuhause. Es gehört meiner Familie.«

»Es hat deiner Familie gehört. Inzwischen wurde dein Vater offiziell für tot erklärt. Das wollte ich dir schon seit einer Weile sagen, aber du bist ja nie da. Wie auch immer, dieses Haus gehört nun mir.«

»Und wohin soll ich gehen?« Einen Augenblick lang war ich versucht, um Gnade zu betteln, meiner Stiefmutter zu schwören, dass ich Juden weder geholfen hatte noch helfen würde, doch das konnte ich nicht. Allein der Gedanke widerte mich an.

»Interessiert mich nicht«, entgegnete meine Stiefmutter. »Allerdings würde ich dir nicht raten, dich bei deinen Juden in der Kanalisation zu verkriechen, denn die wird es nicht mehr lange geben.«

Demnach hatte sie tatsächlich vor, ihren Freund auf mich anzusetzen.

»Hast du wirklich gedacht, du könntest sie retten?« Ana Lucia fing an zu lachen.

Vielleicht gab das Lachen den Ausschlag, dass meine Arme vorschossen und meine Hände sich um ihren Hals legten und zudrückten. Ihr Lachen erstarb. Als ich sie röcheln hörte, ließ ich sie los. Meine Fingerabdrücke blieben rot auf ihrem Hals zurück.

Ana Lucia berührte ihren Hals und keuchte. »Ich sollte die Polizei rufen und dich festnehmen lassen.«

»Du bist das Letzte«, sagte ich. »Verkommen und niederträchtig. Leider neigt sich die schöne Zeit mit deinen Nazifreunden langsam dem Ende zu. Die Rote Armee ist auf dem Weg zu uns. Sie wird Polen befreien und dem Nazispuk ein Ende bereiten.«

Ana Lucia befühlte ihren Hals. »Was für einen Unsinn du redest.« Doch ich hatte die Angst gesehen, die in ihren Augen aufgezuckt war.

»Du weißt selbst, dass das kein Unsinn ist«, erwiderte ich. »Und wenn die Deutschen verjagt sind, geht es ihren Kollaborateuren an den Kragen.«

Ana Lucia schnaubte verächtlich. Doch irgendetwas in ihrer Miene verriet mir, dass sie so weit noch nicht gedacht hatte.

Ich machte Anstalten, meine Dachkammer zu betreten.

»Warte«, sagte Ana Lucia.

Ich drehte mich zu ihr um.

Sie fasste meinen Arm. »Kann sein, dass ich vorhin etwas voreilig war. Natürlich kannst du hierbleiben, ich möchte nur nicht, dass du Juden hilfst. Sicherlich finden wir einen Kompromiss. Ich weiß, wie wir nach Südfrankreich gelangen können, dazu brauche ich lediglich ein Visum. Vielleicht bittest du deinen Bruder, auch mir eins zu besorgen.«

Ich befreite meinen Arm. Offenbar schnüffelte sie regelmäßig in meinen Sachen und war dabei auf mein Visum gestoßen.

Südfrankreich, dachte ich, wie schön das klang. Nur würde ich dorthin niemals mit meiner Stiefmutter reisen. Und sie nicht mit mir, wäre da nicht ihre Hoffnung, sie könne mit meiner Hilfe an ein Visum gelangen.

»Scher dich zum Teufel!« Ich konnte den Anblick dieser Frau nicht länger ertragen und wandte mich ab.

Ich nahm die Treppe nach unten und verließ das Haus, ohne noch einmal zurückzuschauen und ohne zu wissen, ob ich es jemals wieder betreten würde.

Draußen lief ich ziellos durch die Straßen und überlegte, ob Ana Lucia bereits mit ihrem deutschen Freund telefonierte, um ihn auf mich zu hetzen.

Irgendwann überquerte ich die Dębniki-Brücke und schlug den Weg zum Café ein. Inzwischen dürfte es geöffnet sein. Vielleicht wäre Krys dort oder wenigstens Kara.

Die Tür des Cafés war offen, der Gastraum jedoch leer. Ich stieg in die Kellerkneipe hinunter. Dort saß Krys an einem Tisch und studierte eine Landkarte.

Bei seinem Anblick erschrak ich. Er war blass und hatte dunkle Ränder unter den Augen. Auch er schien in der Nacht nicht geschlafen zu haben.

»Geh wieder nach Hause«, sagte er. »Es ist besser, wenn man dich hier nicht sieht.«

Mir schwante Böses. »Warum? Haben die Deutschen Sadie gefunden?«

»Nein, aber die Kisten sind verschwunden.«

»Was?« Ich ließ mich auf der Bank ihm gegenüber nieder.

»Das kann doch gar nicht sein. Wer soll die denn an sich genommen haben?«

Krys zuckte mit den Schultern. »Was weiß ich. SS, Gestapo, Polizei, such dir was aus.«

»Also waren sie in der Kanalisation.«

Krys nickte. »Muss wohl so gewesen sein.«

Ich stöhnte. Etwas Schlimmeres hätte kaum passieren können. Warum hatte ich mich bloß von ihm einlullen lassen, als er erklärte, alles sei sicher? »Wissen sie auch, dass sich dort unten Juden verbergen?«

»Wahrscheinlich nicht«, entgegnete Krys. »Aber mit Sicherheit kann ich es nicht sagen.«

»Hast du Sadie Bescheid gegeben?«

»Ja.«

Ich wollte Krys anschreien, ihn daran erinnern, dass ich gegen dieses Versteck gewesen war. Ich stellte mir Sadies Panik vor, als sie erfuhr, dass jemand in der Kanalisation gewesen war. Jemand der nun wusste, dass polnische Widerstandskämpfer dort Kisten mit Munition und Handgranaten gelagert hatten – der diese Information womöglich an die Deutschen weitergegeben hatte. Doch ich zwang mich zur Ruhe. Was würde es auch ändern, wenn ich Krys Vorwürfe machte?

»Ich habe meine Leute informiert«, sagte Krys. »Sie strecken ihre Fühler aus, um herauszufinden, wo die Kisten gelandet sind.« Er faltete die Karte zusammen. »Dennoch wäre es am besten, wenn Sadie und die anderen die Kanalisation verlassen würden.«

»Das hätte ich Sadie heute ohnehin geraten.«

Krys stand auf. »Warum?«

»Ana Lucia hat bei mir eine Kette entdeckt, die ich für Sadie aufgehoben habe. Der Anhänger besteht aus hebräischen Buchstaben. Aber sie hatte zuvor schon den Verdacht, dass ich Juden helfe. Sie hat mir mit ihrem deutschen Freund gedroht. Außerdem hat sie mich aus dem Haus geworfen.«

Im ersten Moment wirkte Krys bestürzt. Dann sagte er: »Vielleicht ist es besser so. Wenn die Rote Armee Polen befreit, ist es ratsam, dass man dich nicht im Haus einer Kollaborateurin antrifft.«

»Aber die Rote Armee wird noch eine Weile brauchen, bevor sie hier ist«, erwiderte ich. »Und bis dahin hat Ana Lucia jede Menge Zeit, mich zu denunzieren.«

»Ich werde ein Versteck für dich finden«, sagte Krys. »Oder du ziehst zu deiner Schwester nach Danzig.«

Ich schüttelte den Kopf. »Was soll ich denn in Danzig? Das bringt doch nichts. Davon abgesehen werde ich nicht verschwinden, solange Sadie mich braucht. Zumal es noch etwas gibt, das mich hier hält.«

»Und das wäre?«

»Ich möchte mich dem Widerstand anschließen. Das hatte ich dir mit der Nachricht sagen wollen, die ich bei Kara hinterlassen hatte.«

Krys' Blick wurde prüfend. »Willst du das wirklich?«

»Ja. Du hast gesagt, dass ihr Frauen als Kuriere braucht. Dazu wäre ich bereit. Aber ich würde auch größere Aufgaben übernehmen.«

Als Krys mir keine Antwort gab, wurde ich unsicher. »Oder hast du deine Meinung geändert und traust mir so etwas nicht mehr zu?«

Er seufzte. »Doch, ich bin fest davon überzeugt, dass du das kannst.«

»Aber?«

»Künftig werden wir mehr tun, als Sabotageakte ausführen.

Wir werden mit Waffengewalt gegen die Deutschen vorgehen. Wir planen sogar eine große Aktion, die in Warschau stattfinden soll.«

»Wirst du daran teilnehmen?«

»Ja.«

»Ich werde also wieder um dein Leben bangen.« Ich wollte ihn anflehen, nicht zu gehen, doch er hatte sich entschieden, das sah ich in seinem Blick. »Kann ich wenigstens mit dir kommen?«

»Nein, das ist zu gefährlich«, protestierte er.

»Nirgendwo ist es mehr sicher«, entgegnete ich. »Und so wären wir – ganz egal, was passiert – zumindest zusammen.«

Ich erwartete bereits sein Nein, doch nach einem kurzen Zögern sagte er: »Ich liebe dich, Ella. Und ich möchte dich an meiner Seite haben.« Er zog mich in seine Arme.

»Ich kann aber erst mit nach Warschau, wenn ich weiß, dass Sadie in Sicherheit ist«, betonte ich. »Und ich möchte, dass du mir dabei hilfst.«

Krys runzelte die Stirn. »Ich kann dir nichts versprechen, nur versuchen, ein neues Versteck für sie zu finden.«

Ich stand auf. »Und was soll ich Sadie sagen? Gleich treffe ich mich mit ihr.«

Krys schüttelte den Kopf. »Sie wird nicht da sein. Ich war bei ihr und habe ihr erklärt, dass der Treffpunkt nicht mehr sicher ist.«

»Dann steige ich in die Kanalisation und suche sie.« Bei dem Gedanken hob sich mein Magen.

»Tu das bitte nicht. Ich muss dir nämlich noch etwas sagen.« Ich wappnete mich. »Was?«

Krys holte tief Luft. »Vorhin habe ich erfahren, dass die Deutschen begonnen haben, die Rohre der Kanalisation zu verminen. Irgendwann wird die Rote Armee kurz vor Krakau stehen, und unsere Besatzer werden das Weite suchen. Aber vorher werden sie die Kanalisation in die Luft jagen.«

»Das bedeutet, für die Rettung von Sadie und den anderen ist Eile geboten.«

»Ja«, erwiderte Krys. »Aber zuerst müssen wir ein neues Versteck für sie finden. Wir können sie nicht aus der Kanalisation holen, ohne zu wissen, wohin wir sie bringen. Es muss irgendwo auf dem Land sein. Oder in einem Waldgebiet. Warte bis heute Abend, dann weiß ich mehr.

»Das dauert mir zu lange.«

»Aber anders geht es nicht«, sagte Krys. »Wenn du möchtest, kannst du bis dahin oben in der Dachkammer bleiben. Ich werde um Mitternacht am Kanalisationseinstieg hinter der Kirche auf dich warten.«

Sein Vorschlag gefiel mir nicht, aber da ich keinen besseren hatte, willigte ich ein.

Krys griff nach meiner Hand. »Wir werden Sadie gut unterbringen. Vorher werde ich Krakau nicht verlassen.« Er küsste mich. »Und egal, was geschieht, ich liebe dich, Ella. Das musst du wissen. Auch wenn ich dir in solch unsicheren Zeit keinen Heiratsantrag machen kann: Ich werde dich nicht wieder verlassen.«

Seine Worte bedeuteten mir mehr, als jedes Eheversprechen es tun würde.

Er küsste mich ein letztes Mal tief und innig, dann war er verschwunden.

# KAPITEL 24

## ELLA

Ich verbrachte den Tag in der Dachkammer über dem Café. Zwar wäre ich zum Abschied gern noch einmal durch Krakau gewandert, doch meine Furcht vor Ana Lucias Freunden war zu groß.

Kurz vor Mitternacht verließ ich das Zimmer und schlich mich zu dem Treffpunkt hinter der Kirche des heiligen Stanisław Kostka.

Dort suchte ich mir die dunkelste Ecke, spürte, wie heftig mein Herz gegen die Rippen schlug, und wartete auf Krys. Wenn alles gut gelaufen war, hätte er für Sadie, Saul und dessen Vater ein Versteck gefunden. Wir würden die drei dorthin bringen und danach würde ich mit Krys nach Warschau gehen.

Doch Krys erschien nicht.

Ich hörte die Kirchturmuhr halb eins schlagen, dann eins. Einmal glaubte ich einen Schatten zu sehen, doch gleich darauf war er wieder verschwunden. Ich befahl mir, nicht in Panik zu geraten und zählte innerlich die Gründe auf, weshalb Krys sich verspätet haben könnte. Vielleicht musste er sich noch um das Versteck für Sadie und die anderen kümmern oder er war noch immer auf der Suche nach den Kisten.

Doch als die Kirchturmuhr zwei Uhr schlug, war mir, als würde sich eine kalte Faust um mein Herz schließen. Irgendetwas musste vorgefallen sein.

Was sollte ich nun tun? Krys hatte recht, ohne ein neues Versteck konnte ich Sadie nicht aus der Kanalisation holen.

Zu guter Letzt lief ich zu dem Café. Dort war niemand, doch aus der Kellerkneipe drangen Stimmen. Ich stieg die Treppe hinunter.

Kara stand hinter dem Tresen und schenkte den wenigen Gästen, die noch da waren, Bier aus. Als sie mich sah, deutete sie mit einer Kopfbewegung auf die Tür am Ende des Gastraums.

Ich ging hindurch und fand mich in dem Lager wieder, in dem Sadie sich verborgen hatte.

Wenig später erschien Kara und sagte: »Krys ist verhaftet worden.«

*Krys war verhaftet worden?* Für einen Moment schien der Boden unter meinen Füßen zu wanken, und ich griff haltsuchend nach der Wand. »Wann war das?«, fragte ich. »Und wie konnte das passieren?«

»Ein Straßendieb hat die Kisten entdeckt, als er sich am Gitter des Kanaldeckels zu schaffen gemacht hat. Den wollte er einem Altmetallhändler verkaufen. Er hat den Fund den Deutschen gemeldet. Und denen war sofort klar, dass die Kisten Widerstandskämpfern gehörten. Sie haben Krys in eine Falle gelockt.«

Ich ließ mich auf eine Bierkiste sinken. »Werden seine Kontakte ihm helfen?«

Kara schüttelte den Kopf. »Das können wir nicht riskieren. Die Gefahr, dass dann noch mehr von uns gefasst werden, ist zu groß. Und wir brauchen jeden Mann.«

So einfach überließen sie ihre Kameraden also dem sicheren Tod. Ich stand auf. »Dann werde ich versuchen, ihn zu retten, ich gehöre ja nicht zu euch.«

»Benimm dich nicht wie ein kleines Mädchen«, fuhr Kara mich an. »Oder willst du ebenfalls sterben? Für Krys gibt es keine Rettung mehr! Versuch, das in deinen Dickschädel zu bekommen.«

Ich dachte an das, was wir vorgehabt hatten – Sadie zu retten, zusammen nach Warschau zu gehen –, und spürte einen Schmerz wie an dem Tag, als ich wusste, dass mein Vater nicht mehr zu mir zurückkehren würde.

»Krys ist stark«, fuhr Kara fort. »Er wird weder dich noch deine jüdische Freundin verraten. Hilf Sadie, für sie kannst du noch etwas tun. Für Krys nicht.«

Und was war mit dem Dieb, der die Kisten in der Kanalisation gefunden hatte? Hatte er sich weiter vorgewagt und Spuren der drei Menschen entdeckt, die sich dort unten verkrochen hatten? Und was war mit den Deutschen, die dort unten Sprengstoff angebracht hatten und noch anbringen würden?

»Krys wollte einen neuen Unterschlupf für Sadie und zwei weitere Juden finden«, sagte ich. »Auf dem Land oder in einem Waldgebiet. Weißt du, wo das sein sollte?«

Kara gab mir keine Antwort, doch etwas in ihrem Blick verriet mir, dass sie es wusste. »Das spielt jetzt keine Rolle mehr«, sagte sie. »Krys, der sie dorthin gebracht hätte, sitzt im Gefängnis.«

»Natürlich spielt es eine Rolle«, erwiderte ich. »Es geht um drei Menschen, die ihr nacktes Leben retten müssen. Krys hätte ihnen geholfen, warum willst du es nicht tun?«

Kara schien mit sich zurate zu gehen. Dann seufzte sie. »Weißt du, wo Kryspinów liegt?«

Ich nickte. Es war ein Dorf, etwa fünfzehn Kilometer von Krakau entfernt.

»Hinter dem Bahnhof liegt eine Kneipe. In den nächsten beiden Tagen findest du dort abends einen Lastwagenfahrer, der zum Widerstand gehört. Er schmuggelt Juden über das Tatra-Gebirge in die Slowakei.«

»Aber die Slowakei steht auf der Seite Deutschlands«, entgegnete ich aufgebracht. »Dort können sie jederzeit denunziert werden.«

»Deshalb werden sie dort auch nicht lange bleiben. Man wird dafür sorgen, dass sie, ebenso wie andere vor ihnen, über Rumänien und Bulgarien in die Türkei gelangen. Es gibt zwar einen deutsch-türkischen Freundschaftsvertrag, doch offiziell ist die Türkei neutral.«

»Und wer bezahlt das?«, fragte ich.

»Krys hatte sich mit einer jüdischen Organisation in Verbindung gesetzt. Sie wird die Kosten übernehmen.«

Mir gefiel diese Lösung nicht. »Es ist eine lange Reise, auf der jede Menge Gefahren lauern werden.«

»Die lauern überall«, erwiderte Kara.

»Also gut«, sagte ich. »Dann werde ich Sadie und die anderen nach Kryspinów bringen und dort diesen Lastwagenfahrer suchen.«

»Ich helfe dir«, sagte Kara. »Hol du sie aus der Kanalisation.«

Ich sah sie erstaunt an. »Du willst mir helfen?«

Kara zuckte mit den Schultern. »Ohne mich würdest du ja doch nur Mist machen.« Dann lächelte sie.

Ich drückte ihren Arm. »Danke, Kara, vielen Dank. Wir treffen uns in einer Stunde mit Sadie und den anderen an dem Kanaldeckel hinter der Kirche des heiligen Stanisław Kostka.«

Kara reichte mir eine Taschenlampe. »Bis später.«

Doch auf der Straße raubte der Gedanke, dass Krys in diesem Augenblick vielleicht von der Gestapo gefoltert wurde, mir fast den Verstand. Ich sah sein Gesicht vor mir, erinnerte mich an seine letzten Worte und an seinen Kuss. Warum hatte ich mich mit dem Mann, der mir so viel bedeutete, so oft gestritten?

Ich ging weiter. Weinen würde ich später. Nun musste ich mich um Sadie kümmern.

Dann stand ich an unserem Treffpunkt, über mir ein Nachthimmel, an dem schwere Wolken Sadies geliebte Sterne verdeckten.

Ich wünschte, Sadie hätte dort unten gestanden, aber wie sollte sie? Krys hatte ihr erklärt, sie dürfe sich hier nicht mehr blicken lassen. Dennoch rief ich leise ihren Namen. Alles blieb still. Auch die Gasse lag verlassen da.

Ich bückte mich, hob den schweren Kanaldeckel an und rückte ihn zur Seite. Ein fauliger Geruch stieg mir entgegen. Ich bekämpfte meinen Würgereiz und setzte mich auf den Rand der Öffnung. Hastig leuchtete ich die Wände ab, sah rostige Eisentritte und kletterte vorsichtig nach unten.

Der Gestank war so grauenhaft, dass es mich vor Ekel schüttelte. Und hier hatte Sadie leben müssen!

Aber wie und wo sollte ich sie finden? Ich ließ den Schein meiner Taschenlampe umherwandern und entdeckte einen schmalen Betonpfad, dem ich folgte. Über mir wölbte sich eine Backsteindecke, an meiner Seite schäumte ein übelriechender Abwasserfluss. Einmal berührte ich die Tunnelwand mit der Hand, fühlte etwas Glitschiges und riss die Hand zurück.

Irgendwann teilte der Tunnel sich in zwei kleinere, und ich hatte die Wahl, nach links oder rechts zu gehen. Unschlüssig blieb ich stehen. Meine Sorge war, dass ich mich hier unten verirrte und weder zu Sadie noch den Rückweg fand. Dann hörte ich in der Ferne Stimmen und lauschte angestrengt. Sie schienen aus dem Tunnel rechter Hand zu kommen, und eine von ihnen klang wie Sadies. Ich ging schneller und rief ihren Namen, der auf unheimliche Weise von den Wänden widerhallte.

Plötzlich stand Saul vor mir, trug Stangen und ein Stück Plane.

Er starrte mich entgeistert an. »Wo kommst du denn her? Und wie hast du uns gefunden?«

»Ich habe den Einstieg hinter der Kirche genommen, bin durch einen Tunnel gelaufen und dann immer am Abwasserfluss entlang, bis ich Stimmen gehört habe.«

Saul runzelte die Stirn. »Offenbar müssen wir künftig noch leiser sein.«

*Künftig wird es nicht mehr geben*, dachte ich. Bald würden hier wahrscheinlich deutsche Sprengstoffexperten auftauchen, um auch diesen Teil der Kanalisation zu verminen.

»Bist du allein gekommen?«, fragte Saul.

Ich nickte. »Ich muss mit euch reden. Es ist wichtig.«

Saul führte mich zu einer Art Kammer und trat ein. Ich hörte Sadie, die fragte: »Wo warst du so lange? Wir haben uns Sorgen gemacht.« Saul schwieg.

Dann erblickte Sadie mich und riss die Augen auf. »Ella, was tust du hier? Was ist passiert?«

»Ihr müsst mit mir kommen«, sagte ich. »Hier unten ist es für euch nicht mehr sicher.«

Sadie sah mich verwirrt an.

Ich betrat die Kammer, sah den feuchten Dreck auf dem Boden und auf Bänken. Ein älterer Mann, wahrscheinlich Sauls Vater, saß auf einer der Bänke. Ich hatte mir das Leben hier unten von Anfang an schrecklich vorgestellt, doch die Realität war noch um einiges schlimmer. Und hier hatten diese drei Menschen seit Monaten ausgeharrt, waren sogar einmal zu fünft gewesen.

»Warum ist es hier unten nicht mehr sicher?«, fragte Sadie. Sie, Saul und Sauls Vater tauschten besorgte Blicke, doch mehr geschah nicht. Offenbar würden sie nicht einfach aufstehen und den Ort, der ihnen Schutz geboten hatte, mit mir verlassen.

»Wir können nicht von hier fort«, sagte Saul. »Auf der Straße würde man sofort erkennen, dass wir Juden sind. Man würde uns erschießen.«

»Trotzdem könnt ihr hier nicht länger bleiben. Die Deutschen haben erfahren, dass hier unten Kisten mit Munition und Handgranaten verborgen waren. Zudem sind sie im Begriff, die Kanalisation zu verminen. Sie scheinen zu begreifen, dass sie den Krieg verlieren werden, und wollen die Kanalisation sprengen, bevor sie fliehen.«

»Aber noch sind die Deutschen nicht gekommen«, sagte Saul. »Wir werden uns hier unten an einen anderen Ort zurückziehen.«

»An welchen?«, fragte Sadie.

»Vielleicht in die Leseecke«, sagte Saul, und ich fragte mich, wo hier unten eine Leseecke sein sollte.

»Saul, bitte«, sagte Sadie. »Die ist doch viel zu klein für drei Personen. Und falls die Kanalisation wirklich vermint wird, sind wir hier unten nirgendwo mehr sicher.«

»Wir sind auch auf der Straße nicht sicher«, entgegnete Saul.

»Ich fürchte, da ist noch etwas anderes: Ich werde euch hier nicht mehr versorgen können«, sagte ich. »Meine Stiefmutter hat die Kette mit dem *Chai* gefunden, die ich für Sadie aufgehoben hatte. Sie weiß nun, dass ich Juden helfe, und hat gedroht, mich anzuzeigen.«

Saul wandte sich Sadie zu. »Du hast ihr deine Kette gegeben?«

»Es ist meine Schuld, dass meine Stiefmutter sie gefunden, hat, nicht Sadies«, sagte ich.

»Nein, ich hätte sie dir nicht geben dürfen«, erwiderte Sadie.

Ich wurde immer unruhiger. Wir hatten keine Zeit, hier noch lang und breit über Dinge zu debattieren, die nicht mehr zu ändern waren. »Wie auch immer, jetzt geht es darum, euch in Sicherheit zu bringen. Ich werde euch helfen zu fliehen. Als Erstes bringe ich euch nach Kryspinów. Von dort geht es weiter nach – «

Sadie ließ mich nicht ausreden. »Und was ist, wenn meine Mutter zurückkommt und mich hier nicht mehr findet?«, fragte sie. »Wenn wir von hier unten verschwinden müssen, möchte ich wenigstens in Krakau bleiben.«

Ich schaute zu Boden. Ich hatte Sadie die Wahrheit vorenthalten, um sie zu schonen. Und nun wollte sie in Krakau auf die Mutter warten, die nie kommen würde.«

»Sadie«, begann ich. »Deine Mutter – « Weiter schaffte ich es nicht.

»Was ist mit ihr?«, fragte Sadie. »Hast du etwas Neues erfahren?«

Ich schüttelte den Kopf. »Als ich im Bonifratrów-Krankenhaus nach ihr gesucht habe, war sie … war sie nicht mehr da.«

»Warum hätte sie denn noch da sein sollen? Sie wollte doch nur ihr Baby abgeben.«

Ich schüttelte den Kopf. »Deine Mutter war geschwächt und krank. Die Nonnen haben sie dabehalten, um sie wieder aufzupäppeln. Aber jemand hatte sie in der Nähe des Krankenhauses gesehen und sie der Gestapo gemeldet. Die hat im Bonifratrów nach ihr gesucht.«

Sadies Hand fuhr zu ihrer Kehle. »Wurde sie festgenommen?«

Für einen Moment war ich versucht, Ja zu sagen und Sadie noch ein wenig Hoffnung zu lassen. Doch dann würde ich wieder lügen. »Die Nonnen wussten, was deine Mutter in den Händen der Gestapo erwartete. Das wollten sie verhindern. Sie haben sie einschlafen lassen.« Ich nahm Sadie in die Arme. »Deine Mutter ist tot, Sadie.«

Sadie schob mich fort. »Das glaube ich nicht. Das sagst du nur, damit ich mit dir komme.«

»Es ist die Wahrheit«, entgegnete ich und schämte mich, weil ich sie Sadie so lange verheimlicht hatte. Ja, ich hatte ihr Leid ersparen wollen, aber ich war auch feige gewesen.

Sadie riss den Mund auf, als wollte sie schreien, doch es war kein Laut zu hören. Dann überlief sie ein Zittern. Doch sie weinte nicht, starrte mich nur unverwandt an.

Und ich suchte vergebens nach Worten des Trosts.

»Und was ist mit meiner kleinen Schwester?«, flüsterte sie schließlich.

Ich wollte ihre Hand nehmen, doch das wagte ich nicht. »Der Nonne zufolge, mit der ich gesprochen habe, ist deine Mutter ohne Baby gekommen. Und ich habe nicht herausgefunden, wo sie das Kind gelassen hat.«

»Ist wahrscheinlich auch tot.« Mit tränenverschleierten Augen sah Sadie mich an. »Es ist Wochen her, dass du im Bonifratrów-Krankenhaus warst und man dir gesagt hat, dass meine Mutter tot ist. Warum hast du es mir verschwiegen?«

»Ich wollte dir das Leid ersparen«, gestand ich leise.

»Du hast mich belogen!«, entgegnete Sadie. »Und ich dachte, du wärst meine Freundin.«

Saul legte einen Arm um sie, doch Sadie war zu aufgebracht, um von jemandem gehalten zu werden, und entzog sich ihm.

»Und wenn du schon einmal gelogen hast«, fuhr sie an mich gewandt fort, »tust du es jetzt vielleicht wieder. Warum sollen wir dir nun vertrauen?«

»Ich habe gelogen, weil ich Angst um dich hatte, so wie jetzt auch«, erwiderte ich. »Ich dachte, wenn ich dir die Wahrheit sage, verlierst du deinen Lebensmut. Ich habe es gut gemeint, trotzdem entschuldige ich mich. Du kannst mich auch hassen, aber erst, wenn wir von hier weg sind. Ich habe einen Fehler gemacht, das sehe ich ein, aber der darf nicht dazu führen, dass ihr hier unten ums Leben kommt.«

Sadie sah mich mit verschlossener Miene an und schwieg.

Ich versuchte es noch einmal. »Sadie, bitte, uns läuft die Zeit davon. Wenn ihr leben wollt, müsst ihr mit mir kommen.«

Aber Sadie war noch nicht versöhnt.

Ich wartete voller Ungeduld.

Schließlich seufzte sie und sagte: »Also gut.«

Saul schüttelte den Kopf. »Ich bin dafür, dass wir hierbleiben. Irgendwo finden wir mit Sicherheit ein anderes Versteck.«

»Nein, Saul«, sagte ich scharf. »Hier unten ist es für euch nicht mehr sicher. Und die Gründe habe ich euch genannt.«

»Und wenn wir dir nicht glauben?«

Am liebsten hätte ich ihn geschüttelt. »Dann sterbt ihr.«

»Ich glaube ihr«, sagte Sadie und streichelte Sauls Wange. »Und ich möchte, dass du und dein Vater mit mir kommt.«

»Ich dachte, wir heiraten heute«, sagte Saul.

Ich glaubte meinen Ohren nicht zu trauen. »Ihr wolltet hier unten heiraten?«

Sadie nickte. Dann nahm sie Sauls Hand und legte sie an ihre Wange. »In meinem Herzen sind wir schon verheiratet.«

»Ihr könnt morgen heiraten«, sagte ich. »Wenn ihr frei seid.« Wie das angesichts des Fluchtplans, den Kara mir beschrieben hatte, möglich sein sollte, wusste ich zwar nicht, aber vielleicht würde sich die Gelegenheit irgendwo ergeben.

Saul blickte seinen Vater fragend an, der bislang zu allem geschwiegen hatte. Sein Vater reagierte nicht. Saul trat zu ihm. »Komm mit uns, Papa«, sagte er. »Vielleicht ist es ja tatsächlich unsere Chance, einen besseren Ort als die Kanalisation zu finden.«

Ich erkannte die Furcht im Gesicht des Vaters. Hier unten hatte er sich sicher gefühlt, und was ihn außerhalb der Kanalisation erwartete, wusste er nicht. Dennoch ließ er sich von seinem Sohn hochhelfen. An der Tür nahm er die Mesusa ab. »Dann lasst uns gehen«, sagte er.

Bevor wir in den Tunnel bogen, blickte Sadie noch einmal in die Kammer, die ihre Zuflucht gewesen war, trotz des furchtbaren Lebens, das sie dort geführt hatte. Dann wandte sie sich ab und sah mich an.

»Wie kommen wir nach Kryspinów?«, fragte sie. »Bringt Krys uns dorthin?«

»Krys wurde gefangen genommen. Auf der Suche nach den Kisten ist er in eine Falle der Deutschen geraten.«

Sadie stöhnte. »Und nun? Wirst du versuchen, ihn freizubekommen?«

»Wenn ich wüsste, wie, würde ich es tun. Aber zuvor bringe ich euch von hier fort. Auch Krys' würde das so wollen.«

»Und wie kommen wir ohne ihn nach Kryspinów?«

»Ich kenne den Weg. Und Kara wird uns helfen.«

Danach wanderten wir schweigend über den Betonstreifen, der an dem Abwasserfluss entlangführte.

Irgendwann fasste Sadie meinen Arm und sagte leise: »Irgendwo in meinem Innern wusste ich, dass meine Mutter tot ist. Sonst wäre sie nicht so lange fortgeblieben.«

Wie viel Leid Sadie bereits ertragen hatte und wie viele Entbehrungen. Und dennoch hielt sie durch. Ich legte einen Arm um sie und drückte sie kurz an mich. Dann gingen wir weiter.

Hinter uns stützte Saul seinen Vater, der nur sehr langsam vorankam. Vielleicht war er das Gehen nicht mehr gewohnt. Hin und wieder ließ ich den Schein meiner Taschenlampe über die Tunnelwände gleiten, um festzustellen, ob die Rohre bereits vermint worden waren. Aber woran hätte ich das erkennen sollen? Bei dem Gedanken, jeder Schritt könnte unser letzter sein, fing mein Herz an zu rasen.

Doch es geschah nichts, und schließlich näherten wir uns dem Kanaldeckel hinter der Kirche. Nun mussten wir es nur noch ungesehen hinausschaffen. Ich betete, dass Kara dort oben stand und für unseren Transport gesorgt hatte.

Plötzlich ertönte von irgendwoher ein Rumpeln. Ich blickte nach oben, dachte, Krakau würde wieder bombardiert, doch dazu war das Geräusch zu nah. Dann sah ich, dass die Tunnelwand bebte. Sadie presste sich eine Hand auf den Mund.

Es kostete mich große Kraft, ruhig zu bleiben. Offenbar waren die Deutschen, ohne dass Sadie oder Saul es bemerkt hatte, bereits hier unten gewesen und hatten die Kanalisation vermint. Und nun war eine Sprengladung hochgegangen. Es musste durch Zufall geschehen sein, denn die Rote Armee war noch weit, und die Deutschen hatten keinen Grund, die Kanalisation zu sprengen.

Bei der nächsten Detonation wurden wir zu Boden geworfen. Mörtel rieselte von der Decke herab. Ich hörte Sauls Vater stöhnen.

Einen Moment lang blieben wir regungslos liegen, gerade als wären wir bereits tot. Staub drang in unsere Münder und Nasen. Wir husteten und spuckten, rafften uns schwerfällig wieder auf. Sadies Hand schob sich trostsuchend in meine.

Wieder krachte es hinter uns, und dann schienen Steine und Geröll zu Boden zu gehen. Demnach war irgendwo eine Tunnelwand eingestürzt. Sadie taumelte. Saul sprang vor, um sie festzuhalten, doch sie wehrte ihn ab. »Hilf deinem Vater«, keuchte sie.

Ich blickte in die Richtung des Kanaldeckels und glaubte,

ein Stück Himmel zu sehen. *Krys ist gekommen*, schoss es mir durch den Kopf, bis mir einfiel, dass das nicht möglich war. Ich machte einen nächsten Schritt, wandte mich zu Sadie um und sagte: »Gleich haben wir es geschafft.«

Statt zu lächeln, weiteten sich ihre Augen. »Ella!«, rief sie. Ich hörte berstende Geräusche, in den Tunnelwänden brachen Risse auf. »Weiter, wir müssen weiter!«, schrie Sadie.

Saul hob seinen Vater hoch und trug ihn an uns vorbei zum Ausstieg. Ich sah die Wände wanken, riss Sadie herunter und warf mich über sie. Und dann stürzten die Wände ein.

Steine trafen mich, ich bedeckte meinen Kopf mit den Händen.

Als alles ruhig war, richtete ich mich langsam auf und blickte mich um. Vor uns hatten sich ein Berg aus Steinen und Geröll aufgetürmt, der uns den Weg zum Ausstieg versperrte.

Irgendwo dahinter würden Saul und sein Vater sein, auch wenn von ihnen nichts zu hören war. Ich betete, dass ihnen nichts geschehen war, und sie die Kanalisation verlassen konnten. Doch Sadie und ich waren hier unten gefangen.

# KAPITEL 25

## ELLA

Ich wischte mir Staub aus den Augen und sah mich nach Sadie um. Sie lag hinter mir auf dem Boden und regte sich nicht. »Sadie«, sagte ich und krabbelte zu ihr. »Bist du verletzt?«

Stöhnend setzte sie sich auf. »Nur eine kleine Wunde.« Ich sah, dass ihr Kleid aufgerissen war, doch als ich mir die Stelle anschauen wollte, schob Sadie mich fort.

»Wo ist Saul?« Sie raffte sich auf und starrte auf den Trümmerberg, der sie von Saul trennte. »Saul!«, rief sie.

»Nicht so laut«, flüsterte ich. Der Lärm der einbrechenden Wände dürfte auch auf der Gasse zu hören gewesen sein. Vielleicht hatte er Anwohner herbeigelockt.

Sadie lauschte. Als Saul nicht antwortete, begann sie hektisch, Steine und Geröll zur Seite zu räumen. »Ich muss zu Saul, ich will nicht auch ihn noch verlieren.« Tränen liefen über ihr Gesicht.

Als ihre Hände zu bluten begannen, hielt ich sie fest. »Hör auf, Sadie, der Schuttberg ist zu hoch. Und wenn du dir weiter daran zu schaffen machst, bricht er über uns zusammen.«

Sadie setzte sich auf ihre Fersen und betrachtete den Berg mit trostloser Miene. Sie hatte nur noch Saul und mich gehabt. Aber von Saul war nichts zu hören.

»Wir wollten heiraten«, sagte sie leise. »Und nun ist er nicht mehr da.«

»Aber er und sein Vater können auf der anderen Seite des

Bergs doch in Sicherheit sein. Und Saul wird nicht nach dir rufen, weil er nicht noch mehr Lärm machen will.«

Sadie hörte mir nicht zu. »Ich werde ihn nie wiedersehen.«

Ich zog sie hoch. »Sobald wir einen anderen Ausstieg gefunden haben, suchen wir ihn.«

»Wie denn?«, fragte Sadie. »Saul und sein Vater können sich doch da oben nicht auf die Gasse stellen und auf uns warten. Und wohin sollten sie sonst gehen?«

»Kara wird da sein und sich um sie kümmern. Sie wird uns helfen, nach Kryspinów zu gelangen. Und deshalb müssen wir nun zusehen, dass wie hier herauskommen.«

»Wie denn?«, fragte Sadie noch einmal, obwohl sie das Tunnelsystem kannte. Doch im Moment vermochte sie offenbar nicht, klar zu denken.

»Wir nehmen den Ausgang an der Weichsel«, entgegnete ich. »Aber du musst mich dorthin führen.«

»Und was ist, wenn dort ebenfalls Wände eingebrochen sind und uns ein Schuttberg den Weg versperrt?«

»Komm.« Ich griff nach ihrer Hand. »Wir versuchen es einfach.«

Sadie rührte sich nicht, sie starrte auf die Blockade, hinter der sie Saul vermutete.

Ich zerrte an ihrer Hand. »Los, Sadie, wir müssen uns beeilen.«

Auch auf dem Rückweg sahen wir die Folgen der Detonationen. Zwar türmten sich vor uns keine Berge aus Schutt und Trümmern mehr auf, doch überall lagen Gesteinsbrocken; an anderen Stellen waren die schmalen Betonpfade aufgerissen und wir mussten über die Lücken springen.

»Ich verstehe nicht, wie es zu dem Unglück kommen konnte«, sagte Sadie.

»Einige der Sprengladungen, die die Deutschen angebracht haben, sind hochgegangen.«

»Glaubst du, das haben die Deutschen mit Absicht getan?«

Ich schüttelte den Kopf. »Soweit ich weiß, hatten sie gerade erst begonnen, die Kanalisation zu verminen. Sie wollten erst sprengen, wenn die Rote Armee auf Krakau vorrückt. Entweder haben wir die Detonationen ausgelöst, oder es war Zufall. Wichtig ist jetzt aber nur noch, von hier fortzukommen und die anderen zu finden.«

Plötzlich blieb Sadie stehen. »Da vorn geht es nicht weiter.«

Sie hatte recht. Weiter vor uns häuften sich Steine auf dem Betonstreifen. Die würden wir nicht überwinden können; die Gefahr, abzurutschen und in den Abwasserkanal zu stürzen, war zu groß.

»Und jetzt?«, fragte ich.

Sadie lief einige Schritte zurück und deutete auf ein rundes Loch in der Wand. »Das ist die Öffnung eines Rohrs. Es führt uns wieder zu dem Tunnel, dem wir hätten folgen müssen.«

Ich trat zu ihr und betrachtete die Öffnung, die nicht mehr als einen halben Meter breit war. »Und wie sollen wir da hindurchkommen?«

»Auf dem Bauch«, sagte Sadie, als wäre es das Normalste der Welt.

»Unmöglich.«

»Doch, vertrau mir. Durch dieses Rohr sind wir gerobbt, als wir hierherkamen. Sogar meine Mutter hat es geschafft, und sie war damals schwanger.« Kurz trat ein schmerzerfüllter Ausdruck in ihr Gesicht, dann sprach sie weiter. »Ich mache den Anfang.«

Ich ging in die Hocke und blickte in das Rohr, um zu sehen, ob es bei den Detonationen überhaupt intakt geblieben war.

Doch es war aus Eisen und wie es aussah, hatte es standgehalten. Dennoch wurde mir bei dem Gedanken, hindurchzukriechen, angst und bange. Ich richtete mich auf.

»Was hast du?«, fragte Sadie.

Ich zog die Schultern hoch. »Ich fürchte mich vor engen Räumen. Nein schlimmer, sie machen mich panisch.«

»Ich helfe dir«, sagte Sadie. »Wenn du es nicht allein schaffst, ziehe ich dich von der anderen Seite.« Sie drückte meinen Arm. »Du schaffst das.«

Bevor ich etwas einwenden konnte, kroch Sadie in das Rohr. Dann war sie fort. Kurz darauf hörte ich sie rufen: »Komm, Ella, ich bin durch.«

Doch ich stand da wie gelähmt.

»Los, Ella«, rief Sadie.

Ich holte tief Luft, krabbelte in das Rohr und schob mich voran. Doch als sich die Wände um mich geschlossen hatten, verkrampfte ich mich. Hinter meinen Schläfen begann es zu dröhnen, und ich bekam keine Luft mehr. Panisch rang ich nach Atem, versuchte vergeblich, mich weiter voranzubewegen. Eine Stimme in meinem Ohr flüsterte, dass ich es nicht schaffen würde, wie ich so vieles in meinem Leben nicht geschafft hatte. Ich barg mein Gesicht in den Händen und hörte mich wimmern.

Dann riss ich mich zusammen, stieß mich mit den Füßen ab, die aber nur hilflos über den Boden scharrten. Wie aus weiter Ferne hörte ich Sadies Stimme, die mich antrieb, dann spürte ich, wie mir die Sinne schwanden.

»Ella!« Nun war die Stimme ganz nah. Ich öffnete die Augen. Sadie war zurückgekrochen und streckte eine Hand nach mir aus. »Fass mich an und lass dich ziehen.«

Ich tat wie geheißen, spürte, wie fest sie mich hielt, und mein Körper lockerte sich.

Stück für Stück zog Sadie mich durch das Rohr. »Jetzt ist es nicht mehr weit«, sagte sie. »Keine Angst, ich bin bei dir. Nur noch ein winziges Stückchen.«

»Gleich bist du durch«, sagte Sadie.

Ich hörte, wie sie aus dem Rohr rutschte. Dann zog sie noch einmal fest an meinen Händen. Ich glitt hinaus, und Sadie half mir auf die Beine. Ich drückte eine Hand auf mein wild schlagendes Herz.

»Nun siehst du aus wie ich«, sagte Sadie und betrachtete meine verschmutzte Kleidung. Darüber mussten wir beide lachen.

Dann fragte sie: »Musst du dich ausruhen oder können wir weiterlaufen?«

»Weiterlaufen«, entgegnete ich, obwohl ich mich noch wacklig auf den Beinen fühlte.

Nun ging es wieder über einen Betonstreifen. Ich fragte mich, wie spät es wohl war. Bei Tageslicht konnten wir nicht zurück zu dem Café laufen, wo Kara Saul und seinen Vater verbergen würde – falls sie überlebt hatten.

Sadie deutete auf eine Lücke in der Tunnelwand. »Da müssen wir durch.«

Wir zwängten uns hindurch und gingen weiter.

Plötzlich standen wir am Rand eines riesigen Beckens voller Wasser.

»O nein«, sagte Sadie.

»Was ist?«

»Wir müssen auf die andere Seite, aber ich weiß nicht, wie. Normalerweise ist hier nur der Boden feucht. Offenbar ist auch eines der unterirdischen Rohre zerstört worden, und nun fließt Wasser in das Becken.«

Ich erkannte eine Stelle, an der das Wasser im Becken heftig strudelte. Dort musste der Zufluss sein. Durch das Becken waten konnten wir nicht, dazu war es zu tief.

»Dann schwimmen wir eben«, sagte ich, trat meine Schuhe ab und setzte mich auf den Beckenrand. Das Wasser, das meine Beine umspülte, war eisig.

Sadie rührte sich nicht.

»Was hast du?«, fragte ich.

»Ich kann nicht schwimmen.« Sie schlang die Arme um sich. Ich erinnerte mich, wie sie mir einmal von der Überflutung der Kanalisation erzählt hatte und wie sie und ihre Mutter dabei beinahe ertrunken wären. Vielleicht machte Wasser ihr ebenso große Angst wie mir enge Räume. Womöglich dachte sie auch an ihren Vater, der im Abwasserfluss ertrunken war.

»Gibt es einen anderen Weg nach draußen?«, fragte ich.

Sadie schüttelte den Kopf.

»Dann bleibt uns wohl nichts anderes als zu schwimmen. Oder vielmehr ich schwimme und du hältst dich an mir fest. Komm, das schaffen wir.«

Sadie schüttelte den Kopf.

»Anders geht es nicht, Sadie. Und wir müssen los.« Als sie sich noch immer nicht von der Stelle rührte, sagte ich: »Du möchtest Saul doch wiedersehen, oder nicht?«

In diesem Moment nahm ich auf ihrem Kleid den großen Blutfleck wahr. Ich deutete darauf. »Woher kommt das Blut?«

»Einer der Steine, die mich getroffen haben, hat ein Stück Haut aufgerissen. Auf dem Weg durch das Rohr ist die Blutung stärker geworden.« Sie betrachtete den Fleck. »Aber es ist nur eine kleine Wunde, und sie blutet auch nicht mehr.«

Ich wusste nicht, ob ich ihr glauben sollte. Doch um die Wunde konnte ich mich im Moment nicht kümmern, bald würde es draußen hell sein. Ich ließ mich ins Wasser gleiten.

Sadie streifte ihre Stiefel ab, tauchte einen Fuß ins Wasser und zog ihn zurück. »Ich kann nicht.«

»Doch, du kannst.«

Sie ließ sich auf dem Beckenrand nieder, zog die Beine an sich und starrte auf das Wasser.

»Los, Sadie. Wir können nicht mehr warten.« Ich deutete auf das Wasser, das über den Beckenrand gestiegen war.

Sadie fasste sich ein Herz und rutschte ins Wasser, wo sie sofort anfing, mit den Armen um sich zu schlagen.

Ich packte sie und zog sie an mich. »Beweg dich nicht, ich hab dich«, sagte ich.

Ich war eine gute Schwimmerin. Als ich noch ein Kind war, verbrachten wir die Sommer in der Tatra, und meine Geschwister machten sich einen Spaß daraus, mich in das Wasser des Morskie Oko zu werfen. Mir war gar nichts anderes übrig geblieben, als schwimmen zu lernen.

Ich trug Sadie auf, sich an mir festzuhalten. Dann begann ich mit den ersten Schwimmzügen.

Sadie versuchte, mit einem Arm zu schwimmen, doch sie war viel zu verkrampft, und in ihren Augen stand die nackte Panik.

Ich drehte mich auf den Rücken und bat sie, es mir nachzutun, damit ich sie ziehen konnte. Es war hoffnungslos, ich musste sie eigenhändig auf den Rücken drehen. Als sie anfing, mit den Beinen zu strampeln, sagte ich: »Bleib ganz ruhig, Sadie.«

Sie versuchte es, doch es fiel ihr schwer. Und mir machte ihr Gewicht zu schaffen, was erstaunlich war, denn sie wog wirklich nicht viel. Dann sah ich, dass sie Blut verlor.

Ich zog sie höher und hielt sie mit einem Arm. Wassertretend warf ich durch die Risse in ihrem Kleid einen Blick auf die Wunde. Sie war alles andere als »klein«. Dennoch würde ich sie mir erst genauer ansehen können, wenn wir auf der anderen Seite waren.

Sadie glitt aus meinem Arm und versank. Ich langte nach ihr, schob mich wieder unter sie und legte meine Arme unter ihre Achseln. Während ich beschwichtigend auf sie einredete, machte ich mit den Beinen Schwimmzüge und bewegte uns weiter auf den anderen Beckenrand zu. Sadie war ruhiger geworden, oder der Blutverlust hatte sie geschwächt.

Einmal ging ich selbst unter. Als ich wieder hochkam und Wasser spuckte, sagte Sadie: »Du musst mich nicht ziehen, vielleicht schaffe ich es jetzt allein.«

»Tust du nicht.«

»Ich will aber nicht, dass dir etwas passiert.«

»Geht mir umgekehrt genauso.« Das Wasser kroch höher, und ich fragte mich, wie wir es in das Rohr schaffen sollten, ohne festen Boden unter den Füßen zu haben.

Wir erreichten das andere Ufer. Ich schaute zu dem Rohr hinauf, vor dem mir graute. »Ich werde dich hinaufstemmen«, sagte ich.

Plötzlich erschlaffte Sadie in meinen Armen, und ihre Augen schlossen sich. »Wo ist Saul?«, flüsterte sie.

»Ich bringe dich zu ihm«, versprach ich ihr. »Aber du musst stark bleiben und mir dabei helfen.«

Sie gab mir keine Antwort. Es war, als wäre der letzte Rest Kraft aus ihrem Körper geflossen.

»Sadie, bitte halte durch.« Ich tastete nach dem Beckenrand, der jedoch schon zu tief unter Wasser lag. »Du willst Saul doch heiraten und Medizin studieren. Und wenn der Krieg zu Ende ist, werdet ihr beide ein schönes Leben führen. Vielleicht kommt ihr mit mir nach Paris. Deshalb darfst du jetzt nicht aufgeben, verstehst du das nicht?«

»Ich kann nicht mehr«, flüsterte sie. »Lass mich los.«

Ich hielt sie fest und schaute nach oben. Vielleicht wäre es das Beste, wenn wir uns mit dem steigenden Wasser zum Eingang des Rohrs heben ließen. »Ich habe dir versprochen, dich zu retten«, sagte ich. »Und dieses Versprechen werde ich halten.«

Und dann hörte ich die nächste Detonation. Sie riss den Tunnel ein, aus dem wir gekommen waren. Und dann rollte eine Riesenwelle heran und schlug über uns zusammen.

# KAPITEL 26

Als ich das Ufer der Weichsel betrat, dämmerte der Morgen. Ich war den Wassermassen entronnen, doch noch immer spürte ich die Hand, die ich gefasst hatte, bis ich sie verlor.

Ich blickte zum Himmel hinauf, an dem die Sterne verblasst waren.

Kara und Saul waren nicht da, das Ufer der Weichsel war menschenleer.

*Das schaffen wir?* Wir hatten es nicht geschafft.

Die Flutwelle hatte uns herumgewirbelt. Ich versuchte nach meiner Freundin zu greifen, wollte, dass wir uns aneinander festhielten, und fand ihre Hand.

Dann wurde ich hochgespült, sah die Öffnung des Rohrs vor mir und langte danach. Das Rohr war nicht überflutet, und ich dachte, wir wären gerettet.

Ich sammelte all meine Kraft und zog meine Freundin hoch. Sie atmete kaum noch, und an ihrem Kopf klaffte eine hässliche Wunde. Die Riesenwelle musste sie mit dem Kopf gegen die Wand des Beckens geschleudert haben. Blut lief über ihr Gesicht.

»Halte durch«, flehte ich sie an. »Vor dir liegt noch dein ganzes Leben. Und bald ist auch der Krieg vorbei, und dann wird alles gut, und wir fahren nach Paris.« Ich hoffte, ihre Träume würden ihr helfen, sich an ihr Leben zu klammern.

Sie deutete ein Kopfschütteln an. Dann tastete sie über ihren

Körper. Sie holte etwas aus der Tasche ihres Kleids und gab es mir.

»Für dich«, sagte sie kaum hörbar. »Sag ihm, dass ich …« Ich führte mein Ohr an ihren Mund und wartete auf die nächsten Worte, die nicht mehr kamen. Sie hatte die Augen geschlossen.

»Nein!« Ich schüttelte sie ein wenig, wollte es nicht wahrhaben. Meine Freundin durfte mich nicht verlassen. Tränen schossen in meine Augen. Ich drückte sie an mich, sagte ihren Namen und spürte, wie ihr Atem versiegte.

Für lange Zeit hielt ich sie an mich gedrückt. Ich wollte sie mit nach draußen nehmen, doch wie hätte das möglich sein sollen?

Als das Wasser in das Rohr zu laufen begann, wischte ich ihr die nassen Strähnen aus dem Gesicht und küsste ihre Wange. Wir hatten einander versprochen, die Kanalisation gemeinsam zu verlassen, und nun war nur ich noch dazu in der Lage.

Ich wünschte, ich hätte sie wenigstens begraben können, so wie es sich gehörte, mit Chorgesang und einem Meer von Blumen. Nicht einmal das konnte ich ihr bieten. Ich überließ sie dem Wasser.

Für einen Moment schwebte sie an der Oberfläche, und zum letzten Mal sah ich das Gesicht, das mir so lieb geworden war. Dann ging sie langsam unter.

Und ich kroch durch das Rohr nach draußen.

Ich setzte mich ans Ufer der Weichsel, spürte mein schmerzendes Herz. Ein erster Lastkahn zog über die Weichsel, und ich fragte mich, wie es nun mit mir weitergehen sollte.

Dann sah ich ihn und stand auf. Ich wunderte mich, wie es ihm gelungen war, hierherzukommen. Als er mich sah, beschleunigte er seinen Schritt.

»Wo ist sie?«, fragte er.

Ich vermochte ihm kaum in die Augen zu sehen. »Sie hat es nicht geschafft. Die letzte Sprengladung, die in die Luft gegangen ist, hat im Abwasser eine gewaltige Flutwelle ausgelöst, und sie wurde gegen eine Wand geschleudert. Ich konnte sie nicht mehr retten.«

Sein Blick wurde schwer vor Leid. Zwar wusste jeder, wie lebensgefährlich Explosionen waren, doch er würde gehofft haben, dass sie überlebt hatte. Er hatte sie geliebt.

»Sie wollte mir helfen«, sagte ich. »Und ich habe ihr nicht helfen können.«

»Das ist nicht deine Schuld«, sagte er und blickte in die Ferne. »Ich bin sicher, du hast alles getan, was in deiner Macht stand.« Sein Blick kehrte zu mir zurück. »Sie hat dich sehr gern gehabt und wäre froh, wenn sie wüsste, dass du noch lebst.«

»Es ist so schrecklich.« Ich fing an zu weinen. Er nahm mich in die Arme und strich mir über den Rücken.

»Wir müssen rasch von hier verschwinden«, sagte er.

So weit war ich noch nicht. Ich schüttelte den Kopf.

»Komm«, sagte er. »Setz dein Leben nicht aufs Spiel. Das hätte sie nicht gewollt.«

Ich starrte auf die Stelle, an der ich mich so oft mit ihr getroffen hatte, erinnerte mich an Dinge, die wir uns erzählt hatten, und an die Nacht, in der wir durch Krakau gelaufen waren. Sie war mir so lieb gewesen, dass mir war, als würde mein Herz zerreißen.

Dann blickte ich zum Himmel hinauf, dachte an die Sterne, die dort nachts funkelten. Einer von ihnen würde nun für sie stehen.

Er nahm meine Hand und zog mich mit sich.

Nur eine Stunde später lag Krakau hinter mir, die einzige Stadt, die ich bisher kennengelernt hatte. Ich saß auf einem

Fuhrwerk und blickte mich noch einmal nach dem Ort um, der für mich der Mittelpunkt meines Lebens und meine Heimat gewesen war. Der Morgenhimmel hatte sich rosig gefärbt und ließ die Kirchtürme, Kuppeln und roten Dächer aufscheinen, als gäbe es nirgendwo Leid.

»Du musst nach vorn schauen«, sagte er.

Mit einem schweren Seufzer wandte ich den Blick von Krakau ab.

# EPILOG

*Die Frau vor mir ist gar nicht die, die ich erwartet habe.*

Ich betrachte sie, während ich mich ihrem Tisch nähere. Sie muss über neunzig sein, doch ihre Haut ist so glatt und ihre Haltung so aufrecht, dass sie viel jünger aussieht. Anders als ich und die meisten Frauen in meinem Alter hat sie sich das weiße Haar nicht kurz schneiden lassen. Sie trägt es lang, hat es auf dem Kopf zu einem lockeren Dutt zusammengesteckt, so dass ihre vorstehenden Wangenknochen betont werden. Es geht etwas Edles von ihr aus.

Als es zu regnen begonnen hat, sind die meisten Gäste von der Außenterrasse verschwunden. Sie ist auf ihrem Platz unter den Arkaden geblieben. Und nun hört der Regen auf.

Aber etwas an ihr ist anders, als ich erwartet habe. Etwas, das mir vertraut erscheint. Vielleicht liegt es an meiner Aufregung, denn ich habe lange nach ihr gesucht und von diesem Augenblick geträumt.

Ich holte tief Luft. »Ella Stepanek?«

Braune Augen richten sich auf mich und blicken verwirrt. »Kennen wir uns?«

»Bisher sind wir uns noch nicht begegnet«, erwidere ich. »Aber Sie haben meine Schwester Sadie gekannt. Ich bin Lucy

363

Gault.« Ich benutze den Nachnamen Gault zu Ehren meiner Eltern und meiner Schwester, die ich nie kennengelernt habe.

»Was?« Ella starrt mich an, als wäre ich ein Geist. »Das – das ist doch gar nicht möglich.« Sie will aufstehen, doch ihre Beine geben nach. Sie hält sich an der Tischkante fest, der Tee, den sie bestellt hat, schwappt aus der Tasse. »Das kann doch gar nicht sein. Wir waren sicher, dass du tot bist.« Sie sinkt auf ihren Stuhl zurück.

Ich denke an das Leid, das meiner Familie widerfahren ist, und bekomme einen Kloß in den Hals. Dass ich überlebt habe, ist ein Wunder. Ich kam in einer Kanalisation zur Welt und hätte ebenso wie zahllose andere Kinder, die von den Deutschen ermordet wurden, umkommen können.

Doch ich bin noch da, und das seit zweiundsiebzig Jahren.

»Das ist doch gar nicht möglich«, wiederholt Ella fassungslos.

Diese erste Begegnung habe ich mir oft ausgemalt, mir die Sätze zurechtgelegt, die ich sagen will, doch nun, als es darauf ankommt, sind sie wie weggewischt. »Darf ich mich setzen?«

»Bitte.« Sie deutet auf den freien Stuhl.

Ich lasse mich nieder, lege den Blumenstrauß auf den Tisch und sammele mich. »Sie wissen sicherlich, dass meine Mutter mich kurz nach meiner Geburt aus der Kanalisation hinausgebracht hat, oder?«

Ella nickt. »Sie wollte dich ins Bonifratrów-Krankenhaus bringen. Dort gab es einen Arzt, der geholfen hat, jüdische Kinder zu verbergen.«

»Das war der Plan«, sage ich. »Aber ein Priester hat meine Mutter auf dem Weg zum Krankenhaus gesehen und sie angesprochen. Er hat ihr gesagt, dass die Gestapo das Krankenhaus beobachtet, und es nicht mehr sicher ist, dort ein Kind abzugeben. Er hat mich aufgenommen und meine Mutter ins Krankenhaus gebracht. Ihr ging es sehr schlecht, und sie ist wenig später gestorben. Ich wurde von einem liebevollen polnischen Ehepaar adoptiert. Als ich fünf Jahre alt war, sind wir nach Amerika ausgewandert. Später, als ich alt genug war, haben sie mir das wenige erzählt, das sie über meine Herkunft wussten. Den Rest habe ich von Paweł erfahren, dem Mann, der meiner Familie geholfen hat, sich in der Kanalisation zu verbergen.«

Ella runzelt die Stirn. »Er wurde damals doch festgenommen. Dann hat er seine Gefangenschaft also überlebt.«

»Ja.«

Ella treten Tränen in die Augen. »Das freut mich.«

»Als er aus dem Gefängnis kam, hat er nach denen gesucht, die sich in der Kanalisation verborgen hatten.«

Ein Kellner kommt und erkundigt sich nach meinen Wünschen. Ich bestelle eine Tasse Kaffee und warte, bis der Kellner verschwunden ist. Dann fahre ich fort.

»Es hat lange gedauert, bis er erfahren hat, was aus ihnen geworden ist. Und bis er die Spur gefunden hat, die ihn zu mir führte. Bis zu seinem Tod habe ich mit ihm korrespondiert. Aber auch Paweł konnte nicht alle meine Fragen beantworten.«

Der Kellner bringt meinen Kaffee. Dann beginnt er, die nass gewordenen Tische abzuwischen.

»Ich habe nach Ihnen gesucht«, sage ich. »Um mehr über meine Schwester zu erfahren. Sie gehören zu den wenigen, die sie gekannt haben und die noch leben.«

Ich möchte, dass sie mir alles über Sadie erzählt. Deshalb bin ich hier. Um mir ein besseres Bild von Sadie machen zu können. Ich hatte ein schönes Leben und eine glückliche Ehe, habe Kinder bekommen. Inzwischen habe ich bereits Enkelkinder. Doch ich weiß so gut wie nichts über die Schwester, die ich verloren habe.

Ella sagt nichts.

Ich deute auf den Blumenstrauß. »Der ist für Sie.«

Ella betrachtet den Strauß. »Meine Mutter hatte recht«, murmelt sie.

»Das verstehe ich nicht.« Ich nehme einen Schluck Kaffee.

»Sie hat gesagt, eines Tages würde es auch für uns wieder Blumen geben.«

Ich verstehe es noch immer nicht.

Sie sieht mich an. »Wie hast du mich gefunden?«

»Saul hat mir dabei geholfen.«

»Saul?« Ein Lächeln huscht über ihr Gesicht. »Er lebt noch?«

»Ja. In Kalifornien. Er ist verwitwet, aber nicht allein. Er hat Kinder und Enkelkinder. Aber Sadie hat er nie vergessen.«

»Er hat es also geschafft«, murmelt Ella.

»Er konnte mir einiges über Sadie erzählen, aber bei der Flucht aus der Kanalisation ist er von ihr getrennt worden. Was danach aus ihr geworden ist, wusste er nicht. Er war derjenige, der mir Ihren Namen genannt hat. Und ich habe begonnen, nach Ihnen zu suchen. Nach der Frau, die so viel für meine Schwester getan hat. Doch ich bin erst fündig geworden, nachdem der Kommunismus hier zu Ende gegangen war. Erst danach hat man mir Einblick in Archive gewährt. Und ich erfuhr, dass eine junge Frau namens Ella Stepanek 1944 an dem Warschauer Aufstand teilgenommen hat. Ich nahm an, dass es sich dabei um Sie gehandelt hat, und habe weiter geforscht. Und nun bin ich hier.«

Ich studiere ihr Gesicht, den Schnitt ihrer Augen, der mir bekannt vorkommt, die Form ihres Gesichts … Das ist nicht die Frau, nach der ich gesucht habe. »Aber Sie sind gar nicht Ella Stepanek, oder?«

Wieder gibt sie mir keine Antwort, doch in ihren Wangen steigt eine leichte Röte auf. Sie will ihre Tasse Tee zum Mund führen, doch ihre Hand zittert so sehr, dass sie die Tasse wieder abstellt. »Nein«, sagt sie schließlich. »Die bin ich nicht.«

Mir dämmert etwas, doch es ist so aberwitzig, dass ich es kaum auszusprechen wage. »Kann es sein, dass ... kann es sein, dass du Sadie bist?«

Sie tastet nach meiner Hand. »Und du bist meine kleine Schwester?«

Ich nehme ihre Hand, und wir schauen uns an, als könnten wir es nicht fassen. »Lucy«, sagt sie leise. »Ein schöner Name.«

Hand in Hand sitzen wir da und versuchen, unserer Gefühle Herr zu werden. Jede muss sich Tränen aus dem Gesicht wischen. Wir lächeln uns zittrig an.

»All die Jahre dachte ich, du wärst in der Kanalisation umgekommen«, sage ich schließlich. Ich hatte die Archive nach einer Sadie Gault durchforstet und nie einen Hinweis auf sie gefunden. Allerdings gab es nur noch wenig über die damalige Zeit, vor ihrem Abzug hatten die Deutschen die meisten Unterlagen und Dokumente zerstört. Doch nachdem, was Paweł und Saul mir berichtet hatten, war ich sicher gewesen, dass Sadie die Flucht aus der Kanalisation nicht überlebt hatte.

Sadie holt tief Luft. »Saul hat dir sicherlich erklärt, warum unsere Mutter dich weggebracht hat. Man kann ein Baby nicht am Schreien hindern, aber für die Rosenbergs bedeutete dein Weinen eine Gefahr.« Sie hebt die Schultern. »Jedenfalls blieb nur ich bei den Rosenbergs und wartete vergeblich auf die Rückkehr unserer Mutter.« Wieder steigen Tränen in ihre Augen. »Sie war ein wunderbarer Mensch, ich habe sie sehr geliebt.«

Ich habe oft um die mir unbekannte Mutter getrauert, und auch jetzt werden meine Augen wieder feucht.

»Nicht lange danach mussten wir aus der Kanalisation fliehen«, fährt Sadie fort. »Aber ich nehme an, das wird Saul dir alles erzählt haben. Auch dass die Deutschen begonnen hatten, Teile des unterirdischen Rohrsystems zu verminen und es zu Detonationen kam. Ella hat mir das Leben gerettet, als es darum ging, auf der Flucht ein überflutetes Becken zu überwinden, denn ich konnte nicht schwimmen. Und dann kam es erneut zu einer Detonation, bei der eine Flutwelle ausgelöst wurde. Sie hat Ella gepackt, gegen eine Wand geschleudert und so schwer verletzt, dass sie kurz darauf starb.«

Es ist eine Szene, die ich mir nicht vorstellen möchte. »Das muss schrecklich gewesen sein.«

»Ja. Auch ich war verwundet, kroch mehr tot als lebendig aus der Kanalisation und fragte mich, wie es nun weitergehen solle. Ich wusste ja nicht einmal, wo Saul war.«

»Wahrscheinlich hast du große Angst gehabt.«

Sadie nickt. »Ein Mann namens Krys hat mich gerettet. Er gehörte zur polnischen Heimatarmee und war kurz vorher gefangen genommen worden. Doch er konnte entkommen. Er hat Ella gesucht, denn er hat sie geliebt. Und dann hat er nur mich noch gefunden.« Sadie seufzt schwer. »Ich bin mit ihm gegangen, habe mich ebenfalls der Heimatarmee angeschlossen und den Aufstand in Warschau mit vorbereitet.«

»Lebt dieser Krys noch?«

Sadie schüttelt den Kopf. »Er ist bei dem Aufstand ums Leben gekommen. Und Ellas Tod hat er nie verwunden.«

»Wie mutig und tapfer du warst«, sage ich.

»Ich?« Sadie sieht mich verwundert an. »Ella und Krys waren mutig und tapfer. Ich selbst habe nicht viel getan.«

Wie oft mir Überlebende jener Zeit etwas Ähnliches erzählt haben. Viele von ihnen haben ihre eigene Rolle heruntergespielt und die anderer hervorgehoben. Es ist eine Bescheidenheit, die mich stets beeindruckt hat. »Du warst es ebenfalls. Vergiss nicht, dass Saul mir einiges erzählt hat.«

»Saul …« Bei der Erinnerung lächelt sie versonnen. »Meine erste große Liebe. Nach dem Krieg habe ich ihn vergeblich gesucht. Irgendwann habe ich es aufgegeben und nur noch gehofft, dass er den Tag, als in der Kanalisation die Sprengladungen hochgingen, überlebt hat.«

»Ich bin sicher, dass er sich freuen würde, von dir zu hören.«

»Vielleicht.« Sadie zieht die Schultern hoch. »Ach, ich weiß nicht …«

Ich verstehe ihr Zögern. Auch ich habe gezögert, bevor ich den Marktplatz zu ihr überquert habe. Ich hatte etwas über meine Schwester erfahren wollen, hatte viel unternommen, um zu diesem Punkt zu gelangen. Und doch wäre ich im letzten Moment beinahe zurückgescheut. Ich glaube, manches liegt so tief in der Vergangenheit begraben, dass der Weg dorthin dem Betreten eines fremden Landes gleicht. Man will vorsichtig sein.

Ich lasse das Thema »Saul« fallen und frage: »Warum hast du Ellas Namen angenommen?«

Sadie wirkte gedankenverloren, und es dauert einen Augenblick, bevor sie antwortet. »Vor ihrem Tod hat Ella mir ihre Kennkarte gegeben, damit ich als Nichtjüdin durchkomme. Allerdings sahen Ella und ich uns nicht im Entferntesten ähnlich. In der Heimatarmee hat man mir dann eine gefälschte Kennkarte besorgt, mit meinem Foto, aber Ellas Namen. Den Namen habe ich ihr zu Ehren beibehalten. Nach dem Krieg hat ihr Bruder mich aufgenommen. Er lebte in Paris. Ich habe dort Medizin studiert und viele Jahre als Kinderärztin gearbeitet.«

»Warum wolltest du nicht mehr in Krakau leben?«

»Weil die Stadt für mich mit den schlimmsten Erinnerungen verbunden war. Auch das neue polnische Regime nach dem

Krieg war nicht nach meinem Geschmack. Ich bin erst zurückgekehrt, als die Zeit des Kommunismus beendet war. Nun wohne ich wieder im jüdischen Viertel, da, wo mein Leben begonnen hat. Dort fühle ich mich zu Hause.«

Ich versuche, das Gehörte zu verarbeiten, doch es ist zu viel. Ich muss an die lange Zeit denken, in der keine von uns gewusst hat, dass es die andere noch gab – eine Zeit, die wir verloren haben. »Du musst mir dein Leben von Anfang an erzählen«, sage ich. »Ich möchte alles wissen – wie unsere Eltern waren und wie euer Leben ausgesehen hat. Alles.«

Sadie lächelt. »Zuerst werde ich dir etwas zeigen.« Sie winkt den Kellner herbei, und bevor ich etwas einwenden kann, zahlt sie für meinen Kaffee. Dann nimmt sie den Blumenstrauß, steht auf und streckt die Hand nach mir aus. »Komm. Zuerst musst du sehen, wo wir früher gewohnt haben. Anfangs im jüdischen Viertel, dann im Ghetto.«

»Steigen wir auch in die Kanalisation?«, frage ich.

»Das geht nicht mehr, die Eingänge können nur noch von Kanalarbeitern benutzt werden. Ist vielleicht auch besser so.«

Wahrscheinlich hat sie recht. Seit damals ist so viel geschehen, dass unser Aufenthalt in der Kanalisation eigentlich nur noch eine Episode in unserem langen Leben ist.

»Lieber zeige ich dir die schönen Orte«, spricht Sadie weiter. »An denen ich mit unserem Vater war. Wo ich mit unserer Mutter einkaufen gegangen bin. Wo ich gespielt habe und wo meine Schule war. Und natürlich unsere alte Wohnung. Auch das Mahnmal zur Erinnerung an die Opfer des Ghettos musst du sehen.«

Wir überqueren den großen Marktplatz.

»Hast du jemals geheiratet?«, frage ich. »Und Kinder bekommen?«

Sadie schüttelt den Kopf. »Ich habe keine Familie.« Sie nimmt meine Hand. »Ich habe immer allein gelebt.«

Ich drücke ihre Hand. »Aber jetzt bist du nicht mehr allein.«

Sadie sieht mich lächelnd an. »Nein, jetzt nicht mehr.«

Ich deute auf ihre Halskette, die ein *Chai* als Anhänger hat. Sadie mag zwar Ellas Namen tragen, aber ihre jüdische Identität hat sie wohl doch nicht ganz abgelegt. »Warum trägst du diese Kette?«

Sadie fährt mit einem Finger über das *Chai*. »Sie hat unserem Vater gehört. Ich hatte sie Ella überlassen.« Sie lacht leise. »Es war nicht einfach, wieder in ihren Besitz zu gelangen. Ellas Bruder musste mir dabei helfen.« Dann öffnet sie den Verschluss und legt mir die Kette um. »Und nun wirst du sie tragen.«

Im ersten Moment will ich das Geschenk nicht annehmen und sage: »Aber sie gehört doch dir.« Doch dann spüre ich das *Chai* auf meinem Herzen, streiche darüber und freue mich, dass ich die Kette haben darf.

»Die Kette gehört *uns*«, sagt Sadie und greift wieder nach meiner Hand. »Komm, es gibt viel zu sehen.«

»Eigentlich wollte ich morgen zurückfliegen«, sage ich, obwohl ich weiß, dass ich es nicht tun werde. Stattdessen werde ich mit meiner Schwester den Weg in die Vergangenheit einschlagen. Stück für Stück werden wir diesen Weg beschreiten. »Aber jetzt bleibe ich natürlich länger hier. Ich muss nur meinen Flug umbuchen und im Hotel Bescheid geben.«

»Du brauchst kein Hotel«, sagt Sadie. »In meiner Wohnung ist Platz genug.«

»Kann ich von dort aus nachts die Sterne sehen?«, frage ich, denn die Astronomie zählt zu meinen Leidenschaften.

»Natürlich«, entgegnet Sadie. »Du wirst staunen, wie viele Sternbilder wir erkennen werden.«

## ANMERKUNG DER AUTORIN

Dieser Roman wurde zum Teil von der wahren Geschichte einer kleinen Gruppe Juden inspiriert, die den Zweiten Weltkrieg in der Kanalisation von Lwiw überlebten, einer Stadt, die einst in Polen lag, 1939 in die Ukrainische Sowjetrepublik eingegliedert wurde und seit 1991 zur unabhängigen Ukraine gehört.

Die Geschichte, die ich in Krakau angesiedelt habe, ist jedoch fiktiv. Dennoch habe ich mich bemüht, dem Heldentum dieser tapferen Menschen und ihrer Helfer gerecht zu werden, und die Art, wie dieses Überleben möglich war, wirklichkeitsgetreu abzubilden.

Falls Sie mehr über die wahre Geschichte lesen möchten, empfehle ich Ihnen *In the Sewers of Lvov: A Heroic Story of Survival from the Holocaust* von Robert Marshall.

# DANK

Ebenso wie das Jahr 2020 schien dieser Roman auf vielfache Weise von Anfang an unter einem schlechten Stern zu stehen.

Die Geschichte begann im Dezember 2019, als ich meiner Lektorin ein Manuskript sandte, das nicht gut war. Wir kamen zu dem Schluss, dass ich im Grunde noch einmal von vorn anfangen musste, was für mich ein absolutes Novum war.

Ich habe fünf Minuten lang gejammert und mich dann an einen Spruch aus dem Film *Der Pate – Teil II* erinnert: »Das ist das Geschäft, das wir gewählt haben.« Also machte ich mich an die Arbeit. Ich strich neunzig Prozent des Manuskripts, um es in halsbrecherischem Tempo neu zu schreiben; aus mir unerfindlichen Gründen wollte ich in fünf Monaten fertig werden. Um das zu schaffen, verlegte ich meinen »Schreibclub« von fünf Uhr auf vier Uhr morgens.

Im Lauf dieser Arbeit entschied ich, die Handlung in Krakau anzusiedeln, und nahm mir vor, zu Forschungszwecken dorthin zu reisen. (In jungen Jahren habe ich mehrere Jahre lang in Krakau gelebt, doch aus familiären Gründen war ich dort seit fast zwanzig Jahren nicht mehr gewesen.) Mein Abreisetermin war der 11. März 2020, also in der Woche, als die Covid-19-Pandemie ausbrach und internationale Flüge zum größten Teil annulliert wurden.

Was jedoch auch sein Gutes hatte, denn an dem Tag, an dem

ich eigentlich hätte nach Polen fliegen sollen, musste ich als Notfall zu einer Blinddarmoperation ins Krankenhaus.

Nach meiner Rückkehr waren wir im Lockdown, und es galten die Schutzmaßnahmen der Pandemie. Wie so viele von Ihnen musste auch ich mich auf eine neue Normalität einstellen. Das bedeutete Homeschooling für meine drei Kinder und Fernunterricht für meine Studierenden. Gleichzeitig schrieb ich meinen Roman neu.

Und so ist *Das Mädchen mit dem blauen Stern* entstanden. Eigentlich hatte ich keinen Roman im Kopf, der für die Zeit der Pandemie relevant sein sollte. (Wie hätte ich davon auch im Voraus wissen können?) Dennoch stellte ich beim Schreiben fest, dass Themen auftraten, bei denen es um eine ungewisse Zukunft und die Bewältigung der Isolation ging – Themen, die angesichts der Pandemie von größerer Bedeutung waren, als ich es mir hätte vorstellen können.

Dies schreibe ich Ihnen Ende August 2020. Wir sind noch immer im Lockdown, und vieles von dem, was wir einmal für selbstverständlich hielten, ist unmöglich geworden.

Zwar ist das Schreiben eine einsame Angelegenheit, doch ich bin jemand, der von der Gemeinschaft lebt. Mir fehlen die Lehrenden der Grundschule meiner Kinder und die Mütter auf dem Pausenhof, meine Kolleg:innen und Studierenden des Fachbereichs Jura an der Rutgers University, die Synagoge, das Jewish Community Center ebenso wie die Bibliotheken, die mich wöchentlich mit Büchern versorgt haben. Ich möchte die unabhängige Buchhandlung in meinem Viertel besuchen und Leser:innen umarmen können.

Doch trotz der schweren Zeit, die wir alle erlebt haben und noch erleben, gibt es zahlreiche Lichtblicke. Sie funkeln wie die Sterne, von denen Sadie in der Kanalisation geträumt hat:

Unsere Gemeinschaft aus Leser:innen und Autor:innen gedeiht weiterhin. Zwar bin ich seit Monaten von Leser:innen und Bücherfreund:innen getrennt, doch ich spüre Sie da draußen. Ich bin dankbar, dass Bücher wie Rettungsanker waren und sind; Bibliothekar:innen und Buchhändler:innen Wege finden, uns Bücher zukommen zu lassen. Ich danke den literaturbegeisterten Blogger:innen, die erkannt haben, dass Autor:innen und Leser:innen sich zurzeit mehr als zuvor miteinander verbinden müssen; ebenso den Autor:innen, die einander aufmuntern, und den Leser:innen, die nie aufgehört haben, an uns zu glauben.

Dieser Roman wäre ohne die Hilfe vieler nicht zustande gekommen.

Mein ewiger Dank gebührt meinem »dream team«: meiner geliebten Agentin Susan Ginsburg und Erika Imranyi, meiner heroischen Lektorin – die eher eine Co-Autorin ist –, für ihre Leidenschaft und ihren Einsatz, aus diesem Roman das Allerbeste zu machen.

Ein großes Dankeschön geht auch an meine wunderbare Presseagentin Emer Flounders und die vielen talentierten Leute bei Writers House, Park Row, Harlequin und HarperCollins. (Ich meine euch: Craig, Loriana, Heather, Amy, Randy, Natalie, Catherine und noch viele andere!) Ich danke ihnen endlos für ihre Zeit, ihr Talent und noch mehr dafür, dass sie in dieser anstrengenden und bisher noch nicht dagewesenen Zeit durchhalten.

Ich danke einer ganzen Reihe Krakauer:innen für ihre Hilfe und Expertise. Zuerst meinen lieben Freundinnen Barbara Kotarba und Ela Konarska im US-Konsulat, die mich, als ich noch dachte, ich würde nach Krakau fliegen, bei der Reiseplanung unterstützt haben. Als klar wurde, dass ich nicht kommen würde, haben sie mir die Ressourcen, die ich benötigte, aus der

Ferne zur Verfügung gestellt. Ich danke Anna Maria Baryla für ihre Expertise im Polnischen und hinsichtlich Krakaus, und Jonathan Ornstein des Jewish Community Center in Krakau, der uns zusammengebracht hat. Ich danke Bartosz Heksel für seine Informationen über die Kanalisation von Krakau.

Ich stehe in der Schuld von Jennifer Young, die die Fakten dieses Romans geprüft hat, und der Korrektorin Bonnie Lo. Wie immer gehen sämtliche Fehler auf mein Konto.

Ich möchte den unverzichtbaren Arbeitskräften danken. Dabei denke ich an die Ärzt:innen, Krankenschwestern und Krankenpfleger, deren erstaunliche Fähigkeiten ich im Krankenhaus aus erster Hand beobachten konnte. Äußerst dankbar bin ich auch den Mitarbeitenden von Lebensmittelgeschäften, die uns am Leben gehalten haben, den Lieferant:innen, die uns das gebracht haben, was wir brauchten, den Lehrenden, die täglich da waren und sind, entweder persönlich oder online. Ohne euch wäre das, was wir tun, nicht möglich.

Das Schlimmste an der Quarantäne war zweifellos die Trennung von unseren Liebsten. Ich sende meiner Mutter Marsha all meine Liebe und Dankbarkeit. Sie bedeutet uns alles. Damit ich schreiben kann, hilft sie uns mit den Kindern, dem Hund und bei noch vielem mehr. Ich danke meinem Bruder Jay, meinen Schwiegereltern Ann und Wayne, meinen lieben Freund:innen Steph, Joanne, Andrea, Mindy, Sarah und Brya. Auf dass wir alle bald wieder zusammen sein können.

Zuletzt und vor allem gehen meine Liebe und mein Dank an die, die mich während der Quarantäne ertragen haben, an meinen geliebten Mann Phillip und meine drei kleinen Musen. Ich bin für die Zeit zu Hause dankbar, die diese Quarantäne uns geschenkt hat, für die faulen Morgen, die langen Spaziergänge und die zahllosen Stunden im Garten hinter dem Haus. Besonders beeindruckt bin ich von der Widerstandsfähigkeit meiner Kinder und dem Zusammenhalt zwischen ihnen, der es ihnen leichter gemacht hat, dieses Leben in Quarantäne auszuhalten. Sie geben mir die Hoffnung, dass wir gestärkt und noch fester zusammengeschweißt aus dieser Zeit hervorgehen.

**Gill Thompson**
**Die Leuchtturm-Schwestern**
Roman
Aus dem Englischen von Gabriele Weber-Jarić
491 Seiten. Broschur
ISBN 978-3-7466-4052-5
Auch als E-Book lieferbar

# Zwei Schwestern in den Fängen des Schicksals

Als Jersey im Sommer 1940 von den Deutschen besetzt wird, hat der Krieg das Leben der Schwestern Robinson bereits eingeholt. Nachdem Jenny ihren Traum von einem Studium in Cambridge auf Eis legen muss, schließt sie sich mit ihrem Freund Pip dem Widerstand auf der Insel an. Und auch Alice begibt sich in große Gefahr, als sie den jungen deutschen Arzt Stefan kennenlernt und sich immer mehr zu ihm hingezogen fühlt. Als das Schicksal sie entzweit, müssen beide Schwestern ungeahnte Opfer bringen, um zu überleben.

Die atemberaubende Geschichte zweier mutiger Schwestern – inspiriert von wahren Begebenheiten

Regelmäßige Informationen erhalten Sie über unseren Newsletter. Jetzt anmelden unter: www.aufbau-verlage.de/newsletter

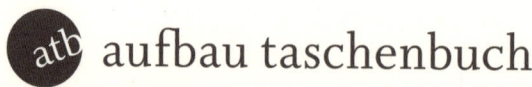
aufbau taschenbuch

**Pam Jenoff**
**Die Frauen von Paris**
Roman
Aus dem Englischen von Gabriele Weber-Jarić
448 Seiten. Broschur
ISBN 978-3-7466-3628-3
Auch als E-Book lieferbar

# »Ein so grandioser wie rasanter Roman.« Publishers Weekly

Manhattan, 1946: Die junge Grace Healey stößt auf ein Dutzend Fotografien auffallend attraktiver Frauen, die vom britischen Geheimdienst nach Frankreich geschickt wurden. Beim Versuch, das Rätsel ihres Verbleibs zu lösen, stößt Grace auf eine Geschichte von Mut, Liebe und Verrat.

London, 1943: Um ihr Kind in Sicherheit zu bringen, nimmt die alleinerziehende Marie ein Angebot des Geheimdiensts an: Zum ersten Mal sollen Frauen als Spione im besetzten Frankreich tätig werden. Es gelingt Marie, den charismatischen Résistance-Kämpfer Vesper zu finden, doch ein Verräter ist ihr auf der Spur ...

Ein bislang unbekanntes, wahres Kapitel des Zweiten Weltkriegs und eine bemerkenswerte Geschichte über den Mut der Frauen.

**Regelmäßige Informationen erhalten Sie über unseren Newsletter.**
**Jetzt anmelden unter: www.aufbau-verlage.de/newsletter**

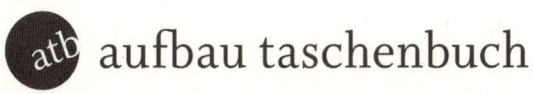

**Ronald H. Balson**
**Die Tochter von Kopenhagen**
Roman
Aus dem Amerikanischen von Gabriele Weber-Jarić
432 Seiten. Broschur
ISBN 978-3-7466-3951-2
Auch als E-Book lieferbar

# Er lässt sich als Held feiern, doch sie kennt sein dunkles Geheimnis

»Verräter« schmiert die 92-jährige Britta Stein an die Fassade eines Restaurants in Chicago. Sie schwört, dass der Besitzer sich im Zweiten Weltkrieg als Nazi-Kollaborateur schuldig gemacht hat. Um die Behauptungen der alten Dame zu beweisen, muss die Anwältin Catherine Lockhart tief in die Vergangenheit eintauchen. Und auch Brittas Enkelin erfährt erstmals die wahre Geschichte ihrer Großmutter …

Nach dem Erfolg von »Karolinas Töchter«: der neue Fall von Catherine Lockhart und Liam Taggart

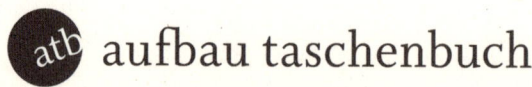

**Pia Rosenberger**
**Wir Frauen aus der Villa Hermann**
Roman
480 Seiten. Broschur
ISBN 978-3-7466-3921-5
Auch als E-Book lieferbar

# Wie die Jeans nach Deutschland kam

Künzelsau, 1932: Der Holzhandel der Familie Hermann ist bankrott. Luise Hermann steht mit ihren Kindern Erika und Rolf vor dem Nichts. Neue Hoffnung schöpft sie erst, als sie eine Näherei eröffnet. Doch dann kommen die Nazis an die Macht. Erikas Jugendliebe muss fliehen, und ihre beste Freundin Lia zieht es in das kriegsgebeutelte Berlin. Als Erika einen jungen Offizier kennenlernt, ahnt sie weder, dass er ihre große Liebe wird, noch, dass ihnen eines Tages ein blauer Stoff in die Hände fällt, der die Mode in Deutschland revolutionieren wird.
Inspiriert von wahren Begebenheiten – das Schicksal dreier mutiger Frauen und die Geschichte der ersten deutschen Jeans

Regelmäßige Informationen erhalten Sie über unseren Newsletter.
Jetzt anmelden unter: www.aufbau-verlage.de/newsletter

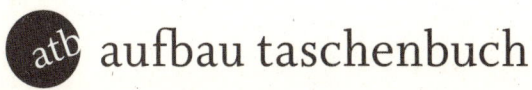